中国式民工 2

第2部

周述恒 著

中国财富出版社

图书在版编目（CIP）数据

中国式民工．第2部/周述恒著．—北京 ：中国财富出版社，2014.1

ISBN 978-7-5047-4303-9

Ⅰ．①中… Ⅱ．①周… Ⅲ．①长篇小说－中国－当代 Ⅳ．①I247.5

中国版本图书馆CIP数据核字(2012)第120613号

策划编辑 刘天一　　**责任印制** 何崇杭

责任编辑 刘天一　　**责任校对** 杨小静

出版发行 中国财富出版社

地　　址 北京市丰台区南四环西路188号5区20楼　　**邮政编码** 100070

电　　话 010-52227568（发行部）　　010-52227588 转 307（总编室）

010-68589540（读者服务部）　　010-52227588 转 305（质检部）

网　　址 http://www.cfpress.com.cn

经　　销 新华书店

印　　刷 北京京都六环印刷厂

书　　号 ISBN 978-7-5047-4303-9/I·0109

开　　本 710mm×1000mm 1/16　　**版　　次** 2014年1月第1版

印　　张 20　　**印　　次** 2014年1月第1次印刷

字　　数 328千字　　**定　　价** 39.80元

自　序

本书的草稿本早在2009年10月就与第一部一起完成了，但后来又经我反复修改，在修改的这段时间中，又发生了太多触动农民工身心的悲欢离合的事情。

先是中央文件终于将“新生代农民工”提到了“一号”的高度上，在惊喜交加之际，我知道，我书中所写的年轻农民工们引起了政府的重视，并用一号文件的形式加以良性引导。

再是农民工旭日阳刚登上了昔日主流的春晚舞台，为我们演绎了他们的《春天里》，这让我们农民工看到了一种希望，那就是草根时代的来临，让我们每一个农民工终于也可以展示自己的才华，发出自己内心的呐喊了。当然，个别人的机遇，不代表千千万万、默默无声地在每一个城市角落里辛勤劳动的农民工兄弟姐妹们。旭日阳刚的出彩并出名，就如我书中想告诉大家的一个事实一般，每一个农民工都是一个鲜活的个体，并非是以往电视剧或电影中所描述的农民工那样是一成不变、目光呆滞的群体性人物。他们，每一个人，都在为自己心中那一个小小的理想不停地努力奋斗着，验证着青春的价值。

但是目前农民工的生活却绝对称不上美好。他们背负着整个社会的歧视与种种血泪辛酸。他们背井离乡，带着想改变命运的愿望，来到繁华的现代都市拼搏、奋斗，他们的经历与故事也绝对是城市同胞们所不能理解与感悟的，而他们所经受的种种不公，诸如猖狂的黄牛党、黑心的中介、个别凶狠的城管、无孔不入的传销、工伤索赔之痛、弱势群体无奈的艰辛维权、用生命相胁讨要自己应得工资等现实的血泪故事也是很多人知道但却不曾感同身受的。所以，我认为，我们需要有自己的声音，告诉同胞们，我们的生活就是这样的真实。曾经有一位专家问我，为什么你书中这么多负面的东西，为什么你就没看到阳光，歌颂主旋律呢？我就告诉他，因为，我们一直看到的就是灰色。当然，这仅是一句玩笑，书里还是有阳光的，正如我所说，每一个农民工都是鲜活的个体，都有他们的理想并为之奋斗着。所以，书中不仅有酸甜苦辣的生活，还有随着社会、经济不断地发展，收入水平的提高和生活的改善的阳光故事，更有浪漫灿烂的爱情故事。

整本书所写的几乎是整个社会农民工的缩影，给读者展现出中国式体制下特殊群体——中国式民工的原生态生活。

第二部书稿，得到了福建青年杂志编辑尚昱老师的大力支持，帮我校正了许多错误的语法与表述。我仍然还是首先感谢我的父母，然后，再次感谢尚昱老师的无私帮助。感谢一直支持我写这本书的网友小西门，感谢广州市总工会给我提供一个更好的写作平台，让我可以接触更多、更广泛的东西，增加了我的见识与见解。感谢那些一直在默默支持、帮助我的各位老师、朋友与关注农民工群体的媒体朋友们。

由于我水平有限，还不能完整地表述出他们的种种生活。亲爱的各位朋友，欢迎你们予以批评指正，并努力推动公平发展，改善我们农民工的生存状态，谢谢。

周述恒

2013年12月3日

目　录

一、情爱纠葛

清晨，太阳还没有睡醒，悄悄地躲进了云层里，空气一改往日的活泼，似乎都在沉睡着，而车水马龙的喧嚣早早打破了这短暂的宁静，高矮不一的建筑物窗户上挂着各色各样的衣物在风中飘荡，成了城市特色点缀的风景，街道两旁的商铺早早打开门店开始招徕顾客，小摊贩声嘶力竭的吆喝声，被地摊侵占的略显拥挤的路面上，司机拼命地按着喇叭也于事无补，睡眼惺忪晨起的市民却还没忘记讨价还价，这几种噪声混杂在一起，像一只只苍蝇在耳边回旋，爆发力不亚于飞机螺旋桨的轰鸣声，让熟睡的人们顿感无比的烦躁和压抑。

在狭小的出租房里，将自己扔在床上一夜都没有动一动的方敏，把发涩的眼睛挪开一条缝又重重地合上。她感觉胸前像压了一块大石一般，让人喘不过气来。

爱情就像握在手里的沙子，握得越紧，流失得越快。这句话在方敏身上应验了。

难料的变化让方敏来不及分析，带着梦想与爱恋来到这个陌生的城市，打工的艰辛与磨难还没适应与消化，接踵而至的感情危机让她备受煎熬，她歪着头艰难地将眼神挪到窗外，天都不再是蓝色，是寂寞的灰色。几片树叶呆板地耷拉在赤裸的树干上，可怜地强撑着苟延残喘的生命……

方敏双眼透出绝望的神色，嘴角抿了抿，用力拽起被子蒙在头上，似乎要将一切烦恼隔绝……

列车飞驰前进，“哐当”作响的声音也让英子与小凡心烦意乱。颠簸前行中，方敏在站台上那绝望无助，含泪挥手奔跑的身影像影片回放一般，在小凡脑海中不停的闪现，他对感情再弱智也能体验到方敏那种揪心的痛，这个从小有着机智果断的男孩却陷入了爱情的旋涡，不是他优柔寡断，而是无论取舍哪个对他来说都是一种残忍。英子的处处提防与明晓事理，让小凡连与她单独道别的机会都没有，心中有满腔的愧疚更是有口难开。

英子一直目睹了方敏的那种悲切和难以割舍，与方敏朝夕相处这么久，磕磕碰碰在所难免，可这日久生情在女人之间同样存在，英子心里也不舒服，可是爱情是自私的，她没有任何的理由拱手相让，为了得到小凡，她更是软硬兼施、用心良苦，小凡是她的一切，视如生命的一切。

英子眼带泪花望着小凡低声说："看不出，方敏对你用情这么深，她悲痛的样子我心里也很过意不去，好像我偷了属于她的东西一样。"

小凡闭上眼，心中说不清的五味杂陈，就像饭馆里的擦桌布，什么滋味都有，苦笑着叹了一口气，没有出声，还沉浸在方敏那离别时的悲痛中。

"我在想，我爱上你，是不是对方敏太残忍了。"英子向前探着身子，她感受到了小凡心中的愧疚，她最怕的就是这种愧疚难免会旧情复燃，失去小凡是英子无法接受的，她执拗地逼视着小凡，让他作出回答，来稳定她刚刚在心头掠过的一点点恻隐之心。

"凡事都得讲个缘分。爱情没有谁对谁错，你别自责了，你对我的好，我一生都不会忘记。"小凡伸出手臂将英子揽在怀中，低下头将千丝万缕埋在了英子一头秀发中。他挣扎着想忘掉方敏的种种好处，面对两个善解人意又聪明的女人，他心中明白，感情的事必须得慎之又慎，他唯一能做的是把对她们的伤害降至最低。

两人都沉默着不再言语。英子此时躺在小凡怀中，感到了人生无限的幸福，有小凡的陪伴不再孤单，这时她无暇顾及前方的道路如何，她将眼睛闭上，静静地享受着这温馨的感觉。小凡的诱惑不可抗拒，她陶醉其中，这一生最富于诗意的时刻莫过于此，她的心情像万里星空悬着的一轮又圆又大的明月，窥探着世界的一切，觉得什么都是那样美好。

女人，要求就是这么简单，简单得让男人有时候都有不明所以然、找不着北的感觉。所以，有时候，男人又往往将简单的事情复杂化。

福州到英子家需要先坐火车后转大巴。沿途多名胜古迹，风景自然是美丽绝伦，可惜火车呼啸而过，眼前美景不等小凡细细欣赏，随即就一闪而过。火车到站已是晚上九点多了，而这边的天气比福州显然冷得多，刚一出站就明显感到寒气逼人。

两人提着行李，英子轻车熟路地带着小凡出了车站，四下望了望，略显无奈地说："小凡，咱们今晚得在旅馆住一晚了，明天一早，才有中巴车到我家。"

"嗯，全听你吩咐。"小凡笑着应声，提起行李跟在她后面。两人问了几家旅馆，要么是没暖气的，要么贵，英子停下脚步，看了看小凡，提着两个大包显得有些吃力，心中生疼，满眼爱怜地说："小凡，你坚持一下，这边火车站口的旅馆都好贵的，再走五十米拐弯进去那个旅馆很好，价钱不贵还有暖气。没暖气不行，我怕你给冻坏了，我可心疼着呢。"

说完伸手过来，要一起提那大包。

"没事的，我能提得动。"小凡依旧笑着，心中的阴霾似乎随着列车的前行都已经抛在身后，但英子却不由分说抓起包的襻带，两人很快就来到英子所说的旅馆前，到了前台，英子上前办好入住的简易手续。服务员引导二人上了三楼。开了门，交了房后，就退了出去。

放好行李，小凡仰面躺在床上，这才缓过一口气来。

他四下打量了下，房间不大但是整洁有序，嫩黄色的窗帘充满家的温馨让人感觉暖暖的，里面摆放着两张小床，深粉色的床单显得慵懒至极地仰在那里。这时候，英子已替小凡放好了水，叫他进去洗澡了。

两人梳洗停当，英子伸了伸懒腰，"小凡，咱们家乡可美了，反正还有好几天才过春节，你在我家多玩几天，我带你去我们那边的风景区好好逛一下，我们那离名胜景区三清山、婺源都不太远的，你去了一定会让你流连忘返、乐不思蜀的。"

"是啊，今天在车上看到轻烟淡雾，藤树人家，就匆匆地欣赏了下，也感到这边风景实在是漂亮啊。"小凡也忍不住一个劲地赞不绝口。

"要不，以后我们结婚了，你就在我们家住吧。"英子闻听，心中暗自欢喜，柔声说着，趁势坐在了小凡身边，一阵阵的体香扑向他的鼻腔，小凡不禁心神一荡。

"这个，这个……"小凡讷讷地说着，"我爸爸，他是不会同意的。

再说……”

“再说什么呀？”英子打断小凡的吞吞吐吐，娇甜地将嘴凑到小凡耳边拉着长音。小凡被她一口气吹得耳朵旁痒痒的，一转身，脸正对着英子的嘴，英子情不自禁地伸出双手紧紧地搂住小凡的腰，口中呢喃着：“小冤家，你知道我有多爱你吗？你知道我爱你爱得有多辛苦吗？”

软玉温香入怀，小凡只觉得心荡神摇，忍不住轻轻地在她那红红的嘴唇上吻了一下。可英子已如蛇一般的缠了上来，她顺势轻吻着小凡的嘴唇，小凡一呆，只觉口中有一条又香又滑的蛇信滑了进来。

这种感觉，是一种他从来不曾有过的、飘飘欲仙的感觉。

英子轻柔地轻吻着，用她的舌头缠绕、吸吮着……小凡此时情窦初开，哪能把持得住，不由得热烈地合拍着……

“志伟，一会咱们去江边走走吧。”在骆玉红那间狭小的出租房里，骆玉红边轻声说着，边收拾着刚刚吃完的满桌狼藉。

“嗯，好。是很久没出去走走了，这段时间在医院把我都要憋死了，到现在我才知道迟志强唱的《铁窗泪》咋那么感人啊！人生最大的悲剧莫过于失去自由，人生最大的痛苦莫过于失去亲人和朋友，这次可让我尝到没自由是挺折磨人的啊。”张志伟满有磁性的嗓音在抑扬顿挫地吟唱着还捎带挥了挥手臂，试试自己的伤有无大碍。说者无心、本是句玩笑，可骆玉红此时却触景生情心如刀割，她知道，她很快就要失去最爱的人了。

“现在你身上的伤，不碍事了吧。”骆玉红强忍着要夺眶而出的泪水端起碗筷快步走了出去。

“没事了，这不，你都看到了，全好了。”张志伟随即摆了几个POSE，“我感觉比以前强壮了很多，浑身有使不完的力气了，再有气色也好很多了吧。”说着还调皮地眨了眨眼。

“是啊，你皮肤变白了，比以前也帅多了。”骆玉红用欣赏的眼光看着这个强壮、坚不可摧的躯体爱意绵绵。

“嘿嘿……”张志伟开起玩笑，“说到这还得感谢你，多亏你细心照顾才有我这么光彩夺目的今天，哈哈哈。”

“你少贫嘴了，你再帅也属于我的，知道吗?”

张志伟迅速地双腿并直打个立正，铿锵有力地说："遵命。"说着，自然地挽着她的胳膊出门直奔江边而去。

江滨的夜景，是福州公认最美丽的景象之一。夜晚，江边矗立的高楼灯火辉煌，通江两岸的大桥被五色的灯光点缀得如银链上镶上了五彩宝石般华丽。如水的夜色及若隐若现的灯火掩盖了苦恼，掩盖了肮脏，掩盖了罪恶，也掩盖了苦难，掩盖了一切真实与丑陋的东西，人们所看到的，都是一片蒙胧的美好景象。

星光闪闪，烟波渺渺，远山，笼罩在这寂静的夜色之中，是那样一幅静谧美好的画面。

骆玉红轻轻地靠在张志伟的肩上，静静地吹着江风。

夜冷如水，可她却心热似火。

这个不经意间闯进她心门的男人，成为了她一生的挚爱，她感谢命运、感谢上苍垂青于自己，她今生足矣。

可在她心底的深处，又是多么的希望，她能平平淡淡的，安安静静的就这样一生一世的与他相知相守的携手到老。就算她无法获取一个美丽的结局，至少能延长这并不多得的过程，这对她来说都是一种奢望，现实残酷让她不敢有任何的企盼了。

一个贫贱的农家女孩有资格为了自己的爱情去不顾一切吗？她能够自私到为了自己的爱情不顾父母与手足的生死存亡吗？不，她不能，这个声音在心底有力地抗争，胜利的往往总是责任，她妥协了，她愿意牺牲自己的幸福换取那濒临绝境的整个家庭。

她感到自己已经被社会抛弃，自己的命运无法主宰，对整个家庭的责任，让她失去了应有的一切。

责任不是你应该做的事情而是必须做的事情。

她决心要将自己最宝贵的东西交给这个男人。然后，义无反顾地去走上那条不归路。

她的一切决定，都是张志伟想破脑袋也不会想得到的。

张志伟轻轻地用手环着骆玉红的腰，他也不明白自己怎么就会爱上这个有着那样的一段经历的女人。如果家里的人知道他的女朋友有过那样一段不堪的经历，就算是将他扫地出门，也绝对不会同意他与骆玉红在一起交往、定亲或是结婚的。

甚至，在没认识骆玉红之前，张志伟对小姐，对按摩女这个行业是那样的深恶痛绝。但面对骆玉红时，他却又是那样的欲罢不能。

原来，爱真是可以改变一个人的观念！

是真的可以不需要理由的。

爱，就是简简单单，让你快快乐乐地想做什么就做什么。

能爱，真好。这是张志伟现在的最真感受。他终于明白了小凡整天脸上笑得稀烂（笑得稀烂，四川话，指笑得合不拢嘴）的感觉，因为，他也感受到了爱，这就是爱情的滋润。

自他受伤后，骆玉红无微不至地照顾着他，令他倍感温暖。与他在工地上那种快餐生活相比，他觉得家是一幅美丽的画卷，它的温馨是任何金银珠宝、蜜语甜言都无法比拟的。

他心中暗下决定，一定要好好地待她，要用心呵护这个受伤的善良女孩。

两人全都有强烈的欲望，需要倾心相许、需要为对方受苦、需要牺牲自己，他们现在认不得自己了，他们的眼睛尽是温情的光，有纯洁、舍身、忘我……

可现实，能如他所愿吗？

他不知道，更改他一生的转折点，改变他一生命运的事就将要发生了。

夜风如水，江面，烟波微漾，偶尔划过的船只轻巧地驶过，又慢慢融入了远处的夜色之中，让人有看不清的迷离、看不懂的未来。

英子欣喜地亲吻着小凡，喃喃地在他的耳边低声诉说着对他那份热烈而诚挚的爱。

在福州，她虽日日都与小凡面对着，可终究是自己租的房间里还有方敏，她虽身在光明中，但她却知道暗中老有魑魅的东西在那蠢动，它有时前进一点、后退一点，反正是走在哪都不能消失，这让英子如坐针毡。其实，两人真个单独在一起相处的时间并不多，而小凡又住在厂子里，厂子里人多，两人如果表现过分亲密，如被人发现，农村来的姑娘家，自然也怕人家笑话。况且这个小凡也不知道在感情上是哪根神经短路了，简直就是木头一根。你稍有一点暗示，他还就真不明白。

是小凡清秀而干净的相貌，是小凡遇事不惊的果断，是小凡的大义凛然，还是小凡的善良与清纯，是小凡骨子里内在的东西在吸引着她，让她痴迷沉醉？

今晚终于可以独处了，英子终于忍不住那压抑许久的情感，这种爱光芒四射，把自己包围了起来，她要把过去的苦恼一概忘却，那些日夜缠绕的疑虑、郁闷、烦恼以至于羞怯完全排除，她需要索取，这么久以来，她付出的那些情感，她需要索取她爱的人给她情感上的回报与需求。

小凡第一次与英子如此亲近，英子身上的体香熏得他有些意乱情迷，心里情欲萌动着，紧贴着他身子的是那发育良好的，鼓鼓的玉峰，小凡不禁伸手颤抖着去解开英子的上衣扣子……

英子轻声娇喘着，狂吻着小凡，顺势倒在了床上，眼神迷离地望着这个自己日思夜想的爱人。小凡轻轻地解开她的扣子，抚摩着她柔软的身子，异样的感觉传遍了全身。不由得轻轻俯下身去，主动地回吻着英子的嘴唇、脖子……

"小凡，我爱你……我爱你这个小冤家。"英子低声喃喃地呓语着……

小凡心中激情迸发，他伸出颤抖的手，去解英子的胸罩，可是，他却从没有如此这般的亲近过女人，试探着拨弄了老半天，竟然没有解开。

英子娇喘着，一双眼怔怔地望着小凡轻轻地说："小凡，我就没看错你，你就是从来没有碰过女孩子的身体。"

小凡呆了一呆："为什么？"

"我就偏不告诉你这个小傻瓜。"英子"咯咯"娇笑着说，"我只是告诉你这个小傻瓜，我喜欢你就够了……"

"不告诉我？好，不告诉我，那我就先睡了。"小凡假装赌气地说着，一倒头竟然睡了过去。

"喂喂喂，你还真睡了？"英子笑着去搔小凡的痒痒，两人嬉笑着又闹了开来。

二、以身奉献

“志伟，今晚太晚了，就不要过去了。”骆玉红咬着嘴唇用低得不能再低的声音说。

“这个……这个……”张志伟听得呆了一呆，“这，这不太好吧。”

“这么晚你回去，我不放心。”骆玉红上前拽住张志伟的胳膊仰起脸，一副不容置疑的样子，“再说，我是你女朋友，你在我这边过夜有什么，这是天经地义的。”

张志伟无语，骆玉红租住的狭小的房间里只有一张床，这很明显，骆玉红留下他的意思，就是要与他同床共枕。

两人都才年近二十，青春萌动。骆玉红那再明白不过的暗示意味着今夜将要发生什么事情张志伟再傻也会清楚。想到这里，张志伟心中也不知是惊是喜，这一切，似乎来得太突然一些。

“可是，可是我们……”张志伟讷讷地说着。

“是不是你心底里还是……有些，瞧不起我？”骆玉红既着急又委屈地说着，眼中泪花已经闪现。

“不是，绝对不是。”张志伟见她误会了自己意思，不由得心下大急，急得双手乱摇，“你别这样说，我没有这个意思，我在这睡就是。”

“嗯，我知道，我知道，我开玩笑的。”骆玉红换上笑脸顺势抱住张志伟的腰，口中呢喃不清地诉说着满腔的衷情：“我知道，你喜欢我，你爱我的是吗？志伟，我也爱你，我真的也很爱你，你是我生命中的贵人，你也是我的恩人……”

“傻瓜，说这个干什么，我乐意帮你，以后不要提这种事了。”张志伟轻轻地拥着她，“你日日夜夜照顾着我，你才是我生命中的贵人。”

骆玉红仰起头，睁着一双神情迷离的大眼望着他，那双眼中，是渴求、是企盼……

张志伟手劲一紧，将玉红紧紧锁在怀中，渴慕已久的四片滚烫的嘴唇热烈地交织在一起。相互纠缠着、吮吸着……

张志伟觉得全身如火似焚般，他喘着粗气，一边狂吻着她的朱唇，一边摸索着去解开她的上衣扣子。而骆玉红，也双手去解张志伟的衣服。

张志伟抱着她，一边狂吻着她，一边向床上倒了下去……

他感到骆玉红芳心乱跳，呼吸急促，紧张得那半露的丰乳频频起伏，此时的她已不胜娇羞，粉脸通红，媚眼微闭，声音颤抖，她的胸部不断起伏，气喘得越来越粗，小嘴半张半闭的，轻柔地娇声说："志伟，你真的喜欢我吗？"

"当然了，玉红，你太美了，我真的好爱你，我好爱你的美丽，爱你的善良，我今晚说的都是真的，我爱你，我会永远爱着你……"说着，他用滚烫的双唇吮吻她的粉脸、雪颈，使她感到阵阵的酥痒，然后吻上她那吐气如兰的小嘴，深情地吮吸着，双手抚摩着她那丰满圆润的身体，她也紧紧地抱着他，扭动身体，摩擦着她身体的各个部位。

骆玉红娇喘着，传出断断续续令人销魂的呻吟声，在他不断的索求下飘飘欲仙，放纵所有的禁忌，热情地回应着，张志伟脑海里残存的些许理智逐渐沉沦，温暖的唇再次霸气地锁住属于他的芬芳。玉红也积极地配合着，全心地投入了张志伟那熊熊燃烧的爱欲之中，她体验着一种奇异、陌生以及兴奋的感觉，志伟那强有力的身躯，将自己全部的热力注入了她的身体，使玉红感到了极度的充实……

良久，娇喘声息，一切归于寂静之后，忽听得张志伟一声惊呼："玉红，你？！"

"什么呀，叫得这么大声？吓我一跳。"骆玉红娇嗔着说。

"我，我……是说，你，你还是个处……处女。"张志伟结结巴巴地说了出来："那毯子上，都有血……"

"神经病，你现在才相信我，我打死你，打死你。"只见骆玉红一边骂着一边拿着枕头死命地打着张志伟。

"我，我没有不相信你，我没有，我只是，只是很感动、很激动。"张志伟忙把她搂在怀里，又是一阵狂吻："玉红，我爱你，我一定要好好地对待你一生一世。"

骆玉红躺在他怀中，幽幽地叹了一口气，“知道就好，有你的爱，我这一生都足够了。”说着，便再也忍不住抽泣着，一行清泪流了下来。

玉红此时已经肝肠寸断，想到从此和挚爱的人分道扬镳，她的内心就像全世界的蛇胆都在自己的腹中向上翻滚着、撞击着，可是她不允许自己这时候吐出来，她要生生地咽回去，她知道志伟在她的心中是永远都抹不掉的，她以前从未有、此后再也不会有的全部倾情相爱。她没有遗憾，这种爱任何人无法阻挡，只是所有的爱都会痛，无论拥有还是失去。

她背靠着张志伟的身子，张志伟竟然没有看到她脸上那凄绝的表情。

忽然，张志伟感到手上有些湿湿的，他这才注意到，骆玉红似乎哭了。

“玉红，你……为什么哭了？”张志伟结结巴巴地惊问，“是不是你怪我，怪我欺负你了？”

“没有，我喜欢你，我喜欢你，我不想离开你。”骆玉红闻言，泪水更是忍不住地涌了出来，“我没有怪你欺负我，我只是，不想离开你。”

“哦，傻瓜，你怎么会离开我呢？”张志伟放下心来，柔声地劝慰，“别想太多了，我不会离开你的，你也不许离开我啊。”

“志伟，你真好。”骆玉红“嘤咛”一声，扑入他的怀中，一把将他紧紧抱住，生怕他一下子就会不见了似的，死死地抱住他的腰不再放手。

“别怕，我会好好保护你的。”张志伟心中满身力量化为柔情，也紧紧地拥着她柔软的身子。

骆玉红把一生最宝贵的东西给了他，他还有什么理由不珍惜呢？

他本以为，骆玉红委身在那种地方，早就不会是处女了，可万万没想到，她竟然出污泥而不染，守身如玉，洁身自爱，把女人一生最珍贵的东西交给他，他除了感动，还能有什么，他发誓，一定要好好地对待她一生一世。

客车站里，归乡的人明显地多了起来。嘈杂的乡音四下飘荡着小凡一句也听不懂的江西话，拉客声、吆喝声、说笑声，与时不时地走了调的普通话混杂在一起极为热闹，那些见缝插针，卖小东西的小摊贩不失时机地凑上来推销，而拉客的男子妇女都拿着牌子将乡话换成普通话热情地讲解，满脸的沧桑与狡黠丝毫不差的写在了脸上。

一个半小时的车程后，很快就到了英子的家中。

“爸爸、妈妈，这就是我给你们在电话里头常提及的那个，那个人啦。”英子说起来还是有些害羞。

“嗯，好好好，进屋里坐，屋里坐。”英子妈妈热情地招呼着。

英子的家是一个三层楼的混凝土结构的典型农家自住房，就在马路旁边。这种“洋气”房子在此时的农村再也不多见了，而当年小凡家的那套砖房，就因福得祸，被乡邻恶霸妒忌才招致了他母亲的杀身之祸的，随着改革开放，相对信息开放一些的地方也都可以有了物资交换买卖，自然家中经济会好过一些，中国人都有一个固有的家的观念，只要经济稍好一些，必然是先勒紧腰带把住的房屋修缮一番，吃穿住行在中国排行顺序是不对的，应该是住吃穿行才对。这估计与中国人死要面子活受罪的观念有莫大的关系。

小凡与英子在她爸妈的热情招呼下进了屋子，而家里的那只小花狗居然对着陌生的小凡也不见生，热情地上去闻闻，它从小凡下车就跟在后面摇头摆尾的显得甚是高兴般围着小凡转。

英子招呼着小凡坐下，而她的妈妈已端过茶来，小凡接过茶，致谢，英子与她爸爸用方言交谈，而小凡偶尔笑着瞧见英子的爸爸脸色时而凝重，时而点头。隐隐约约地听出，显然是在问关于小凡的话题。

不一会儿，英子妈已摆好一桌饭菜，招呼着小凡与英子上桌。席间，英子爸妈不停地打量着小凡这个未来的女婿，偶尔碰上他们的目光，小凡显得有些不自在，微笑着点头应付着。

好在席间英子爸妈并没有多问什么，偶尔问起英子，也是用他们的方言，而小凡听不懂，自然也不会去插话。

待到用完餐后，英子笑着招呼小凡：“爸爸妈妈说，你这么大老远来我家，让我带你到四下去走走，好好看看我们家乡的风景。”

小凡心下犯乐，呵呵地笑着：“我来是客，客随主便，一切全凭你做主就是。”

“那好，我们休息一会儿就到后山玩玩，我们这可是有国家级的著名风景区的，那些名胜美景在这可是随处可见。”英子笑靥嫣然。

“你想知道吗，爸妈怎么给我说对你的印象？”英子显得有些得意，一脸神秘地说着。

“什么印象？”小凡也想知道。

“嘿嘿，你不拿出点实际行动就想获取国家机密，哪有那便宜事啊？”

“那你要我怎么表示呢？”小凡嘴角一撇，一个好看的弧形就拉出来了。

“对我好，对我好一点喽，单凭我这副菩萨心肠，说不定阵脚一乱经不起你的软硬兼施，就一发不可收地都透露给你了。”英子伸手刮了一下小凡鼻子。娇嗔地说着，一脸的坏笑。

“喂，你到底说不说啊，不说，我就出去逗狗了。”小凡却不领会，说着要提步出门。

“嘿嘿，果然是缘分啊，你与我们家小花有缘。”英子拍拍手乐了，追了上来，“你知道吗，我爸妈说，狗是最会识人的，我们家的小花狗都不咬你，看来它也认为你对主人一定会忠心耿耿，属于同类吧，哈哈哈……”

“哈哈，有这样的说法？”小凡听了不由得哈哈大笑。心下不免有些得意，忙大声叫唤起小花来，说也奇怪，小花居然应声就跑了过来，冲着小凡撒欢。

“嗯？方敏，你在啊？”

吴老板笑吟吟地站在门外，问正在里面失魂落魄玩着小凡那台破电脑的方敏。

“咦？你怎么找到这里来的？”方敏抬起头一看，竟然是小凡工厂里的老板，不由得吃一惊。

“呵呵，我是来找英子的，没想到你在啊。”吴老板夹着个公文包，手上提着一个口袋。

“找英子？那你回江西去找吧。”一提到英子方敏就又伤心了，没好气地说着，又继续打着她的字。

吴老板却没有退回去的意思，他径直地走进去，看了一下电脑上面的文档，里面赫然显示着的是：“死周小凡，你是个没良心的人，是个负心的人，是个猪头，我讨厌你，我恨你，我不要再见到你，我要狠狠地报复你这负心的人！！！……”

吴老板狡黠一笑，“怎么？英子回江西了？”

“是啊，是回家过春节了。”方敏见他来到身后，飞快地关掉了文档，还是一副爱理不理的样子。

“这丫头，回家了也不跟我说一声，不让我去送她啊？我还有些东西想让她帮我带给家里人呢。”吴老板笑着，又打量了一下房间里极其简陋的陈设，“怎么？你今年不回家吗？”

“才来，打工没赚到多少钱，不回去了。”方敏抬头没好气地看了吴老板一眼。

“哦，那小凡呢？怎么没看到他？”吴老板故意漫不经心地问。

“跟英子回她老家了，明知他们在谈恋爱，这不是明知故问吗？”方敏翻着眼睛更来气了，吴老板看到方敏那气呼呼的样子，知道方敏动了真情，现在是最脆弱的时候，心中不免暗自得意，他知道好戏要上演了。

“嘿嘿，英子这丫头，当初介绍小凡来我工厂上班，还骗我说是她表弟呢。”吴老板干笑着，“我今天来嘛，本来是想叫英子与你一起出去吃个饭的，多亏英子与你帮忙，我那一笔生意才谈成了。”

“就是出去吃个饭就把生意帮你谈成啦？”方敏有些不太明白，但语气明显好转许多，“什么生意这么好做？”

“嘿嘿，这你就不明白了。”吴老板笑着，眼珠咕噜一转，“今晚刚好一个老板宴请我，如果你有空的话，要不，我请你一起去？”

“我去，我去有什么用？我又不会说不会道的，你还指望我能给你做什么事啊？”方敏心情低落到极点，说话也显得不管不顾了。

“这春节放假，今年经济不景气，反正没事儿，就当出去散散心了。”吴老板始终在笑，见方敏并没有明确回绝的意思，顺势说：“那晚上，我开车来接你了。”

“晚上再说吧。”方敏看了吴老板一眼。又把眼睛耷拉下来。

“好，你先玩啊，对了。这是为了感谢你，给你买的衣服，你试一下合不合身？”吴老板装作漫不经心的样子，把手袋递了过去。

“我又没帮上什么忙，给我买这衣服干什么？”方敏看了吴老板一眼，疑惑地说。

“你帮了我的大忙，不但不去邀功请赏还推脱自己的劳动成果，简直就是现世活雷锋啊，给你就试试吧，你这么漂亮的女孩，今晚穿上一定会惊艳全场的。”

说着，吴老板放下衣服，走出门，临走的时候还没忘交代：“方敏，晚上我来接你啊。”

三、试探

这两天，英子带着小凡，游览了就近的名山大川，一路上，那台傻瓜相机里留下了不少他们的欢声笑语，倩影靓照。

家乡潺潺的河水，毫无羁绊，像欢畅跳跃的音符，头顶的艳阳温暖地照耀着大地，也使两个年轻人的情绪沸腾起来，就连一向胆怯的小鸟都蹿到树顶唧唧喳喳的，仿佛世间的一切美好都与英子按捺不住的喜悦遥相呼应。

这江西上饶的风景区果然不是盖的。纵然是冬季，但依然掩饰不住这苍松翠柏，秀丽景象。

“小凡，你等等我啊，别跑这么快。”英子在后面气喘吁吁冲小凡喊着。

弯曲盘蜒的石条山道上，人迹稀少，除了旁边一条小溪的潺潺流水声，与山野中一些不知名的虫子在山林里觅食爬行的声音外，一切都显得那么寂静、安宁。

这里离英子家很近，算是后山那样子。

“英子，我到了你们这边，就觉得像回到家乡一样了。”小凡站在前面的一块石阶上，笑着对下面台阶的英子说着。

“你啊，一点都不懂得怜香惜玉，我可是女孩家，你要照顾着我的。”英子气喘着跑了上来，敲了敲小凡的脑袋，气哼哼地说。

“我怎么了？我哪没照顾着你啊？”小凡傻傻地问。

“我是你女朋友，不是在学校运动会上你比赛的对手。”英子用手敲了敲他的脑门，“你啊，什么都好，就是脑门里的感情没开窍，这个对我太不公平了。”

“你是说，我没等你啊。”小凡恍然大悟，接着不以为然地说，“这个有什么，你又不会丢掉的。”

“唉哟，我的妈啊，你怎么越来越不开窍了。”英子生气地说着，忽然，眼珠儿一转，故作满脸痛苦地说着："你看，你看，我刚才跑上来，这胸闷得好厉害，现在跟你一说话，好痛的。哎哟，真挺痛的……"

"啊？真的假的？"小凡满腹狐疑地问。

"骗人上瘾啊，还是骗人能中大奖啊，你这小子咋我说什么都不信了呢？难道对我产生排斥反应了吗？"

"哈哈，异性相吸的，我又不属于另类，咱可是正常的男人。"小凡又在取笑。

"你还在那装啊，我都疼死了，快给我揉揉啊。"

小凡眼珠在骨碌碌转："真疼啊，那我就委曲求全帮你揉一下吧，但我事先声明，我可不想……"

"你废话少说了，快给我揉揉吧！"英子奸计得逞，心下暗自得意。

"好些了吗？"小凡在旁边的石块上坐下来，一边揉着一边关切地问。

"嗯，好些了，但是还是有一点不舒服，你多给我揉揉就舒服了。"英子满脸的坏笑，这小子，简直就是太好骗了。

四下很是寂静，冬日里除了那常绿的苍松翠柏，与一些不知名的常青植物外，一片枯黄。阳光，也似有气无力般，懒洋洋地照在山道小路上，让人感到一丝丝的温暖。

"小凡，爸爸说你双目带煞，将来，一定会是土匪。"英子舒舒服服地躺在小凡的怀中，说到此时神色显得有点儿紧张。

"说什么来着？"小凡不以为然地调笑着，"咱这侠心义肠的，将来说什么也是千古流芳的大侠，怎么会是土匪哦？"

"就是最臭美了。"英子"扑哧"一声笑出声来，眼珠儿一转，试探着说，"爸爸说了，把你的生辰八字去给算一下，算好日子，咱们就可以找个良辰吉日，把亲事给订下来。"英子低声说时，脸上泛起了甜甜的笑容，夹杂着些许羞涩的表情。

"啊——？定亲？"小凡听得不由一下惊呼出口。停下了手上的动作。

"怎么了？这么大反应啊？"英子见小凡反应强烈，不由得愠声问："是不是你不愿意啊？"

"我……我……你是不是有点急于求成？"小凡讷讷地说，话都不通顺了。

“我什么我呀？如果你不愿意那我马上给爸爸说。”英子见小凡吞吞吐吐的，认为小凡不喜欢自己，自尊心有点接受不了，脸腾地红了，一下从他怀中立起身了。

“我，我不是这个意思，我是想，我们还小，说真的我思想上一点准备都没有。”

英子这才缓下不快的脸色：“我当你是不愿意了。我当初也没想到要定亲，但爸爸妈妈说了，既然都同意，那就把亲事给订下来，以后出去打工，也可名正言顺。”

“可是，我们，我们真的还小啊。”小凡还是有些接受不了。

“小什么小啊，在以前童养媳不遍地都是，分配你一个你还能去自焚啊，看你那样，比白天见鬼还意外，我们这不是都成熟多了，不超前也不至于太落后吧。”英子翻着眼睛一顿抢白。

“这个……那，那就依你吧。”小凡心里暗叹了一口气，想想脑海中又不停地闪现方敏在车站不停含泪挥手奔跑的影子，心中隐隐作痛，不知是酸是涩，于是不再言语。

“我也知道，事先没跟你讲好，是我的不对。但爸妈讲的话也不没有道理，你想想啊，我大老远的，把一个陌生的男孩给带到家里来，我们这是农村，左邻右舍的人当然就以为咱们是在谈恋爱了，如果没有这么一个交代，我爸妈的脸往哪搁呀，你说是不是？”

小凡无语，细细想来，英子所说的当然在理。

“再说了，咱们是迟早都会在一起的。对不对？”英子柔声说着，又躺在了他的怀中。

“我一个姑娘家，干干净净的身子，都交给你了，你难道还要我嫁其他的人吗？”

“嗯，是的，我当然不会辜负你对我的一片情意。”小凡想到那晚，那激情过后，那毯子上的几点殷红的鲜血，心中不由得激动万分，他再傻，对感情的事再麻木，但那个是只有处女之身才会留下的印记，他又怎么会不知道？

“嗯，你这个小冤家知道就好。”英子说着，脸红得像苹果一样，轻轻地闭上了双眼。

“英子，你真好……”小凡说着，俯下身，轻轻地吻了下去。

山风寒意，仍挡不住少男少女心中的那份火热痴情。寂静、荒凉的山道中，平添了几分暖意。

女人的天性都是爱美的。

方敏是小女生，正是花季年龄，自然也不例外。

她虽心下狐疑着吴老板给她买衣服的动机。但面对诱惑，她无暇多想，另一个方面她也看到了吴老板为人确实豪爽。而她也听英子说过，有时候生意场上吃饭喝酒确实有助于促成订单成交。

这样想了想，她自然也没有无功受禄的顾虑了。

打开那个手提袋，看了看里面的衣服颜色，是属于她喜欢的那种淡黄色。

这是套冬衣，是一整套长长的冬裙套装。

方敏未经犹豫麻利地将衣服套在了身上。

换上新衣的方敏，在那面半人高的玻璃镜面前一站，粉面桃腮，一双标准的杏眼，总是有一种淡淡的迷蒙，仿佛盛满着一汪秋水。明眉秀目，小巧的红唇总是似笑非笑地抿着。个子不是很高，可给人的感觉却是修长秀美。再把那顶布料帽子往头上一戴，真的好像一下子就变了另外一个人一般，简直就是一个艳惊四座的都市时尚女郎，哪里还瞧得出半分打工妹的样子？

真的是服装华丽人英俊，羽毛好看鸟超群，为了还这个人情，她决定晚间陪着吴老板去应酬。

在福州，方敏无依无靠，小凡和英子走了，小林也不在，而张志伟与骆玉红打得火热根本没心思顾及自己，车间的同事都各自有自己的生活圈子，要想和他们融为一体那几乎是不可能，因为只要你一动，需要的就是钱，而农民工最缺的就是钱，就算你有足够的时间和旺盛的精力，也只能孤单地守在属于自己的小窝里，等待下一个工作日的来临。

打工的人生活圈子是狭小的，他们没有能力没有理由去过自己想要的生活，他们的内心是惶恐的，他们小心翼翼地经营着那份来之不易的工作，他们的思想简单得每一分收获后的满足都会感恩于整个世界。

方敏想着小凡与英子在火车站的情形，心下就不由得一阵阵的绞痛，小凡早就是她心中认定的男人，可没想到，凭空地就多出来一个英子，竟然把自己喜欢的男人好端端地就抢走了。这是怎么一回事啊？

可是面对英子，她竟然是有气也无处发泄。英子的为人处世，极为老练厚道，滴水不漏。再加上她由于小凡的关系，对她也是照顾有加。两人居然同处一室，以她的性格，也能相安无事，不要说小凡惊叹，这在方敏自己看来，也是一个奇迹。

要是放在以前，方敏也早就千般用计、万般要横地与英子决裂了。

这一切，也许就是打工生活所不可避免会遇上的吧。打工生活的劳累与苦闷、无助与现实，会将一个人的个性棱角都磨得光光的，再也不会是原来那个自己。

在他乡，在这个陌生的世界里，小凡的走，让她有一种茫然无助，有一种精神上的空虚寂寞的感觉。

她以后该怎么办？

小凡走了。她心灵上的支柱就那样跟着与自己朝夕相处的女孩走了。她以后该怎么办？

方敏怎么也想不通，单凭小凡是个难得的孝子，他怎么会违背父亲那个怪老头的媒妁之言？况且一直以来方敏始终认为小凡对自己是有感情的，他只是一时经不住英子的诱惑而已。

他两人的这份感情，是儿时的懵懂，是少男少女那份纯真的、没有任何外界污染成分的。小凡对感情弱智的脑袋被英子牵着走的还挺顺畅，两人这一去木已成舟，方敏再是心计过人，也回天无力了。

她心里甚至后悔地想：不应该对英子那样的“仁慈”，早知英子也有如此心计，她应该先下手为强，在福州的时候就应该不动声色地用计让英子离开小凡。让她死了那条爱小凡的心。

但现在，一切都为时已晚了，方敏心里痛苦万分，那宝贵的初恋就这么在自己的眼皮子底下悄无声息地消失了，等于自己拱手相送了。

什么是痛苦？什么又是快乐？

快乐不是你得到的多，是你要求的少。

快乐，是因为她爱上一个值得自己去爱的人。

痛苦不是你容纳的少，而是赐予你的太多。

痛苦是因为你追求了错误的东西。

方敏意识到是实实在在地失去了这个男人，而自己又确实拥有过，忘掉他，告诫自己又谈何容易，记忆不是一句话、一个手势、一种决定，简单的能从脑海中根除掉的东西，没有人能够做到忘记一个人不留痕迹，更何况是那触及灵魂的记忆。

她最后的一丝希望，终于随着小凡与英子的归乡，化为乌有。

想到这里，方敏心里有针刺一般的痛："周小凡，你个浑蛋，我一定要让你好看，你这个负心的男人，我恨你，我恨你……我恨死你了！！"

方敏口中喃喃地骂着，眼中，一行清泪再也止不住，一下子涌了出来。

"周小凡，周小凡，我恨你，恨你……可是……我摆脱不了，我摆脱不了你的影子……"方敏喃喃地说着，伤心地倒在了床上。

四、醉翁之意不在酒

“小凡，我们这边定亲，你的爸爸妈妈都要来咱们家的。还有很多种风俗礼仪什么的。”英子惬意地用手指拨弄着头发，仰头看着小凡说。

“啊？还要爸爸妈妈来？”

“我就知道你为难。所以，我告诉爸爸了，一切从简，只是象征性的办一个仪式就行了。反正我又不是看重钱财的人。只要你真心对我好，我心里呀，就满足了。”

说完，又舒服地伸了一个懒腰，双眼痴痴地看着小凡：“你说舍身忘我的事情咋都让我一人干了啊。”

“嗯，你不下地狱谁下地狱呢，如果我勇敢地跳下去，你还不得伤透了你的“中国心”啊，再有你凡事替我想的周全，有你在，我都觉得反应迟钝了，凡事不动脑子，长此下去我非得变成弱智了。”小凡挑逗着英子。

“哈哈哈，这样不好吗，为了我的壮举你是不是应该意思意思呢？”

小凡呆了一呆：“什么意思，怎么表示？你又笑什么？”

“猪头啊，猪头。我就真不明白我怎么会喜欢上你这样的猪头。”英子坐起身来，用手捏着小凡的耳朵轻轻地拧了拧，一副恨铁不成钢的样子：“爱我要怎么表示你不知道？”

“当然知道啊。”小凡看了英子一眼。

“那你还等什么啊？”

“就是要以后对你好啊。”小凡一本正经地说。

“好你个周小凡，你知道猪八戒他二姨怎么死的吗？知道猪跑到大树前怎么就撞死了吗？”

小凡摸着脑袋：“你咋一张嘴都和猪有关啊，猪是你家亲戚啊还是亲友团啊，你就这么重视它们？”

英子一看这种引诱术对小凡不对症，只好厚着脸皮挑明了说：“你过来，还是我言传身教吧，对待你这种死不开窍的人，就得讲究奉献精神了。”

英子扬起头双手勾住小凡的脖颈，又看了看四下，山间小道上，这里是后山，自然也是没什么行人，她轻轻地用滚烫的唇，吻了下去。

小凡呆了一呆，刚想说什么，只觉一条又软又滑的蛇信，已闪动着溜入他的口中，他不由得轻轻地吮吸起来。稍后黏结的四片嘴唇用力地吸吮着，刺探的舌尖直接而奔放地将心底感情毫无保留的宣泄出来。

良久，两人才结束缠绵的亲吻，英子羞羞地笑着，轻声说：“周小猪，你现在懂得该怎么表示了吧。”

小凡不等她说完，早已一把抱着她的头，深深地吻了下去。

英子咯咯地娇笑着：“嗯，今天学得很快，能举一反三了。”

“方敏，这套衣服穿在你身上啊，漂亮，实在是漂亮，好马配好鞍，好车配风帆，一点不假啊！”吴老板一见到方敏就赞不绝口。

“什么？你把我比做马呀。”方敏沾沾自喜的同时拿话掩盖着自己被人赞赏的喜悦。

到了酒店，吴老板停好车，两人上了台阶，进得大厅，两位迎宾小姐齐声说道：“欢迎光临。”

这声“欢迎光临”对方敏来说，是一种身份的提升，似乎是向着更高一层社会的进发。

平日里，在车间里上班，累死累活的，就算是计件工资，那也得极力去维护，搞好一些关键人物的人际关系，总是得委曲求全，低声下气，赔着笑脸地求着人家。而今，人家这样客客气气地弯腰低三下四对你说话，为你服务，角色反差相当巨大，一时之间让她感到有些儿扬眉吐气。不由得挺了挺本来就很直的身板。

吴老板意气风发地走入大厅，二人坐上电梯，来到五楼雅座1003包间。

早有服务员跟入包间，满面笑容地招呼着。

包间里有方敏早就见过几次面的林总，还有另几位小姐陪着在那里打情骂俏的黄总、赵总。

林总一见方敏进门，立时便两眼放光了，满脸的沉稳堆满了猴急的笑容，忙起身来迎接，让座，“方敏果真来了，吴总面子真够大的，过来，这边坐，这边坐。”

方敏点了点头，收起连日来压抑在心中的苦闷，抿嘴笑了笑，说了声谢谢，便坐了过去。

几位陪酒的小姐打量着方敏，眼光不时地流露出一些嫉妒的神情来。方敏的到来的确是显得鹤立鸡群，让几位经过千辛万苦施脂抹粉的小姐黯然失色。

她们虽然艳丽，打扮得也极其性感，甚至可以说是风骚诱人，但与方敏这样的清纯女子相比，一下便逊色不少。就像一堆油腻腻无法下口的肥肉与一盘清香素雅的甜点，简直是天壤之别。

吴老板却更显得有些得意了，能够把方敏带到他大功告成了。很快，服务员鱼贯而入，酒菜都上齐。

“来来来，大家先干一杯。”林总笑着说话的同时眼角的余光还忍不住往方敏这边扫来，“赵总、黄总、吴总、方小姐，咱们干。”

大家一起举杯，那些陪酒的小姐自然也不甘示弱，她们可是酒楼里训练出来的欢场老手，见的自然多了，大家都各显身手，如鱼得水，在几杯酒下肚后，场面顿时热闹非凡，猜拳行令，黄总、赵总都在陪酒小姐的引导下，喝了个不亦乐乎。

“听吴总说，方小姐在闲余时间里还在学习电脑？”林总对方敏的兴趣显然极高，搜肠刮肚找些击中要害的话题出来聊，一张胖脸不知道怎样去运作才能让自己显得更加的英俊潇洒而博得少女的芳心。他对其他人已经熟视无睹，一颗心、一双眼以及整个身躯都恨不得和方敏融为一体。

方敏早就意识到这饿狼般眼睛的直射，只是装作没感觉地抿着嘴，心中厌恶，但表面上却没有露出丝毫的不满之色：“就是闲得无聊打发时间而已，瞎胡闹着玩玩。”

“方小姐气质动人，又好学肯干，豪爽大方，将来，一定会有所成就的，如果方小姐不介意的话，等春节后，我想把你从那钟表公司挖过来，先去行政部实习如何？”林总显得有些迫不及待，恨不得立时就把眼前这绝色尤物搂在怀中任他把玩，但面上却没有那猴急表现，这几句话说得正儿八经，诚恳度达到百分之百。

“这个？这……”方敏被突如其来的这个惊喜吓了一惊，不知是福还是祸。一时之间，竟然不知道该如何是好。

林总见她有些迟疑，又笑了笑：“一时没想好没关系。时间还有，如果方小姐哪天想开了，就给我打电话。”说着，从怀中拿出张名片递给了方敏。

“方小姐，林总这么看重你，你可要抓住机会哟。”吴老板在旁边凑了上来,讨好似的向方敏说着,可眼光却看着林总,“这种机会，是多少人梦寐以求的，这简直就是一步登天哪，多少人挖空心思削尖脑袋就是盼着有一天能爬出那土窝窝，而你现在唾手可得，摇身一变那就是白领档次啊，这不都是林总所赐吗？”此时的吴老板唾沫星子乱飞在不遗余力地游说着，要彻底击垮方敏本来就不坚实的防线。

“可是，只怕我是什么都不懂，难以胜任那份工作。”方敏心中喜忧参半，喜的是真的可以彻底脱离那最底层的打工生涯，不用再看所谓什么这“长”那“长”的马脸一般的脸色，不用再没日没夜的去加班加点了，那枯燥乏味的生活的确让人生厌。忧的是世界上没有免费的午餐，她隐约知道她将要付出的是什么。

林总见方敏并无立刻拒绝之意，心中已然明白了七八分，他这种生意场中的老手，经验阅历何等的丰富，心中得意万分，满脸堆笑地说着，“这个你放心，我会安排专人教你的，不过，实习期间，工资照发，一定比你在钟表厂里强得多了。”

“可是，可是我得跟……等小凡回来跟他商量一下才行。”方敏感觉幸运来得太突然，心嗵嗵跳得厉害，有些难以承受。

“我说方敏啊，你平日里那样的豪爽大气，这点小事都做不了主？等小凡有什么用呢？小凡都跟英子回家去肯定是定亲了。”吴老板在关键时候用起了撒手锏，“小凡和英子现在早就在一起你恩我爱，花前月下的了，哪还有心思管你的死活，你这样重情义的人是要吃亏的啊，你可要分清利与弊，这种机会是千载难逢的，能被林老板赏识，这是多少人梦寐以求的。”

他知道小凡就是方敏的软肋，也是摧毁方敏意志最薄弱的一环，要想打开这个缺口，这是最有效的办法。

一提到英子和小凡方敏心中一阵刺痛，吴老板的策略马上起到立竿见影的效果，方敏满怀悲愤地举起杯："既然林总给我这个机会，我如果不要，是不是我方敏显得太不识抬举了？我就答应你，到你那去上班吧。"说着一仰脖把酒灌下去，同时咽下了所有的一切，与其让这些无药可救的痛苦折磨自己，不如就豁达些，就此放下。

"好好好，方小姐果然豪爽大气，我林某人不会看错人的。"林总听得心下大喜，那满脸的肉里每一个细胞里都是笑意，有得意，有满足，也有淫邪，"来来来，我敬方小姐一杯，以后我们同在一个屋檐下了，哈哈……"

"对呀，这样才显得我们方小姐果断英明。"吴老板赔着笑，端酒杯招呼着，又向那边正被那两个陪酒小姐逗得不亦乐乎的黄总、赵总举杯同饮着。

"我敬林总一杯，感谢你给小女子我这么好一个机会。"方敏说着，替林总满上，一碰杯又一杯下去了，方敏今天把内心的痛苦化作了美酒，用酒精的麻痹尽情地释放着自己的无奈与悲伤。

"好，好，好！豪爽、大气。我就喜欢这样的女子。"林总见此，乐得心花怒放，这早就在他的预料之中，在物质诱惑的面前，没有多少人可以从容弃之，缴械投降的还是占大多数，因为他们知道什么是最重要的，没有钱寸步难行。

"来来来，我也敬方敏一杯。"吴老板也忙着替方敏倒酒。

"好，那我今天就感谢林总对我的赏识破例一次，喝个痛快。"方敏举杯，又仰头一饮而尽。

"赵总，小女子也敬你一杯。"方敏醉眼蒙胧，向赵总举杯，说完，一咕噜又干了。

"黄总，我敬你……"

一向酒量很好的方敏这次真的醉了。

吴老板、林总要的就是这样的效果。

人在伤情最易醉。

林总所暗示吴老板的事，与自己的利益息息相关。他能从一个打工仔，混到今天这样的成就，光靠艰辛奋斗，没有点过人的心机是不行的。而恰在此时，英子与小凡、方敏的三角关系成全了他。

林总是他的大客户，这个客户是损失不起的。所以，林总私下里向他提出要他带方敏过来，他唯命是从，一直在寻找时机下手。

当然，还有一个秘密，不过，这个秘密，也许他会烂在肚子里一辈子也不会说出去的。因为说出去关系就太大了。

像他这么久经商场的老狐狸，又怎么会不抓住这个稍纵即逝的机会？

林总的目的很明确。他喜欢方敏。第一次在酒桌上看见方敏的时候，他就惊为天人。

方敏的纯洁，她的美貌，她的气质，远非一般庸脂俗粉可比的。

男人，有钱的男人，喜欢一个女人的最终目的就是得到她、占有她。

林总对方敏显然是志在必得。

人在伤心的时候难免会失去理智。

现在的方敏，不仅伤心，她更想报复小凡。她要让小凡后悔，要让小凡后悔一生。

女人的心，永远是最可怕的。

女人的心，也永远是男人不可捉摸的。

爱之愈深，则恨之愈切。

方敏失去了小凡，就等于在福州失去了希望，失去了心灵的寄托。她心中充满仇恨，这恨让她怒火中烧，瞬间促使她在人生的旅途来了一个逆转。

小凡，他也万万没有想到，他不经意间，竟伤害方敏如此之深。

“来来来，承蒙林总如此看重，方敏我……我再敬林总一杯。”方敏举杯，醉眼迷离地向林总举杯。

而这时，黄总、赵总已搂着怀中的陪酒小姐一边知趣地向外走，一边向林总，吴老板心照不宣地一笑。

“方敏，你醉了。”吴老板嘴角上闪过一丝阴笑。

“我……没醉，我怎么……会醉？”方敏显然已经在两人的刻意灌酒下，醉得一塌糊涂。

“好，你没醉，那我陪你再喝。”吴老板阴笑着，又替方敏倒酒。

“算了，这丫头真醉的不行了。”林总一摆手，“你先回去了，今天，我欠你的这个人情，以后自然会有回报。”

林总一挥手：“我扶这丫头先上楼休息。”

吴老板点头称了声是，站起身，出门而去，在出门的一刹那间，他的脸上闪过一丝诡异的笑意。

他很明白林总的回报是什么。

林总的回报就是订单，只要有订单，他又怎么会愁没有钱赚呢？

在他眼中，女人不重要，最重要的是钱。男人如果有钱和谁都是有缘的。

五、失身

“我还要喝，来来来，我还要喝。”方敏举杯说着，可人已软了下去，趴在了桌子上。

林总见状，看了看方敏那红扑扑的脸蛋，犹豫一下，扶着方敏上了楼上订好的房间。将方敏放在床上。他就坐在方敏身边。

灯下看美人，越看越销魂。

昏暗的灯光，照着方敏那性感的身子，苹果般诱人的脸蛋，她穿着一件淡黄色纱质的冬裙套装，给人一种端庄、清秀的感觉。外面的那个短袄下丰满坚挺的乳房随着她的呼吸轻轻地颤动。套裙下浑圆的臀部向上翘起一道优美的弧线，下身还穿着那双白色的丝袜，这双丝袜腿根的地方是有蕾丝花边的。柔软的面料更衬得她发育完好的乳房丰满坚挺、纤细的腰、修长的双腿。一双白色的软皮鞋，小巧玲珑。一股青春的气息弥漫全身，让她有一种让人心慌的诱惑力。

林总有些把持不住。他艰难地吞咽，眯起的双眼已经失去了转动的功能。方敏性感的胴体散发出的那股幽香不停地往鼻子里面钻。刺激得林总体内涌出的热浪一浪高过一浪，几乎冲破胸膛洒向冰冷的世界。

自己朝思暮想的美女今晚唾手可得。

他伸出手，轻轻地去解开方敏的衣衫。

昏暗的灯光将方敏雪白的皮肤幻化成性感诱人的颜色，林总按捺不住心中的激动，轻轻地抚摩着方敏那诱人的身子。眼光触及的地方是她那高耸而极富弹性的双峰。

林总吞了一口口水，左手轻轻地抚摩着她那雪白的身子，右手再慢慢地，轻柔地去解开方敏的内衣。

方敏显然醉得很厉害，一点反应都没有。林总放下心来，大胆地伸手去抚摩着女人的禁区，方敏轻轻地哼了一声，口中呢喃着：“小凡，我恨你，我恨你，英子，我也恨你，我恨你们……我要报复你，我要报复你们……”

林总阴笑着，见方敏如此，更加大胆了，他是欢场老手，懂得怎样调情，也自然懂得正常情况下对待这种农村来的姑娘，只要征服了她的身子，就能征服她的心理障碍。

农村姑娘的贞洁观念，可是要比城市的人要强得多。一旦她的身子交给了一个人后，她就会认定这个人是她的丈夫，哪怕就是她心里不愿意，但也因为身子被他占有而委曲求全。

今晚方敏心情不好，他林总又怎么会不知道。像他这种年龄的成功男人，又怎么会没经历过这样的情事？只不过，他心里打定主意，只要方敏愿意，他一定要让他家那个没有情趣的黄脸婆下课，给方敏一个名分。一个成功的男人，在当今的开放社会观念下，谁不想功成名就后，有个三妻四妾的，指点江山，坐拥美人呢？

他一边轻柔地抚摩着，一边欣赏着，她性感红润的小嘴微微地张着吐气如兰，一头浓黑的长发在飘撒在床边，白净的脸蛋因酒精的作用满面潮红。

罗衫轻解，当一件件衣衫被他那肮脏的手褪去，呈现在他面前的是一个何等绝色的美人胚子？！

依然沉睡着，口中呢喃不清地呼唤着小凡、英子等模糊不清的话语，林总三下五除二，脱下了自己的上衣。轻轻地拥住了她那姣美的身子，进行着狂野而猛烈的进攻。

窗外，昏暗的灯光慵懒无力地照着马路，寒风低声呜咽呼啸，似乎也在诉告这世间的种种不公与恶行。

张志伟今个可是春风得意。

身体已然复原，这几天来骆玉红就像新婚的小媳妇一样，将他伺候得舒舒服服的。

早上，他还在睡觉时，骆玉红已早早起来做好了早餐，然后叫他起来吃饭。中午，仍是那样，两人要么出去逛公园游玩兜风，要么去登山。下午回来，两人又一起到菜市场买菜回来，然后，骆玉红就开始了她的工作，而张志伟就等着饭菜上口了。

对这种神仙般的日子，张志伟是心花怒放。后天，就过春节了。被爱情冲昏头脑的他这时才想起应该过去找方敏过来一起吃吃饭的。

昨天他曾给她打过电话，但店老板说方敏不在。他心里还在纳闷，她一个人在那边，会跟谁出去玩？他们是一起来的，他知道方敏喜欢小凡。其实也不光他知道，中学时，这就是全班公开的秘密了。现在小凡跟英子走了，她心里自然不会好受，所以，他想叫她过来一起玩几天。这样也好减轻一些小凡对方敏造成的伤害。

小凡私下也曾交代过张志伟，他与小林走了，只有方敏一个人在那边没什么朋友，会很孤单的，让他多关照一下。张志伟悔不迭地拍打着自己的脑袋，自己是重色轻友了，这爱情的力量差点让自己背信弃义。

落花边的窗帘边一缕阳光照了进来。

方敏睁开有些沉重的眼皮，慢慢地向四下扫了一眼。

她感觉有些不对。

四下陈设豪华，这绝不是自己的租的那个小屋。

想到这里，她一下翻身坐了起来。

可刚一翻身，她感觉自己是光着身子的。

她怔了一怔，向下看了看，再飞快地描了一下四周。那个林总在她身边，她不由得发出一声尖叫："你……这是怎么回事？"

说着，她赶紧把被子盖在身上，找到散落在床边的衣服，手忙脚乱地穿在身上。

"方敏，我会好好地对你，一定会珍惜你的。"林总翻身过来，满脸的倦意，长长地伸了一个懒腰，一本正经地说。

"你……你个浑蛋，你不是人，你个畜生，我要打死你！"方敏抓起床上的枕头，一下砸了过去。

"我第一眼看到你的时候，就知道你是属于我的。"林总抓住枕头，倒是显得果敢坚决，"你听我说，你跟我有什么不好，你这样美丽纯洁的女孩，不应该去受打工那种苦，你应该享受高级的生活。"

方敏又抓起一个枕头砸了过去："我不稀罕你说的高级生活，我不稀罕！你……你这个畜生，你夺走了我一生的清白。我，我要杀了你。"

说完，她扑了过来，冲着林总一阵乱打。

林总忍受着，直到她打不动了，才轻声说："你这么好的姑娘，我怎么会让你受委屈，我是关心你，我是爱怜你，我要让你有享不尽的荣华富贵。"

方敏软软地倒了下去，哭泣着："我不要，我不要什么荣华富贵，我不要……"

人生有两大悲剧：一个是得不到想要的东西，另一个是得到了不想要的东西。方敏想要的没有得到，可不想要的却偏偏来了。

林总沉浸在一种征服的快感之中，得意地看着方敏，"从现在开始，我宣布，你永远地脱离了打工的生活。我马上安排你的住宿与工作问题。只要你愿意听我的安排，我一定会让你过着锦衣玉食的生活。你想想，那种打工的日子，怎么会适合你呢？加班加点的打一辈子工，才得到多少？给人家做一辈子的打工妹？再说，我知道你的一些事情，你喜欢的那个小凡，已经跟英子走了，你还能指望什么呢？"

"是，他们都走了，他不管我了，我……"方敏有气无力地哭着，直到发泄完自己的怨气，无奈大局已定，只得抹干净了自己的花脸试探说："你，你真的会对我好？"

"当然，那是当然，我今生如果不对你好，那天打雷劈。"林总听得方敏这样说，心下大喜，忙连声表白。

在大多数人眼里，金钱永远是爱情的头号杀手。

爱情似乎无法挣脱金钱的奴役，受到物质的驱使，人类习惯对爱说不，而没有勇气对金钱说拜拜，豪华住宅、名牌服装、豪华轿车、金银首饰的诱惑远比花前月下、情人节的玫瑰来地坚挺有力得多，这不但是现实的写照，也是历史文化的重叠。

在众多传统文艺作品中，人们都鄙视金钱重视爱情，把爱情摆到至高无上的地位，让人相信只有爱是至高无上的，所谓生命诚可贵，爱情价更高表达的就是这种爱的境界和理想，为了爱什么都可以放弃，爱情的力量可谓惊天地泣鬼神，可现在能有几人爱江山不爱美人？

生活的现实是，有钱的不谈爱情，没钱的认为谈爱情是一种奢侈。爱情这圣洁的情感正日益受到金钱的腐蚀，它在经济大潮的冲击下，显得那么不堪一击。

在沿海各地风起云涌，打工者聚集的大城市，广为流传的一句话是：如果你身边有一个漂亮的女人，那么，就把她保管好。很多的打工者，带着漂亮的女朋友，或是老婆才打工一年半载，就被有钱的老板富人盯上钩走了，这几年，城市最流行的离婚也蔓延到了农村，并且，亦成愈演愈烈之势横扫整个中国农村这片正在开放的大地上，这就是打工生活的现实写照。不过，这都是后话，放在下一部里慢慢书写。

英子爸爸面色阴沉地坐在那里，大口大口地吸着烟。

“爸，有什么事吗？”英子看出爸爸脸色不好，忙关切地问。

“英子，我找算命先生算了一下你与小凡的命理，算命先生说小凡命太硬，克母克妻，非常不合，如果在一起，你要忍受很多苦难。”英子爸低沉地说着。

“这？……爸，现在都什么年代了啊，还信这些。”英子心里没底，听得脸色都变了。

“英子，你妈和我就你这么一个女儿，我不想你有什么事情。待会儿叫小凡过来我先问一下。因为算命先生把他以前的事也测过了。”

英子爸脸色显得更加的阴沉、严肃，他吸了一口烟，缓缓地吐了出来，似乎在做一件重大的决定，很艰难。

英子看着爸爸一脸的威严，虽说心中不愿，但也不敢再去争辩，点了点头：“那好，我现在就出去看一下小凡，他就在外面。”

“小凡，爸爸有点事要找你聊一会儿。”英子叫正在外面逗小花狗玩的小凡。

“哦，我就来。”小凡拍拍手，心里暗想：“她爸爸找我会有什么事呢？”这样想着，向小花摆了摆手，人已起身，随着英子进了屋子。

“这边坐，孩子。”英子爸有些僵硬地挤出一个笑容。

小凡看了英子一眼，又看了看英子爸，心中疑惑顿生，预感到接下来的事情必是凶多吉少。

“我今天主要是想了解一下你家里的情况，毕竟，我把我们家宝贝女儿交给你，做父母的至少要了解一些你们的情况是吧。”

“叔叔说的是。”小凡忙不迭地点了点头。

“那你说说你家里的情况吧。”英子爸直接步入主题。

“我老家在四川达州农村，父母也都是农民，与你们这边差不多，经济收入好像没你们这边好，有一个弟弟，还在念初中。家里的情况大概就是这样子。”小凡简单地介绍了一下。

“嗯，那在你十三、十五岁的时候，你家里发生过什么变故吗？”英子爸吸了一口烟。直接步入正轨。

小凡听得全身一震，满脸惊讶与不信之色。

家里的变故，小凡确实一直以来也不曾向英子提及过。这种令他伤心的事情，他不愿去触及。而家里的事，只有方敏、张志伟、小林与鲜儿知道，但这些事，他们不至于去跟英子说的，不然，英子也早就会问他。但英子爸又是如何知道的？

“确实发生过。”小凡沉默了好半天才从牙齿里崩出几个字。

“你妈妈是不是在你十五岁的那年，因你的一些什么原因去世？”英子爸眼中的忧郁更甚，双眼却也更亮，看着小凡问。

小凡只觉得全身冷汗冒了出来，他脸上显出极度痛苦，看着英子爸，嘶哑着声音说：“你……你是怎么知道的？”

妈妈为了保护他，不幸死于村里恶霸的当头木棒之下。这事只有小林与爸爸知道。连方敏与张志伟都不清楚。这英子爸远在千里之外，又是怎么得知的？

“孩子，你是个好人。也许将来会成大器。”英子爸此时已对算命先生的话更加深信不疑了，他长叹了一口气，“但你与我们家宝贝女儿的八字命理不合，你天生命犯孤星，克母克妻，如果命运转折不好，你也必将一生凶险。”

“我请算命先生合过你们的八字，他是我的好友，算出了你的详细身世，你们是实在不适合在一起啊。”英子爸心意已决，长叹一声，便出门而去。

“爸爸……”英子一下哭了起来，急忙拉住爸爸的手，用力地摇晃着：“我不信，我不要相信这些。那都是骗人的，你说的都是假的，都是假的。我要跟小凡在一起，无论怎样我都要和跟小凡在一起一辈子，我不怕，我什么都不怕……”

“英儿，我也不愿意相信，可是，爸爸妈妈只有你这么一个宝贝女儿，我不想你有什么不测。”英子爸老眼中湿润了起来，“你说什么我都依你，但唯有这件事，不能依你了。”

英子“扑通”一下跪在了爸爸面前声泪俱下：“爸爸，我求求你，我求求你，不要分开我和小凡，不要分开我们。我不怕什么命，我什么都不怕，我只求跟小凡在一起。”

英子爸轻轻抚摩着英子的头，叹了一口气，低沉而坚决地说：“英儿，爸爸也不想，爸爸也是为你好，这孩子是个好人，但这件事，就这样决定吧，你不用多说了。”

说完，他用力推开英子，出了屋子。

“爸爸，爸爸……”英子望着爸爸消失的背影，失声痛哭起来。

“小凡，我不要相信，我也不会信命的。”英子站起身来，扑到呆坐在那里小凡的怀里：“我们不要管这些，别信爸爸的，不要相信爸爸的……”

小凡木然地看着英子，心中似刀绞一般的在抽动着痛，眼中是一片可怕的空洞。

他像柱子一样杵在那里一动不动，喃喃地说：“我是命犯孤星，我是克母克妻……”

“小凡，不要相信，不要相信这些。”英子紧紧地抱着小凡的腰，哭泣着：“我不要你离开我，我不管什么事情发生，我就是不要你离开我。”

小凡爱怜地看着泪流满面的英子：“英子，那算命先生真的没有算错，这一切，都是有命数的，咱们就……认命吧。是我害死了妈妈，我不能再害你，你们是我生命中最深爱的两个女人，我不能再害你，我不能、我不能……”小凡双手抱着头已接近崩溃。

“我不要，我不要认命，我只要跟你在一起，再大的磨难我也要与你一起承担。”英子抽泣着近乎疯狂地吼出了声。

“我姑父也说我命硬，双目带煞，但他算不出我是克母的，我不想伤害你，你跟我在一起没有好处的。”小凡眼神中透出一丝绝望，他摇了摇头，“明天，我就回家。”

“小凡，不要，我不要你回去，你不能丢下我，没有你我活着还有什么意义啊，你不能这样狠心啊小凡……”英子紧紧地抱着小凡，唯恐一松手一切都稍纵即逝。

“其实，我的命不好，我早就感觉到了，只是，没有人像你爸这样给我讲得这么明白。”小凡痛苦的双眼已经有晶莹的泪光：“我这一生，感到最幸福的就是我来到福州，你对我这样好，照顾我、呵护我，让我从没有感觉到孤独与寂寞，所以，我没有对生活失去希望。我应该很感谢上天了，能让我遇到你，让我知道什么是幸福、什么是爱情，这对我来说就是最大的恩赐了，能够得到你的爱，我今生都满足了。”

“小凡，你别说了，不要相信命，只要我们在一起，什么困难都会克服的。”英子猛然抬起脸，那被泪水迷蒙的双眼已然充满了坚定，斩钉截铁地说：“没有人能分开我们，就算是命，也不能。”

小凡不忍再看英子坚定执著的泪脸，慢慢地闭上双眼，蚀骨的痛苦啃着他的心，他木然地坐在那里一动不动，一行清泪潸然落下，越过苍白的嘴唇。

六、聚散离合

小凡终究是要离开英子家了。

下午的车，他与英子一大早就去买好了回家的车票。

英子帮小凡提着包，一起来到站台前："小凡，我不会相信命的，你也不要信，春节过完到福州去，我一定会到福州去的。你一定要等我。"站台前，英子对小凡再三强调："记住，一定要等我。你也一定要到福州去。"

小凡看着英子那略显憔悴的脸庞，爱怜地点了点头："好的，咱们福州不见不散。"

英子愁容满面的但还是不忘为小凡打气："你可不许撒谎，我们还要办培训班，我们还要做装修公司的。"

"傻瓜，我几时骗过你的？"小凡勉强挤出一个笑容，看着英子眼中的泪花，用手轻柔地拭去她眼角上的泪珠，"你看，我是一个信命的人吗？"

"嗯，小凡，我就是爱你，我就是舍不得你走，等春节后你到了福州，咱们就永远不要再分开了。"英子抽泣着，"你要记住，我已经是你的人了，永远都是。"

"英子……"小凡听得心里一震，手中的包一下滑落在地："我也爱你。"

他说着，再也顾不得在站台上那些稀少的人影，紧紧地抱着她，深深地吻了下去。

寒风呼啸，侵人肌肤，但再是寒冷，再是天寒地冻，可又怎能阻止得了两颗年轻而又火热、执著的心？

车开动了，英子跟着火车快步跑着，挥着手，再也控制不住情绪："小凡，我爱你，我爱你，你一定要在福州等我……"

"我会的，英子，咱们福州，不见不散。"

小凡也向英子挥动着手，看着英子那娇小、清瘦的身子在寒风中奔跑，终于再也忍不住，一行行热泪滚滚而下。他的眼前，又出现了方敏在火车站与他分别时，与此时相似的场景，想到这里，他的心，似被千万只虫子在里面吞噬一般，不由得向窗外的英子大声呼叫：

“英子，我也爱你，你也一定要等着我！”

张志伟打电话去店老板家。

只听店老板说方敏是去一个朋友家过春节了。过了春节才回来上班。

张志伟有些纳闷了，方敏有什么朋友？是不是方敏也在厂子里谈恋爱了？怎么一转悠，人就跑到那个朋友家去过春节了？

骆玉红看了张志伟一眼，摇了摇头：“怎么会呢？她要想谈恋爱还能等到现在吗？喜欢她的人多了去了，可她始终一门心思喜欢着小凡呢，怎么会这么快就移情别恋了啊？”

“可小凡都和英子走了，她还能在那傻等啊，世上有这么痴情的人吗？”

“当然有了！女人都是痴情的，喜欢一个人就在心里藏一辈子的，哪像你们这些臭男人见一个爱一个的。”骆玉红说着用饭铲照着张志伟的头就要拍。

“好好好，算我说错了，我是臭男人，我是臭男人。”张志伟嬉皮笑脸地反而凑了上去：“不过，我这臭男人可只喜欢你这样的女人。”

“就你小子嘴贫。看在你坦白的份上，就饶你不死。”骆玉红娇嗔着喝骂，心中却很是受用的。

“嘿嘿，我不仅嘴贫，我还油嘴滑舌呢。”张志伟笑着一把拥过她，把嘴凑了上去，一下吻在骆玉红嘴上。

“你，你真是坏死了。”骆玉红嘴上说着，身子却软软地靠在张志伟身上，有口难言。她多想让时间就这样静止，让一切都在此停留，可是，她的家庭责任，全压在她一人身上。她怎么能忍心父母重病在身而自己去独享幸福？

此时最痛苦的是，她的一切决定都不能对自己心爱的人说，这让玉红压抑得很辛苦，因为她要把最美好的一切留给他，让他成为生命中的永恒，为了家，她必须义无反顾地去做出自我牺牲。

只有钱，才是唯一能挽救她父母生命的东西。可是，凭她现在的工资，那简直是杯水车薪，远远不够。

穷苦人家的孩子，就是这样的命。

所以，骆玉红认命了。

农民工在这个社会所有的现实看来，似乎都应该是天生贱命的。

工地上，那些建筑工付出心血汗水几十年，得到的除了那点可怜的薪水外，还得到了伤残病痛；还得到了白眼与不屑。

装修房子，他们用心血装修好一家又一家，几十年如一日，将城市装扮得更加富丽堂皇、美轮美奂，他们得到了什么？除那点可怜的薪水外，他们得到的是劳累成疾，是杀伤力巨大的职业病！

工厂里，他们像机器一样重复着组装一架又一架的电子玩具产品，得到的是什么？身体质量的下降与患病概率的增加，而那点比装修工、建筑工更加少得可怜的工资也仅能维持日常所需，省吃俭用的一点钱还得寄回老家补贴家用。

中国民工、中国农民，可以说，是整个世界上最懂得感恩、最懂得知足的民工。就算是这样，他们还很感恩国家给他们这么一点看上去是解决生活、解决温饱的一个机会。

当他们看到电视上这个当官的贪了二千万元坐牢，那个贪了一亿元卷钱跑路出了国，也只是无奈地笑着，或是惊讶地张大嘴巴，天呀，哪能弄来那么多钱呀！咋花呀！只会叹自己命不如人。

他们，从来也没想到是什么原因。他们也根本没有时间和心思去关心这些。

他们关心的是，暂住证要是取消就好了；要是工厂一个月能放两天假就好了；工资能稍稍加一点就好了；也能像城里人一样在工作之余偶尔消遣一下，或是一家人在一起享受天伦之乐就好了。

爆竹声中一岁除，春风送暖入屠苏；
千门万户曈曈日，总把新桃换旧符。

寒气未走，春风便至，一年一度的春节来临了，天还未亮，四下的鞭炮声便清脆地响起，在整个乡村里回荡。有敲锣的，打鼓的，一派欢天喜地的热闹景象。这几年来，随着打工出去的年轻人越来越多，留下的大部分都是不能出去打工的孩童与一些要照看孩子的老人，这个小小的村子里平日里就愈发的显得冷清，也只有在过春节时，大家才从沿海的各个城市回到家里，这个山村方才能显得有一些生气。

中午的团年饭是山区乡村历来流传下来的一个风俗习惯。

小凡家无主妇，就到二叔家一起吃团年饭。大家寒暄着，大家都争着向小凡问起在外面工作的一些事情。

小凡笑着，给在座的叔伯婶娘说："外面很苦，但与家里相比确实好赚钱一些。"

小凡弟弟比小凡小四岁，听得小凡这样说，忙说："哥，反正我的成绩不好，我也跟你去打工算了。再这样下去念完初中也没什么意思。"

小凡弟弟长得像极了早逝的妈妈，生就一张漂亮的面孔，椭圆形的脸总是带着天真与坦白的神情，似乎心中没有任何的隐私，乌黑的头发总是被他拨弄得井然有序，两条均匀的长眉像是特意修饰过的，那不经意皱起的眉峰显露出他有自己的爱好与想法并不是别人能够左右的，他的目光很有穿透力，不时流露出的热情很富有感染力。轮廓分明的嘴角总是上翘着，这是一个固执得很彻底的孩子，而又是一个激情四射的小青年！所以，小凡从小就极为疼爱自己的这个弟弟，

小凡爱怜地看了看这个可爱而固执的弟弟，未经犹豫道出自己的无奈："小峰，哥现在很后悔当初没念好书呢，你还不趁有机会好好念书，将来说什么也上个大学，出来工作都比咱们好找。"

"我的成绩不好，初中念完肯定也是考不上高中的，拿不拿一张毕业证书又有什么关系？再说了，现在上到初一初二就不念，出去打工的人多着呢。我们班上的好几个学生初一都没念完就去温州、广州打工了，听说他们有的回来过年了，还赚了些钱回来呢。"

小峰倔犟地说："今年我们班里的好几个也有我这样的想法，说念完这学期下学期就不念了，我们也一起出去打工。"

"不念书出去打工，那打的都是下贱的工、受气的工，书念多点，找的工作也好些。"小凡想起当初自己找工作的艰辛，在烈日下那个拖着一

个长长的影子茫然无助地走在大街上的情形，心里还在直泛酸水，“没知识没文化，我们厂子里来了几个也都这样，字都写不清楚，自然，能找到个岗位就不错了，哪还有机会提升，有知识的人，发展的空间就大一些。”

“我就不明白，多读一年与少读一年有什么区别了。能提升多少知识呢？你怎么不说早出去一年会增长多少知识呢，这些社会经验是你在课堂学得到的吗？”小峰步步紧逼。

“这个……”小凡一时语塞，半晌才缓缓地说：“那你现在这么小，又能出去做什么？现在还在长身子，出去做的那些厂子，好的厂子说你是童工，你也进不去，差一些的厂子就算能进，那也不是人干的活，都是对身体有害的、有毒的厂子。你说你去好好的身子做出病来，能成吗？”

大家都听得沉默不语，好一会儿二叔才开口：“确实是这样，以前我们村里的好几个人出去后，干的不知道是什么活儿，才两三年就病了，后来，厂子里发现他们有病后找借口辞退了他们，才回到村里，去年就死了三四个了。听说是什么职业病，粉尘造成的。”

“对了，前次你们打电话来说，郑伟好像也是得什么病不幸去世了。”

“就是啊，出去的时候还好好的，才去那个石材厂上一年半的班，身子骨就拖垮了。再后来身体不好，不能干活了，就出了厂子，在城里治那儿医药费又太贵了，回来治没多久，也就死了。还有几个人也都差不多是这样子的。要么就是工伤着回来，要么就是身体不好回来了，有两个也就是前几个月死的。”

“你们做的是什么工作，不会对身体有害吧。”小凡爸听得忙关切地问。

“我们进的是钟表厂、塑料厂，好得多，工资虽不太高，但至少对身体没什么害处。你们放心吧，我早知道这个职业病的厉害，我才不会进那种有毒的工厂呢。”小凡笑着说，“爸、二叔、大叔、婶娘，你们都吃菜啊，别光听我说了。”

“嗯，那就好，那就好，这样我们就放心了。”二叔也听得连声称是，“钱赚不了不要紧的，可千万得自己注意身体。”

“鲜儿从去了青岛，也就没回来过了。”大叔叹了一口气，“这大过节的，她没回家，总感到家里少了什么似的，心里空空的。”

“就是，这丫头也不知在外面是好是坏，就是过得不好也不会和咱说的，怕咱着急担心不是？”婶娘也在一边说着，显得有些落寞的样子。

“我们接到过姐的电话，听她说那边不错啊，她好像说过一年就要结婚了，那姐夫是在那边部队当什么军官的，可能一年后就要转业。”小凡笑着安慰他们，“姐以后生活就安稳了，城市的生活比咱们农村可不知道好多少倍的。大叔婶娘以后可有清福可享了。”

“享什么福啊，这一年一次的春节都懒得回家过了。咱们还能享什么福哦。真个是女大不中留了。”婶娘说着，引发了思念之情，不由得双眼有些湿润起来。

“在外面打工，也不容易，你说好不容易省吃俭用的存了点钱，可是这么远，来回一趟车费都要花费好几百，再加上一些人情世故，这来来回回的都要花上一千来块了。”小凡忙解释着，“出去就是为了赚钱，在外吃点辛苦不算什么只要过得安乐些，她心里也会高兴的。”

“是啊，孩子们都在外面受委屈了，都是我们这些老弱病残把你们拖累了，我们怎么会不知道你们在外面有多难啊，可回来了还都乐呵呵做给我们看，苦你们自己都咽下了。”婶娘一想到这些孩子在外遭的罪，不由得有些哽咽起来。

“来来来，大叔、婶娘，我陪你们喝一杯。”小凡见状，向小林挤了挤眼，把话题岔开了。

小林木讷地一愣神，立时明白了小凡的意思，也端起酒杯，向大叔敬酒，三叔及在座的婶娘们逐一敬酒。

一圈转完，几杯酒下肚，气氛顿时热烈起来。推杯换盏，好不热闹。

正在这时，忽听村口有人远远地在呼叫：“不得了啦，不得了啦，杀人了，孟飞杀人了！孟飞杀人了！！”

七、杀人灭门

大家听得一愣，相视对望，脸上都是不敢相信的震惊，然后，纷纷离桌而起。

“孟飞杀人？！”小凡与小林也听得一惊，“孟飞怎么会杀人？”

但村口远远的声音又不断地传来：“不得了啦，孟飞杀人了，孟飞杀了王国平了。”

兄弟俩这下听清楚了，小凡惊惧之下，暗自想道：“这孟飞是比自己高几届的同村人，早已成家生子了，并且，孟飞的为人他很清楚，一向比较理性、温和，以前他在念书的时候，小凡还常常看到他打乒乓球，几乎不爱与人争吵，因为只有一张乒乓球台，如果其他人硬给他占了，抢了他的位置，他也只是笑笑就算了。后来也是初中未毕业就去广东打工，已有三年了，今年才回来，怎么一回来就杀人了？”

这样一个理性、温和，甚至有些懦弱的男人，怎么会杀人？

小凡心中有些想不明白。而此时，满桌的人都已顾不得吃饭喝酒了，一个个都跑去村口。到了孟家小院里，看到的情形不由得让人大吃一惊！

只见王国平满身是血一动不动地趴在地上，头上、身上被砍了不知道有多少刀，地上，到处都是鲜血！

而旁边，早就乱作了一团，王国平的父母也都早就闻讯赶来。一见王国平浑身被刀砍的血肉模糊，倒在地上，不由得悲声大哭。

围观的村民面露惊骇之色，相互交头接耳指指点点地小声问询着。

小凡也与小林一起围了过去，看见王国平的母亲在旁边大哭。这时，围观的人群忽然骚乱起来，一大帮人马走了过来。都是些精壮年轻的汉子，因为是春节，估计外出打工的人都回家了，王家虽然在本村极为贫穷，但却是人丁兴旺，而在农村这个小社会里，人丁兴旺是很占优势的。这一帮人马气势汹汹冲了过来，小凡看了一眼就知道是王国平的亲戚们陆续赶到了。

随着这王家大队人马过来，气氛明显紧张起来。

人群中已有人在高声呼叫："交出凶手来，交出杀人凶手！"

小凡心里知道，这些人都不是好惹的主。这些人高马大的人不是来围观的，而是来兴师问罪的。

王国平在整个村子里口碑不好，是公认的好吃懒做，拈花惹草的小流氓一个。而他家里的人也因仗着家里兄弟多，除了另一个村霸何家外，这个村子就数王家最横了。

果然，王家的那帮亲属到了，这边孟飞的父母早已哆嗦着出来连声的道歉，向王家那帮人马点头作揖递烟点火拼命地赔着不是。

但王国平已被孟飞当场砍死了。这人命关天，岂是孟飞父母道歉递烟就能解决得了的?

王国平的爸爸出场了。

这王国平的爸爸说起来在村里那也是一个传奇式的人物。

据小凡爸爸讲，早些年那还是"文革"期间，这王国平的爸爸与另一个村霸菜头何当时可是红极一时的造反派头头，相互勾结在一起可是能呼风唤雨的人物。什么强奸妇女、打砸学校、狠斗富农，只要是稍大一点的场面，必然是有他们的身影。

因为他天生嘴长得有些歪，大家送给了他一个外号，叫做恶霸天歪嘴王！

而这个歪嘴王一直以来，都是他欺负人习惯了的，在整个村里，也可以说是方圆几个乡里，这个恶霸天歪嘴王是家喻户晓的。

他与另一个村霸菜头何横行乡里数十年，名头是响当当的。不想今日，竟然被一个名不见经传的小小孟飞把他儿子杀了。并且，是当场砍死！！

"你们把孟飞这个杂种给我交出来！！"歪嘴王冲孟飞的父母咬牙切齿地厉声喝道。

"孟飞，孟飞他早就不知道跑哪去了。我们听到吵闹声后，就看到王国平把我们家孟飞拖出来打，正想劝架时，孟飞就拿了一把刀出来冲他砍了几刀就跑了啊。"孟飞父母一向老实巴交,是深知这歪嘴王的厉害的。急急忙忙地解释着。

“混账老东西，你儿子杀了我儿子，我要你们偿命。”歪嘴王气势汹汹地说着，就冲孟父一脚踢了过去。

而围观的人都深知这歪嘴王平日里的厉害，哪里还敢上前去劝架，都一个个躲得远远的。而小林小凡也早就被父亲都拉在了一旁。生怕打起来伤到了他们。

那孟父一向都是老实巴交的农民，平日里见了这群恶霸也是早就绕道远远的就让开了，就是平素里因为一些田边地角的争吵，也是宁可自己吃点亏也不愿意与他人争执的人，哪里见过这等阵势，那歪嘴王一脚踢了过来，他也根本就没料到。

这一脚踢下，踢到了孟父的肚子上，只听孟父“啊哟”一声，便惨叫着捂着肚子倒了下去。

“我操你妈这个老东西，还敢装死！”歪嘴王满脸横肉直抖，声色俱厉地大喝一声，“今天你们不交出姓孟的这个小崽子，我就杀了你们两个老东西偿命。”说着，又冲上去对着倒在地上的孟父猛踢。

孟母见状，忙扑倒在孟父身上，连声哀求着哭喊：“求求你，不要打了，不要打了，我的儿子我们也不知道跑哪去了，他杀人偿命，自有王法来管的。会有派出所来抓人的，你们也不能打我家的这个糟老头子啊。”

歪嘴王冷笑一声，听得火起：“王法？老子就是王法，我不仅打死他这个老混账，还要打死你。”

说着，又抬脚踢向孟母。

这孟母乃是一个四十多岁的懦弱妇女，哪里经得起这个打打杀杀起家，欺负好人成性的恶霸天的拳脚。惨叫声中，孟母也跟着倒在地上。

歪嘴王冷笑一声：“我叫你们装死，我叫你们装。我就拆了你们的房子，这小畜生跑得了和尚，难道还跑得了庙子不成？”说着，又冲这对老夫妻狠狠地踢了几脚！

在孟飞父母惨叫声中，歪嘴王一挥手，大声说：“你们给我狠狠地砸！”他的几个儿子早就等着他的一声令下，这时，眼见歪嘴王下令，一个个如恶狼扑食般，跳进院子，拿着家伙，闯到屋里去，见着东西就砸！！

可怜这大年三十，本是孟飞一家团圆过节的喜庆日子，可不知为什么他竟中了邪，竟杀了恶霸天的儿子，弄得自家鸡犬不宁大难临头了。

只听“乒乒乓乓”的一阵杂乱的打砸声，一时间，鸡飞狗跳混乱不堪！而在村子里发生了这样的事情，竟然没有一个人敢出手相劝！！

小凡看得心里怒火陡生，想到当年他们不也是如此欺压他家吗？自己的母亲那样悲惨地死去间接也是由他们而起！不由得双目一横，就想跳出去出手相助！

小凡爸早就知道自己的儿子从小就好管闲事，爱打抱不平，而且面对这王家也是仇人见面，分外眼红，这时眼尖，一下按住小凡的手，低声呵斥：“你不要命了，敢给我惹是生非？是不是想我这把老骨头也像孟飞的爸那样被人打散掉你才甘心！！”

小林也忙过来，拉住小凡，低声说：“三叔讲得有道理，这可不比外面，打了就跑。不能乱来的。再说，我们能打得过这么多人？你这是找死啊。”

小凡愤愤地一甩手，不再言语。

但听响声震天，屋子里的什么锅盆碗柜，都被几个恶神砸得一塌糊涂。而四下东西乱飞，是被他们几个扔在院子里了。

歪嘴王狞笑着，冲着在地上痛苦惨叫的孟飞父母喝道：“你儿子今个不出来，我就叫你们这两个老东西连着你们的房子陪葬！！”

孟母一把扑了过去，抱着歪嘴王的大腿，苦苦哀求着：“我求求你们，你们不要砸东西了。你儿子横行霸道，诱奸了我的媳妇，这一占就是一年多，我们都忍气吞声，还要怎么的？这也就算了，但偏偏还赶在大年三十到我家找我家媳妇，你说，你们说说啊，这算是什么啊？我儿子不过就问问，却被王国平一顿暴打。他气愤不过，不知道从哪儿拿了一把杀猪刀来，不小心误伤了王国平，你们竟这样打砸我家，就算我儿子犯了法，也是由派出所来抓去定罪，也轮不到你们来打砸我家啊。你们眼中还有没有王法，还有没有天理啊？”

小凡这才明白为什么孟飞那样一个弱小、文弱的人也拿刀杀人。

他心下不由得暗赞一声：“就是该杀，杀的好。这种人，法律是管不了他的，就是得杀了才好。”

在小凡的眼中，他自然也是这样爱憎分明的简单想法。而他，也早早的因为家庭的变故，对社会所谓的法律已不抱任何的希望。

但听歪嘴王狞笑着，冲着孟母猛踢几脚，呵斥着："老子就是王法，老子就是法律，你今天不交出你的儿子，我就让你们给我儿子陪葬！！"

正在这时，忽听得屋子里，传来一声惨叫！

小凡怔了一下，才一愣，接着，又传来一声惨叫！！

大家都听得屋子里那种痛苦的惨叫声接连不断地传来。

歪嘴王怔了一怔，一闪身，冲了过去。因为他听得那声惨叫是他的另外一个儿子的声音。

他闪身冲过去时，手上已从旁边抄起了一根木棒。

可木棒还没有拿稳，只见刀光一闪，劈头已向他砍了下来。

这事就发生在肘腋之间。根本就容不得人来细想。他还没明白是怎么一回事，一个血人般的人影已冲了出来。歪嘴王只觉得手一麻，手臂已被来人生生砍断，鲜血便立时喷涌而出。

而冲过来那人，并不立时住手，手起刀落，不停地砍在歪嘴王的头上、身上。

顿时，鲜血飞溅。歪嘴王惨叫声声地倒了下去。

而旁边围观的一些妇女，胆子小的，早已吓得惊叫着四下哭喊着跑开。小凡与小林也看得心下大骇，只听那人影手起刀落间发出那种悲愤绝望的声音："我叫你们打我父母，我叫你们打他们，我就要灭掉你全家！我要杀光你们全家！"

这声声悲愤凄凉的声音，小凡感到似乎是自己的心声，曾几何时，他心中也有这般如此的绝望想法，舍掉自己的性命，也得杀光那菜头何的全家来祭奠母亲，报仇雪恨！！

那冲出的人影，大家顿时明白了过来，就是孟飞！！

估计，他激愤之下杀了王国平后，因为害怕躲入了屋子里，但歪嘴王的咄咄逼人，让他已无路可退。又见歪嘴王如此伤害他的父母，这父子血脉相连，他纵算是胆小怕事，被点燃了怒火，再起杀机！

杀一人是死，杀两人也是死，孟飞现在是决心豁出自己的性命，要为乡亲和家人除暴安良斩草除根了。

但他深知这歪嘴王一家几口可都不是好惹的主，就利用在自己家中，熟悉环境的优势，躲在暗处趁其不备，才一举得手，这才又杀了歪嘴王几个儿子，再出来杀了这个恶贯满盈、横行乡里的歪嘴王了。

孟飞似杀红了眼般，直到用刀砍得歪嘴王再也不能动弹后，又开始冲向那些歪嘴王家里的女性家眷。而四下的村民，在这变化如此之大的惨景面前，一个个也都退得远远的。

竟无一人敢上前去拉开与劝慰孟飞。

而小凡与小林对望一眼，心下却是暗自欢喜，在他们善恶分明的简单是非观念中：坏人是完全应该死的。今天孟飞的表现，完全足以担当武侠小说中的那个大侠客的位置！！

那些王家女眷平素里也仗着儿子老公人多势众，横行乡里，自然对待村民也是好不到哪去。出现今天这样的局面，是她们万万不曾料到的。本来是大动干戈，打算要兴师问罪。可不曾想，竟然被一文弱小子用一把杀猪刀，像杀猪一般的就给灭了门!

除了那伏在地上悲号的王母外，其余王家众多的子媳本来是幸灾乐祸地看着自家的老公小叔在那显尽威风打砸别人的家，她们也跟着起哄大骂孟飞及其家人，这时眼前的变故实在太快，从屋里的惨叫声到外面的歪嘴王倒下加起来也就不过一分钟的时间里，谁都会被这个巨大的变化所惊呆!

但见寒光闪处，有人已开始四下逃窜，而跑得慢的，便又中刀!

这时，孟母嘶声大叫："飞儿，我的好孩子，不要再杀了。飞儿，你不要再杀了……"

孟母的声声悲呼，让杀红了眼的孟飞听得全身震颤，绝望地看了看四下，扔下手上的杀猪刀，飞奔过来，一下跪在了孟母的面前。扑入妈妈的怀中。全身颤抖着，声音颤抖着说："妈，我对不起你，对不起我那两岁的儿子，妈，我也杀了他那个不干净的娘，以后，我那孩子是个孤儿了，你们要好好地照顾他，要做一个堂堂正正的人，一定要远离这个家乡，要远离这个充斥恶霸的家乡。"

孟飞哪里知道，这天下，处处都有恶霸的，怎么会有一方净土呢?

孟母听得一下又瘫倒在地，颤声说："飞儿，你，你，你这是何苦呢，我知道你委屈，我知道你受委屈了。可也不要这样地对待人家啊！”说完，放声大哭起来，“我苦命的儿啊，从小你就受苦，没想到，长大了你还要受苦，受人欺凌，我的儿啊……”

这时，孟父也捂着肚子，忍着疼痛走了过来，抹着脸上的泪水：“儿啊，今天你闯大祸了，我还是带你去自首吧。”

孟飞冷笑一声，用出奇平静的声音说：“爸，咱们去自什么首啊，我回来的时候，想去补办一张身份证时，派出所都放假没有人了，就算去自首，人家还没人给我们开门呢，还是等着他们上门来抓我吧。你们赶紧去给我做些好吃的，以后，儿可能就再也吃不到你们做的饭菜了。”

围观的人都一个个叹息着摇着头，有同情，有惋惜，有愤恨，有对歪嘴王一家在瞬间灭亡感到大快人心，但更多的是为孟飞从此杀人偿命而撇下年老病弱的妇幼而痛惜，孟飞站起身双手抱拳，向久久不愿离去的围观的群众哀声乞求着：“各位老少乡亲，我走后，麻烦大家善待我的父母孩儿，我在九泉下会感激你们的。”此时，围观众乡亲也莫不连声点头应声，让孟飞放心，大家也一定会尽力相帮的。

小凡冲小林一眨眼，心中那仇恨也随热血涌上：“哥，这孟飞平日里文静，看不出还真的是个大侠一般的人物，我真的也很佩服。”

小凡爸冲小凡低喝一声，与二叔三叔便一起离开了孟家小院。

院里，歪嘴王父子四人的尸体散发出令人闻之欲吐的血腥味，久久不散。寒风呼啸，似已有雪花飘落。整个院里，都是阴森森的肃杀之气！

恶有恶报，终于，这横行乡里数十年的歪嘴王一家，竟然就被一个名不见经传的小子的突然发飙，以这种极其惨烈的几乎灭门的方式，了结了他们数十年来的恶行。

天理昭昭，果然是报应不爽！

八、天理法理

经此事件，大家又重新回到家里桌上，各位婶娘忙着去热着饭菜。而像大叔、二叔等人便在一起议论起刚才发生的血案。

“我说啊，这孟飞还真的好汉做事好汉当。”大叔抽了一袋旱烟，吐出烟圈说。

“大叔，这到底是怎么回事啊？”小凡迫不及待地问。

“你们在外面几年，当然不知道家乡发生什么事情了。”大叔沉默了一下。

“这歪嘴王一家人本身就不是些什么好东西，横行乡里，就算是死，也是死有余辜！”大叔愤愤不平地说，“他这几个儿子平日里鱼肉乡邻习惯了，这次倒是恶贯满盈，报应当头了。”

“大叔，你就快说这究竟是怎么回事嘛。”小凡对大叔在那卖弄急得不住地催促。

“事情的起因是这样的，三年前，孟飞到外面打工后，王国平就找上了一个人留守在家里的孟飞过门不久的女人，两个一来二去，就产生了奸情，孟飞父母虽然知道，但这老实巴交的老两口，面对歪嘴王一家人强马壮，自然敢怒不敢言。所以，平日里过节的时候都说家里很好，不让孟飞回来，以免知道了，面上会挂不住。但今年孟飞也听到了一些风声言语，就从广东赶回家过节。”

大叔略一沉吟，继续说了下去：“按常理，人家孟飞回来，你王国平自然也要识趣一些，要避开一下，哪知道这王国平仗着自己家在乡里人多势众，横行无忌，竟不拿孟飞回来当回事。大年三十的，竟然在人家团圆的当儿还去找孟飞的女人。”

小凡听到这里，忍不住愤愤不平地骂着：“那这王国平也是死有余辜，不然，孟飞也不会被逼得要动刀杀人！”

“那孟飞平日里性情懦弱，前几天我还问了他，他还说要带媳妇出去一起打工算了。没想到，这王国平可能是听到孟飞要带他女人出去打工的风声，所以，才大年三十找上门来，想强夺人家的女人。孟飞不从，肯定就被王国平打了。逼得孟飞急了，于是就动了杀人的念头。”

大叔又吸了一口旱烟。缓缓地说着。

小林与小凡听得义愤填膺的，一个个都齐声说：“那这样是杀得好，就是该杀。”

“这王家也实在欺人太甚，自己儿子做出这样的丑事，也不好好管教，居然还要上门兴师问罪，打砸人家。就算是人家杀了人，也应该由法律来管，他们竟然连孟飞的父母也打，这才逼出了孟飞杀性大发，竟一举做出了灭门之举！！”

二叔在一旁接着说：“我也认为，这王家是报应当头了。”

“其实，我们村子与邻近的村子里都风传出好几个女人趁男人不在家，与一些野男人苟合。但一般那些女人的男人回来后，一个个都还老实，有的男人也有听得风声的，要么是带老婆一起出去打工，要么就是离婚。而那些野男人也从来没有一个像这王国平这么嚣张的，竟敢直接去抢女人。”

大叔说到这里长叹一声：“这社会，钱，让生活变的好了，可把思想变坏了，这人让钱折腾的，泯灭了良知，丧失了人性，颠倒了黑白，钱把一切都改变了，把一切都变坏了。”

满桌的人都沉浸在为了生存而背井离乡、别妻离子的悲痛中，一个个也都在不停地叹息，半晌都没人再说什么。

而两位婶娘这时已热好饭菜，端了上桌。招呼着大家一起喝酒吃菜。

下午三点，凄厉的警笛声远远地传来。

小凡听得警笛声，便知是来抓孟飞的。

在乡村里，打架斗殴是时常有之，但像今年春节这般的动刀杀了五六人可以说是几十年以来的大事。自然会惊动整个乡邻。

于是，人群蜂拥至孟家小院。

警车上走下来的是全副武装的、手持枪械的警察。一副如临大敌的样子。包围了孟家小院。还向院子里大声喊话了：“里面的杀手你给我听

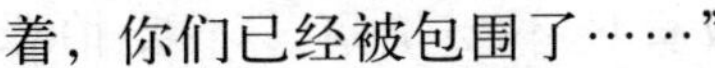

着，你们已经被包围了……”

估计他们以为能一口气连杀五人的人必然是穷凶极恶之徒，所以，来到这里必然有一番血战，殊不知，凶手竟然是一个看上去清瘦弱小的似文弱书生一般的人。

小凡与小林等一家子人也都赶过去看。但见孟飞衣着整齐、干净地走了出来。向四下围观的群众笑了笑，口中大声说：“是我一个人杀了他们五人，加上我老婆就是六个。我孟飞今日为大家除了欺压乡邻几十年的恶霸，大家都是来为我送行的吧。”

围观的群众有的大声附和着叫好：“孟飞，你放心地走吧，家里有我们乡亲照顾着，你就不用牵挂了，你为我们乡邻除去了恶霸，大家会记住你的。”

小凡心里暗叹这孟飞平日里柔弱文静，不想才在外面打工三年，竟然锻炼得这般的意志坚强，想必，他已是抱定了必死的决心，已然将生死置之度外，才有这般的气度。

而警察眼见一个杀人凶犯竟如此受群众乡邻的支持，显然感到甚是意外。领头的一位警察大声喝道：“不许高声喧哗！大家闪开，我们是奉命捉拿凶犯。”

围观群众开始高声为孟飞的义举争辩：“这歪嘴王横行乡里几十年，不见捉拿，今日倒见你们威风凛凛地捉拿起凶犯来了。他们死的是罪有应得！！死有余辜！！”

但说归说，谁都知道杀人偿命，孟飞已是难逃一死，人群已都纷纷让开一边。

而旁边几枝乌黑的枪口对准了孟飞。那个警察队长高喝：“举起手来，向前移动！”

孟飞四下扫了一眼，冷笑一声：“你们何必这样如临大敌，我要想跑，早就跑了。我在家等着你们来抓，自然就不会反抗。不用这么装腔作势的咋呼！”

说着，没有一丝胆怯，昂然走了过来。

而孟飞的父母早已呼天抢地地哭了出来。

“爸，妈，孩儿走了。下辈子，我还做你们的儿子。”孟飞大声向父母道着别，“一定要照顾好孩子，也要教育他不要怕事，不要怕恶霸！！”

“飞儿，飞儿。我的好儿子……”孟母声音嘶哑地呼天抢地哭喊着扑了过来。

已有警察快速上前拉开孟飞父母，将孟飞手给铐上。然后，快速地将他塞入车里，少顷，警笛大作，又呜咽而去。

“好一个孟飞，以你一人，换得五条恶棍的性命。果然是条汉子。”小凡与小林兄弟二人对望一眼，也都长吸了一口气。因为他的家庭是比不得有钱有权人的，如果有关系，那还是可以疏通一下买个死缓什么的，然后，十几年牢坐下来就有重见天日的希望，但孟飞家这些都不具备，所以，孟飞的命运肯定是枪毙。但在他们心中，孟飞，俨然是一个小说中才能出现的替天行道的大侠。

四下群众目送孟飞被警车带走。顿时又像炸开了锅的野蜂一般议论起来。

这孟家小院中，只剩下孟飞的父母在那发出撕心裂肺般的哭喊声，和孟飞那儿子哭着要找爸爸妈妈的叫声，响彻了整个宁静的山村。

晚上，饭后。

小凡爸面色凝重地叫过正在电视机前的小凡：“小凡，你过来一下，我有些事情想找你说。”

小凡见得爸如此认真的样子，忙关掉了那台黑白电视机。坐了过来。

“小凡，你出去两年来，人真的也长大了许多，懂事了许多。”一向威严的父亲，说这两句话时眼中竟也满是慈爱。

“我知道你过不了几天又要到福州去。我有些事情很想找你聊聊。”

“爸，有什么事，你尽管说吧。”

“我有三件事要告诉你。”小凡爸面色显得异常严肃地说：“第一件，是关于你妈的仇这事，我知道，那股仇恨是一直藏在你心中的，今天上午我在孟家小院就看出来了。但是，你决不能学孟飞这样做！”

“爸，你说要怎么办？”小凡双拳一握，大声说。

“你今天也看见了，恶人也是有报应的。有的人报得了，有的人报不了。孟飞杀了歪嘴王一家五口男人，那以后，他们的儿子长大了呢？是不是也要杀了孟飞一家？这冤冤相报何时了呢？”爸轻轻地摇了摇头，你看，从你妈妈去世以后，那欺负咱们的何家也没什么好日子过。大晴天里，他们的孙子在路边玩耍，被山上的大石滚下来，砸死两个，一个重伤截肢，等于是长大了也是半个废人。而他们家近两年来出的事，是一件比一件大的，不是重病，就是伤残，整个何家早已没有往年那样在乡里呼风唤雨的那股霸道劲了。”

“爸你的意思是?”小凡不解地望着爸。

“咱们人没报，天在报。”小凡爸叹了一口气，“既然他遭到了上天的报应。咱们，就不要报这个仇了。”

“这怎么可以？”小凡双眉一横，“为人子女者，不能替母报仇，那怎么为人？”

“你是不是也想我像那孟飞的父母一样，也要失去儿子才甘心？”小凡爸厉声制止着儿子孤注一掷的思路。

“爸，我……可是，但是，妈这样被人害死……”小凡听得爸如此严厉，心中虽有些不甘，但嘴上却不得不唯唯诺诺地应付着。

“你不用多说了。我能理解你的心情，但孩子，你也要理解一下爸的心，爸失去了你妈妈，不想再失去你了。”爸爸说到这里不由得老泪纵横。

“嗯。爸，我知道。我知道。我不会轻易去做傻事的。”小凡看爸爸一提到妈妈如此伤心，不再年轻的爸爸的确再也经不起失去亲人的痛苦与悲伤，马上放低了声音安慰着。

“嗯，这样爸就放心了。”小凡爸这才收起眼泪展颜一笑，满脸充满沧桑感的皱纹展开了些。

“第二件事，就是关于你与方敏的事。你也不小了，我们做父母的，总是想了却一桩心愿，孩子能成家了，自然，咱们做大人的也就完成了一件任务。再说，方敏从各方面来说，都能与咱们门当户对。你们能在一起，也是上天的造化。我与方敏的父母，都很赞同的。”

“爸，这个，我才十九岁啊。”小凡抿着嘴巴。听得爸如此说法，不禁心如乱麻。

他知道，方敏与他很般配。可他从英子家回来后，他才明白，他现在是深深地爱上英子了。这种爱，对于感情迟钝的小凡来说，平日里一直在一起，根本也就不觉得，可是，当一离开后，那种强烈的思念，是刻骨铭心的。

但他很是担心，他与英子的结果。

英子爸的话言犹在耳，他爱英子，可是在一起又怕真如算命先生所说，英子会受到伤害，小凡内心在痛苦地挣扎，不知道该怎么办。

而爸显然是想要将方敏视同他未来的儿媳妇的。这又如何是好？

“十九岁，虚岁都二十了，其实也不小了，你看看村上，多少人都定亲了？”小凡爸正色地说着，“人家方家肯屈就将方敏这么好的姑娘下嫁给你，也是我们家的荣幸。”

小凡怔在那里，不知所措，“可是，可是，我……”

“如果你没什么意见，我过几天就去方家上门提亲。”小凡爸缓缓地说。

“爸，不要啊。”小凡一听着急了，这怎么可以，和方敏定亲了那英子怎么办呢？可是一直惧怕爸爸的威严不敢在这节骨眼上向他说英子的事情，只知道一个劲地拒绝。

“方敏跟你到福州去，与你在一起打工，是全村人尽皆知的事，咱们久久不去提亲，人家方家会怎么想？方敏在福州又会怎么想？”小凡爸用眼光威严地扫了一下小凡，“如果你们定了亲，这些闲言碎语的一切都会没有的。你知道吗？”

“这个……可是……”小凡一下急得竟无言以对了。

“怎么了，小凡，你是不是有些不愿意？”小凡爸问。

“这个，是……哦，不是……”小凡急得半天也说不出个所以然来，忽然，眼珠儿一转，向爸低声说：“爸，有算命先生说，我天生命硬，会克母克妻的。我是担心我与方敏在一起八字不合，会有什么意外的事情发生。”

“胡说，怎么会有什么意外发生？”小凡爸听得一怔，不由得思量起来。所以，说话虽然声音大了些，但明显的就是口气变软了。

“真是这样的，所以，我才担心，不敢答应下来。”小凡见父亲语气不再那么执著，忙强调着说。

“这样？那还真得好好与方家商量一下，去好好合一下八字。”小凡爸说着，他对这个也是一知半解的，并一直相信小凡这小子那双眼睛从生下来就有些古怪，莫非真会克母克妻？

“嗯，就是要好好合一下八字我们才放心。”小凡见此言奏效，心下暗喜，终于蒙混过关。

“第三件事，这是关于我的。”小凡爸犹豫半天，还是说了出来。

“哦？爸你怎么了？”小凡很惊讶。

“你也知道，你妈妈去世这几年来，我一个人在家里，所有的大小事情都要我做，你弟弟还小，还得我去照顾些，我的身体也不太好了，一个人实在分不开心来。本来，我也是打算想跟你一起出去打打工，但听说，我们这样的年龄出去找工作，基本是找不到的。”小凡爸始终低着的头更低了，说起话来也一字一顿，生怕说错了话一般。

“是啊。爸你这几年是辛苦了，头上的白发也多了好多。”小凡点了点头，看着父亲那张饱经沧桑、满布皱纹的脸，心疼地说。

“所以，你姑姑看着咱们这样子，打算给你再找一个后妈，你的意见呢？”小凡爸试探着问。眼睛开始盯着小凡的脸上，想从小凡的脸上找到一个答案。

“这个？……”小凡再次望着爸爸那显得落寞的眼神与苍老的脸，想到父亲一个人要里外忙活，操持这个家真的太不容易了，不由得点了点头：“如果适合爸你，那我们做儿子的自然也是要赞成的。”

“嗯，你能这样想，我就放心了。”小凡爸素来也知道小凡对妈妈的感情，并且知道他的性格也传承了他的性格。固执，有时候甚至偏激。但这次小凡居然没有反对，显然，是他长大了，也明事理了。想到这里，小凡爸不由得欣慰地笑了笑。

“那好，过两天，你与我一起去你姑姑说的那家去看看。你去看电视吧，我还有些事去找你二叔他们商量一下。”

九、山区真实的贫困

初三，小凡父子俩收拾停当,往姑姑家走去。

姑姑家是在一个小山村脚下，三面环山。如果是春夏两季，那青山环绕，景色相当美的。除了已开发的风景区，美景往往是和大山深处、偏僻、闭塞相连的，这里交通极为不便，经济状况比周边的乡村也更差一些、更落后一些的。

父子二人走路过去，幸好的是，这几天既没下雨也没下雪。如果是下雪的话，雪化后的路是极其难走的。因为这里还是土路，没铺上水泥，一旦雪融化后，整个路面泥泞，一脚踏下，必然是带起一片泥土黏附在鞋上，行动就会变得异常艰难。

姑姑在小凡爸眼中，是一个备受尊敬的人。小凡的爸爸排行最小，所以一直以来，这个姑姑对他是疼爱有加。

而姑姑家子女众多，所以，在小时候，姑姑家的好几个孩子也都在小凡家里住过一段时间。这一来二去的相互帮助照应，自然他们的亲情比一般的姑侄要更浓厚一些。

小凡的姑父在当地农村里，算是一个有些文化的人。也正是这个姑父，在小凡一出生才一个月，就说小凡天生命硬，双目带煞，要小凡爸小心管教，不然，将来一定有牢狱之灾。

父子二人走了一个多小时的路才来到姑姑家。农村的俗礼是过春节如果走亲戚串门是要放鞭炮的。

到了姑姑家门口，小凡爸放起了鞭炮，便早有姑姑姑父及一众表弟表姐迎接上来。老远也就在招呼着了。

进门，落座，上茶。

因为姑姑早知道小凡爸的来意。所以，先做了些点心，吃后，姑姑就决定带父子二人去说亲的那个女人的家里。

而在吃饭的当儿，一干表姐表弟围着小凡，问长问短的，都想了解外面的打工世界是如何的神秘与如何的精彩纷呈。大家都很关心一个问题，吃点苦没关系，最重要的是能不能赚得到些钱!

看得出，她们一个个也都想出去打工，一是想补贴些家用，脱离现在的贫困现状；二是出去闯一闯见见世面看看有什么商机。毕竟,随着一些胆子稍大的人出去打工,闯荡几年后,虽说大部分人只是解决了温饱没什么大的起色，但总有几个出类拔萃的能在外面一展身手，拿回来了当地农民几辈子都攒不到的积蓄。这些个别人物的成功对村民是一个极大的诱惑！而家里这种祖祖辈辈面朝黄土背朝天，一辈子生活在这片贫瘠的土地上的人们，大部分人直到老死，也是埋在这片贫瘠而荒芜的土地上，再也没有什么多大的改变。

但现在不一样了。随着改革开放和社会的发展，信息一下涌入多了。多多少少也在这些思想僵化的人们的心头掀起了些荡漾。他们也希望，能有一些机会来改变自己的生活，改变自己的生存环境。

他们是迫切地想改变贫困和一成不变的现状！而现在似乎也有一个门槛不高的机会给他们。外出打工，就成了改变自己命运的一个机会。

曾几何时，在他们心中，能改变自己命运与生活的就是努力学习、拼命奋斗，只要能考上大学，就鱼跃龙门，永远地脱离了这个农门苦海了。

但现在与打工这个机会对比着，知识在现实面前显得那么的苍白与没有说服力!

很简单的一个现实对比就是：一个人外出打工，没什么知识文化，居然还能混个腰缠万贯的老板来当当，而某些大学毕业后的学生，居然连工作也很难找到了。

百姓的眼光是雪亮的。这个现实对比在百姓，在农民眼中，不亚于投放一个重磅炸弹。

书读得再多又有什么用呢?

一个学生，那高昂的学费，足以拖垮一个家庭十几年来的存款与收入。一个大学生，能把家上穷。

现在的大学生从学校出来，找工作的起点几乎与初中生的起点是一样的。于是，读书无用论疯传全国大地，红了百姓，绿了山河！却玩了国家，亏了祖国!

有一位名人曾说过：看一个国家的前途，就看这个国家的孩子是不是真心地想读书。这里，一个国家重视教育的程度，显得有多么重要。但我们，也只能在这写写、说说，无聊地发发满腹的牢骚，还能怎么样呢？因为，我们的话轻于鸿毛。

姑姑带着小凡父子，拎着一大包礼品，怀揣了些干粮，又踏上了另一个行程。

山势蜿蜒盘旋，川中的地势一向山高路窄。正如李白的诗句：蜀道难，难于上青天。

山浪峰涛，层层叠叠。幽幽的深谷显得骇人的寂静和阴冷。

而从山下向上望，它们的形状与在平原或半山望上去大不相同，它们变得十分层叠、杂乱、雄伟而奇特。举头仰望，山就是天，天也是山，前后左右尽是山，好像你的鼻子都可随时触到山。重重叠叠的高山之中，少有人烟，除了偶尔会看到一户人家、一片稻田外，只有一些爱冒险的猎人带着几只猎狗，在冬日里打猎，追逐那些从山上跑下来的山羊、野猪和飞鸟，一般人少有去攀登它的峰顶。

三人沿着这深谷小路盘山而上。而这时深山寒冬里的小路，有些路段稍有积水解冻是极其泥泞难走的。小凡是从来也没有去过这样的地方。他认为以前去舅舅家时见到的山就算是挺大的了，因为舅舅家的山比他家的都大好多，但现在看来，舅舅家那山与这边的山势相比，又有小巫见大巫之感了。

顺着弯曲的山路，偶尔看到几块梯田与一些农舍，小凡顿时看呆了，说是农舍，其实就是些用土垒起来，用石块与泥浆混合筑成的墙体，而门房显得是那样的老旧与破败。这种贫穷与落后，小凡如果不是亲眼看到，也是不敢想象的。

其中有一家的几个小孩在那无忧无虑地嬉笑打闹着玩着属于他们自己的游戏。看见小凡他们走近，一个个都显得极为惊奇，都停下游戏，睁大眼睛望着他们这几个陌生的路人。

有一两个胆子小的，甚至快速地躲到了门后，或是其他什么可以掩藏自己身子的地方远远地躲了起来。而胆大的则有些警惕地看着他们。

小凡心下暗自叹了一口气，在城市里两年来的打工经历，所见所闻，让他感叹在这国土上，这贫富分化竟然有如此巨大的差距。

三人又走了将近三个多小时的山路。翻山越岭不知道走了几座山，越过几条河，姑姑才指着不远处在半山的一座破败的小院说："喏，那边就是我说的那个女人家了。"

小凡在吃饭的时候，就隐隐约约地听到了爸与姑姑的谈话，了解了一些关于那个未来后妈的情况。

家庭很穷，是离异的。命很苦，离异的原因是那个男人好吃懒做，还经常喜欢赌博搓麻将、诈金花，而且脾气暴躁，动不动就动手打女人。听说，那女人终于忍无可忍，离了一年才把婚离了。而这里是那个女人的娘家，因为她为了离婚，几乎是净身出户了。

但这个女人一向是勤劳持家，且心地善良，待人接物也是备受村邻称赞。姑姑是四下打听才打听到这个女人的消息，所以，她离婚不久，姑姑就托人上门说亲了。

之前媒人传来消息称，那女人对小凡家还是有些满意的。所以，姑姑这才带上小凡父子大年初三就上了门。

三人不久就走到了那土木结构的小院跟前。这种小院在山区是极为常见的，都是用木架结构请的工匠修的，也有的是祖屋，住了几辈子人，但这种木架结构是很结实的，别看它破旧，其中的拉力甚至能抗八级地震，在后来2008年5月四川发生一场大地震，砖混结构的房子倒下很多，但一些砖木混合结构的房子却能挺住不倒，可见中国历来不缺能工巧匠的。缺的就是良知与责任而已。

这院子前后堆放着用来生火做饭的树枝、干柴等，整个院子给人的感觉就是破旧。但近前去看时，小院却扫得挺干净。

鞭炮声响起，小凡便看见屋子的主人一家子人都出来迎接了。

但进得里面后，小凡才感受到农村山里人家那个贫穷的程度有多么具体了。整个房屋里面被日常做饭烧火常年累积下来的烟给熏得漆黑一片，而屋子里除中间摆了一个旧的木桌，与几张小凳及一些基本的生活必备品外，几乎是没有什么可以称得上是摆设的东西摆在里面了。最为吸引眼球的就是里面横梁上、院子外的梁上挂的是满满的收回来的玉米。

看得出，也只有勤劳的人家才会种出这么多、这么好的玉米棒子。

一男一女是这家主人，而在那边生着火忙活着的一个约莫三十六七岁的女人显然就是姑姑所说的要给小凡爸介绍的对象了。男主人热情地泡上了些从山里茶树上采回来自己做的那些山茶，招呼着他们坐下。口中连声说着客套话：“让你们大过年的老远走来这边还要破费。”

小凡爸也四下打量了一下。他总算是个曾走乡串户的生意人，自然也有他对人情世故的一些经验与看法，对本地民风也多少有一些了解。

才短短的几句话中，已看出这家人属老实、憨厚的农村本分人，翻来覆去的就那几句客套话不会说啥了。

而那个提亲的女人虽然个头矮了些，但看起来做事却是干净利落，丝毫没拖泥带水的样子。

在农村成家的基本相亲条件，就是要顺眼，还能图个什么呢？做事利落，能干活，不懒，至于说什么夫妻感情，那一般是先成家，慢慢培养。没有像城里人或年轻人那样要先谈恋爱后结婚。

而那个女人也时不时地向小凡爸看来，偷偷地打量着这个没准将来就是自己要相伴一生的男人。

男主人称那个女人为“妹子”，叫她将柴火烧得大些，要为他们三人做些点心吃。又叫女主人打点去做菜。然后，开门见山地说：“我这个妹子命苦。早些前你们上门来提这门亲事的时候我就说明了。她只想找一个不打她，知冷知热的人好好地过下半辈子。”

“嗯，那是那是。”小凡爸与姑姑都点着头。

“兄弟你的情况他们也都说过。也是苦命人。家庭发生了那么大的事情，还一个人把家撑得好好的三四年，也不容易啊。”那男主人拿了一根旱烟点上。问小凡爸：“你要不要吃一根？”

“嘿，以前会，现在早戒了，戒了。”小凡爸也显得很满意，爽朗地笑着：“我们家确实是你说的那样，那大哥你意下如何？”

“我没啥意见。你们都是苦命的人，也都是好人。”那男主人狠狠地吸了一口烟，“我想两个受过这么多磨难的人到一起都会懂得体谅些。”

“嗯，那是，是这样的。”姑姑在一旁接过话头，“我看你家这妹子也是个勤劳、善良的人。将来要是真有这个缘分在一起，我家这个弟弟也肯定是不会亏待她的。”

“我妹子也是离了婚一年多。一直暂住在我家，以前也提过几起亲事，但她都不满意。有了第一次教训，她心里害怕再找个不省心的就活不起了。”男主人转头问在旁边忙乎着的妹子：“这次，妹子，你满意吗？”

“一切全凭哥哥做主。”那女人在旁边显得有些羞涩。

“既然大家都没什么意见，那就这么定下来吧，哥也就算是了却了一桩心事。”

说完，吩咐着家里的女主人：“这周兄弟他们走大老远的路来，肯定是饿了，快些上菜，再温好酒，今晚喝个高兴。”

是夜，因为路远，主人自然要留他们住上一宿的。

主人安排着小凡父子一起睡。而姑姑与他的妹子睡在一起。由于农村家里贫寒闭塞，能到他们这里走街串巷的几乎没有，所以，除了自己家人住的床铺外，都没有多余的容身之处。他们自己，竟然在房间里搭上了块门板，再找了些用树棕编织而成的那种棕垫子，然后，找到一床破旧的被子，在那农家都有生火做饭的火堆旁边就那样睡了一晚。因为这样，在寒风呼啸的深山里，才不会被冻着。

当小凡看到男主人满脸的歉意与不好意思时，心中感慨万千。

这种贫困的山区生活，究竟要到什么时候才可以摆脱呢？而他一路上所见的山里的农村人家，在外观上来看还远远不如这家的状况，可想而知要想摆脱目前农村的贫困是多么艰难而遥远的事情，自己家乡与城市的繁华的落差已经让自己触目惊心，但今天所见的那一贫如洗的山庄，那孩子充满好奇与求知的眼神，以及对生活早就失去了朝气的父老乡亲，小凡无以言表。

中国城市欧洲化，中国农村非洲化。两极分化也相差太大了。

小凡看着家徒四壁的这个家，他睡在一翻身就吱嘎作响的床上辗转反侧。

同样是国家子民，同样是国家的国民，为什么悬殊会这样大，高官款爷的花天酒地、锦衣玉食与这里的农民呆板单调，吃糠咽菜形成鲜明的对比，要想凭借这些无财无势而又无知识的农民改变现状那几乎为零。这个对比实在是差太大、差太多了。可这些贫困的山村人民，又拿什么来改变他们贫困的命运呢？

要怎么样，才能帮助这些贫困的农民一把呢？小凡心中在这样想着，而此时，小凡爸却已发出了轻微的鼾声。

走了一天的山路，小凡爸累了，身累了，心也早累了。今日他也很满意的这门亲事让他几年来的压力舒解了。终于，他也可以睡一个安稳觉了。

十、煤矿工人生活实录

小凡父子俩回到家中时，已是初四下午了。

农村的人情世故，礼尚往来，估计是一些城市人所不能理解的。平日里农忙，是没什么时间去亲戚间走动的，除了借婚丧嫁娶等红白喜事互相往来，帮助料理，就是利用春节农闲没什么农活可忙的当儿去走亲戚，联络联络感情与亲情。

在农村由于闭塞还遗留着封建迷信的毒瘤，一些婚丧嫁娶都要请风水先生选择良辰吉日来置办，小凡爸听说小凡命相克母克妻，就算对方敏再中意也不敢轻举妄动了，但在心里嘀咕着，要找个道行高深的先生为两人来破解一下命带的煞星，等万事俱备了再把亲事定下来。

自己找的老伴很合意，又得到小凡的支持，爸爸看起来精神抖擞，儿子在外两年无论言谈举止，还是人情世故都做得面面俱到让爸爸更感欣慰。

工作这个字眼在农村人的心目中是很神圣的，万事都可以推，工作是要放到首位的，初五的早上，爸爸早早地为小凡做好了准备，小林与小凡兄弟二人又开始了新一年的打工生涯。

寒风呼啸着，阴冷干燥的天气中，除山峰顶上还有一些残存未化的白雪外，四下山野都是一片枯黄，整个山没有了春天那种万物更新的气象，就像被人将鸡毛拔光一般只剩下了光秃秃的身子，满山的枝丫子在寒风中抖擞摆动，偶尔还有几片坚持良久再也撑不住的枯黄的树叶随着寒风从树丫上飘落下来，但这一切荒凉之气都拦不住人们出村远走，打工赚钱的热情。

第二天一大早，爸爸及二叔等一行人便早早地等候在了路边，你一言我一语的都在嘱咐着兄弟两人在外要如何安心工作，小心做事等关切的话语。显然，无论自己的孩子有多大，但在他们眼中，都仍然是个孩子。

远远地，听见了汽车的声音，众人便开始忙碌起来，提包递钱，眼中尽是难言的不舍与一种说不出的期望，显得分外的矛盾。

中巴车卷起飞扬的泥土停在了小凡他们面前。

在小凡上车时，小凡的弟弟大声地冲小凡喊："哥，明年，我一定也要到你们那去打工！"

"好好念书，多学点东西再说。"小凡向大家挥着手，"大叔、二叔、爸，各位婶娘、弟弟，我们走了。"

今年好在他们进城是不需要住旅馆了。因为姑姑的女儿他们的表姐，在城市经过了十来年的打拼，终于有了一座属于自己的小煤矿，赚了不少钱，在城里安了家，他们现在进城，就可以住在表姐家了。

谁都知道开煤矿是很来钱的。谁拥有了一座煤矿，就等于拥有了金钱与前途这是不争的事实。所以，有头脑、有关系的，是千方百计的也要去搞一个煤矿的。

煤矿，山村人们给了它在中国另外一个很合乎逻辑合乎事实的称呼：叫黑金！这黑金两字，意味着不仅仅是金钱，还意味着关系，意味着伤残，意味着鲜血与死亡！

中巴车在蜿蜒盘旋的山道上行驶着，两个半小时的车程，就到了县城。

兄弟二人下车出了站。到公用电话亭里打了爸给小凡的电话，果然表姐一会儿就出来接他们了。

表姐个头较矮，但多年的在外打拼练就了她精明能干的处事作风。

小凡和这个表姐的感情不错，因为在小时候念书时表姐在自己家里住过三年，有了从前的接触，这次来表姐家也不觉得生疏。

"你表姐夫到外面应酬去了，一会儿才会回来。"表姐热情地和小凡说着，并抢着拎起一个包。兄弟俩乐呵着，跟着表姐来到了她家。

"这租的地方不大好，等你们明年回来就好了。我自己把地都给买好了。明年自己修大的房子，那样就宽敞得多了。"表姐边笑着招呼边给兄弟俩倒茶。

兄弟俩放好行李，四下打量一下。表姐租的地方虽然只有八九十平方米左右，二室一厅，家具一应俱全，无论是在装修还是环境上不知要比家里强多少倍，简直就是天壤之别，没法作比较的。

“对了，你们呢，先坐在这休息一会儿。我去托人帮你们买一下票，现在车票可紧张了，没有关系根本就买不到。然后，今天就在我这玩一天，明天下午走吧。你们啊，这走了几年才回来没待几天又得出去打工。表姐想见见你们以后都不容易啊。”表姐唠叨，说话像放机关枪一样，一口气就说完。

“嗯，那表姐你帮我们安排一下吧。”小凡笑着点了点头，“我们本来打算要是今天能买到票，今天就走的。”

“别说今天走了。明天再走。”表姐不容置疑地说着，“你们先在这看会儿电视，我先下楼去买点菜，等你表姐夫一会儿回来，吃了午饭还要到矿山去，你们要不也跟他去看看？”说着，就起身下楼。

“嗯，那可以啊。”小凡看了看小林，他也没什么意见，估计也想去玩玩。于是就这样答应下来。

没一会儿，表姐与表姐夫回来了。

进门打了招呼后，表姐夫就开始发牢骚了：“你们还小，现在这个社会，太黑了。我们这个小煤矿啊，为了办个安全许可证，要请安检局、交通局、公安局、税务局等，差不多大大小小的头头都要请，一个都不能少了，都花了十几万，费了不少的心思才办下来。”

小凡不由得惊呼出声：“要花十几万才能搞定一个证啊？”

“当然了。没有这些七七八八的证，是不许开工的。”表姐夫叹了一口气，“这可都是出了老本在办这些证的。还得要送礼、请客、喝酒、吃饭等一干应酬下来，少不得近二十万了。不过还好，终于把证办下来了。以前就是因为没办到证，只能偷偷地开采，现在不用怕了，可以光明正大地开采了。”

“那花这近二十万办这个证合算吗？”小林脸上的吃惊之色仍没消退。

“当然合算了，这个煤矿一年下来少说也会挣八九十万。”

“八九十万，我的天啊，姐夫你们这不要发大了吗？这么多钱，我们可是从来连想都不敢想的。”这数字在哥俩听来，不亚于平地一声惊雷。

“这个煤矿的钱虽然好赚，但风险也大啊。最怕的就是矿里塌方，运气不好砸死一两个工人，那就亏大了，会让你在瞬间倾家荡产。”表姐夫说到此面色得意的神色此时又显得十分谨慎。

“做上几年我也打算收手不干，有资本了，就做些安全系数高的，省得整天提心吊胆的，晚间就没睡过安稳觉。”表姐夫显然对这个高风险赚钱的行业也并不十分执著，还是有在为自己留下一条后路的打算。

兄弟俩听得是一惊一乍的，这种大起大落的反差没有一定的心理素质是很难承受的。表姐夫看到小哥俩儿直眨巴眼睛有点目瞪口呆，忙笑着转移话题说：“下午你们跟我去山上看一下，到那看看我们这些煤黑子吃的苦，你们以后打工也就会更努力些的。怎么样，也说说你们今后都有什么打算吧？”哥俩儿相视着对望一眼，支支吾吾的无从说起，一想到自己在工厂里起早贪黑无论如何努力也才挣得那点工资，早就窘得满脸通红，哪还好意思张口了。

下午两点多，小凡兄弟与表姐夫一家一起吃过午饭。表姐夫带着兄弟俩出了门。打了个电话，一会就看到一辆运煤的大卡车到了他们面前，表姐夫招呼着兄弟俩上了车。

卡车载着三人，一路颠簸，拐弯绕道向深山里进发。进得山道约莫一千米的样子，就进入一条狭长的山谷开始爬山了。山势陡峭，弯道极多，且山路极为狭小。主要是这小路是从一些悬崖旁边硬打出来的，山势也极其险要。在这样的险要的小路上开这种大卡车，说实话那是随时都得准备英勇就义的，小凡坐在车上随车颠簸前行，时不时的路上一边的树枝擦得车“哗哗”作响，而另一边则是深深的悬崖，一路上都是提心吊胆的。心里暗想：“我的妈啊，要是这个车一个不小心，给翻了下去，怕是妈都来不及叫一声就没命了。这些司机居然还能运满满的一车煤下山。”想到这，他偷偷地瞄了瞄旁边的表姐夫，他居然像没事儿似的与那司机还有说有笑的，显然是早就对这一切都见惯不怪了。

车沿着险要、弯曲而陡峭的山道开了约莫半小时，沿途居然还有很多这样的大卡车进进出出。如果司机看见对面来车，就得老远找一个能错开车的、稍宽一点的地方停下，让运煤车先过。

卡车终于在一个场地稍大的地方停了下来，哥俩儿一直悬着的心这才放了下来，算是平安到达目的地。放眼望去，几乎是在山顶上了。四下灰蒙蒙的一片，远远的向下看去，高低错落的城市建筑便又显得那样的渺小与蒙眬，而一些铁矿工厂所排出的废气四下散播开来，旁边的一些农家房屋顶上被常年飘散落下的粉尘堆积成一种明显的厚厚的灰白粉尘。

再近一些，周围有好些宽阔的地方被平整了，都是用来堆放刚刚从煤洞里挖出来的煤炭，这里堆成了无数个小山丘。场地里好些人背着那种农村用的背篓，或是那种人力两轮车，背出一篓又一篓的煤炭来。

表姐夫带着兄弟俩来到一间用土坯垒成的低矮的房子里，看上去像是工人们的临时宿舍。就算是冬天这如此阴冷的天气里，也老远就能闻到一股霉味与一种说不清的臭味，是汗臭？还是其他味道，已无从细究。里面放的全是用木头钉起来的上下铺，因长年累月的摩擦，用手能触摸到的木头上全是油乎乎的黑色，并泛着亮光，像是从前电线杆子上面刷的黑色绝缘油漆。床铺的木板上铺着一层厚厚的稻草是用来隔凉保暖的，原始时代的取暖设备都在这里再显风采了。行李卷都堆在床铺的一侧，被褥那原有的颜色都已经被煤黑掩盖了，那顽固的侵入就是把床单洗烂也难找回它的本来面目了。床的最下一层堆满了破鞋烂袜子的，可能是被遗忘了很久的缘故，上面落着厚厚的一层灰，开关门的时候那带进的冷风，就能把上面飘浮的灰尘驱赶得四处逃窜。

总之在这个小房间里，只有一种颜色，这里容不得其他颜色的存在，只有煤黑的色彩在这里独占鳌头。

工人们陆陆续续的都上来了。他们两人一个组合，共用一台木板车，前面一人用根粗大的绳子套在身上走在前面拉，后面一个人也使出吃奶的劲在推，这样，满满的一木板车又一木板车的煤炭就推出了洞口，有一些人还是背着满满的一背篓背出来的，然后，去到旁边过秤、记数。他们每人全身上下都是黑黑的一层煤灰。满脸上也都是一层厚厚的，像被那种黑黑的煤炭染上了一层似的，所以牙齿显得格外得白。而就算是在这寒风呼啸的冬天里，他们也是全身在冒着热汗。这让小凡看了不禁倒吸了一口凉气。

收工后，有的工人会换件稍稍干净的衣服。但有几个为了省事。甚至是连衣服也懒得换了。直接到旁边水龙头那洗一下手就做饭或是买饭开始吃了起来。

而那双手就算是你用很多的肥皂也似乎总是洗不干净的样子，仍然是那种蜡黄带黑的颜色。

有的工人为了省钱，就在那间低矮的房子里面自己做一点简单的饭菜。或是从家里带来的那种能放很久的咸菜来开胃下饭吃。再不就从附近村民那里买些青菜肉什么的自己做点菜。

旁边有一个大大的水池，而他们拿出来的那种很耐摔的瓷碗让小凡更是看得大吃一惊。

小凡走过去仔细看了看。

那碗上就任凭你怎么冲洗，上面那层应该说是煤炭油灰黏附上的黑黑一层都洗不掉了。工人们似乎并不在意，就用那黑糊糊的碗装饭盛汤，那煤灰，也混在饭菜中，被工人吃下肚去。

而这些挖煤工人长此以往地这样生活，会对身体造成极大的伤害的。

但这些工人那丝毫不以为意的态度令小凡大感诧异。

看着他们捧着黑糊糊黏着一层煤炭油灰的碗，还吃得那样香，而脸上、头上、衣服上，整个都是那种厚厚的煤炭油灰。小凡心中重重地叹了一口气。

这真叫无知者无畏。

他们在这样艰苦的环境下为了家、为了孩子、为了生活，或者说为了生存，来做这份苦力。究竟他们是因为没文化、没知识，不知道这样的工作对身体的危害，还是他们明知道，但是因为家庭贫穷的原因，因为没有技术的原因，而只能从事这份工资在当地还算可以，又不需要什么技术与知识的苦力活呢?

正这样出神地想着，突然听到一个女人的声音：“他老弟，今天多亏了你帮我了，不然我就是累死也背不出这么多来。”

“都是生活所迫，说这干啥子嘛，只要是有点生存条件的谁干这个呀，咱不用客套。”

小凡循声望去，只见旁边一个蹲在那里的人在与工友说着话，头上戴着不知什么颜色的围巾，看面孔也难分辨是男是女，只是看到说话时牙齿是白色的在上下活动，再看身材的确是比男人小了一号，虽穿的冬衣显得肥肥大大的，但单薄的身子还是蜷缩在衣服里空荡荡的，那瘦小干枯又满是老趼的手正捧着大碗准备吃那掺杂着煤灰的饭菜。

小凡心下更是吃惊，不由得走过去，弯下身探询地问："你是女的吗？也在这上工啊？"

女人抬起头，看不到脸上的皱纹与年龄，只有眼睛是亮的，睫毛上厚重的眨动时似乎有灰尘落下："嗯，我当然是女的了。"

声音不大，但小凡却听得清清楚楚，心下不由大为震惊："那你能告诉我，你为什么来做这个，要知道男人都很难坚持下去的啊。"

女人没有言语，低下头的同时，小凡看到，她的肩膀有些抖动，再搜寻她的脸，泪水已经顺着脸颊流成两条泥溜儿，泪水流过的地方显出来原来的肤色，黑色的泪珠吧嗒吧嗒落到同样油黑色的碗里，女人沉浸在了无边的痛苦之中。

在她断断续续的讲述中得知：那是在三年前，女人的老公在山西某地做了一名挖矿工人，为了要一男孩，连续生了三个孩子，最小的当时只有三岁，本来靠老公的收入还可勉强度日，但天有不测风云，在一次矿难中老公被困井下，没能生还。

当时听到塌方的消息，井下矿工的妻儿老小聚集在矿口，都眼巴巴地等着救援队伍能够创造奇迹，时间在一分一秒地消逝，但内心还有希望在支撑，因为不见到尸体，那就是有活着的可能，每当有人从出口抬出来，人们即蜂拥而至，可奇迹没有发生。救援上来的都是具具尸体。焦急迫切的心情这时换来的是撕心裂肺般的剧痛，众多家属都纷纷呼天抢地号啕大哭起来，说起这等生离死别的场面，她此时又忍不住泪流满面。

老公被直挺挺地抬了上来，我冲上前去，看到老公满身的煤灰，与死灰色的脸，忍不住一下跪在老公面前，他死了，给我留下的是三个未成年的孩子等着自己去穿衣喂饭。好在老板（指小凡表姐夫）知道后，出于同情破例收下这个女人，让她去领男人一样的工资，干相对轻便的工作，在各方面都给予极大的照顾，母子四人才得以生存。

这个悲伤的女人在那言辞极为悲痛地诉说着，夹杂着对煤矿上种种制度的喝骂控诉，小凡与小林在那听得半晌都没有了言语来安慰她。

中国小煤矿工人的命运历来如此，一切，都靠命，且完全的是听天由命。命好的，用苦力换回来一些钞票解决家庭开支供养子女读书等问题，命不好的，就只有在下井前求菩萨保佑，哪一天，塌顶透水了，命也就跟着终结了，换来的，也就不过五万八万的钞票。

但纵是如此，去小煤矿下井挖煤赚钱的农村中年男子还是络绎不绝，明知里面死的可能随时都有，但他们仍然是前仆后继，心甘情愿地愿意为这个能补贴家用的工作用命去赌一赌。究其原因，不过就是农村收入实在太低，想出去打工又因文化短缺，找不到工作罢了，因为这些中年男子，除了有一身力气以外，有好一部分人，甚至连自己的名字都写不完全，自然，就算是去打工，也找不到安全、可靠的工作了，何况，就算是沿海，又有多少安全可靠的工作岗位供他们选择呢？

十一、贫困的命运

"志伟，你爱我吗？"

骆玉红在他们缠绵后，在他的耳边柔柔地低语。

"爱，当然爱。"张志伟爱怜地拨弄着她那头如瀑布般乌黑的长发。

"那，有多爱？"骆玉红瘫软在他的怀抱里，笼罩在他无边的柔情底下，温顺得像只小绵羊。

"比天高，比海深。"张志伟信誓旦旦。

"如果，有一天，我忽然间不见了，你会怎么样？"骆玉红那缥缈的声音似乎是从遥远的地方传来。

"傻瓜，你怎么会不见了呢？"张志伟手上紧了一紧，那双眸里的真诚让玉红短暂地迷失，她迅速回避他的凝视，将头猫下。

"我是说，如果。"骆玉红撒娇着扭着身子，"你说嘛，如果我不见了，你会怎么样？"

"我啊，从不想如果的问题。因为这个如果不会发生啊。"张志伟毫不在意地轻笑，"傻瓜，好好的你怎么会想这种问题呢？"

"你啊，就不肯好好回答我。"骆玉红轻声嗔怪着，"你不回答我，我就不理你了。"说着，她假装要转开身子。

"好，我说，我说。"张志伟忙伸手拥住她柔软的身子，眼光里显得有些空洞，但仍低声说，"如果你不在了，我也不要在福州待了。"

"那是为什么呢？"骆玉红听得全身一震，轻声问道。

"因为我爱你，我爱你，你不在这了，我在这边有什么意思呢？"张志伟眼睛看着骆玉红的眼睛，认真地，缓缓地说。

"志伟，你真好。"骆玉红忍不住又感动起来，双眼中有泪花闪现，"我，我也爱你。"

"傻瓜，好好的又哭什么鼻子。"张志伟轻轻说着，把她搂在怀中更紧了些。

“没有，我只是感动，我只是感动我这一生能遇上你这样好的一个男人。”

骆玉红双眼脉脉含情地看着他，轻轻伸手刮了一下他的鼻子。静静地躺在他怀中，不再言语。可在她的心里，却有情绪在翻江倒海般地涌动着。她的心在滴血，家庭的负担像一座大山让她无所逃遁，而现在已经迫在眉睫，她只有牺牲自己让整个家庭赖以生存下去。

这次骆玉红给家里寄了五千来块，还是靠张志伟帮助才能凑上的。但这是借的，也总是要还的。最致命的是，就算这五千块，也只能解一下燃眉之急。对于父母病患所需，仍够不上数。那就像一个无底洞，需要不断地投入。

女人，为了爱情，可以铤而走险！

但女人为了亲情，也可以奋不顾身，牺牲自己，成全家人！甚至很多女人心里有一种想法，来到这个家，就是为这个家的责任做出牺牲的，中国的女性三从四德的教化根深蒂固，以一种牺牲小我，保全大家的坚韧，朴素的思想一直在她们内心深处残留。

这种例子，我想，在中国社会主义初级阶段，应该有很多、很多。

骆玉红在工厂里工作的这段日子里，思想上在激烈地斗争着，反复思量着，该怎么办？终于，她决定，只能牺牲自己，牺牲那份从天而降，让自己能感受到什么是真正的爱的感情，才能挽救自己在那个贫困山区，那个风雨飘摇的家！

这一切，都是因为自己家贫穷的命，也许，爸妈生下她，含辛茹苦地养大她，就是让她来补偿他们的养育之恩的吧！

这一切，她都认为是命！只有认命，她才会心安理得地离开自己深爱的男人！

小凡正在那怔怔的听得出神，表姐夫已走了过来，轻声对那女人说：“莫哭了，在这矿上哭多不吉利。”说着，招呼兄弟俩，“我带你们进矿里看看。”

“看看？”小林看了小凡一眼。兄弟俩第一次见识这样的煤矿。不由得来了兴致，好奇之心驱使他们紧走了几步。表姐夫为两人戴上安全帽，并分给了两人手电。走进了附近出煤的洞口。

洞口前的一个台子上，摆放着一尊神像，究竟是哪一位神仙的神像，小凡也分辨不出来，神像的头上身上都被缠上了红布，显示被供的尊敬，而旁边的香炉火烛残留很多，显示出人们对他的敬意，表姐夫来到前面，恭恭敬敬地点上了香，对着神像虔诚地三鞠躬，口中念念有词一番，这才领着兄弟二人进去。

这些小煤矿，都是用人力板车推的。不比电视上那些大煤矿。用的是半机械化的装置，有拖车什么的。

刚一进去还不习惯，虽说隔一段路也是有电灯的。但灯光异常的昏暗，一下子还真不适应，慢慢走进去一下就黑了。“你们先闭上眼睛一会儿，慢慢就会适应过来。”表姐夫招呼着。

这个洞口是极为狭小的，只能容两个人来回背着煤炭相互让过。两边是由那种粗大的木条将旁边撑住，以防万一塌方。而做煤矿的这些小老板，最怕的就是出现透水啊、塌方什么事故。因为一旦有事故发生，那就有可能终结了你的煤矿生产生涯。

最重要的是怕出工伤死亡事故。那出了事故一般是私下给五六万元钱了结。如果一闹到法律的层面上，一般的小煤矿就得关停整顿了。这一个关停整顿，里面的猫腻就多了。那得花钱送礼，各个部门都要去打点清楚，算下来的花费，就不是五六万元可以办到的。所以，小煤矿主都怕这个。但听说山西等地头上有一些心狠手辣的矿主，如果是矿工想闹事，矿主应付那些场面，那手段极其残忍，这些小矿主与附近的矿主都有错综复杂的关系，有一些共同的利益在里面，一般都是有几个在道上混得开的撑腰。所以，如果矿工提出的要求超出了他们认定的合理范围，那就会被拖出去毒打，或是威胁矿工在老家的妻子儿女等，或甚至是让他莫名其妙地消失。

小凡四下粗略地打量一下，感觉里面阴风四溢，吹在身上都会起一层鸡皮疙瘩。且头顶上时有水滴一滴一滴地滴下来，“叮咚叮咚”的声音显得格外阴森，令人感到毛骨悚然的，听得兄弟俩心里直发毛。“表姐夫，这个洞有多深啊？”声音在洞里黑暗的地方总显得特别的清晰，因回音的关系，也有一丝丝让人感到诡异的阴森味儿。

“有一里多，我要去检查一下里面的安全状态。”

小凡听得心里直犯着嘀咕，心里暗想：“我的妈啊，这么深。”

表姐夫却毫不在意。这里敲敲那里看看，检查着矿里的安全情况，电源开关什么的，对身边的滴水声毫不在意，显然已是司空见惯。

小凡看了看身后的小林，昏暗的灯光下看出他同样也是一脸惊惧的表情。但表姐夫在面前，说什么也不能让他小看自己，想到这里，兄弟俩只好硬着头皮跟了上去。

就这样，在弯曲的洞子里面去绕了一圈，三人才出了洞口，小凡加快步伐走了出来，刺眼的亮光照遍了全身，小凡兄弟俩一直悬着的心这才放下来，对着新鲜的空气贪婪地猛吸几口，伸了伸被憋屈了半天的腰身，浑身顿感舒畅，表姐夫拍打着小凡身上的煤灰笑着问：“转了一圈，有什么感想啊？”

小凡望着四下灰蒙蒙的山野，愣了半晌才长长地吸了一口气，苦笑不已，“人为了生存没有不能遭的罪，当你温饱都解决不了的时候，你没有资格去说尊严与理想，因为首先你得活着。”

“与你相逢其实就像一个梦，梦醒无影又无踪。总是见了不能忘，总是过了不能想，总让我为你痴狂，让我爱上你，其实没什么道理，明明知道不可以，看那东南西北风，吹着不同的面孔，其实爱情就是一阵风……”

张志伟得意地哼着小调儿，出现在骆玉红的门口。他要吃午饭了。

这段时间里，每天，都是骆玉红给他做好一日三餐。他的生活就像太上皇那样舒服那样惬意。反正春节过后还没开工，他吃了早餐就出去玩会儿麻将。玩到差不多快到中午的时候，就又回来吃了午饭，休息一会儿又再去玩他的麻将人生，等到晚上吃了饭，偶尔的会陪骆玉红到江滨走走，两人的感情是直线上升。张志伟的日子是过得清爽舒心。

这几天来，他觉得什么事都好顺心。在麻将桌上，他几乎都是战无不胜的。

他觉得自己是时来运转了。

难道，是骆玉红有旺夫运？

嘿，一定是了。不然，自从与她住在一起，怎么这运道这么好哇？以前的“一本长输”摇身一变成“常胜将军”了。

“玉红，我回来了。今天麻将又大丰收了。”张志伟没头没脑地冲屋子里面喊。

要是平日里，骆玉红听到张志伟的口哨声早就来开门了。可今天怎么了。没见人影。于是，张志伟冲屋里喊着。

没人应声？张志伟不以为意，心里暗想：“是不是我回来得早了点，她去市场买菜去了？”

这样想着，推了推门，门是上了锁，于是，掏出钥匙，自己开了门。四下扫了一眼，然后，舒舒服服地往那床上一躺。闭上眼睛养起神来。

四下静悄悄的一片。

“不对啊，怎么她还没回来？”好一会儿，回过神来的张志伟睁开眼睛，又四下仔细地看了看。他翻身坐了起来，眼光搜寻了一下这个狭小的房间，他感觉今天有点不对劲了。

可不对在什么地方，他一时之间竟然也说不上来。

饭菜在桌子上摆着盖好了，桌上只有一双筷子。

他努力地想了想，又摇了摇头，他想搞清楚是哪里不对劲了。

忽然，他想到了，一想到这点，他不由得惊得头皮发炸！！

对了，骆玉红装衣服的那个皮箱不在了！！

她上哪了？？家里被盗了？？这小偷经常光顾打工的住户是常有的事，可又仔细一看，不可能，因为门窗都是好好的。

不可能是去买菜了。饭菜都上了桌子。平日里这时候他们早一起吃饭了！

可她一个女子，又能上哪呢？

张志伟快速地起身，四下再仔细看了一下，是的，她真的走了。她所有的衣服都收了起来，几乎没有一件她的东西了。

张志伟心里忽然感到一阵痉挛，她为什么会离开他？为什么？为什么？

桌子上，饭碗下，压着一张信纸。

他忙一把抓在手里，急不可待地打开：

志伟，我走了，请原谅我的不辞而别，你不要来找我，你也找不到我。昨天晚上，我问你，如果说我离开了你，你会怎么办？你知道我说出这句话要花费多大的力气吗？你知道我的心有多痛吗？可我就是想知道，我离开你以后你过得好不好，因为无论我走多远我都放不下你，你说你会离开这个伤心的地方，是的，福州真的是一个令人伤心的地方，那你就离开吧。

离开，或许能让你快乐些，离开这伤心的地方你才能尽快把我忘掉，只有这样你才会去找属于你自己的幸福生活。感谢你，我今生的爱人，如果有来生，那来生我一定要出生在一个有钱、有权的家庭里，然后，我再找到你，好好的相爱，好好地疼惜你一生。

我走了，不是因为不爱你，是因为，我们这种人的命运不会有好的归宿。

我们家穷，爸爸妈妈都生病了，没钱治病就只有等死这条路，我弟弟还在念书。一个家庭的重担都放在我的身上啊！除了我，他们还能靠谁呢？我不能太自私，自私到只要爱情弃自己的亲情于不顾，那样我就不是人了，我就更无颜见自己的父母了。

我走了，走得很幸福，因为，我终于可以把我干干净净的身子清清白白地交给一个我喜欢，也喜欢我的人。我还有什么不满足的呢？

上天能安排你出现在我的身边，是对我的恩赐。是你让我知道爱一个人是多么幸福，是你让我知道被人爱是多么快乐，是你让我懂得两情相悦的甜蜜，是你让我懂得刻骨铭心是多么难忘，我多想多想做一个平淡的小女人，看着你上班、下班，看着你吃着可口的饭菜，看着你安然地入睡，看着你梦中浮现出的微笑，可这一切对我来说是那样的遥不可及，我的命中注定了，我没有这个福分，我天生是一个苦命的人啊。

志伟，虽然我们在一起的时间很短，但我真的很爱你，很爱这个还没有开始就结束的小家。为什么欢乐总是这么短暂，人生为什么对我们这样残酷，为什么不能让幸福持续的再久一点，让我们再好好地爱……

昨晚你睡觉之后，我在旁边看着你，看着你好看的脸。看着你熟睡的样子，你睡得真甜。我吻了你，在你身上小心地留下几百个吻，我知道这是最后一次了。志伟，我的泪一滴一滴地落在你胸口，慢慢化开，一滴一滴地落在了我碎掉的心上。

我走了，我知道我的离开对你有多大的伤害。但为了家，我不能这么自私地幸福着。我不在你身边，你要好好照顾自己。我把家里收拾干净了。饭菜都在桌上了，因为，这个时候，我想你也该回来了，回来以后记得自己热热吃了，这是最后一次给你做饭了。记得不要因为在工地上那么累而不想做饭去吃快餐，快餐没有营养，会对身体不好的。我会在远方默默地为你祈祷，祈祷你幸福快乐，我就像白天的月亮，虽看不见但是无时无刻都存在，在为你祝福，在为你守候。

这个小家里的东西除了我的衣服外我什么都没带走，还有就是带走了在过春节时你第一次送给我的礼物，那只绒线小熊，我已经习惯抱着它睡觉了。以后它可以陪着我，抱着它我就会感觉到你就在我的身边。

我走了，离开的时候心里很痛，我千百次地看着这个属于我们的小家，泪水打湿了每一个角落，这里有我们的欢声笑语，有我们的柔情蜜意，但这一切都转瞬即逝了，不再属于我了，我却没有办法留住一切，一个贫字彻底把我们推上了绝路，让我们天各一方，你知道吗？我的双脚似灌了铅一样，最后一次望着熟悉的小屋，感受着你的气息。

你帮我借的钱，我过一段时间会还你的。你放心，我做人做事，会做得明明白白。我走了，最后再对你说一声：志伟，我爱你！

玉红字

张志伟双手颤抖地看完这封信，只觉得脑袋“轰”的一声炸开似的。

“她走了。真的就这样走了？”张志伟喃喃地念着，“为什么，为什么？是因为我没陪你，我去打麻将？是不是我哪里做错了什么？就这样不声不响地走了？”他飞速地在大脑中搜寻着理由。

可这些理由想来想去都成不了她离开的理由，张志伟在那怔了半晌，才大叫一声：“玉红，不要走，你不要走……”说完，一屁股跌坐在冰冷的地板上，终于忍不住，放声大哭起来。

耳边响起昨晚骆玉红在问他的话：“志伟，你爱我吗？”

“爱！”

“有多爱？”

“比天高，比海深。”

“那，如果，有一天，我忽然间不见了，你会怎么样？”

“傻瓜，你怎么会不见呢？”

“我是说，如果。”

“我啊，从不想如果的问题。因为这个如果不会发生啊。”

“你不回答我，我就不理你了。”

“如果你不在了，我也不要在福州待了。”

“那是为什么呢？”

“因为我爱你啊，我爱你，你不在这了，我在这边有什么意思呢？”

“傻瓜，好好的又哭什么鼻子？”

“没有，我只是感动，我只是感动我这一生能遇上你这样好的一个男人。”

……

“玉红，你不要走，你走了留下我一个人怎么办、怎么办啊？”张志伟大叫着，眼泪急剧地冲刷着失去分寸的面部。

这世间的变化就是这么大。

张志伟感到自己像在做梦一样。

原来，骆玉红是早就有安排要离开他了。可自己却一无所知，让她一个人承担如此的重负，张志伟悔恨莫及。

信上说，她是因爸爸妈妈的病缺钱而走的，那她离开他后又要去做什么工作？

张志伟瘫在那里像是雕塑一般，一种深深的绝望笼罩在他脸上，他低下头，空洞的眼神里再也没有了光彩，那双颊干涸的泪痕，一切仿佛都在说，这脸上已经没有了幸福，那是无法形容的空虚与绝望。

这场悲壮的爱情令他感到如在梦中，来得快，也去得快，玉红一个人低下头去不声不响地受苦，她隐忍、啜泣、宽恕、祈祷、相思，这是爱，是真爱，天使的爱，以痛苦生以痛苦死的高傲的爱。

十二、坠落狼窝

小凡兄弟俩回到福州已是初八了。

今年放假放得比较长，据说是金融危机的原因。至于什么是金融危机，小凡他们是弄不明白的。

他实实在在的不知道，这1998年的亚洲金融危机对中国经济造成了多大的冲击,造成了多少的企业倒闭，以至于他后来因故离开现在的工厂后，在这一年里找了好久的工作，居然也没找到，而这一年以致以后的几年里，随着亚洲金融危机的冲击，打工人的艰辛处境，更是万言难书。当然，这是后话了。

一下火车，就直接坐公交车到租的住处。

小凡住在厂子里，自然是先到小林租住的地方将行李放好，从家乡到福州，要坐两天两夜的火车，而火车上人那个多啊，比前次来的时候还要多得多，连车厢过道上都站得满满的，空气十分污浊，所以，要说能睡上什么好觉，那简直是天方夜谭。

所以，从家乡返回的工人，回到福州后立马洗个澡美美地去睡上一觉，然后才会去做其他的事，因为几天的舟车劳顿，合不上眼，实在是非常困的。

到了下午，因为小林住的地方与小凡在厂子里住的地方比较远，所以小凡一个人先到了连潘村这边，他是心里记挂着英子的，这个小林自然也会看得出，所以，也就没有一起跟来。小凡匆匆地来到英子与方敏一起租房的地方，刚到那就看见英子租住的房间铁将军把门，英子没来，方敏估计是到哪里去玩了，看来也不在。

英子家到福州方便，随时有车，估计要再过两天才会到福州。小凡这样想着，心中不禁隐隐感到有些失落，他决定给张志伟打个传呼。

“这小子，十有八九是到骆玉红那边去过节了。”小凡心中暗自盘算着，“今晚叫他们一起过来吃吃饭。顺便问他一下方敏怎么也不在了？晚上回来大家得好好聚一下。”

电话很快就回了过来。听张志伟的声音就有气无力的，好像情绪不对。待小凡说到叫他与骆玉红一起过来吃饭时，张志伟已忍不住在那头绝望地回答着：“小凡，玉红走了，她留下一封信后就悄无声息地走了。”

“走了?为什么走了?”小凡惊得合不拢嘴。

“我马上过来。”张志伟在电话里头说完就挂断了电话。

张志伟绝望地把那封信递给小凡，小凡看得也是心潮起伏大惊失色。

“你不是给她借了五千块钱吗？怎会因为缺钱而出走？”小凡思量着，看了张志伟一眼，“是不是你们小两口吵架了？”

“没有，我们怎么会吵架？”张志伟那有着旺盛生命力的脸上，像是横遭了一场摧残，摇了摇头，“我在那边家里已经等她两天了，她还是没有回家。这次，她可能真的是永远地离开了。”

“她能上哪呢？她说她没有亲戚朋友在这边，那她还能上哪？”小凡沉思着，自言自语地说。

“她在这里无亲无故，她就这样绝情地悄无声息地走了，我真的很没用，我为什么没有钱，我为什么就救不了她呀？老天爷呀，为什么这样折磨我们，既然不能在一起何苦让我们相遇，何苦留下那么多的美好？”张志伟显得很激动，绝望地向着苍天喊着，同时狠命地捶打着自己已经麻木的头。

“你说，你说，是不是我打麻将让她不高兴了？因为她说过不喜欢我打麻将的。可是我这几天都是在赢钱啊。”张志伟的精神已经彻底瓦解，急切地看着小凡。

“不会，这不是你的错，你别再自责了，钱在任何时候它的威力都是毋庸置疑的，我们都是钱的奴隶，不是吗？”小凡沉吟一会儿，缓缓说着，“玉红既然如此决绝地离开，就一定有她的想法，不然，以她对你那样深沉的爱，断不至于这样离开。”

“那你说说看，她还会不会回来，她还会回来找我吗？她是爱我的，你说是吧？”张志伟语无伦次地追问着小凡，这几天看来都没有睡好，那稀拉的胡楂子挂满了嘴边。只有这一会儿才显得有点精神。

“我知道有一个地方的人可能知道她上哪儿了。”小凡突然想起了什么。

“谁，快告诉我。”张志伟眼睛一亮，忙急切地问。

“玉红以前上班的地方！”小凡缓缓地说着。

“对啊，我怎么没想到！是了，我马上就去。”张志伟说着，不等小凡回应，一转身，就出了门。

“喂，你这几天看到方敏了吗？”小凡大声地向门外的张志伟问。

可张志伟似乎没听见似的，早已跑远了。

“方敏搬走了。”一个冷冷的声音从屋子里传来。

小凡转身一看，是一个约莫四十来岁的中年妇女，她就是这房子的房东。

“走了，为什么就走了？她搬到哪儿去了？”小凡吃了一惊。

“我不知道，她找到我算清了这个月的房租，连她们一起住的英子的租金水电费也一起付清了，外面有人开车来接她走的。”房东显然对有人搬出了她的房子有些不高兴。声音也没那么热情了。

小凡脑袋“嗡”的一声就大了。自己才回去几天，怎么就发生了这么多事？

方敏走了？她又能走到哪去？这几天究竟发生了什么事？

张志伟会知道方敏搬走了吗？

小凡身上是有楼下英子与方敏租的房间的钥匙的。他急忙打开英子的房间看了一下：里面收拾得很整齐，但方敏的东西果然是一样也不留地搬走了。甚至，连一封信也没有留下。

小凡心如乱麻，心下暗自猜想：“房东说看到有人开车接走她的，是谁？吴老板？”

对，一定是吴老板！自己工作的工厂的吴老板。

于是，他飞奔着向自己上班的工厂跑去。

工厂还没开工，守在那边的门卫是一个约四十多岁的大叔。

小凡一向与这些门卫关系搞得很好，下班了有时候没事就找他们一起聊天，自然这样会显得熟络与亲切些。他来到保卫室，急急地向正在那守着那台黑白电视机在看的赵伯问：“赵伯，你有看到我那个朋友方敏来过厂子里吗？”

赵伯看了看小凡，答非所问，热情地说：“你刚从家里回来啊。”

“不是，赵伯，你这几天看到我朋友方敏没有，以前来我住的宿舍看过我几次的那个姑娘。”小凡急急忙忙地说。

“你是说英子？”赵伯问。

“不是，是跟英子一起来的另一个姑娘。”小凡焦急地问。

“没有，这段时间一直也没看到她来厂子找过你啊。”赵伯漫不经心地回答着。

“那老板有在工厂里吗？”小凡又问。

“还要三天才上班呢，后天可能才会来吧。”赵伯看小凡焦急的样子，忙问，“你找老板有什么事吗？”

“哦，没什么事。”小凡敷衍着回了句，“那我后天也差不多过来上班了。”

说完，他转身快步的离开了工厂。

金碧辉煌的大世界夜总会。

夜总会是人类在愉悦中消耗自己精力的地方，有人在这里挣钱，有人在这里花钱，挣钱的是靠性，花钱的是奔性。

这些充满激情的市场，会让你在瞬间销魂，是情欲未受节制的、世界最后残存下来的奇妙一角，在这里欲念可以粗野无度的发泄，在这里无须理智，总归是为时尚献身，革命是需要牺牲的，所以它会延绵至今屹立不倒。

大世界夜总会在这里可谓首屈一指，富丽堂皇的装饰让它吸引了众多人的眼球，最主要的内在还是好酒不怕巷子深。

诱人的音乐在霓虹灯的映衬下更添骚动，几个显然是刚从酒场撤回的勇士相互调笑着进了充满情欲的海洋。

大厅正中一幅硕大的壁画在那伫立，在画的下面扇形分列着三十几个各个级别的小姐，昏暗的灯光下无法判断她们的实际年龄，最为突出的就是美女们能露出来的部位都露了，少得可怜的衣物无论如何卖力都无法为主人遮风挡雨了。

美女们在第一时间窥得猎物出现，几十只眼睛像扫射的机枪，将猎物团团罩住，勇士们真可谓千锤百炼，在这劈头盖脸的扫射下，竟然临危不惧，面不改色，个个如冲锋陷阵的将士毫不退缩。

激烈残酷的筛选过程正在上演，美女们挖空心思地卖弄着姿色，把认为最能勾魂的一幕要在最短的时间内淋漓尽致地展现出来，那些该鼓的地方运足丹田之气使劲地支撑着，不该鼓的地方不能瞎鼓，那就吸气用力的压缩着，反正就是这几分钟的冲刺，为了自己神圣不可侵犯的职责就坚持再坚持，就这样尖端大幅度的运作，脸上的功夫也丝毫没有减弱，继续丰富着，各种各样的笑，一种一种地试，哪一种最管用就用哪一种，这时候只许有面部表情，不许发音的，如果谁抢了先机，那就犯了同行的大忌，会被群而攻之的。

艰苦卓绝的筛选过程令男人们难以取舍，从脸蛋到身材，再到肤色，直到内在的气质，都要一一过滤，就连发出的声音都要提前体味一下都要经过激烈的思想斗争才可定夺，谁不想把这美妙的瞬间化为永恒？所以绝不允许马虎大意、滥竽充数的事情发生，一定要优中选优，精益求精才可，那些歪瓜裂枣的是甭想第一批混入战场了，怎么也得对得起手上那得之不易的几个子儿，况且自身的丰富资源也不能浪费得毫无意义吧，就算不结果，也要开花、芬芳、吐艳。

男人的眼光你不服都不行，审美观就是他妈的绝，独具慧眼啊，在琳琅满目的陈设中，几个最养眼的靓妹被有幸选中，鹤立鸡群，这词真是古人的杰作，用到哪里都合适啊，脱颖而出的几个美女犹如高傲的孔雀，雄赳赳气昂昂随着财神爷在服务生的引领下进入包房。准备下一轮更为猛烈的冲击。

包厢内，猩红色的沙发吐着芯子，像蛇一样盘踞在房间的四周，大投影的画面已提前定格，背景是一个身披薄纱的女子，微闭着双眼仰面漂浮在湛蓝的海水上，微启的双唇似乎在渴求着什么。

张总率先招呼着被称为老哥的徐某："来来来，快里面请。"

这个徐某是一地产开发商，在改革开放大潮中一夜暴富，张总要借着这棵大树登到自己想要的顶峰，所以不敢有丝毫的怠慢，经过多方侦探才得知徐某有此嗜好，所以他就瞄准这个软肋率先攻入。

“我说老哥，你可真是海量，几杯酒下去，我都飘飘然了，您可反倒是更添威武了！”

“哪里，哪里，我马上也是要醉卧沙场了。”

“怎么样？这几个可都是天生尤物，人中精品了。”

徐某笑容可掬：“不错、不错，能入得了张总的法眼绝不会是等闲之辈呀。”

两人互相吹捧着打着哈哈，各自打着自己的算盘。

“那就别客气了，环肥还是燕瘦，我可是为你备下了满汉全席，都是为你倾情奉献啊。”

“张总你可是太高看我了，我可是透支的差不多了，也没什么战斗力了。”说话的同时徐某那充满兽欲的眼睛像贪馋的恶狗开始在几个女人身上舔来舔去，那灌满邪欲的毛孔似乎胀大了，丑的可怕。

最后目光锁定在一个身着黑色吊带短裙的女人身上，白白的肌肤发出一种惹人注目的光亮，在昏暗的灯光中显得刺眼耀目，修长圆润的双腿恰到好处地裸露着，尤其主要的是她还有一个要自己打扮得漂亮而又坚强的意志，在这污浊的群体中有些个类。这是一种近乎冷酷的美，是一只豹，又似乎是只随意抚爱的猫，眼神时而坚定、时而娇媚，有一种难以捉摸的美。

这个女人就是骆玉红！她从跟英子一起到了夜总会一次后，那些老板富豪们一掷千金的气势让她深为震惊。而那些小姐的收入明显是她在那种路边发廊店10倍以上的。

她本没有想进夜总会来上班的念头。因为，她深爱着张志伟，可是，她父母的病患逼得她只有走这条路才能解决家里的各种危机。所以，她决心牺牲自己的一生幸福，来挽救自己的父母、弟弟，来挽救那个贫穷的家。

这种地方，赚钱比打工要高几倍甚至上百倍以上。

于是，她来到这里，经过几天的上岗培训，她以前本身也见惯了那些肮脏而龌龊的男人,加上几天的培训，让她应付男人自然也显得游刃有余。

这里的每个女人都有一个艺名，妈咪见她生得肌肤如雪，所以，也就给她取了个艺名：雪儿，现在她在大世界夜总会的外号就叫雪儿。

张总心领神会，不由得暗暗佩服徐某的眼光和品位，的确不是省油的灯，看来谁的成功都不是唾手可得，在这里也看得出来，还是有点能力的，绝不能掉以轻心，张总给自己鼓着劲。

雪儿不但长得独领风骚，还有着相当的头脑和智慧，与这些庸俗的小姐比起来的确是天壤之别，她那种内在的气质是与生俱来的，让你在任何时候都不可低估她潜在的能量。

她走过来，轻盈的身姿毫不掩饰自身的魅力，坐在了徐某的身边。

张总站起身："弟兄们，你们也别愣着，强将手下无弱兵，这可不是互相推让的时候，都大显身手一决雌雄！得让咱的佣金体现超高的价值吧！"

哈哈哈，屋内的男女同时笑了起来，气氛顿时活跃，笑声在暗中撞击、逃跑、追赶着……

包厢里开始捉对厮杀，雪儿熟练地倒了三杯红酒，眼睛一层一层增着笑意，嘴角勾勒出迷人的菱形，白牙齿露着："感谢两位老总对雪儿的抬爱，我敬二位。"字正腔圆，没有丝毫的做作。

徐某似乎有些醉意，刚刚还运作频繁的眼睛此时却眯了起来，就像大功告成之后的如释重负，恣意地倚在沙发上，盯着自己的囊中之物，就像欣赏自己玩弄于股掌的猫，让她无所逃遁。

接过杯子，艰难地吞咽却无法将眼神从雪儿身上离开："哎呀，今天是喝得太多了，我恐怕不是小姐的对手了。"

张总不失时机地插话："确实是喝得太多了，酒劲上来了吧，那快先休息一下吧，房间都已经订好了，雪儿，快扶徐总上楼休息。"

她显然没有想到会这样神速，一句话没说完就要直接上楼，她当然也知道上楼是要做些什么，这些都是妈咪早就交代清楚了的，她在站起身的同时锐利的目光鄙夷地瞪了出去，此时的西装革履掩饰不住灵魂的肮脏与丑恶。

没有任何的语言交流，那个丑陋的男人满身的酒味扒下衣服，得意地淫笑着扑向了她，肉体在这里交叉、碰撞。

雪儿心里有说不出的滋味，就像全世界的蛇胆都在自己的肚中翻腾，她受不了，想要把这苦水吐出来，但是到了嘴边又生硬地咽下去，空留一口的苦涩。

委屈如同决堤的洪水，呼呼啦啦的倾泻下来……

十三、初识传销

“小凡，我去发廊了，可是，阿芳说玉红没有去找过她。她也不知道她去哪了。”张志伟哭丧着脸，垂头丧气地向小凡说道。他现在像是一只没头的苍蝇，瞎打误撞的，一门心思在找骆玉红，可他不去想想就算找到了，又能怎么样，钱像一道深渊阻隔着两人无法逾越。

“你说，你是不是太自私了些？”小凡忍不住怒气，劈头盖脸地向张志伟怒喝，“你只管你，你管过方敏吗？”

“整个春节，你都死到你的温柔乡里，让方敏一个人过春节，她能不走吗？”

小凡连珠炮般向张志伟发问：“我走的时候就告诉过你了，我到英子家去她心里肯定不好过。你都不能让她和你去骆玉红家吃吃饭，平日里她还少给你做饭吃了吗？”

小林看着在那边低着头，一声也不吭的张志伟，又看了小凡一眼，轻声劝道：“小凡，别这样说志伟了，骆玉红这样离开了他，他现在也很难过。”

“他难过，他就是自找的。要是让方敏与你们一起过春节，他的骆玉红还会离他出走吗？”小凡狠狠地瞪了张志伟一眼也不管青红皂白的一顿训，“你真的就是太没点出息了，我走的时候再三交代，你都当耳边风了？”

张志伟正眼也不敢瞧小凡一眼。他知道小凡的性格的，不轻易发火，一旦发火，那谁也挡不住。在学校他就见识过小凡的厉害了。

“方敏既然是自己主动搬了家，想必她也一定有她的原因。”小林明确地说，“也许，她找到了更好的工作吧。”

“就算她找到了工作，但这样搬家，至少也会给我们留一个地址或是联系方式啊。”小凡这才止住不断上涌的怒火，心中却暗自担心，会不会因为自己与英子一起离开的原因，让她愤而出走做了些什么傻事，以方敏那刚烈好强的性格，这些都是说不准的，如果真要是发生了什么意外，小凡会愧疚一辈子的。“如果真是这样，估计我们上班几天后她会来找我们。”

“嗯，以目前这情形看来，只有等了。”小林点点头。

“那这几天，我们都住在张志伟那边看着。那边离钟表厂也近。万一方敏回来，或是英子回来，都会知道。”小凡沉吟着，看张志伟那垂头丧气的样子，心顿时软了下来，语气马上也柔和了点，“这就过去把你那狗窝给收拾干净。”

“可是，万一玉红来这找我怎么办？”张志伟看了小凡一眼，不死心地说。

“既然骆玉红如此决绝地走了，真回来找你这个想法不太现实。那里离阿芳那边也近，隔三差五的去问一下，听你说她在福州就只有阿芳这么一个朋友，想来她应该会去找她的，说不准有些眉目的。”小凡仔细分析着，但仍心中余怒未消地冲张志伟白了一眼，“你就这么点出息，就生怕你女人给丢了，怎么就不想想方敏的处境。”

张志伟租的地方还是在小林以前住的那栋房子的二楼。

而楼下就是英子与方敏租住的地方。小凡心中也仍抱有一丝希望：他与英子说过不见不散的。他当然想等英子回到福州。

再则，方敏这丫头的性格小凡很清楚，敢作敢为，心计又深，所以，家里的父母及方家交代要照顾好她的责任他还担在肩上的。

张志伟住的地方果然是像狗窝一般的凌乱。这一段时间里，他都在骆玉红那边。三个大男人就先手忙脚乱地在那收拾着。

好在他的东西不多，三人合力整理打扫一下，就显得干净整齐得多了。

他因为工资收入较高一些，所以，自小林去了钟表厂他就一个人搬出来住了。他搬出来住有两个原因：一是与不是一个地方的人住在一起对打工的人来说，心里还真有时候有点别扭；二是他有女朋友了与人合租总会显得不方便。

待三人打扫完毕，小凡去了楼下，再次打开英子的房间，愣愣地站在里面，心里一股莫名的滋味涌上了心头。小林在窗边看了小凡一眼，心下叹了口气，没有出声。

“哥，今晚咱们就在英子这边做饭，她这里什么工具都是现成的。”小凡冲楼上喊着。

两天后的下午，小凡在工厂里吃完饭，正走在回租住的房屋的路上，忽然后背被人轻轻拍了一下：“喂，小凡，什么时候到的福州啊？”

小凡转身一看，原来是已经好久不见的江明城。

小凡上上下下打量了江明城一番，这才几个月不见，这小子可精神头十足了啊。

骑着一辆崭新的变速自行车，看牌子还是个品牌货，这牌子的车子一辆少说也是七八百块钱的。而一身打扮可就光彩照人了。西装革履，油头粉面的，脚下踏着一双大头皮鞋。小凡愣了一愣，还差点没认出来他。

“哟，你小子，最近在哪发财了，搞得这么光鲜啊？”小凡不由得惊叹了一声。

“嘿嘿，客气客气，我不都说了嘛，我们那公司啊，是世界五百强企业，工资收入当然那是相当的高啊。”江明城斜着眼，吊着眉，那神情都恨不得玉帝都是他亲爹了。

“真的假的啊？”小凡看他这副德行，心里差点没笑出声来，可人家这身打扮又不像是假的，这浑球，估计真是小人得志了。

“这能有假！”江明城把胸脯拍得“啪啪”的震天响：“我说小凡，人哪，是要善于捕捉机会的，这大好机会在眼前，你不珍惜，我告诉你哟，你遇上我，是遇上了贵人。我们那公司啊，现在严格起来了，不是每个人都能进的，现在，都要靠介绍了，我可是看在你以前挺照顾我女朋友秋娥的份上，我才叫上你一起发财的哟。”

“你小子，尽吹。”小凡笑着拍了他一下。心里略盘算一下，这去看一下也没什么不好的。那就去看一下吧。心里这般盘算着也就点了点头，“那行，咱们什么时候去看一下吧。”

江明城心下大喜，面上却仍是满不在乎的样子，显得随便地说：“行吧，你以后在里面赚了钱可要请客，别忘了我这个朋友，正巧，今晚我们刚好有课，我就带你去看看？”

“行！”小凡想想晚上确实也没什么事，于是就点头答应下来。

“那好，我回去吃一下饭，一会儿到你租房的地方见。”江明城说完，冲小凡挥挥手，骑着车就匆匆地走了。

没半小时，小凡刚出来洗把脸，就见江明城骑了辆自行车早已等在了门口。

“你来好一会儿了吧，干吗不进门坐一下呢？”小凡忙过来问。

“还好，我这不吃了饭就过来了。”江明城干笑着掩饰自己心急的神情，从腰间拿出传呼机，看了一下时间，“时间也差不多了，咱们这就去吧。”

“在什么地方哦？”小凡问，“会不会太远？”

“在五一广场附近。”江明城马上应声，“不会远的，就当是去玩玩，咱们还得骑车去。要不，你坐我自行车后面，我载你一起去。”

小凡想了想，也没多说什么，就坐上了自行车后座。一起向五一广场进发。

约莫半小时后，两人来到五一广场附近的一幢居民楼前，江明城下了车，笑着对小凡说：“喏，就是这儿了。”边说着边锁好车。

小凡四下看了看，心下不禁有些狐疑，这四下都是居民楼，若说是公司，也是万万不会在居民楼里办公的。并且，这么晚了，如果说在居民楼办公做事，岂不会影响人家休息？

他心下怀疑着，但嘴上并没有说什么，待江明城锁好车，招呼他跟上时，便跟着进了小区，转七拐八的弯儿，才从楼梯边上了楼。

二人上了四楼，到了门前，门一打开，小凡用眼一扫四下，里面人非常多，显得热闹异常。

江明城笑着走进去与一些认识的人亲切地打着招呼，还与他们握着手，并为小凡引见：“来来来，小凡，我向你介绍一下我们的同事。”

“这位是朱俊、马少标、黄剑……”

“你们好，你们好。”小凡也客气地微笑着点头。

这几位朋友倒是热情得很，待得江明城介绍完，一个个接着上前与小凡一一握手："欢迎加入我们这个大家庭。"

这种前所未有的招待，与宾至如归的感觉让小凡有些受宠若惊，不由得想起当初那个黑心职业介绍所那个女人那副前恭后倨的嘴脸，心下嘀咕着越来越怀疑了，但面上却是不露声色，微笑着一一应付过去。

江明城与他们招呼一下，便又拉着小凡到了里间一个小间门前，小凡扫视了四周一下，见门楣上面写着"办公室"三个字。江明城敲了敲门，里面的人说了声进来，便带着小凡走了进去。

"这是我们张副经理。"江明城脸上带着崇敬的表情向小凡介绍，"张副经理的业绩在我们这个分点是最高的。一个月收入是以万计数的。"

"哦，你好你好，张经理。"小凡笑着自如地应付着，他倒显得比江明城要洒脱多了。这位张副经理西装革履，头发梳的是油光锃亮，看上去气势不凡。正在办公桌前整理着文件。

"这位就是我以前认识的朋友周小凡。他也很有能力的，以前摆过地摊，边上班还边赚外快，现在学得一手好电脑。"江明城又向张副经理实事求是地介绍。

"哦，是吗？"张副经理听得饶有兴趣，站起身来，伸出手，小凡呆了一下，也忙伸出手与他握了握，他自打工以来，从未与经理级别的人握过手，此时人家如此客气热情，丝毫没有以前所见那些工厂里经理高高在上的架子与眼中视员工若无物的倨傲神态，心下不禁暗叹这个公司经理的处世周全，不禁对这个公司也有了些好感，张副经理上上下下打量了小凡一遍，赞口不绝地笑着说："不错不错，以你这种资质，在我们公司干一定能前程无限的。"

"哦，那请问，你们是什么公司啊？"小凡开始要一点点揭开心中的疑团。

"哦，这个江明城没向你提及过吗？"张副经理看了江明城一眼。

江明城忙说："因为时间太仓促，所以，我没向他细讲，现在离开会的时间还有一会儿，要不，我们去另一间我向你介绍一下公司的详细情况。"

说着，向张副经理招呼一下，忙又带小凡出了门。

江明城带着小凡穿过过道，小凡四下打量着，看到过道上都是稀稀拉拉的人在相互交谈着，而大厅里的人就更多了。小凡扫了大厅一眼，发现大厅竟像老家的电影院一样，摆满了一排排长条椅子。里面或坐或站的满满的都是人，可江明城带着他却没在大厅坐下，而是来到了另一个小间里。

两人进了房间，江明城招呼着小凡在里面一个凳子上坐下，又忙着给他倒了杯水，笑着说："天热成这样子，先喝杯水润润喉咙。"

小凡接过水，笑着说："兄弟，我说你有什么事直接说吧。咱们都是兄弟，能见外吗？这整的跟迷魂阵似的，都把我转蒙了。"

"嘿嘿……"江明城干笑着，"小凡你说哪里话了，我们这公司是这样子的。就是先了解产品，等你认识到产品的优势后，你可以直接拿出去卖。"

"哦，都是些什么产品？"小凡终于得到点实际情报了。

"我们公司的产品非常多，主要是做化妆品的，你也知道，这天下最好赚、最容易赚的钱就是女人的钱了。"江明城笑着，开始拨开迷雾，进入主题，"我们公司从日化产品、生活用品，到保健品都有。"

"哦，是这样子。"小凡细心地听着，"那你们的产品在哪里啊？"

江明城笑笑，从旁边桌上拿起一盒牙膏，递给小凡："你看看，比如说这牙膏就是我们公司的，我给你详细地解释一下我们这产品的质量。"

说着，他又拿了另一盒牙膏给小凡示范着："这一盒是普通牙膏，用它刷牙的时候牙感会特别的粗糙，并且刷不干净还会留下口臭。而我们这盒就不一样了，既不伤牙齿，也会口感非常好，还有清新气味。"

说着，拿起普通牙膏在一块塑料板上轻轻地抹着。

"你看，现在有痕迹了吧。"江明城笑着，"如果经常用这样的牙膏刷牙，日子久了，那牙齿也就快刷没了。而我们的就不同了。"说着，他又熟练地用另一种产品在上面涂抹着。

然后，又叫小凡闻了闻那牙膏的味儿。

小凡接过牙膏放在鼻子前嗅了嗅，确实也有那么一股清香的味儿。

"这个质量的确实好很多啊。"小凡点了点头。

"你看你看，我就知道你这种读书人明事理，我一讲你就知道质量好很多了。"江明城笑着，"喏，还有洗洁精呢。普通的洗洁精呢，要用很多才能洗干净碗筷，但我们的就用很少一点也能洗得干净。还有洗衣粉，主要是化妆品。待会儿，开会的时候你仔细听清楚，他们中有做得很好的一个月工资好几千呢。”

小凡点了点头：“你们这里的产品价格如何？”

“哦，价格要看你拿什么产品啊。”江明城很有耐性地在解说着。

“比如说这盒牙膏呢？”小凡问。

“像这盒牙膏，那得要四十几块钱的。”

“啊？一盒牙膏要这么贵啊？”小凡听得吃了一惊，“那谁能买得起啊？”

“一分钱一分货嘛。”江明城边笑着边观察小凡的神色，“我们这产品的销售方法就是先自己用，如果觉得好再向自己的亲戚朋友们推荐着用。一个推荐一个，这样你每卖出一份，公司都有一定的提成给你，你的亲戚朋友又会向他的亲戚朋友推荐，如此循环，你不断地发展朋友来购买产品，做得好的话，一个月收入几千是很轻松的事。”

“是吗？真有这么简单吗？”小凡将信将疑地问。

“当然了，如果你能一直地发展下去，月收入上万都不是梦啊。”江明城越说越起劲，“我们只要发展到下面有十个人开始用我们的产品，这十个人每人再发展十个，就是一百个，那这一百个再去发展十个，就是一千人在用。我们会从这一千个人每个人用的产品上提取一定的回报率，如果这一千个人又每人发展十个人，你算下，如此循环下去。我们就是坐在家里，都有成千上万的收入。”

“看来果然是个发财的好方法。”小凡心里稍算了一下，江明城说的倒真也不错。

江明城见小凡似有动心之意，忙说：“兄弟你也是在外面经常跑的人。明白事理，自然稍加解释，你就知道咱们这行业的惊人收入了。”

小凡笑着正欲说什么，忽见外面的人骚动起来。

江明城见了，又有意无意地掏出传呼机在小凡面前晃了一下，看了一下时间：“开会的时间到了，这次开会就是业绩做得好的给我们讲他们把业绩做好的方法以及和客户沟通的技巧与产品知识。”

说着，江明城带着小凡来到大厅里。里面有一排排的长椅，两人找了一个位置，然后坐下。奇怪的是，居然一下子就没有了刚才嘈杂的声音了，没有一个人交头接耳，一下就安静了下来，大家都安安静静地等待着这个会议的开始。

大厅之中，一时之间，竟然是静得落针可闻。

一会儿，里面前排有人高声说："欢迎我们的业绩领袖张副经理出场。"

话音刚落，大厅中热烈的掌声配合着激昂的音乐暴雨般响起。

小凡微笑着看了看身边的江明城，他正在忘乎所以地使劲地拍着巴掌欢迎着他心中的偶像出场。又四下看了看，人们都在使劲儿地拍着巴掌欢迎，于是也跟着轻轻拍手附和一下。

张副经理向四下看了看，极有气度地点着头打着招呼，不疾不徐地走向了大厅前面的讲台。

他用目光四下扫了扫，低头行了个礼，双手向下摇了摇，示意停下，然后，清了清嗓子："各位同人，各位新加入我们这个公司的朋友们，大家晚上好。"

"张经理好。"台下齐齐地响起口号来，"好，很好，明天会更好！"

张副经理满意地点了点头，向台下扫了一眼："很高兴能走上这成功的讲台，首先我向来自五湖四海的朋友，问声大家好！"

"好，很好，明天会更好！"在座的几十号人再次齐声高呼。

"真诚的友谊，简单的介绍，我来自福建福清，我叫张岚，希望大家能深深地记着我，在记住我的同时，我也愿意成为大家工作中最真诚的合作伙伴，以及生活中最知心最要好的朋友。而今天的事业介绍会，就由我为大家主持，和大家共同探讨。"张副经理抑扬顿挫的声音极富磁性。

大厅里又响起了热烈的掌声。小凡看着张副经理这从容不迫的气质，这滔滔不绝的口才，心下不禁暗叹："这人确实是一个领导人才。"

"朋友们，我们来到这个小小的课堂，无非就是一个'缘'字。"他说着，用粉笔在身后的黑板上写了一个漂亮的缘字草体，"这简简单单一个'缘'字，把我们来自五湖四海异地他乡的心，紧紧地连在一起，俗话说：'人生一面之缘需五百年同舟共济'！"

张副经理说到这里顿了一顿，又开始说了："当我走出家门的时候，有人问我为什么？我说我要寻找我心中的梦。当我在风雨中接受洗礼的时候，有人又问我为什么？我说我要实现我心中的梦。人生有梦，人生如梦，但是人生毕竟不是梦。在现实生活中，我们没有钱，没有社会背景，没有学历，是没有资格做梦的。”

小凡听得不由得点了点头，暗想现实生活确实是如此的。

“那么今天我就把敢梦敢想的朋友，带进一个梦想的空间，让你的梦想在这里得到放飞与实现，这里不限制你的学历，不限制你的社会背景，不限制你的个人能力，更不限制你的财富有多少，只要你想要就能得到一份致富的信息！你们说，你们需不需要这个机会啊？”张副经理大声地问。

“需要，非常需要！”在座的人都一个个齐声高呼。

“在开课之前，首先给大家讲个故事，故事发生在我国的广州。有这么一家快餐店，由于店老板经营管理不善，生意日渐萧条，面临着倒闭，正当老板坐在店里发愁的时候，从门外走进来一位老者，他对老板说，我为你设计一套新的经营管理模式，保证你在一个月内净赚十万元。老板听了非常高兴，一个快要倒闭的店还能净赚十万元？正当老板高兴的时候，老者又说，在你净赚十万元的基础上，你必须付给我一万元的报酬。老板心中一想，反正要关门啦，不妨试试吧，十万元减一万元，还有九万元，也是非常划算，就答应了老者的要求。经过一个月的紧张忙碌和整修门面，果然在这个月月底净赚了十万元，老板理所当然地付给了老者一万元的报酬。

这位老者是谁？他就是当今世界上著名的快餐店连锁大王——麦当劳先生。据社会学家调查，麦当劳先生在全球八十八个国家有这样的快餐店一万余家，假如每家每月付给麦当劳先生一万元报酬，一个月就是一个亿，一年有十二个月，就是十二个亿，如果麦当劳先生思想保守，自己一个人只经营一家快餐店，一个月十万元，一年也只不过是区区的一百二十万元。很显然，十二亿元远远大于一百二十万元，要想赚钱就必须经商，要想经商成功那首先我们就要懂得商业的发展规律，商业学家把商业的发展划分为三个发展阶段，就是下面着重讲解的三商法则……”

小凡听得不禁连连点头，这张副经理讲的，确实解开了他心中的一些困惑，不由得凝神仔细听了下去。

十四、洗脑

小凡也听得越来越专注，偶尔看了下江明城，他正在不停地挥笔，记下讲解的重点。心中暗想，这堂课确实讲了自己平日里想不到的道理，有种令人茅塞顿开的感觉。

“三商法远远地优越于二商法与一商法。那么我们公司就是采用世界上最为先进的三商法来进行销售的。大家注意了，我强调一下，这就是我们要讲的新市场营销计划，一个非常非常关键的营销模式。”

张副经理看了看四下，大家都在专心地记着笔记或与旁边的人轻声交谈着。不由得满意地点了点头。接着说了下去，在身后的黑板上写出：

市场/几何倍增学+人际口碑+直达送货

几何倍增学：浓缩时间、倍增利润、倍增生命。

人际口碑：传播速度快,真实,省钱(省广告费)

直达送货：工厂——经销商——消费者

新市场营销计划是以几何倍增学为理论基础+人与人之间的口碑相传+直达送货构成的（简单表示如上）。几何倍增学用在商业上也可称之为市场倍增学，用在数学上也就是几何基数幂的形式，笼统地说就是鸡生蛋，蛋孵鸡，鸡再生蛋，蛋再孵鸡。

“大家都听明白了吗？”张副经理大声地问。

“听明白了！”台下齐声回应。

“朋友们，这是一个是是非非还在争论中的行业，只是因为我们的认识还浅。也许今天你反对，明天你就会觉得可笑；也许今天你抗拒，明天你最执著。当机会来临的时候，我们能做的就是用我们的双手牢牢地抓住。机遇就像一匹奔腾的骏马，看我们能否骑上它，骑上它之后能否驾驭它。弱者等待机会，强者把握机会，智者创造机会。愿我们都做一个强者和智者。其实我们每个人都是一个天生的赢家，在我们小的时候，我们刚出生的时候，我们连走都不会，没有人逼着我们去学走路，可是我们硬是凭着那份敢于突破自己、战胜自己、超越自己的精神学会了走路，在我们学会走路的时候，我们还不满足，我们又学会了跑步，进而又学会了跳。为什么在我们能走能跑，能读能写的时候，我们那份敢于突破自己超越自己的勇气反而不知道哪里去了呢?

其实，网络销售只不过是万千销售模式中的一种，并不是什么神话，它以传播健康、富裕、精品、真品为理念，公司销售的不仅是产品，而且是一份资格与机会。在过去的二十年里，想想我们都做了什么，我不想在别人的呵斥下领取那微薄的工资，那简直就是施舍般的耻辱。我要成功，我要为自己打工。网络销售给了我们这个机会，我们一定要抓住，让网络销售成就21世纪的你我！”

张副经理说到此时，举起手臂高呼起来，“最后，用一句话作为我们事业的共勉：

‘梦想之所以伟大，是因为有人实现它；当别人还在想的时候，我们已经迈出了行动的步伐。’”

张副经理激情飞扬，用丰富的肢体语言配合着演讲：“为了我们的明天，我们一定要努力超越自己，做一个事业上成功的男人和女人。你们说对不对？！”

“对，明天会更好。”台下齐声高呼着。高呼声中，雷鸣般的掌声一浪高过一浪。

“我今天就给大家讲到这里，下面，请我们公司的组长讲一下他成功例子给大家听听，你们听完后会学到更多丰富的销售经验。”张副经理说完，满面春风地挥了挥手，“有请公司业绩第三的新人付晓青隆重登场！”

说完，他向旁边一站，带头鼓起掌来，顿时，台下又响起了如雷鸣般的掌声。

付晓青是一个看上去约有二十八九岁，精明、很有气质的女人。穿着一袭长裙，身材姣好，曲线优美、装束时尚，但却显得成熟、内敛。

“各位同事们，大家晚上好。”她拿起话筒，向大家问好后，深深地向前鞠了个躬。

“山林追求高峻，大海追求奔腾，江河追求百纳，天地追求广袤，人生追求成功！”付晓青声音清脆，但不失轻柔，吐词清晰，很有吸引力。

一开讲就是这样激动人心的开场白："我很高兴与大家相遇相识，我们来自不同的地方，拥有共同的理想，可以说在座的各位都是非常优秀的，都能够突破传统观念的束缚，突破自己超越自己，勇敢地来到南方这片创业的沃土，为什么网络销售能够吸引五湖四海的朋友来从事呢？"

"我先讲讲我的经历，相信大家听完后，会有一定的感想或是触动。"付晓青娓娓而谈，"我以前家里也是很穷的，都是在农村，再后来初中未毕业就出来打工，再后来就认识了我的先生，他是一个本分的本地人，我们两人都是靠月收入1000元左右的工资维持着生活，当时根本就没什么人生规划，后来，拿出了些资金去开了一家电脑店，但却因为没有关系，没有客户，所以，连本带利的都亏了个精光。

"那段时间是我人生中最灰暗、最茫然，也最无助的时候，你们想想，多年来，努力拼搏，一点一点地攒起来的血汗钱亏了个精光，还欠一些从亲戚朋友那借来开店的钱，亲戚朋友到大年三十来我家讨债的情景现在我讲起来还犹如就发生在昨天一样真切。你们想想啊，大年三十、初一，是咱们中国人的什么日子啊，可他们也没有放过我。"付晓青动情地说着，眼睛里闪出了泪花，"我也曾想到了死，可是一想到深爱我的丈夫，还有那一双可爱的儿女，我想，我绝不能死，我一定要活出个人样给他们看看。"

"可是，我们既没有高深的文化，又没有很智慧的头脑，做生意又没有潜在的客户关系，没有靠山，没有背景，我们靠打工每天加班加点一个月换来的一千来块钱，除了生活及一些日常开支，我们用什么铺就走向富裕的路子呢？"付晓青声音悠扬婉转，表情丰富，极富内涵地向台下动情地说："我与在座的各位一样，都是一样的起跑点，我当时就想，能找到一份就算加班加点，但工资能高一些的公司或是企业就好了，像我们现在的国家干部一样，在电信、在移动、在电力部门那样上班，就算让我一天加班八个小时，我也心甘情愿。"

说到这里，她深情地向台下扫了一眼，顿了一顿，接着又说下去："可是，我们这种打工的，没有关系，也不可能进得了。但是，叫我们一辈子被人追债，庸庸碌碌地过一生，却又不甘心，为什么人同样都是妈生的，为什么人家天生就该坐办公室，喝茶拿高工资，而咱们难道就是天生的贱命吗？”

“我心里有一个念头，那就是不甘心，我不能这样过一辈子，我们大家也不能这样过一辈子对吗？”付晓青讲到这里大声地问台下的听众。

“对，不甘心这样过一辈子！”台下听众一起回答。

“人就是要不服输！”付晓青点点头，“闽南歌里有首：“爱拼才会赢，三分天注定，七分靠打拼，是吧，我们就是要去拼一拼、搏一搏，拼出自己的理想，搏出自己的事业！”

台下雷鸣般的掌声响起：“爱拼才会赢！”

“但是，光有拼劲不行，我们要走一条成功的路，才不会浪费我们的精力，才不会白拼！”

付晓青又用目光扫视了台下一遍：“有句俗话说得好：男怕入错行，女怕嫁错郎。找一个正确的、适合自己发展的行业才能快速的成长、成功，成就我们自己的事业。”

“在我那段人生最灰暗、最痛苦的日子里，我在一个偶然的机会里，了解到我们现在的公司，仙妮德！开始的时候，我也不相信，但想想我投资电脑公司都亏了十来万，这小小的一两千块钱就可以成就事业，我还怕什么呢？于是，我抱着试一试的态度，决定先到公司来试一下，没想到才两个月，我不仅收回了全部投资的本钱，还远远地超过了自己心中的预想，第二个月我竟然拿了提成四千块，按这样发展下去，我第三个月又拿了六千多，我越做越有劲，凭着我顽强的干劲，到现在，我很荣幸地升为公司的B级营销顾问。而我们的张副经理，他的收入，已是月收入达到十五万元了。”

“我可以自豪地说，我现在的这份收入，是一些国有企业干部也不一定能拿到的。”付晓青神采飞扬地说，“我也可以很真诚地告诉在座的各位朋友们，你只要努力，也可以拿到我这份收入。甚至，你们还有可能达到张副经理那样的收入。”

台下，热烈的掌声再次如雷般响起，经久不绝。

“现在，我再给大家详细阐述一下我们公司产品的销售模式如此火热，造就了这么多的平民富翁的五个大的方面：

1．它是我国经济体制改革的必然产物，改革必然会产生新的经济事物，网络销售是我国经济体制改革过程中出现的新的事物，有很强的生命力。

2．它符合经济发展规律。能够带动我国的超前消费，加速商品流通。

3．它符合讲究人情的东方文化。

4．它可以满足大众想改变、想成功、想创业的心理需求。

5．它可以给人带来一笔丰厚的财富。”

付晓青在黑板上不紧不慢地写下了上面的五个要点。然后又对大家说：“下面我们从历史的角度来阐述网络销售产生的客观性、必然性和国际因素。”

“首先，网络销售是一个经济事物，我们就从我国近代的经济发展历史来看。我国近代经济体制改革大致从改革开放到私有制股份制，又到现在的直销、网络销售。在改革开放初期，产品积压、资金回笼不足等，造成了我国经济发展的滞后。后来又兴起了连锁经营、电子邮购、电视商务、邮购商务等，都没有把我国的经济形势扭转过来。网络销售应时而生，西欧占40%，亚洲占10%，港台地区占5%，大陆仅有3%，而且多集中在广州、深圳、珠海一带，在内地还有很大的发展空间。

国际形势：中国将在加入WTO以后，就要向世界敞开了大门，世界也向中国敞开了大门。中华民族以昂扬的姿态屹立于世界民族之林，但是入世不代表我们摆脱了贫困落后，入世后，国外廉价的产品将进入中国市场，对我国内地的工业产品有很大的冲击。因此，只有网络销售才能够使得我们的国内产品有吸引力，从而增强我们国有企业公司的竞争力……

由此可见，网络销售将是我国社会经济体制改革所必然要经历的一个环节。

我们是一个独立的销售体系，也如在座的各位一样，有一个非常响亮的名字：个人成功体系。它是与广州辉煌发展有限公司实行强强联合，以传播健康文化为己任。公司必须为我们保证两点：第一，产品的保质保量。第二，业绩工资的按时发放。如果公司不能保证其中的任何一点，我们将与其撕毁合同，另寻合作伙伴。我们每个人都是给自己干的，不是给老板干的。”

台下，一个个听众都屏气凝神，在仔细地听着。小凡看了看四下，竟然一个个都比在学校上课时认真多了。

讲到这里，她又停顿了一下，喝了口水，接着讲了下去："这里的隔月和前面的隔月是同一个概念。这样也产生了'隔月晋升'的概念。当你的第4名B级业务员当月达到A级时，你便可以从我们体系中旋出。同时，我们行业为了鼓励竞争，也还形成了一种新的走向成功的方案，即当你和你的销售体系销售产品累计达到600份，并且在你的体系之下产生三名直接A级业务员的时候，你就可以旋出体系，走向成功。"

"红花好看，还要绿叶来衬。"付晓青开始引经据典用极富磁性的声音抑扬顿挫地说着，"与我们行业先进的人事制度相配的是我们的奖金分配制度。我们采用的是在1998年世界直销大会上获得最高奖——银鹰奖的奖金分配制度。有的朋友可能要问了，你说间接提成是最美丽的提成，为什么A级业务员的提成还没有一名B级业务员的多呢？我们不妨想一下，作为我们体系中的一名A级业务员，他的体系之下至少有393人在为其销售产品，并且还有一个隔月倍增的机会。我们算一下，他的提成有15万元啊！而我们的张副经理，不仅现在就拿到了这份高额收入，并且，他的收入还不断地在递增下去。"

"说到这里，你可能不相信，以为我在胡说。你可以不相信我说的话，不相信你听到的。但是你会相信你所看到的，每月10～15号是我们公司发放业绩工资的时候，到时候，你不妨到现场看一下，看我们的各级业务员是否都拿到了他们该拿的那份业绩。"

付晓青在那声情并茂地说着，并配合着极其丰富的肢体语言，让台下的听众听得激情澎湃，掌声一阵高过一阵。

"人生最快意的事情无非就有两个——得到自己想得到的东西，享受自己已得到的东西。"

付晓青故意把话语顿了一顿，台下又是热烈的掌声响起。这才又激情地讲了下去："我们的父母每天都得到些什么，又何尝谈得上享受？我们难道不应该尽快地走向成功，去报答我们的父母吗？不要让'树欲静而风不止，子欲养而亲不待'的悲剧重演。"

"听到这里，或许你心动了，想加入我们的行业，但是心中有疑问，怎样加入我们的行业体系呢？是不是任何人都可以加入呢？答案当然是否定的，现代社会是个双向选择的社会，你在选择公司的时候，公司也在选择你。要想成为我们体系中的一名业务员，至于如何加入，你们的介绍人会给你们详细地解释，这里，我就不多说了。

我很高兴，你们抓住了这个成就你事业的机会，在我身边又多了你们这样志同道合的朋友。共同走向成功。

朋友们，这是一个人人渴望成功，人人都极有可能成功的时代。一些早加入的人已经接到了黎明的通知，有些人还在门外徘徊。讲到这里的时候，我不由得想到了张爱玲的一句话：'长的是磨难，短的是人生。'我们能做的就是尽我们最大的努力，让你加入到我们的行业中来。让你尽早认清这个行业，早日走向成功。我们心动不如行动。立即行动，走向我们事业的顶峰！"

付晓青的激情演讲让台下热烈的掌声又响彻全场，人人拍着发红的手掌，近乎疯狂。

"今晚的会咱们就到此结束了，大家有什么不明白的地方，可以问问你们身边的朋友，当然，也可以在每周星期天的会上问我。"付晓青在台上优雅地挥着手，"下周见，我的朋友们。"

（我之所以要把传销的经过写得这么详细，这么细致地描写传销的整个过程，一是要让读者明白，传销的厉害之处就是在鼓吹激发人的潜能。它的每一套似是而非的理论都会激发起你心底的贪欲与赚钱的欲望，让每一个心中有梦的人可以按照它的销售方式达到一个自己似乎看得见、摸得着的目标，成就一些有能力，但没有关系、没有背景、没有人脉的普通人，成就有这种想法的人一个事业、一个梦想。二是传销到今天也依然在我们中国的几个省特别是广西、河南等地还是有较强的组织的，它有极强的洗脑能力，让一些听众不由自主地加入到他们的行列。而加入的人一旦进入这个组织以后，就会变得六亲不认，唯利是图，以致整个家庭破碎，血泪难书。

经过高密度全方位的洗脑，不出一个星期，不少起初甚至还抱着怀疑态度的受害者就会对此深信不疑，交钱"签单"。而受害者一旦交了钱，就从精神与物质上被双重控制住了，很难摆脱这个泥潭！）

十五、初见成效

回家的路上，江明城兴奋地对小凡说：“兄弟，听了感觉怎么样？”

小凡不由得由衷地赞美：“确实不错，听起来很有道理。”

“那有考虑过加入我们这个公司吗？”江明城趁热打铁地说。

“一次性交两三千，说真的，我心里还是悬着的。”小凡笑笑，“我还得看看。”

“男子汉，要成就大事业，就要当机立断。”江明城的脸上，在路边的灯光照耀下，闪过一丝失望，但小凡是看不到的。他仍然鼓动着小凡说：“这做事业，当然是要投资了。没有投资，那肯定是没有回报的。以前他们还是交三千八百元呢，现在只用交二三千左右了。”

“嗯，我考虑下。”小凡无论做什么事情都是深思熟虑，确保万无一失，他目光黯淡下来，眉头有些打结，“只不过，我觉得，他们的产品价位这么高，卖给亲戚朋友，有点欺骗熟人的感觉。”

“兄弟，这哪是欺骗啊，这是一个最新的营销方式，你找一个亲戚来消费，你的亲戚再找几个亲戚来消费，如此循环下去，他也可以挣提成，也成就了他的事业啊。他还要对你感恩，因为你给了他一个成就事业的机会啊。”

江明城瞪起眼睛都在帮着使劲，这时直嫌自己少长了几张嘴，那词噼里啪啦向小凡耳朵里灌进去，这几句话一气呵成，背的是滚瓜烂熟，因为急于说服。一个没在意，自行车摆头一拐，差点还撞上了旁边的自行车。

这一个不在意把小凡逗乐了，精致的面庞顿生笑意：“兄弟，你好好骑你的车，当心把人家给撞上了。”

“嘿嘿……”江明城不好意思地笑着，也多少意识到自己的失态是有些太急于求成了。于是不再言语，专心骑着车。

次日下午五点。小凡正在房子里玩着电脑练习着绘图。老远就听到了

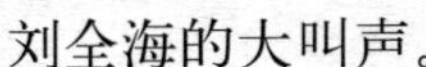

刘全海的大叫声。

“小凡、张志伟，今天到这我吃饭。”刘全海走进院子，见小凡的房门开着，乐呵呵地对正在屋里玩着电脑的小凡说。

“刘哥，有啥好事啊，要请我们吃饭？”小凡转头一看是他，笑着问。

“就是啊，莫名其妙请我们吃饭，你说，有啥好事？”张志伟也笑着问。

“嘿嘿，没什么事请你们吃个饭就不行吗？”刘全海干笑着，“我在家的儿子这次也带来了，我想现在我们在工地上的收入高了一些，想让他在这边念书。所以呢，他们来的时候当然带了些家乡的特产，就叫你们过去尝尝了。”

“哦，这样子，那好，咱们去吧。”小凡笑着，“那今天的酒我买。”

“说这些，到我那吃饭还要你买酒，也太看不起兄弟了吧。”刘全海笑着催促，“走吧走吧。”

来到刘全海家，刘全海的儿子约有九岁多，个头在同龄的孩子中不算高，看起来精精灵灵的样子。但一眼就能看出是那种被爷爷奶奶宠坏了的留守孩子，有些不懂得谦让，倔犟、好强、我行我素惯了的。

刘全海忙着招呼着小孩：“这位是周叔叔，这位是郑叔叔，这位是张叔叔。”但那小孩却并没有叫，反而在旁边守着电视在看那个动画片。

刘全海苦笑着：“这是我儿子小军，几位兄弟可别介意，这小子被爷爷奶奶宠坏了。一点礼貌都没有。上次小凡说担心小孩在家里教育的问题，我想想也是这个道理，所以就带到福州来，也方便以后教育。听说这小子在家里无法无天的，经常跟同学打架，这样子下去，我还真担心长大会不会坐牢。”

“他们都说我是野孩子，爸爸妈妈不要我了，我怎么就不能打了？”刘小军在旁边听得一昂头，不服气地说。

刘全海瞪了他一眼：“人家说你你就能打人家？”

刘小军听得头一转：“你从来都没管过我，以为每个月给我个百把块钱就行了啊。人家都有爸妈陪着上学，陪着过节，我呢？我有没有？人家骂我我为什么就不能打了？”

“你你你，你个小兔崽子，还对我凶了不是，我现在就打你了。”刘全海听得气极，抄起旁边的扫把就要打过去。

“打啊，你打啊，反正在学校那些高个的同学也打我，现在你也打我，我不是野孩子我是什么？”刘小军说着“哇”的一声哭了起来。

刘全海的老婆小花见了心疼了，冲刘全海喝道：“小孩一顶嘴你就打，你能教育什么？”

“管孩子就是这样，我一管你就护孩子，迟早小孩在福州也会被你宠坏的。”刘全海冲小花喝道。

“这哪门子事啊，小孩得慢慢教育，哪能这样一不听话就要打的？”小花白了丈夫一眼顶撞着。

“你……你这个婆娘啊，你……”刘全海一时气得无言以对。

小凡笑笑，也劝着：“这打哪能解决问题，现在到了福州，以后就可以好好的，慢慢教育了。这个急不得，慢慢地去教育才会改变他的一些习惯性格。”

刘全海听得小凡的话，才慢慢放下手中的扫把，叹了一口气：“我们大人在外面打工，还不是希望以后咱们的孩子少受点穷，少吃点苦，可他这么大了就是不懂事，不明白我们做父母的苦，这外面打工的钱哪一分一厘的不是血汗钱啊，辛辛苦苦的省点寄给他们用，他还不领情了，尽在学校给我惹是生非的。他爷爷奶奶每次叫人写信打电话过来都提这小子太难管教了。”

“教育这事，哪能一蹴而就的，咱们那学校墙上不都写了，这十年树木，百年树人的道理，都要慢慢地去教育。”小凡笑着，“我啊，小时候爸也经常打我，所以，你看，现在性格也不好，脾气一上来就容易冲动。这样我自个儿还担心着呢。”

张志伟“扑哧”一声笑了出来：“小凡这小子，在学校也是这样子的，也没少打过架。”

“那你把刘小军在哪上学的事给落实了吗？”小凡看了倔犟的嘟着嘴巴的小军一眼，“听说，现在外省来的小孩收的费用也挺高的。并且，没有关系好像还进不了。”

“是啊，我是有去打听过，有一个民办的小学在附近，要收借读费，什么杂费、赞助费、书本费等，听说加起来要两千多，但只是第一学期要这么高，第二学期就只要一千五左右了。”

郑大松在旁边听得也忍不住插嘴：“这学费也太贵了吧，是几年级啊？”

“三年级了。”刘全海叹了一口气，“这还得靠点关系才能进得了，要提前打招呼的。”

“这确实太贵了，咱们那时候上个三年级才十二块钱啊，还照样有书有作业本的。”小凡也听得直咂舌，“这学费涨价也涨得太厉害了吧。”

“这是民办的，收费自然高一些，公办的是便宜一些，但那要关系好，才能进得了，我们一个外地人，哪会有什么关系，是进不了的。所以，只有找民办学校了。”刘全海摇了摇头，“这孩子，怎么说，也总得让他把初中念完吧，不然，就算是以后跟着我们在这边打工，也是去做苦力的命。”

“那肯定的，成绩好，只要他肯学，一定要让他好好地读下去，父母辛苦一点无所谓，最重要的是他将来有出息了，你们以后的日子也才会安稳些。”小凡若有所思地点了点头，“我现在就后悔着，我当初为什么不坚持着一直念书念下去。”

“是啊，你这么聪明好学，要是一直念下去，准有出息的。”刘全海正说着，小花已经在招呼着了：“全海，把桌子凳子摆好，收拾一下可以吃饭了。”

小凡与张志伟在刘全海那酒饱饭足一番道谢客套后。出了村口，迎面就碰上了在那溜达的江明城。

“两位哥们，看你们都喝得红光满面的，在哪高兴啊？都不叫上我也一起去潇洒？”江明城热情洋溢地在那打着哈哈问。

“呵呵，江明城，看你样子最近混得不错啊。”张志伟打着招呼，笑得比哭好不到哪去。

“哪里哪里，也就混口饭吃而已，只是工作轻松些。”江明城看了张志伟一眼，并没有意识到张志伟的不一样，又瞄了瞄小凡，“我说小凡啊，同样的一瓶饮料，便利店里两块钱，五星饭店里六十块，很多的时候，一个人的价值取决于所在的位置。你要是早进入我们那公司，以你的能力，一个月收入三四千块是不成问题的，可你就是死心眼。”

“什么工作能有这么高的工资哦？”张志伟听到钱整个神经都活跃了，就是因为没有钱，最爱的人才会离他而去，从此分道扬镳，就是因为没有钱，玉红直到现在音讯皆无，让自己深陷其中不能自拔，以至于天天失魂落魄。

江明城得意地看了小凡一眼：“喏，我前两天还带小凡去见过的，小凡，你考虑得怎么样啊？”

“你什么公司啊？”还没等小凡回话，张志伟已把话头抢了过来。

“咱们这公司，说出来，得吓你一跳。这可是世界五百强企业，大名鼎鼎的仙妮德日用保健品无限公司。”江明城说得口沫横飞。那得意劲，就好像刚刚当选国家军委主席。

“尽吹牛皮，我只听说过有限公司的，就没听说过无限公司。”张志伟不由得冷笑了。

“你懂啥子？这世界五百强企业，也是你能懂的？人家公司满世界都是，当然就无限公司了。有限、有限是在咱们中国。”江明城不屑地说着，话锋一转，“哪，今晚我们在另一个大场地，还有高级讲师培训讲课，要不要一起去看看？”

“这个？”小凡犹豫了一下，张志伟却马上接口生怕错过这发财的机会：“好啊，小凡，反正咱们这两天没上班，我们去看看也好啊，让我也去见识见识。有钱大家一起赚嘛！”

“哈哈，这个当然没问题。志伟说的好，有钱大家一起赚！”江明城得意地挥了挥手，“那志伟，你把你的传呼号给我，今晚我去时呼你。”江明城一眼就看出了张志伟的急于求成，知道在他这里可以开刀了，张志伟经过这次爱情的变故，对钱有了重新的认识，他知道没钱说什么都是狗屁，钱不是万能的，可没钱真是万万不能的，一文钱逼死英雄汉的事他经历过了，他要不惜一切代价去赚钱，有了钱才可以追求属于自己的东西，为了钱他早就乱了分寸，根本不去分析其中的利与弊，他现在有些不计后果。

江明城一眼看到了张志伟腰间的传呼机，他也拿出自己的中文高档传呼机来，炫耀似的按着键，记下了张志伟所报的号码。

晚上，江明城果然如约而至。小凡经不起张志伟的怂恿，想想上次确实也学得到一些东西，便也不再固执地坚持反对，于是三人骑着自行车，来到五一广场后面的一栋大厦前，左拐右拐地进去，但这一次不再是居民楼了，而是一幢看上去挺高档的商用大厦。

三人坐了电梯，江明城按了16号键。张志伟吸了一口气，满脸羡慕地说着："难怪你小子今天这么神气，原来在这高档的地方上班啊。"

江明城得意的笑容一直堆在了脸上："如果你有勇气，有执著的想成功的心态，你也可以啊。"

"要什么勇气？"张志伟一扫往日的委靡不振，精神气十足地问。

"呵呵，听完讲师的培训你自然就知道了。"江明城眼见张志伟大大咧咧的，心想这个人肯定很容易搞定，自己又会多一个下线，不由得心中乐开了花，可面上却不显山不露水，三人说话间已上了16层，来到里间大厅，这是一个能容纳二三百号人的大会场，陈设布置得富丽堂皇。

里面人头攒动，很是热闹，大部分都是西装革履的男男女女，坐在座位上相互在交谈着，一个个显得气质非凡。

江明城安排二人找了位置坐下，"你们先等一下，我去经理那报一下到就来。"

小凡四下打量了下，周围的人显得热情友好，主动与小凡和张志伟打着招呼，相互介绍着自己。

不一会儿，江明城出来了，而朱俊、马少标、黄剑这三人是小凡上次见过的，略有印象，都上前主动与小凡打着招呼，相互寒暄着。

张志伟看了看四下，满口羡慕的语气低声对小凡说："这里面这些人素质高，你看就是不一样，哪像我们工地上那么粗鲁。对人热情客气，这样的工作环境真的还不错。"

小凡点了点头，确实这里的人显得一个个都是彬彬有礼，客气有加，低声地回应着："看起来还是不错。"

正说着，江明城已走了过来。与周围的朋友打过招呼后，才坐在了小凡二人旁边。拿了些宣传单宣传品之类的装订成册的书籍分别递给了小凡与张志伟。

“你们一会儿回去好好看一下。现在励志会马上就要开始了。”江明城说着，向旁边朱俊问，“这个月，你们收入好像有三千多吧。”

“呵呵，没有你高啊，你现在都是线长了，拿到五千了吧。”朱俊笑着说。

“还差一点五千。”江明城笑着回应。

张志伟与小凡对望一眼，不禁听得有些咂舌：“这么高的工资啊？”两人心中暗自想道：“可真看不出江明城这样儿能拿到这么高工资，看来还真是人不可貌相了。”

忽然，交头接耳的议论声静了下来。江明城低声说：“励志会开始了。”

随着主持人宣布后，音乐响起，只见是小凡上次见过的那个付晓青迎风摆柳款款上台。向大家深深地鞠躬：“各位同人们，大家晚上好。”

台下，又响起了近乎狂热的口号：“好，很好，明天会更好。”

付晓青轻轻点了点头，拿了麦克风，向台下扫了一眼：“今天，我给大家介绍一位新加入我们公司不久的朋友。让她给大家分享一下作为一个新人，如何在自己的业绩领域快速发展而取得骄人的成绩的经验。”

说完，向台旁边大声说：“有请我们的新人业绩王林美凤上台为大家分享成功经验！”

林美凤在热烈的掌声中神采飞扬地走了出来。

林美凤同样是一个看上去长得小有气质的女人。举手投足间姿势优雅，气质出众。

“大家好。我是林美凤，很高兴今晚能在这个讲台上与大家分享心得，交流经验。”林美凤银铃般的声音让大家静心听完后，热烈的掌声久久不绝。

“我就讲讲我怎么认识到公司并一直保持着热情并获得成功的故事吧。”林美凤用那动人的微笑向下扫视一眼，娓娓而谈。

“我是在一个同事的介绍下认识到现在的公司的，那时候，任凭同事们怎么给我说，我也不相信有这种只要去稍微的付出就有这么大回报的好事。”林美凤笑着问场下听众，“各位朋友，你们当初是不是也有这样的想法、这样的心态啊？”

“是，是这样的。”台下听众也都齐声回答着。

“后来，我犹豫着，抱着试试的心态，咬着牙买了一套产品自己回家，经试用过以后，我发现，确实质量很高，有良好的效果。我想，这样的质量就算价格高一些又有什么关系呢？并且，在中国的市场，假货充斥，所以，宁可花高几倍的价格去买高质量的产品的有钱人不是很多吗？”

林美凤用抑扬顿挫的声音极富情感地演讲着：“后来，我决定再试下，动员了我一个姐姐，我让她看到了我的效果，她也来买了一套，她用了一个星期的护理霜，效果非常好，就这样，我又去动员其他的亲戚朋友，因为这个业务是与每一个人的成长有关联的，所以，她们通过自身的一个良好的示范作用，也去动员了其他的亲戚、朋友也加入公司的这个前景无限的行销行业。”

林美凤顿了一顿，又接着说：“就这么简单，我获得了大批的忠诚团队，也为我在公司的发展打下了良好的基础，才不到短短四个月，我的收入从800元到1700元，再到2600元再到5000元。按这样发展下去，三个月后，我的收入以每个月万数的递增是很现实的。我相信，我不是一个天才，我只是一个平平凡凡、普普通通的女人，但由于我的执著，也由于公司的这种激励机制，让我有了这一个发展自己、展示自己的平台。我相信在座的各位朋友论能力，论关系，都比我好，你们只要认真地去做这份简单的工作，你们一定比我更强，做得更好！”

台下，一个个听众都在聚精会神地听着。小凡看了张志伟一眼，也似乎进入了物我两忘的境界。她的话音一落，那狂热的掌声又再度响起，一浪高过一浪。

“我想请公司比我先来的同事们说说，你们是不是觉得我刚来的时候，对自己极度没有信心，是一个毫不起眼的灰姑娘，可你们看看现在的我，是不是与四个月前的我判若两人？”林美凤银铃般的声音又清脆地响遍全场，“我以我的成功经验证明，只要大家努力，就一定能走向成功的舞台。展示你们的潜力，为了辉煌的明天，咱们，一起奋斗吧！”

掌声雷动，经久不息。

张志伟跟着一起鼓掌，手心都拍得生痛。他觉得讲得太好了，实在是太好了，今晚的课，让他大开眼界！

人们在追求一个目标的同时，太急于求成往往就忽略了它的险境，只看到了诱饵，并不去发现鱼钩，张志伟现在就是这样，在金钱的驱使下，已经没有任何的分析能力。

而江明城看到张志伟的神情，又看了小凡一眼，转过头，发出了会心的微笑。

“喂，小凡，我觉得江明城那个工作不错啊。”张志伟在回来的路上问小凡。

“听上去是不错。但我就想不通，钱真的有那么好赚？要这么好赚，那大家都不用打工了。”小凡始终觉得天上不会掉个馅饼来。

“是因为没人知道啊，这什么事都是跑前面的人能赚钱的啊，现在是信息社会，你看，十年前有人随便开个小工厂现在都赚大钱了，那时候，银行的钱随你怎么借，还鼓励你借，我爸你爸他们都不敢借呢，那些借了的人不也都发大财了？”张志伟感觉已经胜券在握，那是大局已定只欠东风了，“我还真觉得做销售很适合我们啊。”张志伟越琢磨越觉得幸运的大门此时正向他敞开，他想要一步登天，二步成仙了。

“我啊，我只想把电脑学好，我真的想开一个电脑培训班，我觉得这个踏实。”小凡笑着，“那个销售我拿不准，但你如果真要去做的话，我也不反对。”

“我觉得那个江明城那样都能拿到高工资，我就不信我拿不到。”张志伟不服气地瞪着眼，“要不，我到工地上去先上班，边上班边去做那个。”

“行，你利用业余时间是可以做的。只是，得先买两千元的产品才可以去做的，你得考虑清楚。”小凡沉吟良久，才说，“听他们讲得如此诱人，说真的我听了也动心，也很想去试试，可回来想一想，总觉得哪有不对，可你叫我说什么是不对在哪里，我也说不出来。”

“嘿，就两千块吧，做大事的人就不要顾头顾尾的，这样咱们也做不起大事，他们都能拿到高工资，我们也可以的。”张志伟显得豪情满怀，一拍胸脯，大声说，“我们又不比他们笨，为什么不行？”

小凡看了看张志伟显得有些激动的神情，笑着说：“你如果真充满信心，你就去试试。但我确实没这么大的把握觉得我能做得好。”

“那好，我就去试试，如果好做，你再跟我做不迟。”张志伟笑着，他觉得，满天的钞票都飞入了他的口袋。

他哪里知道，传销这个行业就如同吸毒一样，一旦进入，就很难脱身，为了业绩，为了赚钱，发展亲戚，发展自己的朋友，甚至有的发展自己的兄弟姐妹、父母做下线，一级一级的像抽血似的慢慢吸干旁边的每一个人。

在后来成千上万加入传销的人群中，只有在那金字塔顶尖的人才赚得盆满钵满，而他们这些加入的成员，不过就是炮灰而已。

一将功成万骨枯！

用来形容传销组织应该是再恰当不过了。

传销的核心理念是“有钱就是成功”。在传销系统里，成功的定义被狭隘地限定在能否拉下线，能否上业绩，能否日进斗金。这种貌似“符合商业社会价值理念”的成功观，有着极大的欺骗性。其实，任何成功都离不开个人对社会的贡献，成功是社会对个人贡献的一种评价和回报。而传销组织通过骗取人头费来维系不劳而获的生活，基本上没有为社会创造价值。他们以此标榜成功、误导青年、污染社会，可谓害莫大焉。

传销还引发了商业社会的诚信危机。传销的基本方式是“杀熟”。它要求利用原有的社会关系“从商”，即在社会网络中建立商业网络。这样，传销商业网络的欺诈行为，会迅速弥漫成整个社会网络的不信任危机，导致亲友相骗，朋友反目，信用受伤。因此不少国家对此严令禁行，上个世纪70年代美国的假日魔术公司和日本的“天下一家会”之所以被坚决取缔，就是因为它们不仅冲击了正常的市场秩序，而且危及最基本的社会信用体系。

在后来的发展中，传销行为和传销方式不断演变，从传“产品”向“资本运作”或投资项目等名目转变；骗取入门费向“高额加盟”转变；传销活动参与者多有相同的经历，就是被亲戚朋友以介绍工作为名，骗到外省市。参与人员中，多是弱势群体。有的因“洗脑”过分投入，精神接近崩溃边缘。令不少参与者倾家荡产，导致朋友反目、妻离子散以至跳楼自杀等一系列惨剧发生。

春节的长假终于结束了，繁忙而机械的工作又周而复始的运转了起来。

小凡又开始工作了。而张志伟、郑大松他们当然还得去工地上班。

江明城乐了，公司的洗脑已初见成效，这不，张志伟就踌躇满志地加入了他的公司。他也就多了一个下线，多了一笔收入。

钟表厂开工了，英子还是没有来。小凡心里思念着英子，他走到了电话亭里面好几次，想给英子打一个电话。可拿起话机的手，在犹豫很久后，还是又放回了话机。

这天，思念的煎熬让小凡实在忍不住了，按捺不住那慌乱的心，拨通了英子家里的电话。

电话嘟嘟地响了几声。小凡心中紧张得要命。

终于，电话那头传来“喂，你找哪位？”的声音。

“你好，你，你是叔叔吗，我是周小凡，我想问问英子还好吗？”小凡紧张地，结结巴巴地问。

“英子不会再到福州了，小伙子，你就忘了她吧。”说完，那边就挂了电话。

“不会到福州了？”小凡听得一下子就感觉天地晕眩。他呆呆地握着电话听筒，心如刀绞般的一阵抽搐。

“她为什么不来福州了？”

“一定是她爸爸妈妈阻挡她到福州，一定是了。”

想到这里,小凡忽然之间觉得心若死灰。

英子一直在他身边的时候，他心安理得地享受着那份他似乎感觉不到是爱的情感，因为他已习惯了英子那样的细心照顾着，他习惯了有英子在他身边的日子。

一个人要习惯一件事，是需要很长时间的，但一旦习惯了，这个习惯就很难再去改变。

英子忽然间，就不来福州了。

小凡这才知道，自己是深深地爱上了她。只是这个爱如此深沉，深得连他自己都不知道。自听到英子不会再到福州的电话,他的心一下被掏得空空的。

谈恋爱就像剥洋葱，总有一层会让你流泪。小凡此时却觉得无泪可流，只觉得心中似乎被一块大石死死地压在胸口，想喘口气都异常的困难。世界上只有一种东西比亲情更疼，那就是爱情，它叫人永远拿得起、放不下。

十六、勾引

时间过得很快，匆匆大半个月就过去了。

张志伟还是不死心，一边上班，一边像无头的苍蝇一样到处乱窜寻找已消失的骆玉红。

方敏也像消失了一样，也没有出现过。小凡四下打听，也向吴老板问过了，都说没见到。小凡心里焦急，却又不敢打电话回去告诉她家里人。方家把方敏交给自己的用意非常明显，如果真出了差池，他可脱不了干系，所以，小凡决定再等一段时间看看。

小凡从厂子里搬了出来，住进了英子与方敏合租的那间房，他希望，也许是哪一天，英子会奇迹般的出现在他面前。可这只是一个希望，小凡强烈思念的英子仍然没有来福州。

小凡曾想再去一趟英子家里，他想问个明白，但转念一想，去了又能怎么样呢？英子是一定见不到的。再说，如果与她父母发生了争执，这显然也是小凡不愿的，也是英子不愿的。所以，犹豫间，也就没有再打算去英子家了。

这天下午，他在厂子里吃过晚餐，回到家里，把电脑打开来，学习ＣＡＤ绘图软件，不久，就听见了敲门声。

思量间，站起身来，去开门。

眼睛不由得一亮，不禁脱口惊呼出口：“你到哪去了？我们都在到处找你啊？”

“兄弟，说实在的，我不想在这工地上待了。”张志伟看着在那边津津有味地吃着盒饭的郑大松说，“你看看，我也到这工地上大半年了吧，妈的，一天累死累活才赚千把块钱，这对咱们来说，何时是个出头之日啊？”

“你做得好好的，又想怎么样？”郑大松看了张志伟一眼，揶揄地说着，“我一天到晚就觉得你的想法那是特别的多啊。你小子可别忘了，这人哪，理想很丰满，可现实很骨感。”

“你看看我，工伤两个月，只发基本工资一千，玉红照料我两个月，发了护理费一千，还是你叔去说了情，才得到这样的照顾，这他妈的我要是摔个半残，那我这一辈子不就算完了？那能赔偿多少？三五十万？还不够老子的青春损失费！”张志伟又努努嘴，放低了声音，“你看看其他的工友们，这辛苦的赚点儿钱吧，晚上没事干，又去赌博，运气好的，赢一点生活费，运气差的，你都没看到，几天时间就把一个月的工资给输光了，你看看他们都三四十岁了，这工资发了吧，还得花几百块去找小姐，每周找一两次小姐，这除了生活费、住宿费，一个月下来，累得像头牛一样，我看他们也没剩下多少钱寄回家里，这他妈的不是瞎忙活了吗？”

郑大松停下筷子，怔怔地看着张志伟，像哥伦布发现了新大陆似的看着张志伟。

“这种眼神看着我干吗？我他妈没有以前长得帅了吗？”张志伟眼见郑大松这副神气，又摸了摸自己的脸，“你这眼光干吗？我他妈也没从非洲过来啊。”

“嘿，我说张志伟，你今天怎么又心血来潮了？你没有像女人那样一月来几天，内分泌失调吧？”郑大松还是用怪怪的眼神看着张志伟，阴阳怪气地说着。

“瞧你这熊样，就这点出息。我不就说了点有水平的话你值得这么大惊小怪吗？”张志伟笑骂着，突然话锋一转，“兄弟，我给你说点正事儿。”

“说，你有屁就放，有话快讲。”郑大松这才又坐了下来，“咱们称兄道弟这么久了，用得着发这么多的牢骚、绕这么多的弯子吗？”

“我啊，是真认为在工地上没啥出息。”张志伟一脸认真地看着郑大松，丝毫没有开玩笑的样子，“我问你，你甘心这样在工地上打一辈子工吗？”

“我也没认为在工地上打工有出息，我也不甘心。”郑大松怪怪地吊着一条眉毛看着张志伟，“今天你怎么了？说话变得这么高深莫测了。”

“我啊，跟小凡一起去那个江明城的新公司看了一下，我觉得，他那个公司前途远大，收入又高，还不用像这工地上这么累，日晒雨淋的。”

“江明城那公司，是什么公司，做什么的？收入怎么样？”郑大松来了兴趣。他当然也不想这样天天在工地上打一辈子工。只要有机会，他当然也希望能抓住这个机会脱离这种没技术含量，也没什么前景的工作。

“是直销，是目前最先进的一种销售方法。”张志伟得意地在那开始吹开了，“我这几天都在那边培训，要不，你也跟我去看一下？我说真的，我觉得这个行业我们做好了，几年后就能成百万富翁不成问题。”

“哟，你小子今天没有发烧吧？”郑大松怪叫一声。伸手又去探了探张志伟的额头。

“老子好好的怎么会发烧？”张志伟没好气地挥手打开郑大松的手。

“没烧今天你怎么说的好像尽是胡话？”郑大松冲他怪笑着，“你小子是癞蛤蟆打哈欠，这口气倒不小啊，几年就挣上百万元，你当是抢银行啊？”

“我说了你也不信，反正咱们晚上也没加过班，我带你过去看看你又不会少块肉，你去了解后就知道了。”张志伟说着，“要不，今晚一块去看下。”

郑大松狐疑地望着张志伟：“真的有这么神奇？”

“当然了，我几时又骗过你的？”张志伟说话时神采飞扬，语气非常肯定。

郑大松看着张志伟那神态，倒还真不像在吹牛，但他仍然半信半疑地问：“你什么时候去那边的，我怎么不知道？”

“我也是刚去不久，白天在工地上上班，我晚上有空就过去学学一些基本的操作，销售知识。”张志伟得意地说着，“这不，一举两得了不是？你不都说了，有钱要大家一起赚嘛，所以我才告诉你了。”

“好，我就信你一回，我反正也没事，就跟你去看看。”郑大松这才点了点头，答应下来。

“就是。咱们是好兄弟，大家有福同享！”张志伟笑着，他心下得意了，没想到，这个业务看来还真的是挺好做的。这不，几句话就拉到了一个人跟来做了。

工地上工友众多，只要能拉上几个，就不愁没有几十个加入。如此这般做上几个月，他就算是天天坐在家里打麻将，也可高枕无忧了。钱自然都会源源不断地流入到他的银行卡上来。

想到这里，他在一旁居然乐得脸上的笑容像阳光一般的绽放开来。他似乎可以看到身边就是一大堆钱了。

耳边，响起成龙唱的那首什么歌来着："豪情，面对万重浪，热血，像那红日光，胆似铁打骨如金刚，胸襟千万丈，豪气万里扬，我发奋图强，做好汉……"

眼前站着的是一位美女，正微笑着望着自己。

小凡看得都呆住了。

"干吗，才分别半月就不认识了啊？"女子脸上的笑容像花儿一般绽放，"看你这呆样，像没见过美女一样。"

来人正是方敏!

首先映入眼帘的是她那头乌黑的披肩长发微卷着披泻下来，显得有些慵倦和叛逆。脸上的表情笑意中隐含着一层淡淡的哀伤，修长挺拔，玲珑的曲线完完全全地勾勒了出来。不经意间，她抚上自己的唇角，滑上抿住的发丝，指尖的轻灵仿佛精灵般活泼。发丝滑过的地方还残留着淡淡的余香。她的目光仿佛秋日横波，款款深情，一颦一笑，风姿绰约，少女的楚楚动人，少妇的素雅风韵，在她身上似是天成。白皙红嫩的左耳，隐约可以看见戴着小小的耳钉，她的脸庞却始终带着迷人的微笑，明眸皓齿。似是她怎么打扮都是这般仙女的气质。

小凡这才回过神来，嗫嚅了半天才开口："方敏，怎么才半月不见，我就差点没认出你来了。一下变得这么有气质、有品位了？"

方敏"扑哧"一声笑出声来："瞧你，看傻了吧，还不请我到屋子里面去坐啊？"

"好好好，进来坐。"小凡这时已恢复了往日的那种玩世不恭的态度，"你不会还要我给你倒茶吧？"

"如果你愿意，我当然不介意。"方敏笑着坐在小凡旁边，"英子呢？英子加班吗？"

"英子，她不会到福州了。"小凡黯然神伤地说着。

“啊？那你去她家，是不是发生什么事了？”方敏吃了一惊。但心下却莫名的一阵欣喜。

“她爸爸说我的命太硬，八字不合，克母克妻，所以，不会让英子来福州了。”小凡心灰意懒地说着。脸上满是落寞哀伤之色。

“哦，是这样？”方敏听得全身一震，半晌，也没有说话。眼睛里、脸上各种表情交替着，在自己心里打着算盘。

“你说说，你这段时间都上哪了，我们四下找你，都找不到你，我还去我厂子里吴老板那问了，他也说不知道你到哪去了。”小凡一边摆弄着鼠标，眼睛看着屏幕，一边问道。

方敏听得全身又是一震，眼中闪过一丝哀伤之色，瞬间又恢复了原色，勉强地笑着，“没事，我找到了一份更好的工作，所以，就搬过去了。”

“哦，那你也得给我们留个口信或是打个招呼啊？”小凡轻声责备着方敏，没有去留意方敏脸上的变化。

“我留给谁呀？我这不是就来找你了吗？”方敏眼珠儿一转，脸上表情马上变得笑意盈盈，“对了，你吃饭了吗？”

“在厂子里吃过了。”小凡看了方敏一眼，“你还没吃？”

“是啊，我没吃，我想你请我吃。”方敏笑吟吟地望着小凡。

“那到外面吃吧。”小凡也是始终感觉挺对不住方敏，想找个机会弥补一下，这次正好，所以笑着说：“那你说吧，你想要吃点什么？”

方敏眼珠儿转了两下，一手托腮：“真请我？”

“真请。”

“那好吧，去饭店里看看再说。”

小凡关了电脑，两人出了门，来到村口的一家小有名气的小炒店。

方敏看了看四下，点了几个菜，问小凡：“你陪我吃点吧，咱们喝点酒。”

小凡没有丝毫的犹豫，要了两瓶酒，拿了杯子，给方敏倒上。自己也满上了。冲方敏一举杯，咕咚喝了下去，这倒让方敏很意外，殊不知小凡因为想念英子已经压抑很久，今天终于得以释放。

“周叔身体还好吗？”方敏抬头看了看小凡，轻声问。

“嗯，他的身体还好。”小凡应了声，头也没有抬一下，随后又给自己满上。

“我家呢，我家你去过了吗？”方敏夹了一口菜，递到小凡碗里，“你别光顾着喝，也吃点菜。”

“我……我没去你家。”小凡一直低着头躲避着方敏直视的眼睛，方敏的眼睛里蕴藏着一团烈火，说的更确切一点，是潜伏着双重意味的表情，一方显出大胆和倔犟，一种征服的欲望，一方却又惹人怜悯。

“我知道，我知道你不会去的。”方敏幽幽地叹了一口气，“你心里，再也没有我了是吧，你的心里，只有英子了。”

“我……方敏，我真的对不起你。我不知道该怎么说这事。”

“没有，你也没有什么对不起我的地方。”方敏淡淡地说着，“其实，你我都没有做错什么，爱情，哪会有什么谁对谁错呢？”

“没有，我，是真的觉得对你有愧于心。”小凡满脸歉意地望着方敏。

“我没有什么，我也不在意了，我只是想知道，你怎么给周叔交代的。”方敏幽怨的眼神让小凡不敢正视，“他在我来福州之前已经明确表示同意我们这门亲事的，这个我爸妈都知道。他在信里面也说过的,你不会装着不知道吧。”

“我，我还没给他提及过咱们的事。”小凡轻声说。

方敏看了小凡一眼：“你是不敢给周叔提这事是吧。”

“这……我……”小凡一时语塞。

方敏不再说话，举杯与小凡杯子一碰：“这世间啊，确实很多事是难得糊涂的，咱们喝吧。醉了，什么烦恼、什么要求、什么心事也就会没有了，酒真的是个好东西，它可以让人忘记一切。”

方敏端着杯想到自己失身的那一刻，凄苦的表情还没有浮现在嘴角就已经消失了，换上的是志在必得的笑脸。

“你倒是说说，你现在在哪上班了，工作还好吗？”小凡忍不住问。

“我当然还好。那边工资比钟表厂高，工作也比钟表厂轻松。”方敏笑了笑，“你就放心吧。”

“那到底是什么工作？”小凡追问。

“因为那老板看我会电脑，所以，让我去学习行政人事等工作。”方敏笑着，“要不，改天你去我那个公司看看？”

“哦，真有这么好的工作就好了。”小凡沉吟着，抬头看了她一眼，“你是怎么找到这份工作的？”

“哦，我自己在春节的时候出去玩时刚好看到那个公司贴出招工启事招人事文员，要求会电脑，所以，我就抱着试一试的心态去试了，没想到，因为春节找工作的人少，居然就应聘上了。”

方敏看着小凡那认真的样子，眼珠儿转了一圈。她当然知道小凡的心思，她与他在学校相处几年，又怎么不知道小凡是一个什么样的人呢？

他在担心她会误入歧途！

“哦，这样子，那倒是好。”小凡点了点头。方敏又端起了酒杯：“来，先喝了吧。”

两人举杯对饮，小凡的酒量方敏自是明白。三两杯下肚，已然面色潮红，醉态显现了。

“小凡，那英子不到福州了，你有什么打算？”方敏因酒意上涌，娇面微红，双眼更显清澈。她睁着一双水汪汪的眼睛瞄向醉意上涌的小凡问道。

“她不能来了，也不会来了，我还能有什么打算呢？”小凡看了方敏一眼，“你信不信，其实，人都是有宿命的？”

十七、爱如潮水

“怎么好好的讲到这了？”方敏柔声问着，睁着一双水汪汪含情的大眼看着小凡。那里面似乎有一团火在跳跃、燃烧。

“你知道不，张志伟那女人骆玉红也悄无声息地就离他而去了。”小凡又仰头喝下一杯酒，苦笑一下，“我呢，英子，英子她爸又不让我与英子在一起。你说，这是不是宿命啊？”

方敏听得又是一震，有些不信地盯着小凡：“玉红离开了张志伟？”

“就是啊，我也是到了福州才知道的。”小凡摇了摇头，自个儿端起酒杯又喝了下去才说，“张志伟那几天像只急红了眼的兔子一样到处乱窜的去找，也没找到。”

“玉红为什么要离开张志伟啊？”方敏看着小凡的神色，心里琢磨着小凡的心思，口中却漫不经心地问。

“这不，她留给了志伟一封信，说是因为家贫，父母都生病，弟弟还要念书，估计是想要找份高工资还是什么的，离开了他，让张志伟不要再去找她了。”小凡摇了摇头，“你说，这人变化起来，真的就不可思议。我看那骆玉红对张志伟真的是一往情深，爱怜有加的，怎么也说走就走了？”

方敏心中“咯噔”一下，此时方敏已经猜到骆玉红去做了什么，两人基本是属于同一个性质，同样是付出，不过，她是被诱骗，而玉红却是为钱所逼，方敏勉强地笑了笑：“这要理解她的，女人真的不容易，为了家，唉……”

小凡狐疑地看了方敏一眼：“你，知道骆玉红在哪里？”

“我……我怎么会知道？”方敏忙摇了摇头，“我一向少与他们往来的。怎么会知道？”

她又为小凡倒满了酒，向里面的老板招呼了一下：“老板，再来两瓶。”

“我，方敏，我不能喝了，我感觉我都快喝醉了。”小凡醉眼蒙眬地看着方敏，有些结巴地说着。

方敏睁着一双迷人的大眼深情地看着小凡：“咱们两人像这样相处，只有在学校时才有过一两次的。今天，机会难得，你就陪我喝个痛快吧。”

说着，不由小凡分说，又继续给小凡满上。

“好吧，我就陪你喝，陪你喝个痛快。”小凡舌头打着结，口齿不清地说着。

“来吧，咱们喝。”方敏又举杯与小凡相碰。两人相视着，小凡睁着醉眼，看着方敏：“喝，我就舍命陪你了。”

说完，一仰脖子，咕咚一下喝了个杯底朝天。

方敏不动声色，继续为小凡倒酒。

小凡心里的苦，她又怎么会不知道？小凡的苦，也正是她的苦。她又怎么会不理解？

小凡也需要大醉一场！他活得那么苦，心中强烈思念的人就这样遥不可及，相爱却不能相守一生，可面上却要装的没事儿一样，又有谁能理解呢？现实生活就像一个战场！

白天，不得不披上那虚伪、自信、坚强的战衣在战场上披荆斩棘；为了心中的那份虚荣麻木地争夺着；从不计算身上已是血肉模糊、伤痕累累！

爱与被爱都是痛苦的。

相爱，不能相守，则是痛上加痛。

现在的方敏，何尝不是这样呢？

方敏是那样的深爱着小凡，可是小凡对她的爱，从未有过热烈的合拍。他感恩英子，他要娶英子为妻，如果没有英子，小凡一定是她的人。

现在，英子不回来了，这不正是机会吗？

方敏是一个善于捕捉机会、抓住机会的人。美丽让男人停下，智慧让男人留下。方敏有的是智慧与心机。她一直不能容忍英子抢走了她的至爱。但却一直没有机会去施展她的心计，因为，英子虽为人性直，但也不是盏省油的灯。

这一点，方敏更是明白，如果与英子撕破脸，那才是傻瓜的做法。

方敏不是傻瓜，她自然也不会去做傻瓜才会去做的事。

宿命！方敏也认为是宿命！！

咖啡苦与甜，不在于怎么搅拌，而在于是否放糖；一段伤痛，不在于怎么忘记，而在于是否有勇气重新开始。现在，方敏认为，她与小凡可以重新开始了。

小凡本来就是她的。上天只不过安排了一个小插曲而已，但她认为，她与小凡才是完美的一对。她的人，又怎能容许其他的女人染指？

小凡克母克妻！小凡相信宿命，是的，方敏也信，在方敏眼中，小凡就是杨宗保，而英子就是那个穆桂英。他们怎么能结合在一起呢？上天的命运不安排他们在一起，如果在一起了，自然就发生灾难的。

方敏看着小凡已醉得不成人样了。伏在桌子上口中却还在喃喃自语地说着一些听不懂的话。

方敏招呼老板付了钱。她用力地推了推小凡，柔声说："小凡，咱们回家吧。"

小凡无力地抬起头看了看方敏，口齿不清地在那含混地说着："不，咱们还喝，喝要喝个痛快啊……"

"乖啦，我的好小凡。"方敏柔声劝着，然后，伸手扶起小凡。扶着他出了店门，摇摇晃晃地向家里走去。

小凡温热的身子伏在她身上，呼吸沉重而缓慢。方敏知道小凡是真醉了。

她有些吃力地扶着小凡，心中却满是欢喜，她多么想，前面的路没有尽头，而她就这样一直扶着小凡，小凡就像现在这样倚在她的身上，一直走下去，走下去……

好不容易将小凡扶回房间，方敏将他放在床上，这才舒了一口气，这小凡醉了还真沉。她活动了一下手臂，用手去摸了摸小凡的额头，酒精的作用使他的额头有些烫。

她轻轻起身，生怕惊扰了小凡一般，拿了条毛巾，仔细地轻柔地给他擦了擦脸，小凡却没有一点反应。

方敏又将他身子翻动替他脱了鞋，犹豫一下，过去又将门关上了。

小凡均匀地呼吸着，俊雅的脸庞上红潮隐现，方敏轻轻地坐在他身边。痴痴地望着这个自己日思夜想，魂牵梦萦的人。

她此时心潮起伏。她是刻意灌醉小凡的，因为只有灌醉他，她才有机会!

这个本来就属于她的男人，她当然要得到他。

如果失去小凡，她会感到空虚，感到人生的缺憾是多么的难以忍受，她痴痴地望着他，心中充满强烈的渴望，通红的脸，是全身的血液都涌了上来，占有的欲望完全控制了少女羞耻心，操纵大脑的只是那句“他是我的！”这个想法一遍遍掠过她的全身，迫使自己做出行动，她忘记思想，忘却呼吸，只听见自己的心跳，一下、一下……轻轻地闭上眼睛，使劲贪婪地呼吸着属于小凡的气息，她的肉身轻松愉快，她的灵魂要奔向上帝，像点燃的香火，化作青烟融入上天的爱……

这种如醉如痴的感觉她还从未体验过，这种全身心所感到的骚动情绪在内心深处激荡着，她相信这就是爱情，此时的心情就像空中的一轮圆月窥探着世上的一切，是那样的美好。

她沉湎于自己强烈的欲望中，像一匹奔驰的野马，向前驰骋着，忘记世上的一切，心中充满醉意，是那么强烈、那么新奇、那么惊心动魄。

她用颤抖的手，慢慢去解开小凡的衣衫。

方敏伸出手，触到小凡的上衣纽扣，手已经汗津津的不听使唤，几颗纽扣耗尽了她所有的力气，她的手在小凡呼吸均匀的胸膛上游走，和自己“怦怦”乱跳的心形成鲜明的对比，手跟着迷离的眼光继续上移，终于定格在那湿润温暖的双唇上，那棱角分明的嘴唇诱惑着她仅存的意识，她终于忍不住，轻轻地俯下身，用唇轻柔地亲吻着他那因酒精的作用而显得更加的红艳的嘴唇，慢慢地，她有些迷离了，忘情地开始吸吮，本能的要求的更多，她的舌仔细地描绘着小凡有形的唇线，想要分开他洁白的牙齿，探索更多的内涵……

小凡动了动嘴，他似乎本能地，在迎合着……口中含糊不清地在呢喃着、呼唤着。

“英子，英子……我想你，我想得好苦……”

方敏此时已顾不了许多，她热烈地吻着小凡，轻柔地游移着她的身子，如水蛇般缠了上去。

小凡下意识地抱着她，一只手胡乱地在她身上摸索着，去解她的衣衫。

方敏心下暗喜，她主动地解开自己的衣衫，伸手也去解小凡的腰带，嘴上呢喃着诉说着情话：“小凡，你知道吗，我等这一天，等了多久，我爱你，可只能藏在心中，你怎么能这么狠心的将我拒绝，你告诉我，你怎么这么狠心……”

她呢喃地说着心里藏了多年的委屈，一边热烈的用那火般滚烫的嘴唇去亲吻着他。

“英子，我也想你，我也爱你啊……你知道，你不在，我的心里空空的，我不知道该怎么办才好。”小凡嘴里含糊不清地说着，“你，你说过的，我们福州，不见不散的，可为什么，你让我等了你这么久，等了这么久你才来……”

小凡下意识地也诉说着相思之苦，他在神思恍惚之间，似乎感觉到英子来到他的怀抱中。

方敏听得全身一震，但如潮水的欲望与得到他的念头让她不再理性，她伸手将小凡的衣衫褪去，娇喘着、呻吟着如蛇一般的紧紧地拥着小凡。

两人热烈地亲吻着，双手都努力去探索着各自的需求……

忽然，小凡倏然睁开眼，努力地摇了摇头，好让自己清醒过来，当看清竟然是方敏衣衫凌乱的抱着自己，不由心下大骇：“你，方敏，我们这是怎么回事？”

方敏愣了一下，她不想放弃这天赐良机，紧紧地抱住小凡，声音如诉如泣：“小凡，我爱你，你是我的，我们在一起吧，我们在一起后就谁也分不开我们了。”

小凡慌乱地四下找着衣服，摇了摇头，轻声而坚决地说：“方敏，快把衣服穿上，会着凉的。”他说着快速地穿上衣服也给方敏披上衣服，“英子已经是我的人了，我不会做对不起英子的事情，我也不想伤害你，忘了我吧。”

“你，你难道，就没有一点的爱我之心，我不相信，我不相信。”方敏低声抽泣着，“你告诉我，你爱我，像在学校一样的爱我。”

“方敏，我知道，我对不起你，但我真的不愿意在伤害了你后，又去伤害英子啊。”小凡柔声劝着，“我们不能这样做啊。”

“可是，英子，她不会来福州了。她永远也不回来了，你难道以后就不找女朋友了？”方敏哭泣着，“你为什么现在就变得这么绝情、这么狠心，我可爱你整整四年啊。你给了我什么，你又给过我多少爱？”

“我会等她的，我们说过了，不见不散的。”小凡听得心里像针刺一般的疼痛，但仍喃喃地说着。

“你也说过，我们会在一起的。”方敏盯着小凡，显得有些声嘶力竭地说着，“你看着我，看着我的眼睛，回答我，你为什么会食言，你为什么要自毁承诺？”

“方敏，真的对不起，英子，她已经是我的人了。我真的不能伤害你后，哪一天她来了，我又伤害了她。”小凡眼中闪过一丝凄苦之色。

“我为了你，千里迢迢来到福州，我为了你，天天忍受着你与英子的浓情蜜意，为了你，我留在这个钟表厂里，就是因为我知道你们不能在一起的。可你明知你与英子不可能在一起了，还如此狠心的这样对我？”方敏看着小凡，一字一顿地说，“你口口声声要对得起她，可是，你想过没有，你对我呢，你对得起我吗？”

“方敏，别这样，好吗，我对不起你，但我真的爱英子，以前我不知道什么是爱，什么是喜欢，我没在意，可是，我现在才明白，她不在我身边了，我的心，也空了。”小凡扶着方敏双肩，抬起头看着方敏那令人心碎的眼神，“你这么好的条件，会有更优秀的男孩喜欢你的。真的，你不要逼我了。”

方敏一下扑倒在他的怀中，双手紧紧地抱着他，生怕他飞走一般，低声诉求：“小凡，可我真的爱你，我的心，与你现在何尝不是一样的？没有你，我心里也是空空的，我日夜思念着你，你难道是铁石心肠，感觉不到我对你的爱吗？”

她紧紧地拥着他，说完，去吻着小凡的嘴唇。

“方敏，别这样，真的，别这样，别逼我了。”小凡艰难地推开方敏，眼中闪过绝望的神色，“我的心，全在英子身上了，她不在，我的心，死了！死了！你知道吗？”

他说着，一把推开方敏，再也不理她。

“周小凡，你这样对不起我，你这样对自己的承诺不负责任，你会后悔的。”方敏恨声说着，稍整理一下衣服，哭泣着，冲了出门。

“方敏，这么晚了，你去哪啊？”小凡匆匆起床，追了出门。

可眼见方敏冲一辆的士招着手，上车而去。

小凡忙追了过去，但车早已飞奔远去。小凡心下大急，四下拦着车辆，可这村口，车本来就少，一时之间，早已失去了方敏的去向。

小凡看了看四下，马路边人影闪动，他叹了一口气，甩了甩因酒精的作用还有些发胀的头，嘴角掠过一丝苦笑，转身回了房里。

十八、诡变

一周后的星期三，宏光塑料厂，小凡所在的公司。

吴老板在办公室眉头紧锁，走来走去，半晌才叹了一口气，来到正在操作机台的小凡面前，看他正在为组上员工认真地检修机台。眼中，闪过一丝惋惜："周小凡，你到我办公室里来一下。"

"嗯，好的。"小凡头也不抬地应声回答，"等一下，我这台机器马上就修好了。"

"好，那我在办公室里等你。"吴老板说着，苦笑着咧了咧嘴，摇摇头走了。

少顷，小凡去洗干净手上的油渍，来到办公室里坐下："老板，找我有什么事？"

吴老板满眼惋惜地看着小凡，沉默了半晌，才有些艰难地说："实在对不起，我们公司今年的业绩不太好，所以，要裁掉几个员工。所以……真的抱歉，我们，得为自己公司的效益考虑。"

"什么？你的意思是——要裁掉我？"小凡不信地问，一下从椅子上站了起来。

"我……我，我也不想，可是，真的，没办法。"吴老板不敢看小凡的眼睛。

"是不是，我哪里做得不够好？"小凡看着吴老板问道。

"没有，你做得很好。我也很舍不得你走，可是，我也没办法。"吴老板满脸歉意地看着小凡，"我会多补偿你一个月工资的，你表现得真的很好，可是，唉……但公司要生存，我真没办法，真的。我能理解你的心情，我也是通过打工做起来的。我有些话不能说，请你也理解我。"

吴老板说着起身："明天我就给你结算工资。"

说完，他似要躲开小凡一般，飞快地出了门，留下小凡愣在办公室里。

“这是为什么？为什么呢？自己一向在工作上表现很好，一直以来，自己也没在工作上面出现过什么差错，而从各方面看，吴老板对他确实照顾有加的，但为什么会突然辞退他呢？看他言辞闪烁，似乎还有什么话难以说出口，莫非，这不是他的本意？但究竟是什么原因让他莫名其妙地开除了自己？”小凡自己在一旁胡思乱想，他实在是百思不得其解!

良久，也没有想明白什么，他浑浑噩噩地出了厂子，回到出租房里，倒在床上，盯着天花板呆呆地出神。他实在想不明白这究竟是怎么一回事，这事件发生得太突然，也太诡异离奇了。

这个工厂工资虽然不高，但小凡这一年多来，却适应了这样的工作，熟悉了这里的工作环境，并且，这个工作不累。说实话，吴老板对他并不太苛刻，可能是由于英子的原因，还可以说对他颇为照顾，比如说给自己调整时间学电脑，偶尔也请自己一起出去吃吃饭，人在一起相处久了，还真的对工厂有了一份感情。一时之间就这样突然的离厂了，他还真接受不了。

再则，虽说自己的电脑课程该学的都早学会了，但他的计划却没实现，因为，开培训班需要一笔资金，而这笔资金，就算加上小林的，还远远不够的。

当张志伟听说小凡被厂子里莫名其妙就给开除了时，不禁吃了一惊：“这说开除就开除，算什么事啊？这个你得问清楚，又没犯什么错的。”

张志伟也是满脸的惊讶，愤愤不平地说。

小凡摇了摇头，心底隐隐地有些作痛，好好的一份工作就这样莫名其妙的没了，也许，这就是资本市场的残酷性，天下的农民工太多了，大部分工厂随时可以不要你，也可以随便找一个理由开除你，你连争辩的机会都没有，因为，工厂随时都可以招到大批的工人，中国的农民工找工作的太多了，工作岗位远远低于求职人数，所以，农民工与资方连谈条件的机会都不会有的，何况，像这等不要你工作的事，你还有脸去争辩什么呢？打工者就是牛，需要你耕种时，就让你耕，不需要你时，你就闲在一边去吧。他满脸的沮丧，叹了一口气：“问也没用，咱们打工的就是这样的命，需要你的时候就用，不需要就得走。”

“哪，你有什么打算呀？”张志伟担心他会找不到工作，在城市打工，一天没有工作，那一天就没有钱赚，但一天仍然得吃穿住行的消费，并且，出厂以后，消费会比平日里在工厂上班要大上好几倍的，一天没有工作，就意味着没有饭吃。这不比在家乡，就算你没有工作，还有父母在种田，至少不会缺少吃的。

他们的工资，靠极端的省吃俭用才节省出来那么一点，可一旦失去了工作，就那省下来的钱，也用不了多久就会花光的，高消费低收入，让农民工抵抗风险的能力太低了，农民工在外，最怕的就是没有工作或是生病，一场病下来，说不准你省几年的钱都会给花个精光还会负债累累的。

“我想找份工作，现在应该不成问题。”小凡咬着嘴唇，搔了搔头，想了一会儿，故作轻松地笑了，“你别担心，我不会有事的，来福州这么久了，这市里我都熟悉呢，既然都出厂了，我就好好休息两天，再到我哥那边工厂去看一下。”

“嗯，这样也好，他那边的工资还比你这个厂子高些，我就不明白你为什么以前不一起过去。”张志伟看着小凡，又接着给出解释，“我知道，你是为了英子，而方敏不过去，又是为了你。”

“嗯，我知道。”小凡想起那夜，自己醉酒，方敏对自己所说的话，不由得点了点头。心中，莫名地又有一阵针刺般的痛涌了上来。

他，真的对不起方敏，他感到愧疚。

第二天一早，小凡去厂子里领了工资，吴老板有些惋惜地看着他，真的多给了一个月工资，在他离开办公室时，吴老板站起身，嘴角动了动，想说什么，但又似乎不好开口，还是没说什么，默默地破天荒上前为小凡开了门，让他离开。

小凡看了他一眼，见他眼神游移飘忽，不敢直视着他，他只说了声：“谢谢你在这一年多里对我的照顾，我走了。”说完就头也不回地离开了厂。

这个自己工作了一年多的厂子，就这样，在没有任何讯息的情况下，说离开就离开了，说实在的，他也逐渐地习惯了这样的生活，说真的还真有点舍不得离开，但他却不得不离开了，这就是打工的生活，他离开时，心中虽然也有些莫名的情绪在翻涌着，却始终没有在脸上显示出任何表情来。

下午，他兴冲冲地去了小林所在的钟表厂里，小林听明来意，忙带着小凡去王老板那儿，并在上楼时说："我们这边正缺工人呢，你来得正好。"

可令人觉得诡异的是当两人进了办公室，说明了来意，王老板竟然面有难色，说什么今年业务不好不再招工的话，婉言拒绝了小凡。这令小林也百思不得其解了。

"我真的不明白，为什么我们公司老总要拒绝你来上班。你们以前认识啊，并且他对你的印象非常好的，还经常提及你的，而明明我们公司现在正是缺人手的时候啊？"小林显得大惑不解地向闷闷不乐的小凡说道。

"没事，可能是真的因为业务的关系不招工了，今年不都金融危机吗？"小凡淡淡地回应着，心下也是觉得实在有些不可思议。他也没多想，就下了楼，心中却似一块大石头压在心里，堵得他心里慌慌的。

星期天，小凡一个人跑到福州鼓山下深深的山谷中，冲着天空里大声呼喊："上天，你为什么要这样对我，为什么要这样对我？让我爱的亲人、爱人都不能在我身边？"

小凡想着自己多舛的命运，那被无情现实践踏的心，早已伤痕累累地躺在角落里独自滴着已近干涸的血，他睁大眼睛，无助地看着天空，他的眼睛红了，嘴唇颤抖着，浓密的睫毛下积蓄已久的泪倾泻而下，他彷徨、无助、悲伤、压抑，不知过了多长时间，他一动不动，内心充满尖锐的隐痛，眼泪根本无法减轻内心丝毫的伤痛！

苍天确实对不起他，给了他太多的苦难！

三岁时，他大病一场后，得了哮喘，病魔整整折磨了他两年，一直到五岁才有些好转，而在他十四岁那年，他的人生还没体验到一个完整的母爱，母亲却以那样残忍的方式离他而去。

现在，他深爱着的英子，却也不能与他相守一生！而方敏，她竟会如此执著地对待自己，付出那份感情……可这份感情，却又是他不能接受的。现在厂里莫名其妙地就将自己给辞退，去找工作，明明有希望去做的那份工作，竟然又莫名其妙地被拒绝。

小凡实在感到有些绝望了，他向苍天大声地呼喊、咒骂着！

空旷的山谷里，回声阵阵响起，又归于寂静。

他心如乱麻，他不是一个在感情上有太多的奢望的人，也不善于在感情上去开解自己，他只是深深地知道，他的至爱，英子，真的是远离他而去了。而此时，他的心里，像被什么掏得空空的一般，灵魂，再也没有了生机。他不知道自己该怎么面对失去深爱的人的现实。

他失去了爱人，还没有回过神来，却又失去了工作？这难道真的是宿命？

山谷深邃，松涛阵阵，似为小凡的人生在呜咽，还是在轻泣？

"小凡，要不，你跟我一起去做销售吧。我觉得真的也挺赚钱的。"晚上，张志伟知道小凡失去了工作，心情不好，所以，特意买了花生、啤酒，叫上郑大松，三人一起聊了起来。

"我，我总觉得你那个工作不怎么妥当，我还是先找找工作吧。"小凡固执地摇了摇头。

"你啊，小凡，我就觉得你做事太谨慎了。"郑大松也在一旁怂恿着，"凡事小心是没什么不好，可这样，也会错过很多机会的。你看我，张志伟说那边不错，我去听了两个晚上的课，也觉得还不错，就加入了。我还发展了一个工友。"

小凡看着他们，面无表情地自个儿举杯仰头喝下，"我觉得你们得小心点，我这几天无聊，天天都在看报，昨天看报纸上说，好像你们这个是属于什么违法的传销组织。据说要统一取缔打击，做头儿的不但要罚款，还要坐牢的。"

"真的假的哦？"郑大松听了这话，立刻紧张起来。

"是不是啊？"张志伟也慌了神，"你小子可别瞎咋呼，蒙我啊！"

"哪，报纸还在我的床头旁边呢。你自己看吧。"小凡"咕咕咕"喝了一大口酒，有气无力地抬起手指了指床头。

于是，两人不约而同起身去拿那份报纸，果然，看到了关于要打击取缔非法传销的相关报道。

两人仔细看了下，上面写着传销对社会与家庭的危害性，看得两人不由得倒吸一口凉气。

张志伟脸色变了，郑大松更紧张地说："我可刚交进去2000块钱的啊，这要真打击，我那2000块钱不就泡汤了？"

"看报纸，我觉得你亏2000块钱还好，按报纸上的分析，如果真陷进去，以后还会搞得家庭四分五裂的。那样才叫损失惨重。"小凡说着面上掠过一丝淡淡的哀伤之色。

"那倒也是，确实报上说的有道理，我还打算叫我弟也去做呢。"郑大松听小凡说得有理，心下不无担忧地说，"明天，我们得想想方法要点钱回来，尽量减少损失。"

今年的工作真难找。

报上，铺天盖地的报道亚洲金融危机对中国的影响,对亚洲的影响。

一向喜欢看报的小凡知道了海南成片的房子修到一半不修了，很多打工的人找不到工作回乡了。最真实的感受是,这一年来，下岗工人也越来越多，经济一下显得紧张起来。工作不是不好找，是非常不好找。

小凡骑着自行车，跑了好几天，数十家工厂，竟然也没碰上一个需要招工的厂子。就算是碰上一个厂子要招工的，不仅工资奇低，而且，工作环境那简直可以说是惨不忍睹。几乎都是四十岁左右的人在里边上班。工资不高，但他们图的就是有份工作就可以。

一周下来，小凡还是没找到工作。这下小凡不由得急了。

而福州市公安局果然出动了警力雷厉风行地打击非法传销组织。张志伟所加入的那个仙妮德公司闻风而逃。不知所踪，这一来，不仅亏了他们入公司所交的2000块钱，还彻底的粉碎了他与郑大松想要在上面大展拳脚的富翁梦!

而经此事件，张志伟也越来越对在工地上的工作不感兴趣。

他不是觉得苦，而是觉得他如果长此下去，是没有任何前途与希望的。

而张志伟显然是不甘心就这样在工地上打一辈子工的。

这天，张志伟也没上班，他想去给他弟弟寄点钱与衣服。早上，他看到小凡正坐在电脑前玩着游戏，于是叫上了他，小凡想想没什么事，就随便穿了件衣服，两人骑了一辆破自行车，向五里亭邮局骑去。

来到邮局，这可是他们到福州这么久以来，第一次到邮局去寄东西。

两人四下张望着，这邮局还挺大的，他们一时还搞不清楚头绪，于是，张志伟怂恿着小凡去问，小凡想想也只有询问才能知道邮寄包裹的程序，于是到了柜台前，向一个正在接着电话的服务员用带点四川乡音的普通话问："小姐，请问邮寄包裹是在这里吗？"

那接电话的女孩，正用小凡听不懂的本地方言，在那拉呱着聊天。

女孩长得很漂亮，瓜子脸，小巧鼻，一张红嘟嘟的樱桃小嘴让人看上去都想亲两口，特别是那一头乌黑的长发与那漆黑的眼球，深邃得让人忍不住会多看两眼。只是，看她聊天的表情姿态及手势动作，似电视剧里那些满堂春里的姐儿与老鸨一般，总让人感到有些轻佻的味儿。但幸好，小凡二人并不认识她，也不会是她的相好或是来喝花酒的嫖客。

女孩似没有听到小凡的声音，仍然在那不时抿嘴偷笑，不时娇嗔捂着电话聊着。仿佛丝毫没有注意到小凡二人的存在。

"小姐，请问哪里寄包裹啊？"小凡把声音提高了点，又问。

那女孩这才抬起头来，乜斜着一双眼睛，一张娇好的脸上似乎像被苍蝇忽然咬了一口似的，抽动了一下，显得有些不耐烦地看了小凡一眼，嘴角呶了呶："那边。"

说完，又开始拿着电话，专心致志地聊了起来："啊哟，不是啊，是刚才有人在夸我长得漂亮不漂亮呢，你呀，是不是吃醋了，嘻嘻……"

小凡看了看她那眼神，似秋天的菠菜叶子被虫子吃了一大块似的，满眼的坑坑洼洼，那不耐烦的神态与有些扭曲的声音，分明是在骗着电话那头的对方，可怜对方居然还信以为真了，看来，这天下的男人，在女人眼中，竟然是如此的好骗，小凡心下感到胃里有东西在翻腾，但终究是忍住了，他虽然觉得有些不满，但却没有出声，于是，走到她所说的那边去看了一下，没人，再四下瞧了瞧，偌大的厅子里几乎没有一个人来，那个煲电话的女孩那边是写着包裹取存区，不对呀，应该没有错啊？

于是，他跟着张志伟又走了过去，勉强地笑了笑，尽量使自己心中那团怒气压得低一些再低一些："小姐，那边我们没看见有寄包裹的啊？"

漂亮女孩估计因为小凡打断她的话很扫了她聊天的兴致，白了小凡一眼，满脸尽是鄙视厌恶之色，大声说："你没长眼睛啊？自己不懂得看吗？你不识字吗？乡巴佬！"

小凡听得呆了一下！这个变化真的是太突然了！突然的有些让小凡一时没有反应过来。

这怎么回事？不就是问了一下吗？等他反应过来，这一段时间来憋在心中的怨气他瞬间就爆发出来了。

"小姐，我有长眼睛，但我也有长嘴巴。"小凡怒极反笑，阴阳怪气地打了一个哈哈，"其实，人长眼睛只有一个功能，那就是只看东西，而人长嘴巴有两个功能，一是吃饭，二是问话。"

张志伟却听得有些忍不住想笑出声了。但看小凡那满脸煞气的样子就赶紧忍住了。

那女孩也呆了一呆，没想到面前这乡巴佬嘴尖舌利的。

小凡笑吟吟地说完，忽然大喝一声，吓了旁边的张志伟一跳。

"我操你妈，我就乡巴佬我怎么了？我就是不识字我又怎么了？我没看见我还不能问了吗？"小凡满脸杀气地盯着那女孩，"你长得漂亮你也不过就是个服务员，你有种去当市长的女儿啊，你也不过就在这个小小的柜台上做一个小小的服务员，你怎么就没去做鸡婆小姐呢，凭你这长相，原子弹碰上都会自爆，外星人来了见到你都会哭着回去，你还神气什么？"

"老子今天来寄东西，老子在消费，老子就是你的上帝，你他妈的身份是服务员，你这个'高贵'的城市服务员就得为我这农村来的乡巴佬服务！"

小凡大声喝骂着，将这段时间憋在心中的委屈、愤怒一股脑倒了出来。他极其鄙夷地看着那女孩满脸青红，再转成猪肝色的样子，冷笑一声："你他妈的不就是一个服务员？你他妈的要是市长的女儿，那全国人民还要不要活了。"

这时，其他两个柜台上的服务员忙走了过来，但见小凡的满脸凶相，想劝似乎又不敢相劝的样子，只有默不做声地望着小凡。

张志伟望着小凡这样子一脸凶相，盯着一个小女孩大骂，这可是他自学校出来以后不曾有过的事。听着小凡连损带骂地乱吼一通，不禁又好笑又好气，那种想笑又拼命忍住的感觉相当难受，在一旁打着圆场：“算了算了，别这样了，人家都快哭了。”

那女孩似自从做服务员这高尚的职业以来，也只有自己鄙视人家的，哪里有过被一个乡巴佬这样侮辱、乱骂过，一时之间，看着小凡的满脸凶相，又不敢做声。又气又急又怒，但偏偏面对这种不要命的土匪，吓得却又大气也不敢出一声。

小凡冷哼一声：“哭，活该，狗眼看人低，全福州就这邮局？你以为这邮局是你家开的？当农民是你家奴才啊？咱们走，不在这个邮局寄了。”

说完，不由分说，拉着张志伟，故意扭着屁股，大摇大摆地扬长而去。

等小凡二人出了门，那女孩又惊又惧的脸上，终于忍不住委屈，“哇”的一声大哭起来。而她旁边的两个同事，不知何故，相互对视一下，递了一个眼色，也没有去安慰她，脸上居然露出了幸灾乐祸的表情来。

十九、欺凌

“我真不明白，你怎么冲一个女孩发那么大火。”回到家中，张志伟显得有些惊奇地调笑着，“你不是一向都不会对女人开骂的吗？你不一向都怜香惜玉吗？你不一向都是扮演正义化身，谦谦君子吗？”

“我高兴，我喜欢，我破例！行了吧？”小凡余怒未消地说着，冲他瞪了一眼，“她就是活该被骂，你说这女人发哪门子骚啊？好好的她凭什么瞧不起咱们乡巴佬了。这些城里人就是狗眼看人低。她凭什么就看不起农村人？这种人，你不给她点教训她一辈子都长不了见识，池里的王八塘里的鳖，都是一路货色。”

“谁叫你今天穿成个民工样的？”张志伟忍不住说。

小凡这才看了一眼自己的衣服，出门时自己没有在意，此时再细看自己的这身打扮，的确是有点不容乐观，上衣倒还凑合，虽说有点灰突突，至少可以蒙混过关，最关键的是那白衬衣的领口是有点龌龊，要想看出是什么底子，只好白费力，那条黑色的长裤此时最有掩盖力了，只是磨得发亮的部位还是说明很久很久没有和水接触了，再往下移脚上的鞋子也不合时宜地在此时张嘴了，审视完自己的这一副尊荣，小凡无奈地又咧开嘴苦笑不已。心里不禁又叹了一口气：“是啊，这几天，我衣服都没洗过了。”

“要是英子在，我不知道她会不会责怪我这么邋遢了。”小凡苦笑一下，张志伟的话无意中勾起了他的心思，“她是不会容许他的衣服这么脏穿在身上的。她是一个很爱整洁的女孩。”

“要是玉红在，我也不用这样整天心思不定的。”张志伟眼见小凡提及英子，也不禁想到了骆玉红在他身边的种种好处，这个沮丧的情绪似会传染一般，他也情不自禁叹了一口气，沉默了半晌才说：“小凡，我真的不想在福州待了，要不，我们去广州看一下，怎么样？至少，不至于找不到工作吧。现在你看看，福州这地头真的很欺生，找了一个多月的工作，可一点眉目都没有。”

“广东那边有熟悉的朋友吗？”小凡沉默了一会儿问。他也觉得在这边事事不顺，是不是换个地头打工，会好一些，东方不亮西方亮，除了星星还有月亮，树挪死，人挪活。换个地方说不定真的会运气好一些。

“有，我们有一个同学赵少丰就在广东佛山那边，我与他联系过。”张志伟见小凡这次居然没有再反对，心下不由大喜。

“他在那边做什么工作？”小凡看着张志伟一脸胸有成竹的表情，他知道这家伙一向心浮气躁。不安于现状，但又不踏实，所以对他的话仍是不放心的。

“这个，他说在一家大公司做事，收入还不错。听他说在那边也混得不错的。终于实现了脱离农民工这个理想！唉，咱们什么时候才能实现这个理想啊？”

张志伟一边满脸的仰慕赵少丰的成绩，一边在唉声叹气自己的时运不济。

“理想和现实总是有差距的，幸好还有差距，不然，谁还稀罕理想？”小凡白了一眼张志伟那满脸的仰慕之情，略一沉吟，口中虽然这样说着，但他有些相信了在福州看来是还真混不出什么名堂,再说了,英子不来了,他留在这个伤心地实在没什么意思，但心里对离开福州总有一些说不出的怅然若失的情绪，究竟是待久了有了感情？还是心里仍保留着英子会回来找他的一点点希望？他也说不清楚，甩了甩头，“好，你与他先联系上，再问明白些，我再去找两天，如果在这两天内，仍找不到工作，那我们就去广州看看。”

次日一大早，小凡想到应该去金山开发区碰碰运气。因为周边的工厂他都找过了。像福兴投资区、洪山科技园区、盖山投资区等，都跑了几次了，但都没有什么工厂招工，就是有招的，要么要求的条件小凡够不上，要么确实工资太低，实在没办法做下去。

金山工业区也算是福州开发区中较早的一个工业区。

小凡想这边相对偏僻一些，应该来找工作的人要少一些，那他能找到工作的机会就会大一些。

他骑着那辆借来的自行车，从大门进去，一家一家地仔细瞧着四下门口，希望能看到一些招聘的广告。但骑了大半天，几乎绕了大半个工业区了，却没有一家招工。

小凡心下不由得真的惊慌起来，这一大半这么多的工厂竟然没有一家招工的。看来，今年实在难得找到工作了。

可他心里还总抱着一丝希望，心下想，既然都来了，那就整个工业区都转一遍吧，主意打定，他继续向前骑，打算如果真的找不到，就骑回家了。骑不多一会儿，远远就看见有一个厂子门口贴着一张大大的招工启事。

小凡不由得心下大喜，果然是功夫不负有心人，于是飞快地骑了过去。稍看一下，不由得又失望极了：上面写着只招女工。他想了想，决定下车去问一下："万一男工也招呢？自己又不比女人差。女孩能做的活，我也能做啊。"

心里这样想着，他就先去那边门卫室里探头望去，正想敲门。

忽然，从旁边走过来几个戴着红袖章的人。

其中一个人拉长一张马脸，吊着眉，极像电视剧中的二鬼子，冲着小凡喝道："小子，你在这贼头贼脑的干什么？"

小凡被突如其来的声音吓了一跳，当看清面前站着四五个戴着红袖章的巡防后，才放下心来，说："我找工作啊。怎么了？"

"找工作？"那人满脸的鄙夷之色，混浊的眼光上上下下打量了小凡一番，瞧不起人那种模样就像小凡邻家的杂毛狗低眉吊眼从门缝里瞅人的神态，"看你这样儿，怎么也不像找工作的。拿身份证过来看一下。"

"拿身份证？"小凡犹豫了一下，看了看那人，好像是治安队的，想了想在这个地头，满地都是当官的，查暂住证的、查身份证的、查未婚证的，只要是屁民，被盘查与审问都是极为常见的事情，谁叫自己是一个屁呢？只好把身份证递了过去。

那人看了一下，好像没有什么破绽，才把身份证还给小凡，招呼了一下身后的几个人："没什么问题，我们走。"

几人才转身走两步，其中一个人觉得没有捞到什么油水，显得很不甘心，忽然回过头来，向正准备走的小凡喝道："喂，你给我站住！"

小凡愣了一下，看了那人一眼，心下不满地说："又有什么事了？"

"你这自行车哪来的？"那人说着就又走了过来。

"嘿，这就怪了，我骑的我朋友的车啊，难道是你的？"小凡看了他一眼不满地说。

"是你的，那把你的自行车发票给我看一下。"那人看了小凡一眼，皮笑肉不笑地说。

"我借他的车，从鼓山老远跑过来找工作，哪会带上什么自行车发票了，再说，这车这么旧了，发票说不准早就丢了。我哪能有这个？"小凡解释着。

"那就是说没有发票了是吗？"那人看着小凡，阴笑着。一脸的得意之情像苦菜花被刀劈成条纹一般，显得既是得意又有邪恶。终于让他找到机会捞点儿了。

"是啊。"小凡当然没有想到还有其他的，不假思索地说。

"那就对不起了，车我们要扣下，还得查一查你是不是小偷。"那人皮笑肉不笑地看着小凡。又与几个同伙对视一眼，几人满脸的都是笑容，难得啊，有好处能捞的事能不开心吗？

"凭什么？"小凡看了对方一眼。眼见这几人不怀好意的样子，心下也是暗自心惊。可嘴上却没半丝的退缩。

"凭什么？凭我们是联防队的。"那人肆无忌惮地哈哈大笑，后面的几人一起也跟着起哄大笑。狼遇上羊了，饥饿的狼不巧遇上了羊，它不想笑都很困难。

"联防队就了不起了？难道还能抢车了？"小凡冷笑一声，心里却发毛了，遇上土匪，你想讲理还没地方可讲，"我的车就是我的车，你还能抢不成？"

"你没发票，我们就可以将你当做小偷抓起来。"那人大笑着，后面的几个人也跟着围了过来。

"你，你们还真抢不成？"小凡眼看这四五人围了过来，不由急了，还是在做无谓的挣扎。

"走，跟我们到联防队里去一趟。"那人不由分说，就推过小凡的车。

“喂，你们这样就是抢劫！”小凡大喝一声！双拳一握，冲过去抓住了车把。

“你要能有发票证明车是你的就来我们联防队领车。不然我们就可以扣留！”那人被小凡的大喝声吓得一愣，语气不由得软了些。

小凡脑里飞快地转动着，硬上？太不现实了，自己面对人高马大，又是属“政府部门”的人，想抢回车，那是不可能的。求他们？不现实。他们是吃定了自己，他唯一能做的就是忍！中国人面对强势的对策是：好汉不吃眼前亏，忍无可忍时，那就重新再忍。

“好，我就去我朋友那拿发票。你们得把我的车给我保管好。”小凡狠狠地瞪了他们一眼，口中这般说着，心下早就歇菜了，只好气冲冲沮丧地走了。身后，是那几个人肉到口中，肆无忌惮的大笑声传来。

张志伟在小凡前脚一走，后脚就在忙着收拾东西准备去广东佛山。

这么久都没能找到工作，他还能在两天内找到工作？实在有些天方夜谭似的传奇！

该要带走的一个也不能留着！

他早就在福州待怕了。这一个月千把块钱还要累得掉一层皮的工作能有多大前途？这显然就不是他所想做的工作。他的理想是最好要像吕小波那样的风光。

一切东西家什都收拾好后，他踢了一脚那个旧编织袋，他决定不用那个编织带包包了，那样去广东在路上让人家看着他觉得实在有失身份！他决心要去买一个漂亮的包。这样，至少让广东那边的同学不会感到他是如此的落魄而去，不会让他们感到在福州混得太差，去投奔他们！

他决定要去买双好的皮鞋，再买一套好的衣服，去广东那边，总得穿一身好行头。这品位男人三件套，腰带、皮鞋与手表也是一个不能少。

想到这，他似发泄般猛力地冲那个拿出来的破旧编织带包包狠狠地踢了几脚，像要永远的不再用它似的，口中憎恶地骂道：“妈的，老子要从头再来，鸟枪换炮，再也不用你了。”

“走四方，路迢迢，水长长，迷迷茫茫，一村又一庄，看斜阳，落下去，又回来，地不老天不荒，岁月长又长……”

他得意地哼着歌向外面商店走去，心里想着，买了回家后，要给小凡一个惊喜。

到了商店，先去买好一个带拉手的精致小皮箱，想想还得去买一套西服。这佛要金装，人要衣装，如果穿得像现在这般土气去佛山，肯定也是会被同学笑话的。到一个大的服装店，他看中了一套灰色的西服，试了几次，试衣镜里面的自己简直与平日里判若两人，他感觉自己穿上这身行头实在是太他妈的帅了，这简直就是帅呆了。

衣服买好，还得去买双好点的皮鞋。如果说穿一套西服，再配上在工地上干活穿的解放鞋，是不是有点土洋结合，极度不配的大炮打蚊子的打扮？这个张志伟当然知道。

看了几家，他觉得质量上都不满意。于是，走到了一家看上去较大的鞋店里。

里面的店主看上去是个约莫三十来岁的有点风骚的女人，穿着件领口开得很低的衣衫，稍一低头，整个白花花的肉弹就露出了一大半儿，真可谓是半老徐娘，风韵犹存。看到这当儿，张志伟不禁暗自咽了一口口水。青春年少，这种打扮想不引他偏头斜眼多看两眼都不行。

看到张志伟的有些想看又不敢看，只好用眼角的余光时不时地偷偷地瞄了瞄那种不解馋的神态，老板娘笑了，那种眼光早就见过无数了，她阅人无数，怎么会不懂这毛头小伙的心思，风骚老板娘一步三摇地扭着水蛇腰走了出来，满脸的笑容堆在脸上，随着笑声整得个花枝乱颤，胸前像乒乓球似的抖动着，故意在吸引张志伟的眼球一般，她穿成这样就是给男人来看的，她当然不在意人家的眼光几乎可以恨不得想要强奸她的感觉，她就是喜欢男人的这种感觉。

老板娘很是热情地介绍好几种款式，口中极力地赞扬张志伟的帅气与满身黝黑肌肉的阳刚之美，并推荐了一双，张志伟看了款式也还是挺满意的。又假装不经意地扭头去看老板娘因下蹲而整个肉球春光外泄的美景，心不在焉地问价钱：“这双鞋最低多少钱啊？”

她全身上下打量了张志伟一遍，身子也有意无意地触碰着张志伟，伸出玉手，拍拍张志伟的肩，有意无意地在撩拨张志伟那骚动的心弦，“小兄弟，看你是实在想要的份上，128打 9 折，怎么样？”

张志伟想了想，还在回味刚才那玉手拍肩与那全身酥软的肉球触身的感觉，也没做声，先脱下鞋试穿起来。走了几步，感觉还是挺满意的。

张志伟脱了下来，又用手四下用力的弯了弯鞋，他是想最后试一试这个鞋底会不会耐磨。他这一弯可不大紧，毛病就出来了。才弯了几下，皮鞋上面就出现一道长长的弯痕，久久的不能恢复原状。

再弯两下，就有一条细小的裂隙出来了。

“你这啥鞋啊？才动了两下就开裂了？”张志伟向她喊道。

老板娘听到这，脸色便有些变了，走过来一看，哇靠，还真裂了。

“这么差的质量。”张志伟不满意地说，“要是再穿在脚上跑两天，那还不得直接掉帮了？我不买了。”

说着，张志伟提起衣服袋子就要走。

“嘿，兄弟，你慢着。”那女人抖了抖浑身性感的身子，一下拦住张志伟。

“怎么了？”张志伟见她拦住自己的去路，心下还正暗自后悔着，哪里还有去欣赏眼前这春光无限的风景的心情。

“这损坏东西是得要赔偿的。”那女人刚才还满脸的热情这时候速度降温，她从鼻孔中发出一声冷笑，“你还想大摇大摆的走人？”

“那你的意思是要怎么样？”张志伟斜着眼神看了这个女人一眼。一个半老的徐娘，还能拿他怎么样？总不可能拿着她胸前的两团肉打他吧，再说，这事儿是她的货不行，怕什么啊？

“128元打九折，一分也不能少。”那女人打量着张志伟，似乎是吃定了他一般，“你给弄坏了，别人还能要吗？”

“你这么差的质量，谁还能要？想让我赔，这门都没有。”张志伟听得如此，气得脸都变形了，不由得冷哼两声，“你还想怎么着？”

“不赔，你今个就走不出这个门。你当我是个女人好欺负啊？”女人阴笑着大声冲隔壁服装店喊了一声，“兄弟们，这个混账小子损坏了我店里的东西还想耍横。”

这一声吆喝可不得了，隔壁店里眨眼间就冲出几个年轻男子，跑过来将张志伟团团围住。

“以为人多我就怕啊？我他妈就不赔，又能把我怎么样？”张志伟摆出一副天不怕地不怕的样子。

可这次他遇上的是硬主，就扛不住了。在不懂行情的眼中，你硬上就意味着挨打。

那几个男人见状，一个男人大喝一声，冲张志伟就是一拳。

张志伟哪料到对方如此凶狠，还没反应过来，脸上已是吃了一拳，只觉对方出手甚重，打得他有眼冒金星的感觉，这时他才知道遇上了硬主，于是也匆忙扔下手上的衣服袋开始还击！

几个男人立马围着他动起了拳脚，你来我往，向张志伟拳脚相加。

“打，给我狠狠地打，看他还这么嚣张。”那女人在一旁扭动着身子高声喝骂，满身的肥肉似乎因兴奋而更加的灵活起来，指手画脚指挥着，“他妈的，这屁男人，也不去问问，在这条街上老娘姓什么名什么，也敢来招惹老娘我？”

张志伟双拳哪能抵住这几个男子的攻击。才一会儿，就被打倒在地，其中一个男人狠狠地又冲张志伟踢了一脚：“你他妈找死，敢还手，看老子们不打死你。”

说着，几个男人又冲上去猛踢了张志伟一阵。

张志伟被几个人打得动弹不得，只有躺在地上抱着头装死！

那女人这才走过来，得意地看着张志伟：“看你这土里土气的乡巴佬，没屁钱还买鞋，还想吃老娘的豆腐？找死还差不多，现在，你还给不给钱了？”

张志伟看着围着他的几个汉子。知道今天自己是不给钱不能走人的了。

他只得起身，擦了擦嘴角边的血丝，乖乖地交了钱，把衣服袋拿上，像一只兔子身后有狗在追一般，飞快地走了。

二十、复仇

小凡垂头丧气的回到家里。

自行车是明显的拿不回来了。一辆二手的自行车一般是要卖四十块钱。虽然钱不多，但总得赔人家一辆车的。可恨的就是那些土匪，这简直就是公然抢劫！但他们吃的是官家的饭，小凡自然是斗不过他们，当然只能忍气吞声地回来了。

才刚开门进屋，就听到张志伟在楼上大叫："小凡，你上来一下。"

小凡没好气地应了一声："你又有啥屁事？我的自行车被土匪抢走了。没心情上去。"

张志伟听得，忙自个下了楼。

一进门，小凡看到他那鼻青脸肿的样子，吃了一惊："兄弟，才半天不见，你怎么整成这样了？"

"小凡，我被人给打了。"张志伟捂着还在痛的身子，哭丧着脸说。

"怎么回事？"小凡惊讶地问。

张志伟原原本本的将事情给小凡说了一遍，"你的自行车又是怎么回事？"

小凡听得将信将疑，再追问了一次："你确定，你所说的都是真的？"

"我都被人打成这样子了，我能骗你吗？"张志伟见小凡还有些不信，忙说。

"混账，这简直就是欺人太甚，不给他们点颜色看看，我看他们不知道死字是怎么写的。"小凡听得大喝一声，重重的一拳砸在墙上。

张志伟看了小凡一眼："小凡，你想怎么办？"

"我的自行车是要不回来了，我也懒得找他们要，但你这事，我一定得给你摆平。"小凡冷笑一声，双目杀机倏现，"既然，上天都要逼我们离开福州，那咱们也为它作点贡献吧。"说着，也将自己的自行车被抢的事说了一遍。

“小凡，那你打算怎么办？”张志伟看见小凡满脸的杀气，忙再次问。

“咱们斗不过官，难道还斗不过屁民？一个开店的有几个男人就能如此嚣张？”小凡冷笑着：“通知我哥、郑大松，今晚，咱们就动手，把店给他砸了。”

张志伟乐了，他当然希望小凡能替他报仇！他要的就是小凡这句话，他知道小凡与小林的功夫，有小凡这句话，还有办不成的事？

是夜十点，路边的小店几乎门都关了一大半。小凡、小林、郑大松与张志伟带上铁棒等家伙。小凡、小林一马当先，向那店里冲了过去。

下午的时候，小凡就让张志伟带着到附近看好了进路与退路，详细了解了店里的情况，有多少人。以小凡的估计，他们四人就足够了，所以当郑三叔了解了这等情况后想让郑大松多带几个工地上的工友，但被小凡婉拒了。

这小凡兄弟与郑大松、张志伟是有备而来，出手自然是极其快速的，一进门根本就没有任何话语，直接打人，服装店里的几个男人还根本没明白怎么回事，已被打得哭爹喊娘了。

小凡一示意，张志伟一转身出了门，到隔壁店里，那个妖媚的风骚女人正哆嗦着要拨电话号码，张志伟冲过去就是一铁棍，将电话砸飞，口中怒喝：“我操你妈的，你这贼婆娘早上不是说要浑得向你打招呼吗，现在你怎么就他妈这熊样了？”

说完，一巴掌甩了过去，女人立时被打蒙了，张志伟像拎小鸡似的一把抓住她，拖到了服装店扔到那几个男人身边。

张志伟眼见几个男人被打得缩成一团，冷笑着：“我操你妈，你早上打我的时候威风了是吧，我他妈现在十倍的还给你。”

说完，拿着铁棒劈头盖脸地冲着几个男人又是一顿乱打。

这时间说来显迟，那时却快，前前后后加起来也不过一分钟的事儿。

小凡冲那几个男人一挥手，恶狠狠地说：“你们不就几个男人吗？围着打我朋友算什么英雄，我们今天一对一，你能玩得过我们？志伟，给我再打！”

郑大松、张志伟听得，立马又上前，铁棒拳脚，一起向那几个男人招呼了过去。

早上的英雄这时候立马变成了狗熊。被四人一顿暴打，一点声音都没有了。

张志伟又挥着铁棒，把店里面的东西乱砸了一气，才恨声地冲那风骚女人大喝着：“你他妈这贱婆娘，现在知道死字怎么写了吗？”说完，又冲她猛踢几脚。

那女人虽是平日里威风习惯了，但也就仗着隔壁几个男人撑腰，现在撑腰的后台都给打了，她哪里见过这种不要命的阵仗，一个劲儿地在那不停地说着好话：“求求各位兄弟们，放咱们一马吧，钱我退给你。”说着，就哆嗦着从钱包里去取钱。

张志伟看了看小凡，小凡一点头，张志伟接过钱，四人一句话也不说，一转身，就又冲出了店门。

四人当然是怕时间拖长了，让警察知道了肯定会吃不了兜着走的。等她报警与一干好事的看客围观时，四人早都消失得无影无踪了。

经过这几件事情，本还对福州有些留恋的小凡决意与张志伟离开福州了。他哪里知道，在全国沿海，福州这环境已经算好的了，而真正环境糟糕的，还在佛山等着他。

佛山，一代名侠黄飞鸿、铁桥三、广东五虎的地头，那才是中国小混混、黑社会的天堂！

小凡与张志伟一大早找到房东退房，原本还笑嘻嘻的房东一听说要退房子，马上脸色变得难看起来，于是，又上楼找了一个小计算器，在那精打细算地算起房租来，良久才冷声冷气地说：“一共235.4元。”

小凡翻遍了所有的口袋，居然找不到四毛钱，而张志伟也在翻着口袋，也没有四毛零钱。可那女房东冷冷地看着他们，丝毫也没有说算了的意思。

小凡想了想，递给她十块钱，让她找零了。而这下房东有些为难了，好像也翻遍了口袋找不到要给小凡的零钱。

“算了算了，我去店里再买瓶水找开一下就行了。”小凡看着那房东着急的样子，一转身，就出了门。等回来找给房东四毛零钱后，房东才面无表情地去检查了一遍两人所租的房间有没有什么损坏后，很不情愿地上了楼。

出了门，张志伟忍不住发着牢骚：“这房东平日里与我们相处的还可以啊，怎么咱们走时却变得这么斤斤计较了？”

小凡心里窝火，口中自然也没有什么好语言，冷笑一声，“这些人早些年比咱们家乡更穷，后来改革开放后沿海受益了才富起来，自然还没有摆脱过穷日子的小气心态了。”

小凡与张志伟早早的买了去广东佛山的汽车票，郑大松、刘全海与小林一起去送他们。而小林显然是舍不得小凡走的，依依不舍的神情在一个不善表达的男人眼中出现。

小凡一下抱住哥：“我走了，我会好好的，你也要在福州好好的。”

刘全海、郑大松与张志伟看到他们这兄弟情深，一时之间，空气都似乎凝固了。

“去了打电话给我。”小林沉默着，伸手抱着小凡的肩用力地握住，只说了这句话。

山村田野，阴暗的天空里的空气在这个小小的山村里居然感受不到沉闷，春夏秋季在农村来说，都是美好的，只要天气不冷，便总是有看不完的风光，道不尽的思念。

英子家，英子哭着冲在屋子外的妈妈喊着，“妈，你这样能关我一辈子吗？”

“我这辈子，就认定他了，我是他的人了，我要跟小凡在一起，你们分不开我们的，我除了他，任何人都不会嫁的。”英子在屋子里哭着。

“英儿，我是为你好。我们都是为你好，别怪爸爸妈妈狠心。”妈妈面色显得有些苍凉，脸上的皱纹平添了几道，在外面有些不忍心地说。

“你们为我好，为我好就让我去福州，那才是为我好。”英子不依不饶的哭着大声说。

“你们天生相克，在一起能有什么好？孩子，这一次就依你爸的吧。”英子妈说着，似乎也担心自己因女儿那凄凉的哭声而动摇自己心中那本不坚定的意志，摇了摇头，叹息着蹒跚走开了。

英子绝望地望着妈妈远去的背影，不禁放声大哭。

小凡与张志伟到了广东佛山的一个小镇上。

说来是镇，但在小凡眼中，这个镇好像比自己家里的市都要大得多了，一幢幢高楼林立，商铺延绵。哪里有半点内地小镇的冷清景象。

张志伟志得意满地下了车，出了站，摘下墨镜，吹了吹上面的灰尘，又重新戴上。然后，去一家公用电话亭给赵少丰打了个电话，而赵少丰在电话上说叫他们直接坐摩托车到他住的地方。并且，只要说是他赵少丰的朋友，那些摩的是一定会卖个面子的。

将信将疑间，小凡在车站招了招手，那些拉客的摩的师傅立马围了过来。一个个争先恐后地抢着客源拉生意。

张志伟自然也是有些不信，随意地对一个年轻的摩的师傅说：“我们刚从福州到佛山，你把我们送到赵少丰那去一下。”

那年轻摩的师傅听了，脸色变了变，似乎真的在叹息自己运气不好，好不容易抢一个客人到手，居然还是一个免费的，但这个免费的面子不给似乎还不行，暗自叹息这笔亏本生意的同时，嘴里还是要说，“行，你们上车吧。”

“到那地儿得多少钱。”小凡当然还是要问对方得收取多少钱的，早就在传闻中知道了广东的厉害，如果不先讲好价钱，有可能会狠狠地被摩的司机漫天要价给当猪一般的宰了，这不是传说，可是以前乡里回家打工的人相互聊天所了解到的事实。

“都是兄弟，不要钱，倒是日后请你们多多关照一下。在赵三哥面前替我美言几句，哦对了，我叫阿飞，以后还请多关照关照哦。”那年轻摩的师傅说着，就一踩油门，向前去了。

小凡听得暗自吃惊，赵少丰在这佛山小镇上是做什么的？竟有如此之大的面子？随便叫一个摩的师傅连他的朋友的钱都不收？是面子大不收还是不敢收？小凡心下冒出数个疑问来。

他心下这样想着，两人也就上了摩托车，不出二十分钟，就来到一个镇上。

摩的师傅带着小凡二人来到一家台球室边停下，对着二人说："这就是赵三哥的地头了，你们进去吧。"说完，一转身，就骑着摩托车走了。

"喂，你真不收钱啊？"小凡感到有些不好意思，冲他大声喊着。

张志伟已老远就在向台球室那边招手了："赵少丰，我们来了。"

赵少丰口里叼着根香烟，腰间别着个大哥大，一步三摇地走了出来，斜着眼看了张志伟一眼，又看了小凡一眼，鼻子里面哼了一声："屁同学，一点规矩都不懂，没看到我身后面的两个人啊，要不是我在这，他们就要废了你，这赵少丰三个字是你能喊的吗？"

这赵少丰看上去个头不高，身材壮实，国字脸，长相显得有些凶恶，双眼带着一股剽悍之气，脸上的横肉似乎因过多的江湖情结显得像被刀莫名其妙地割了几道。在学校，这家伙就是惹是生非，经常逃课的主儿，成绩不好，还早早的荷尔蒙分泌旺盛，经常主动追求女同学，可就是没有一个女同学能看上他的。有一次，因上课时用毛笔在前排女生的屁股上面画乌龟被其他女生告发，被老师狠批一顿。在全班公开检讨，让全校都知道了他的光辉事迹。

张志伟听得一愣一愣的，这才看清里面有两个约莫二十来岁，染着一头金发的年轻人在台球桌旁边站着，"老同学，这才几年不见，你混啥混得这么牛B啊？"

赵少丰斜着眼，得意的神情溢于言表，但嘴上却谦虚地说着："世界上只有想不通的人，没有走不通的路。哈哈，这没啥，就是蛮混嘛，这年头，敢拼敢闯的你也可以。"

"士别三日，真得刮目相看，你在佛山竟然混成了个大哥哦？"小凡也上上下下打量着赵少丰，笑着说，"以后还得请你多多关照。"

"在这个地头上，谁敢动我的同学谁就是不给我赵三丰的面子，有我罩着，你放心。"赵少丰斜着眼，看了小凡一眼，"上天决定了谁是你的亲戚，幸运的是在选择朋友方面它给你留了余地。你有我这个老同学，自然以后不用愁了，我早说了，你早点过来跟我混，不就发了。"

说完，他学着那电视剧中周润发演的上海滩大哥一般，大手一挥："站在外面能谈什么事？咱们里面谈。"说着，就学着那香港片中周润发的架势，向那里面的两个黄毛说："阿根，你们把我同学的行李去放好，阿牛，今天我同学来了，得为他们接风洗尘，你去安排一下。"

这气势、这神态，还真有些人模人样的，他不去做演员真是张艺谋的损失。

"是，三哥。"两人果然毕恭毕敬地应了一声，各自就去办各自的事了。

三人进得里面台球室，坐了下来，张志伟眼见赵少丰在佛山混得竟然这么派头，不由得打心里佩服："少丰，你混得太好了，以后，我们就全靠你提携一下了。"

"都哥们儿，那还有什么话讲的。当别人开始说你是疯子的时候，你离成功就不远了 ……"赵少丰哈哈大笑，神色间那得意劲可就别提了。抛出了一连串的经典语录。

"来，兄弟，玩玩这桌球。"赵少丰满脸的得意，招呼一声二人。

"嘿，我不会。"小凡笑着摆了摆手，"志伟去玩玩吧。"

张志伟却真个来了兴致，抄起球杆，打了起来。他虽偶尔也玩过，但技术明显不是很好。

赵少丰看着张志伟那样儿，摇了摇头，一脸的不屑之色："让你们见识见识什么叫做真正的球技！看你赵三哥的。"

说着，抄起球杆，摆开架式，他这打台球的技术果然不是盖的，几杆就进了洞。

"哇，你玩这个玩得这样精啊！"张志伟不由得打心里佩服。小凡看得也不住地点头："你小子，在这佛山看来混得有头有面的啊，这个也玩得这么娴熟。"

"这个高尚的娱乐活动，我们有身份的人是一定得会的。"赵少丰斜着一只眼得意地轻笑不已。

席间，赵少丰带了一彪人马作陪，意气风发地向小凡他们介绍："这几位都是我出生入死的好兄弟，在佛山，没有他们，也就没有我的今天。这位是李少华、刘强、霸王三、阿根、阿牛。"说着又指着小凡二人介绍，"这两位是我的同学，周小凡、张志伟，以后兄弟们都是一家人了。"

双方互道仰慕，几人相互敬酒，一时之间极为热闹。

酒过三巡，小凡敬完赵少丰的酒后，有些疑惑地问：“少丰，你打算安排我们什么时候上班？”

“上班？这个不急。”赵少丰哈哈大笑，“小凡，你是想上什么班？”

“我们只是来找工作的，想找一份安安稳稳的工作就行了。”小凡看着赵少丰认真地说。

“这上班还不容易？明天我随便打个招呼，你都可以进厂，只是我觉得以你以前的身手，去厂子里拿那点钱是不是有些大材小用了？”

“你还有什么更好的主意？”小凡看着赵少丰那满不在乎的样子，激发了他的好胜心。

“上班那多累啊，早出晚归的，也挣不到啥屁钱，跟我在一起，随便走一圈，还会愁没钱吗？”赵少丰得意地大笑，而其他几位李少华、霸王三等也跟着笑了起来。笑声中，显然是有些瞧不起还要去找什么正经班上的小凡。

“这样吧，你们呢，不要急着上班，明天我安排你们一块出去散散心。你们觉得适合呢，再做决定不迟。”赵少丰对小凡显然比对张志伟要客气得多，他笑着打着圆场，“咱们先喝酒。不谈这事。”

张志伟这时凑过来问：“是啊，少丰，那你是打算怎么安排啊？”

“这年头，撑死胆大的，饿死胆小的。我的同学，真要去上班，赚那点辛苦钱，说实话，我还真会瞧不起你们。你们先好好地安顿下来，反正房间也都给你们安排好了，虽是小了些，但打工的就是这样的生活，你们会习惯吧。”赵少丰话中带话地看了两人一眼，“你小子在学校不是也跳得老高吗？我这就给你一个机会。明天，你们跟着去看一下再说了。”

小凡想想自己初来乍到，还得麻烦他安排，而现在两人所住的房间，比起福州来说，又要漂亮、宽大得多，暗想这赵少丰究竟是做什么工作的，竟有如此神通？

赵少丰却没有理会小凡，招呼着他的兄弟，“来来来，兄弟们多敬我这两位同学啊。”说完，又举杯，大家一听说喝酒，兴致都来了，一个个笑骂喝呼，一派的混混江湖生活。

二十一、混混的生活

是夜，赵少丰招呼着小凡、张志伟，从一个箱子里拿出铁棍短刀，叫他们带上，小凡心下不明就里，还想是不是发生了什么事需要抄家伙动手，惊异地问：“少丰，是出去打架？”

赵少丰满不在乎地说：“不是，是去收账！”

“谁欠你钱不还了？”小凡显然有些不相信。瞧他人五人六，叱咤风云，唯我独尊的样子，谁还敢欠他的钱呀？

张志伟也满脸惊疑不定的神色望着赵少丰，想从他脸上寻找到答案。

赵少丰却没工夫去解释，拉了两人一把，催促两人跟上，“回来再说，外面兄弟们等着呢。”说着，就拉起两人跑到一辆面包车里，里面已早早就坐上了昨晚在一起喝酒的几个兄弟。

一行人开车来到赵少丰所说的龙江镇，赵少丰招呼小凡二人把铁棍等一并放到车里，然后，到了一个大饭店门口停下，一起走进了饭店就座，赵少丰挥了挥手，那阿根已然大叫起来：“服务员，点菜。”

立时有一个小妹上前拿了菜单上来，赵少丰笑嘻嘻地对小妹说：“今个我兄弟刚从福州来，你这有什么招牌菜全都给我上齐。”说完，一双色迷迷的眼睛盯着小妹上下不住地打量。

那小妹当然能感受到赵少丰那近乎淫猥的眼光，再看了一下四下围着坐了的这七八个汉子，犹豫了一下，但脸色立马变得温柔起来：“几位贵客光临，当然要上本店拿手的菜了。”

阿根趁服务员不备，伸手猛地在那小妹的臀部捏了一把。

那小妹吓得“啊哟”一声尖叫，冲阿根大惊失色地颤声喝道，“你们，干什么呀？”

“哈哈，咱兄弟没什么恶意，是看你漂亮才忍不住关爱了一下。”阿牛说完，肆无忌惮地大笑起来。坐在桌边的几人也一起跟着哈哈大笑。

那小妹看得几人这一派流氓的样子，显然也都是些招惹不起的主儿，于是，急急忙忙点完菜，就一溜烟儿走了。

小凡皱了下眉头，看了张志伟一眼，张志伟也在那讪讪地笑着，似乎也觉得这样有些过火，但他初来终究是客，两人也无法去说什么。

少顷，因为刚才阿根不怀好意的关照，服务员对这些场面见识的多，心知这些都是惹不起的主儿，所以，酒菜迅速上桌。

赵少丰可就没那么客气了，招呼一声，立马推杯换盏，与一众兄弟喝酒吃菜，一会儿，又转头问小凡："小凡，你们还要点什么菜吗？尽管点，没事的。"

小凡摇了摇头："这么一大桌了还点什么，吃不完浪费了也是可惜。"

赵少丰与在座的一干兄弟听得哈哈大笑："可惜什么，反正他们欠咱们的。"

阿根可更不客气，又招呼服务的小妹，上酒加菜，几人的酒量也是好得惊人，才不一会儿，那精装的啤酒已灌了好几箱。

小凡看着他们一个个因酒精的作用而显得更加亢奋在那肆无忌惮地说着黄色笑话，及一些不入流的话题，不由暗自摇了摇头。

赵少丰与他那些朋友在桌上高谈阔论着他们怎样混社会的彪炳战绩，而张志伟在旁也听得津津有味，时不时附和着大笑不已。

小凡看了看四下，向赵少丰低声问："兄弟，洗手间在哪？"

赵少丰看了小凡一眼，眉头挑了一下，已高声呼喝起来："服务员，过来。"

立马有服务小妹过来了，"带我这位朋友去洗手间。"

"请跟我来。"服务小妹说着，小凡起身，跟在服务小妹的后面走去。

待小凡离开，张志伟满脸狐疑地问赵少丰："少丰，这家店真敢欠你的钱？"

"哈哈哈哈……"赵少丰大笑开来，"对，是欠了我们的钱，现在我来收账。"

说着，他问四下在座的几位兄弟："各位兄弟，吃饱了吗？"

阿根阿牛等都擦干净嘴巴，笑着："都吃好了。"

“那好，时间差不多了，我们开始干活了。”赵少丰说着，从怀中掏出一个小瓶，从小瓶里倒出几只死了的苍蝇放在菜碗里、汤碗里。然后，向外面大声喝道：“服务员，你给我过来。”

张志伟看得赵少丰这样的动作，一时不明就里，想说什么却张着嘴巴老半天，没有说出来。

服务员忙走过来：“各位大哥，有什么事？”

“你看看，你看看，你们这种饭菜谁还敢来吃饭啊？”赵少丰“啪”的一掌拍在桌子上，桌上的盘子、碗都震得噼噼啪啪的乱响。

“怎么了？大哥。”那服务员被赵少丰出其不意地一掌吓了一大跳，惊魂未定地问。

“怎么了？你还问我怎么了？你看看，这汤里、菜里都是苍蝇，我们兄弟几个吃了，现在感到肚子不舒服了。”阿根在旁冷笑一声，大声说：“叫你们老板出来，该怎么处理？”

“我现在就感到肚子疼了，我这肚子一疼，心就管不住手，手就会发抖，我手一发抖，东西就不由自主地向下掉。”赵少丰手上拿着个精致的菜盘，说着，就轻轻一松手，掉了下去，“啪”的一声，掉到地上摔个粉碎！

张志伟在福州倒是也见过一些场面，但这样子明显去找碴儿的场面他还真没有见过。一时之间，愣在一边看着他们半晌也做声不得。

服务员见这帮流氓这等阵势，慌忙地说：“各位大哥，不要冲动，我去叫老板来。”说完，又匆匆忙忙地跑了出去。

赵少丰得意地看着那服务员远去的身影，与他的兄弟们一起相视大笑不已。

不一会儿，那老板就来了，老板是一个看上去也不像是善主的30来岁的男人。看了赵少丰他们一眼：“各位兄弟，有话好说，何必动粗呢？”

“我呢，就给你两条路，第一条是大家觉得老板的面子大，那给咱们点精神损失费，兄弟们自己去安抚那受伤的心灵。”赵少丰冷笑一声说，“第二条呢，就是兄弟们喝了苍蝇汤，吃了蟑螂菜，心情会变得很不爽，又得不到安慰。一不小心呢，手就会发痒。”

老板看了四下在座的这几位一眼，心知今天是遇上了存心来找碴儿的流氓了，可他似乎并无惧意，冷笑一声："咱们做生意的人，也讲究的是和气生财，往日无怨，今日也不想结仇，你们开个价吧。"

赵少丰得意地笑了，他伸出了五个指头。

"五百块？"那老板面上抖动了一下，问。

"五百块，你当我们是乞丐啊？"阿根大喝一声，"五千块，懂不？"

那老板面上剧烈地抖动了几下，脸色变了变："各位兄弟，我也是彪哥的朋友。大家同在外面一条道上，就请高抬贵手，给点面子。"

"彪哥的朋友？"赵少丰听得面色也变了一下，瞬间就恢复了原色，"谁的朋友都没有用，今天，咱们既然来了，就是吃定你了。"

老板面上立时起了数个变化："这个，兄弟，这点面子都不给那你也太不懂规矩了吧。"

"我赵三给了他的面子，谁又来给我的面子？"赵少丰冷笑着向他大喝一声，"兄弟们，给我砸！"

赵少丰一声令下，阿牛已一纵身跃起，掀翻了桌子。桌子上的残汤剩水，杯瓶盘碗就"稀里哗啦"的倒了一地。几桌正在吃饭的宾客哪见得这种场面，都惊慌地跑出了门。

那老板脸色铁青地走了出去，掏出大哥大开始打起电话。

李少华、刘强、霸王三、阿根、阿牛这时一个个如猛虎下山一般，抓起椅子，在场子里乱砸一通。而小凡听得外面"乒乒乓乓"的声响传来。急忙跑了出来，眼见里面一片狼藉，不由得倒吸了一口凉气："少丰，你们这是怎么回事？"

张志伟拉了小凡一把，示意他不要出声。

"兄弟们，走人。"赵少丰眼见砸得差不多了。说完来到外面，对那在外面一言不发的老板说："你不想叫人吗？叫不到了？在这地头谁敢不买我赵三的面子？想与我对抗，你就看看能长几条命，店你还想不想开了？"

"你们有种，不顾规矩，我侯五也不是好惹的。"老板大喝一声，手持一根木棒，当店而站，"谁敢再砸，我就与你们拼个鱼死网破！"

他这当店一站，手持木棒，倒也显得威风凛凛，而里面大堂的两个厨师，也手持木棒站在他身后。他们虽然忌惮赵少丰一行人多势众，但真要砸了他赖以生存的饭店，显然他们为了保店，是会孤注一掷的。

赵少丰愣了一下，口中大喝一声：“你敢在我赵三面前耍威风，敢情是不想活了？”说着就待冲上去。小凡眼疾手快，一把抓住他：“少丰，何必弄成这样呢？他欠你钱，让他还就是，何必一定要砸人家的店呢？”

赵少丰诧异地看了小凡一眼，但见眼前局势，他也有些担心如果真在对方拼死护店的状况下自己这方估计也讨不到什么便宜，于是他眼珠一转，顺势下了台阶：“好，我今天就放你一马！你给我想清楚，过几天再回答我。”

说完，手一挥，“兄弟们，咱们走。”说着，就率先上了面包车。

几人前呼后拥，也跟着上了面包车，一溜烟，就走了。

身后，是店主侯五在那狠狠地吐了一口唾沫：“他妈的，赵三，你欺人太甚！我要让你吃不了兜着走！咱们他妈的走着瞧！”

“小凡他们走了？”方敏惊诧地问院子里那面无表情的房东。

“是啊，都走了好几天，他没告诉你吗？你不是他朋友吗？”房东那张布满雀斑的脸上随时都得预防脸上的士兵会不会不小心溜走几只，没好气地说。这一下搬走了两家，少了两家的房租收入，房东的心情也好不到哪去。提钱伤感情，提感情可又伤钱了。

“他们能到哪去呢？”方敏大脑快速地运转着，他们还能上哪？

“阿姨，那你知道他们上哪去了吗？”方敏忙掩饰着自己异常慌乱的心，勉强地挤出一丝笑容，问在那边挑捡着青菜的房东。就是她明知人家没给好脸色看，可为了打听到小凡的下落，还是得厚着脸皮强撑着笑容去问个仔细。

“我听他们聊天，好像说是要去广东什么佛山。”房东看了方敏一眼，这方敏平日里对她态度也挺好的，自然拉不下脸面，“你们这些打工的人我能理解，没工作了，自然会跑来跑去不是吗？你不也换了工作了？我这房子里来来去去的都住过几十拨打工的了。有的人，都没住上一个月就又搬了。”

“广东佛山？”方敏惊得头皮都有点发炸了，她万万没有想到，自己的一个不当之举不但没有收到自己预期中的良好效果，竟然反将小凡逼出福州，去了佛山！

“他去了佛山？！”方敏喃喃自语着，眼神一下黯淡下来。满脸的希望与热情顿时化为乌有，房东还在身后讲着什么话她一句也没听进去，不再理会她，径直走了出去。

“是我，是我，是因为我，他才被逼离开福州的。都怪我，都怪我不好。”方敏无神的眼光四下散了开来，自语呢喃中已有了要哭的成分，“我还是来迟了一步，对不起，小凡，我真的想你，我真的爱你，我真的是爱你的……”

美丽让男人停下，智慧让男人留下。付出真心，才会得到真心，却可能伤的彻底；保持距离，才能保护自己，却注定永远寂寞。方敏本以为自己使出撒手锏的计划能更好地得到小凡的心，没想到，却将他推离自己越来越远。

“少丰，你说实话，你究竟有没有办法让我们找到一份安稳的工作？”小凡在饭桌上，开门见山地问。

“这找工作，还不是小事儿一桩吗？”赵少丰斜了小凡一眼，悠闲地吐出一个烟圈，用手弹了弹烟灰，“慌什么呢？那工厂里又累又脏的，还得加班加点，一个月下来，你还不就赚千把块钱吗？这样打工，一生能做成什么大事？”

“那你究竟有什么打算来安排我们，这一来，就得吃穿住行的不是？”小凡看着赵少丰，一字一顿地说着，“你的工作是什么？我来你这好几天了，我就看你打打桌球、玩玩牌，好像没什么工作啊？”

“我们的工作，是赚钱的工作，而赚钱的工作才是轻松的工作，你看看，那些国家单位的人工资高吧，你再看他们又上了什么班啊？不就是吃吃喝喝的？”赵少丰不以为然地说，“我们的工作也是这样子，白天打打桌球，看看录像，帮人收收账，吃喝玩乐，就是我们的工作。这些是脑力劳动，属智慧劳动、高级劳动，不需要很累的。”

“我这人你也知道，是直性子，你就直说吧，你到底打算安排我做什么工作？”小凡到底是忍不住今天想要一个明确的答案了。

“你真的是这么想要一份工作？”

“当然。”

“你等两天，你去帮我摆平一件事，我给五千块。”赵少丰看着小凡，“这就要看能力了。你愿意去做？”

“是什么事？”张志伟一听一件事就值五千块，不禁蠢蠢欲动，在旁边忍不住问。

赵少丰冷眼看了张志伟一眼：“跟前天晚上差不多的事，我看你在旁边都吓呆了，你还能去？”

“这有什么不能的？我怎么就不能了？”张志伟一拍胸脯，显得天不怕地不怕的样子，“前天晚上是我没心理准备，不知道你们要干的是这种事。”

“那这样，过两天，你与小凡一起带几个兄弟去，帮我收一笔一个公司所欠的货款。你能收回来，我也付你三千块。”赵少丰冷眼看着张志伟说。

“好，你说的，一言为定。”张志伟瞪着眼，似乎在显示自己的能力与决心一般，冲赵少丰大声说。

小凡看着赵少丰，沉默良久，才沉声说：“我他妈已经将整个青春都用来检讨青春，难道还要把整个生命都用来怀疑生命？！少丰，你说说详细情况。”

“好，有你这话才是我赵三心中的周小凡！”赵少丰大笑着拍着小凡的肩，一脸的得意。

二十二、比试

“事情很简单，一个赖皮公司欠了另一个公司二十万元货款，两年多了没还，上法院走正道他摆不平，所以，就找上了咱们。这是上面吕哥的意思，如果咱们能搞定，按百分之二十抽取，我们分五成，吕哥拿五成。”赵少丰缓缓地说着，看着小凡故意激他，“我知道，你在学校也是个角色，不仅学习不错，功夫也很好。又能拼，不知道你现在胆量会不会比在学校时小了些？”

“既然他们走法院都摆不平这事，咱们还有这能力？”

“你说的吕哥，可是高咱们几届的吕小波？”张志伟听得眼神一亮，急忙问。

“呵呵。当然，我们还得亏法院摆不平，才有这种机会赚钱，我们还得感谢法院。”赵少丰说到此时，轻笑不已，“不然，怎么会有这些让我们坐地生财的机会呢？这种事，在佛山多了去了，黄飞鸿的地头嘛，暴力的事情就会特别多，是不？”

说完，不禁得意地哈哈大笑。旁边，兄弟阿牛、阿根也跟着起哄笑了起来。

“对，吕哥就是你们的老乡呢。”阿牛在旁边告诉张志伟。

霸王三在旁边忽然出声了，他傲慢地看了小凡一眼：“一直听赵三哥提及周兄弟的英名，说真的兄弟我不大服气，想领教几招。”说完，一个纵步，跳到了小院里。

小凡一摆手：“这都是少丰爱吹牛吹的，哪里有什么功夫，就是练了长了点劲道而已，不值一提，让各位兄弟见笑了。”

赵少丰在一旁笑着，却没有丝毫劝阻的意思，霸王三的举动，当然是他授意的，他当然想知道小凡现在的斤两：“小凡，如果你不露两手，你说，你以后能不能让兄弟们服气啊？”

小凡看了看四下，阿根、阿牛等都正瞧着他，面上露出极其轻视的眼光。

张志伟却在旁边听得兴奋不已，他对小凡的身手在福州的各种表现都是充满信心，大声说："小凡，是啊，你就与霸王三比试一下，你得让我们也见识见识啊。"

小凡想了想，看来今天还真的非比不可了，于是笑了笑："这能怎么比？咱们就玩玩，要不看谁先倒地谁输行不？"说着，小凡起身，也走到了院子中间。

"好！好！好！"赵少丰率先拍起掌来。后面阿根、阿牛、李少华、刘强也一起鼓掌喝彩，张志伟更是显得兴奋得不得了，巴掌拍的震天响。

小凡也是少年心性，这四下的掌声当然激起了他的好胜之心。但这霸王三身形可比他显得高大得多，看上去显然是有些蛮力的。而小凡这清瘦的身子，自然让人会起轻视之心。

小凡当院一站，霸王三笑着："周兄弟，其实呢，我是明显的占了些优势，所以，我们定三回分胜负，如果你能摔倒我一回，就算我输了。"

小凡笑着摆了摆手："霸王兄的好意我心领就是，你可以出手了。"

"好！"霸王三听了这话，可没客气，好字话音没落，人已扑了过来。

小凡一闪身，脚下一转，便退后两步，霸王三便扑了个空。

霸王三愣了一下，他还没看清小凡是怎么就闪开了。于是，一纵身，一个虎抱，再扑过来。小凡快速闪身错步，退了一步，霸王三又再度扑空了。

"你，你这是哪门子打法啊？"霸王三喘了一口气，"这样躲来躲去怎么摔啊？"

小凡笑笑："我摔不过你，只能躲开，呵呵，下一次你可得注意了。"

赵少丰与阿根、阿牛、李少华等在前面看得莫名其妙的，在一旁高声呼叫："你们咋回事啊？小凡怎么老玩躲猫猫啊？"

张志伟在一旁也不住地叫："小凡，加油，小凡，加油啊。"

霸王三深吸了一口气，大喝一声，又纵身扑向小凡。他前两次扑了空，心下自然不甘，这一次瞅准小凡的空当，脚下一蹬，快速地扑了过来。

这一次，他当然是志在必得！

小凡沉喝一声："来得好！"此时他不再后退，反倒一闪身冲上前，抓住霸王三的手腕，一错步闪到霸王三身后，手上一用力反手一拉，将他手反扣在背后，脚下一勾，快速地踢向他的脚肘！

这招他练过多年，岂会失手？

霸王三还没明白怎么回事，只觉脚下一软，"咕咚"一声半跪在地，小凡得手，快速地向前一掷，霸王三就倒在地上了。

这一回合说时较迟，那时却快，而张志伟、赵少丰他们也只不过看到小凡一下抓住了他的手腕，还没弄清楚霸王三是怎么一闪身就倒在地上了。

"好功夫，果然好功夫。"张志伟在那激动得大叫不已。

霸王三一个鲤鱼打挺，翻身站了起来，愣愣地看着小凡，满眼的不服，冲小凡大声说："这次我没上心，这次不算。"

小凡微笑不语，点了点头："咱们再试两次如何？"

霸王三不再言语，围着小凡转起来，他不像上次那么莽撞了，必须找一个机会，击倒面前这个看似不在一个重量级上的对手。

其实，他心里压根就不相信小凡有什么功夫，有功夫的人不应该是小凡这样子的，除了眼中偶尔透出的一点杀气外，他实在看不出小凡有什么功夫的样子。

如果小凡会的是功夫，他霸王三岂不是一个江湖传说了？

霸王三在佛山小混混中，也是一个叫得响的人物，不仅心狠手辣，而且动作极快。赵少丰这个心机深沉的人物能看得上他，自然也是有他的过人之处的。

小凡自然也是不敢大意，两腿一分，脚下不丁不八一站，提神聚气，气运双臂，全神戒备着。

霸王三终于忍不住出手了。

闪身错步！双手一晃，扑向小凡面门！

小凡冷哼一声，右手仍去扣他手腕。

哪知，霸王三这手只是虚招。脚下一晃，已一脚飞踢过来。

小凡右手去势不减，向前闪身右手已抓住他的脚踝，向上一抬，一送，脚下一勾，霸王三重心顿失，又再度被小凡一下掀翻在地。

小凡退后两步，神定气闲地站在那，凝神看着他。

张志伟在那兴奋得不得了，一个劲地叫着助威：“好，小凡，你真厉害。”

赵少丰瞪大眼睛，也有些不信地看着小凡，对旁边几位兄弟说：“没想到，我这同学几年不见，功夫居然没有搁下。”

霸王三满脸通红地爬了起来，口中叫嚷着：“这还真是邪门了。我还没看清你怎么出手的。这次还是不算。我们再来。”说完，就又要扑上去！

赵少丰一挥手：“霸王三，别再闹了，你不是我同学的对手。”

霸王三立马住手，悻悻然地与小凡一起回到桌上，对小凡说：“兄弟，你果然好身手！”

“客气了。”小凡吐了一口气，微笑着，话锋一转，“少丰，我不明白你所说的一个怎么帮人收账的方法，你能不能详细说明一下？”

“我们用的方法就是你不给我就砸！就这么简单！”赵少丰大笑，“这天下的事，其实很简单，好人怕不要脸的，不要脸的怕不要命的，而我们，就是玩命的。”

“这么说，就是像上次砸店那样，你们就是这样收账的？”小凡沉默良久，问。

“实不相瞒，我们在佛山，就是做这一行的。”赵少丰看着小凡说，“这个市场非常大，我们做好了，自然就财源滚滚了不是？这比在工厂里打工辛苦赚那点血汗钱容易多了。在古代，咱们还可以称得上是行侠仗义的大侠，杀富济贫的剑客。我们是在为冤屈的人民做好事。”

“我也说实话，我只是想找一份安安稳稳的工作，先赚点钱，计划再开个店什么的，我没有想过你们在这边是干这一行的。”小凡摇了摇头，“我觉得，我不大适合做你这个行业。”

“以你的身手，怎么就不适合了呢？功夫好，胆量大，又讲义气，这行业简直就是为你量身定做的。”赵少丰拍拍小凡的肩，哈哈大笑，“这名利双收的事，你何必拒绝？你跟什么斗气都行，何必跟这钱过意不去呢？你是怕钱多烫手啊？”

“对啊，小凡，何必跟钱斗气呢？再说了，可以先这样快点赚一笔钱，以后做其他投资，也要有钱才行啊，你不是想开培训班吗？不是还想开装修公司吗？没钱都不行的。”张志伟在旁边忙煽风点火，“我看，咱们要不先试试，好就做，不好做就不做。”

“对啊，周兄弟，以你这么好的身手，咱们一起，何愁赚不了钱，成不了事业？”霸王三、阿根、李少华也都一起附和着起哄。

“你们这样打砸，难道，派出所都不管吗？”小凡问。

“管，当然会管，但，管不了多久。”赵少丰得意地说着，“这里面吕哥早就打点好了关系。再说了，本地人对咱们一向是敬而远之，不敢与我们做对，这里是咱们四川人的天下。”

赵少丰说完，在那得意地哈哈大笑。

“小凡，咱们到佛山来找的就是这个机会啊。你想想，在福州，那些人、那些工厂，说把你车收了就收了，说开除你就开除你。在这边，根本就不用受这个气是不？”张志伟极力地怂恿着说。

“对啊，老同学，这么好的机会摆在面前，何必一定要去过那种人在屋檐下的日子呢？”赵少丰拍拍小凡的肩，“以你的身手，去在厂里做一个普通工人，你不觉得埋没了你的才能吗？”

“好，既然有这个机会，那我就试试。”他说完，一掌拍在桌子上。小凡也是少年心性，禁不起大家的怂恿，仔细想想也是，不由得也热血沸腾起来，下定决心要干这个行当。

“好好好，这样就好。这样才是我眼中拿得起放得下的老同学嘛。”赵少丰听得大喜，“阿牛、少华、霸王三，今晚好好准备庆祝一下。”

数天后九点多十点，赵少丰叫上小凡、张志伟及霸王三一干兄弟，出发了。

“少丰，今天是做什么事？”小凡看着他们又在收拾出发。

“今天，是出去收收管理费。”赵少丰一边招呼着其他人，一边说，“这些费用可以维持咱们的开销的。”

“怎么个收法?”小凡听得有些不明所以。

“这个嘛，就太简单了。”赵少丰踌躇满志地笑着说，“这些都是小事，你只要跟着我走一圈，你就知道以后该怎么做了，有机会，以后我就把这块地头让给你做。”

他说着，先上了那辆面包车，一挥手："阿根，开车。"

一行人在赵少丰的带领下，来到街上，阿根停好车，他招呼着霸王三、张志伟、小凡下车，其余的人留在车上，大摇大摆地走到对面店里，冲里面大声喝道："这个月的管理费先交了。"

里面是一个胖胖的男子，虽是满脸不情愿，但仍拿了五十块钱递给了赵少丰。

赵少丰接过钱，看了这店主一眼："以后，就是我这个兄弟来收了，你们招子都给我放亮点。"

说完，也不等这店主有什么反应，直接就走向隔壁的一家。

小凡看了旁边的张志伟一眼，但见张志伟乐呵呵地跟在后面，见小凡望过来，就悄声对小凡说："这个钱也太好赚了，一家五十块，十家五百块，百家就是五千块，这几条街下来，也是上万块啊。"

来到隔壁家，那家店是小吃店，店主是个女人，见着赵少丰来了，满脸笑容地说："哟，赵三哥，你们来得正好，昨天晚上，贵州帮那批人过来捣乱，差点没把我的服务员给吓死。还白吃了我们一顿，你们什么时候给我处理一下这件事，不然，我以后还怎么做生意呀？"

说着，手上递过了一张50元的钞票。

"贵州帮？那几个杂皮没听过我赵三的名头吗？"赵少丰冷笑一声，"你们没报上我的名头？"

"报了，可他们还是不管，说什么赵三算什么，就是天王老子来了，他们也不怕。"

"有这么不知道天高地厚的混混？他们是不想活了？"赵少丰煞眉一挑，凶光立现，"敢在我的地盘上撒野！为什么不打我电话啊？打了电话我马上带人砍了他这帮小杂皮！"

"当时那场面，我们哪敢打电话啊？"那店主居然满脸的笑容，"你赵三哥的名头，咱们是相信的，只是告诉你们一下，让他们不要来打扰我们的生意就好。"

"这事你放心，包在我身上。"赵少丰一摆手，"不能摆平这事，咱们还能混了吗？"

说着，又接着一家一家的收了下去。

二十三、收保护费

收到后面，有一家店刚开始装修，赵少丰冲里面大叫："喂，你们谁是老板，交管理费了。"

里面立时走出一个约莫三十岁的男子来，盯着赵少丰看了一眼，实在觉得一个二十来岁小混混在自己面前要管理费有些可笑，更是有些不信："我就是老板，你们是谁？要交什么管理费？"

"我们是谁你都不知道，你还想在这条街开店？"赵少丰脸上横肉一抖，眉毛一挑，哈哈大笑，"新来的，都要懂规矩，不给管理费，以后有人来砸店，谁帮你们摆平啊？"

那男子又看了赵少丰及身后一干人马一眼："大哥，咱们这店刚刚开张，能不能下个月再交啊，这个月实在是手上紧……"

"我操你妈！"霸王三冲上去就是一脚踢向那男子，"一个月交五十元还啰唆，都像你这样，咱们还要不要管理？我们这么辛辛苦苦的为了维护这几条街的和平安宁，可是出生入死，你他妈的还在这里叽叽歪歪，你他妈的要么就交管理费，要么就不要开店了。少啰唆！"

那男子被突如其来的一脚踢中，吓了一大跳，看赵少丰一脸皮笑肉不笑的样子，他也早听说过这管理费的传闻，此时已识得厉害，忙从衣兜里掏出五十元，递给了赵少丰。

"兄弟，这就对了，做人呢，要上道！"赵少丰接过钱，看了他一眼，拍拍他的肩，意味深长地说着，又走向下一家。

小凡跟在身后，心下暗自想道："原来，他们就是以这种工作为生，这难道就是当初吕小波发家的开始?"

一圈下来，赵少丰手上果然多了近万块钱。

回到租住的房间里，赵少丰叫了一帮兄弟，一人发了五百块，看了小凡与张志伟一眼，也递了五百块过去："咱们分五成，二成分给其他一些小弟，还有就是吕哥的花红，咱们这样下去，跟吕哥，才有饭吃，剩下的，咱们今晚好好吃一餐。”

张志伟眼见自己跟着出去就有钱拿，看了赵少丰一眼：“老同学，你这么关照我们？”

小凡摆了摆手：“少丰，这钱我不能收。”

“你们就不用客气了，在外面，就是这样，大家都是兄弟，有福同享，有难同当。”赵少丰语含双关地说，“说不得以后，我还要靠你们两位老同学帮忙呢。”

说着，不由分说地把钱塞到了两人手里。

然后，转头大声招呼起阿根来：“阿根，你把这些钱去分给下面的兄弟，顺便安排一下，晚上咱们得好好庆贺一下。”

“霸王三，你去找几个兄弟查一下今天小吃店主所说的贵州帮小混混的事，查到了晚上就动手，不给他们点教训，咱们以后还怎么在这地头上混下去？”

说着，递了一沓钱给了阿根，阿根接过钱，与霸王三一起转身就下楼了。

晚上，酒足饭饱后，李少华、刘强、阿根离开后，赵少丰来到小凡与张志伟住的房间里。

大咧咧地坐到他们旁边，看了一眼正在看电视的小凡与张志伟一眼，嘿嘿地笑着：“你们来到佛山也快一个月了，习惯了咱们这种生活吗？”

“习惯，当然习惯了。”张志伟拍了拍胸脯感激地对他说，“还真亏你这老同学关照哦。”

“咱们都是同学，还说这些客气话干什么？”赵少丰笑笑，显得极为老到，“最重要的是我们要齐心，要团结，所以，我们是一个地方的人，这样大家做事相互有个帮衬，会感到踏实。”

“那是那是。”张志伟听得连连点头称是。

“小凡呢？你感到怎么样？”赵少丰问在一旁边沉默着的小凡。

“说真的，我觉得我不适合你们这个行业，打打杀杀的我不习惯。”小凡看着赵少丰说。

“你啊，就是头脑不开窍。”赵少丰笑骂，“现在这个社会，就是弱肉强食的社会，咱们不去做这行，多的是人去做这行。连我们伟大的老乡都说过了，不管白猫黑猫，抓到老鼠就是好猫是不是？现在是钱的天下，有了钱，还能有什么办不成的事？”

小凡不语。赵少丰所讲的当然也有一定的道理。这打工两年来，他当然非常明白，没有钱，是什么也不可能做成的。

“我呢，是想咱们是同学，在一起做事，我知根知底的，我心里也踏实。”赵少丰继续在旁边游说着，“你看人家吕哥，才在佛山打拼多少年，就有轿车、房子、工厂了。”

“就是，小凡，咱们好好在这拼上两三年，赚了钱，以你的头脑，也一定会出人头地的。”张志伟在一边也积极地游说着。

“好，我还是那句话，我如果哪天不想干了，我就得走人。”小凡盯着赵少丰，一字一顿地说。

“行，没问题，只怕，到时候你不想走了。”赵少丰哈哈大笑，“我现在已有一家桌球店，一家老虎机店。只要咱们三人团结，以后好好干，一定都会开更多家的桌球店，还可以开赌场，最后开工厂，一定能与吕哥齐名的。”

小凡望着志得意满地讲着自己人生计划的赵少丰，心里也不由暗赞一声：“这小子，没想到做事确实还是有计划与远见的。”

桌球台边，赵少丰正与张志伟、阿根他们悠闲地打着桌球。

“赵三哥，我查到了在我们地头上闹事的贵州帮那几个小混混了。”霸王三走过来对赵少丰说。

“在什么地方？”赵少丰眉头一挑，杀气立现。

霸王三俯在赵少丰耳边轻轻地说了几句。

“好，准备好家伙，咱们今晚就动手。”赵少丰冷笑一声，手上球杆一摆，迅猛利落地一下将球打了进洞。

玉山，一个美丽的乡村，春风拂面，新枝吐绿。

小河两岸的野花、青草、杨柳，在河水的轻抚下，揉弄着黄眉绿眼，舒展着轻柔的胳膊。当晨雾消失太阳升起时，阳光洒在河面上，泛出一大片红色，多像美丽少女脸上的红晕。渐渐地，河面镀上一层金光，微风吹拂，顿时，金缎被扯成无数块小片，在河面上漂荡着……再看看河中那密密麻麻的小鱼，嬉戏的鸭子，还有岸边漂浮的像小铜钱般大小的浮萍，这一切使小河春意浓浓、生机勃勃。

田野上，是一望无边绿色青草与秧苗，仿佛绿色的波浪。那金黄色的油菜花，在绿波中闪光。春风和煦，明媚的春光照在大地上，万物呈现一片生机，形成一幅秀丽的山水图。

在那个农家小院里，英子向屋子里正在忙活着的妈妈哭着求道："妈妈，你就让我出来透透气吧。"

"英儿，我也不忍心，可是，你爸那脾气，你又不是不知道。"妈妈叹了一口气，爱怜地看了屋子里自己的宝贝女儿一眼。

"我也不想把你关起来。你是娘的心头肉啊。但我也知道，你爸是为你好，为了你一生的幸福着想，又知道你的脾气像他一样倔犟，才不得已这样做啊。"

"妈妈，可是你们这样关着我，我会闷坏身子的。"英子哭得像一枝带雨梨花，"你们这样拆散我与小凡，不让我们在一起，他喜欢我，我也喜欢他，这样算什么关心我、爱我啊？"

"那个小凡就是命太硬，你看你看，自从他跟你回家后，你就没好日子过。要是以后在一起，还不知道要发生些什么样的事来。"英子妈决绝地摇了摇头，"乖女儿，你就听爸爸妈妈一次，今天，你爸出去给你提亲了，等谈好了，让你们成家了，我们做大人的自然就放心了。"

"妈妈，我不会嫁的。我除了小凡，谁也不会嫁的。"英子听得心里大惊，在屋子里冲着妈妈大声说，"你们真要这样逼我，我就以死相拼。"

说完，在里面把桌面上的东西稀里哗啦的一下全推落在地。

英子妈在屋子外听得吓了一大跳，慌慌张张地跑过去，透过窗户看着女儿泪流满面的脸，心里顿时软了。

"英儿，你这是何苦呢？"英子妈看着女儿憔悴的脸，"跟一个外地人有什么好呢？你要好好想想，你跟他走了，爸爸妈妈一年到头也难得见你一次，你就这么舍得爸爸妈妈吗？"

“可是，你们就舍得让你们的女儿这样痛苦地被关在屋子里，嫁一个自己不喜欢的人？”英子哭喊着，“你们就为了你们的想法，让我去牺牲我一生的幸福？你们爱我什么，关心我什么？你们就是自私，你们就是不爱我，你们就是为了你们自己。”

“孩子，我们的苦心，你以后会理解的。”英子妈看着在里面声嘶力竭、满脸憔悴的女儿，心里也疼了，“你想想啊，那个小凡，远在千里，家境、人品、三亲六戚，所有的我们都不了解，你跟着他，我们做父母的，能放心吗？”

“我不管你们怎么想，我就是非他不嫁。”英子哭着，“妈妈，你放了我吧，放了我吧，求求你了，让我去找他，我真的爱他，真的爱他……”

“爸爸妈妈养你这么大，你为什么不替爸爸妈妈着想一回呢？你才是父母的心头肉啊。”英子妈也泪流满脸，“爸妈也是心疼你，怕你有个三长两短……”

“你们这样关着我，才会有三长两短的。”英子急得在屋子里又开始摔起东西来，“你们这样不是关心我，是害我，是害我一生没有幸福……”

“你就是这样固执，唉……孩子，就听爸妈一次，爸妈怎么会害你呢？”

“妈妈，我是非小凡不嫁的，不管你怎么说，我就是非他不嫁。”英子显得歇斯底里的哭泣着：“妈妈，我有宝宝了，我有小凡的宝宝了。”

“什么？英儿，你说什么？”英子妈听得大吃一惊，有些不信地问。

“妈，我真有小凡的宝宝了，我这段时间想吐的要命。你们做的饭，我都勉强吃了，为的是不让你们看出来我有小孩了。”英子终于不顾一切地说了出来，“我怕你们，我怕你们不要这个小孩，才没敢告诉你的。”

“英儿，你怎么这么傻啊。”英子妈听得失声痛哭起来，“孩子，你为什么就这么傻啊？”

“妈妈，我爱小凡，我就是爱他。求求你，开门放了我吧，我要去找小凡。”英子绝望地看着妈妈，“你就成全我们吧。”

“这，这可怎么办啊？你应该告诉妈妈呀。”英子妈急得在屋外团团转，开始自责起来，“早知道你有身孕了，我应该给你做些好吃的补补身子，难怪你这段时间脸色这么难看，我，我真是粗心大意啊。”

“妈妈，我都实话给你说了，你就成全我和小凡吧，女儿会感激你的。”英子反复地哀求着，“我离不开小凡，我是小凡的人了，我都有他的骨肉了，我还怎么能嫁别人呢？”

英子妈禁不住女儿的苦苦哀求，心终于软了下来，她叹了一口气：“乖女儿，我们也是为你好，你如果执意要去找你的小凡，我也拦不住你，妈这就把门开了，放你出来。”

“妈妈，谢谢你。”英子听得妈妈的这番话，眼泪又一次夺眶而出。

英子妈忙拿出钥匙打开房门，让英子走了出来扶她坐下，心疼地说：“英儿，你坐一会儿，妈去给你先煮两个蛋吃，安安神。”

说完，就转过身去正要离开，只听身后传来一声怒喝：“你这是干什么？！”

二十四、擒贼擒王

面包车缓缓行驶到一家老虎机店的旁边停下。

霸王三低声说："三哥，就是这里了。"

赵少丰打了一个手势，霸王三、李少华立即与阿根下了车。

阿根打头，三人走进老虎机店，进得里面东拐西弯地走到几个正在打老虎机的，同样头发染得黄黄的小青年身后。

几个小青年正在老虎机上玩得热火朝天的，丝毫没有注意到身后的三人。

霸王三与阿根四下看了看，没有什么特别的异样情况。他冷笑一声，伸手一下按住了老虎机的一个按钮。

"谁他妈的不想混了啊？在我面前捣乱？"那黄毛头也不抬地说着。伸手去推开霸王三的手。又继续玩了起来。看来，他还沉浸在游戏之中，丝毫没觉得危险已然来临。

霸王三与阿根对望一眼，两人会心一笑，暗想这几个不知道天高地厚的混混还想在他的地头上惹是生非，简直就是找死。

霸王三再次伸手去关掉了老虎机。

"谁他妈找死啊？"那年轻黄毛终于一下急得跳起来，转身就是一拳打了过来。

这小子动作还真够快的。

霸王三当然是早有准备，一转身就让开了，一下子按住那黄毛的头，使劲一拧，那黄毛一个站立不稳，趔趄着退了一步，可他还没反应过来是怎么回事，霸王三一脚就踢在他的肚子上。

他的另外几个同伴见状，一起抄起凳子向霸王三砸来。

阿根与李少华也出手了！

有一个人还没反应过来。阿根站在他身后，一把抢过凳子，劈头盖脸地砸了下去。旁边的三四个黄毛立马抄家伙向三人砸了过来。

老虎机店正在玩游戏的人听得打斗声，奇怪的是没有人去看热闹，一个个都从门里四下跑了出去。

赵少丰吸了一口烟，听到里面砸东西的声响，得意地对小凡他们说："这些屁人，你看看，他们一个个有什么用？连看场子的人都没有一个，还开什么屁店。操他妈的，还敢去我的地头上混。"

"就是，他妈的，这帮小混混纯粹不知道天高地厚，这贵州帮就他妈的不入流，上次听说，还去龙江那边与吕哥抢生意了。真他妈的不知道死活。"阿牛在旁边附和着说。

"少丰，我觉得有些不对。"小凡看着四下跑出的那些玩游戏的人，看到卷扬门正在缓缓下关。

"是啊，我也觉得有些不对。"刘强也说。

"不好，他们早有防备。"赵少丰看了一眼，大吃一惊，"快抄家伙。"

五人立即行动，抄起铁棍短刀，飞快地下车向店里冲了进去。

卷闸门缓缓放下，只得猫下身才能进去了，小凡第一个冲到前面，一手托住门帘，大喝一声："你们快进！"

四人闪身冲进店里，小凡待四人进去后，一放手，卷闸门就关死了，只见八九个人手持短刀铁棒已将阿根三人团团围住。

"啪，啪，啪……"那边响起了清脆的拍掌声。

"赵三，你们来得正好，我等你们很久了。"从后门缓缓走出几个人来。为首的是一个精壮的约30来岁的男子。

赵少丰循声望去，不由得倒吸了一口凉气："阿彪！是你们设好的局？"

"对，如果不把局设好，以你一向小心谨慎的行事作风，怎么会来我张槎这地头上玩呢？"阿彪看了赵少丰一眼，皮笑肉不笑地说，"我朋友的店你都敢碰，赵三你他妈是吃了虎胆不成？"

从阿彪身后走出那个侯五，手持铁棍，向赵少丰看了一眼："赵三，你小子今天还有什么话说？"

"哦，今天是侯五爷做的庄？"赵少丰心知今天估计是栽了，心下一横，向侯五沉声喝道："你的店在我的地头上，保护费你不交，如果不摆平你，我以后还怎么混？”

小凡快速四下打量了一下，两排通道，尽是老虎机，后门被阿彪等十来个人封死了，前面的卷闸门关死的，已无路可退。

霸王三等三人跑了过来，神情紧张地低声向赵少丰说：“三哥，咱们该怎么办？”

张志伟哪曾见过这等阵势，惊慌地四下看着，慢慢移到了小凡的身后。

“咱们大小阵仗打了多少次了，还怕这一回？”赵少丰低头向霸王三喝道，“没出息。”

阿彪听得哈哈大笑：“赵三，你有种，不愧是条汉子，但今天你到了我的地头上闹事，你又该当如何表示？”

赵少丰看看四下十数人围了过来。大喝一声：“你不按规矩办事，叫几个浑蛋到我那撒野，我就算来砸了又怎么样？告诉你，我赵三出来闯就没把命放在身上。”

阿彪阴沉沉地冷笑着：“好，你有种，我今天就打得你没种。”

说完，手一挥，十数人立马围了过来。

赵少丰一摆手，大喝一声：“且慢！”

阿彪愣了一下，挥了挥手让众手下停下脚步：“赵三，你还有什么话说。”

“你不知道我是吕哥的人？”赵少丰冷笑一声，“你动我，就是动吕哥，你考量清楚。”

阿彪听得哈哈大笑：“赵三，我可笑你聪明一世，糊涂一时，我告诉你，我动的就是他！以后，这佛山就是我彪爷的天下。”

说完，一挥手：“兄弟们，给我狠狠地打。”

说完，叫人搬了张椅子，悠然地坐下，掏出香烟叫一个手下点上，在那看旁边的混战。

这十数人一起围过来，声势自然是十分惊人，小凡老早在看到阿彪挥手叫手下上前的时候，已然退到了后面。他知道今天这一战已不可避免了。

敌众我寡，劣势立显，他们今天肯定是栽定了！

十数人围着赵少丰等人手持铁棒短刀砍杀过来，而这种张志伟只在香港古惑仔黑帮片中才看到过的场面，没想到在现实生活中就真的上演了。

但眼前这形势可由不得他多想，自然也是拿起铁棍慌忙应战。

小凡出手迅速地将一个对手打倒，一毛腰躲到一台老虎机的后面，再顺着过道向前移着。而其他的打手眼见小凡躲开，自然不再追击，一起又向赵少丰他们这些战斗力强的人围杀过去。

英子扭头一看，脸色顿时变了。

眼前，爸爸脸色铁青地站在门口看着她。

英子妈先是吓了一跳，接着就冲英子爸发火了："你到底要将女儿折磨成什么样子你才甘心？"

英子爸可从来没看到过她这样的冲自己发过脾气，一时之间愣住了，倒是英子妈的话像机关枪似的扫射出来："女儿都有身孕了，这样关下去，万一有个三长两短我唯你是问，她是你的女儿啊，你以为是家里养的小猫小狗啊？我瞅着心里都跟着疼死了，你看看女儿，这几个月来瘦成什么样子了？你是不是打算关到她真疯了、死了你才开心啊？"

说完，拿着家里的扫把就冲老头子打了过去。

"什么？有身孕了？"老头子听得大吃一惊，又见英子妈扫把打过来，忙躲开一旁说："你你你这是干什么，你这真是慈母多败儿啊，你。"

"我就败儿，我就败你了。"英子妈说着冲老头子打了过去。

老头子忙躲开，一把抓住扫把："你给我说清楚，英儿她怎么了，怎么有身孕了？"

"我女儿命真苦啊，都怪你这死老头子，女儿就怕你这糟老头不同意，所以，隐瞒到现在才告诉我，她有身孕了，害得她现在身子骨瘦成这样子。你这做爸的也忒狠了。"英子妈说着失声痛哭起来。

老头子一时之间闻听这事，自然也是蒙了。

"那，那这个，又该怎么办？"老头子在那呆立半晌才喃喃地问。

"还能怎么办？养好身子，让女儿去找小凡，都生米煮成熟饭了还能怎么办？"英子妈说着又爱怜地对英子说，"英儿，你现在别担心了，妈妈我替你做主，好好养好身子再说。”

“妈妈……”英子闻言，终于忍不住扑倒在妈妈怀中伤心地哭起来。

赵少丰及霸王三他们可是有多年的打斗经验了，一时之间由于地势狭小，虽身上中几处刀伤，但尚能且战且退，到了一个角落时，他们已被逼得再无退路了。

张志伟边战边退，身上中了几棍，但面前的情势只有拼命应战才可能杀出一条血路来。他瞅空四下瞄了一眼，才发现小凡不见了。

“妈的，平日里这家伙挺能打啊，关键时刻倒溜的快了。”张志伟本来指望着小凡来帮忙应战，以小凡平日里表现非凡的身手，那还是能抵挡一会儿的。

刀棍相碰声、呼喝打斗声传来，阿彪看着场上赵少丰、霸王三他们这狼狈样，得意地哈哈大笑。

“赵三，我就砍你一只手送给吕小波，让他给你收场。”阿彪大笑着说，“兄弟们，谁第一个拿下赵三，当场奖5000块。”

霸王三狂吼一声，手持短刀护在赵三面前：“上前者死。”

说完抓起身边一张椅子向阿彪砸了过去。

“兄弟们，咱们就跟他们拼了。”赵少丰大喝一声，已率先挥刀扑了过去。

重赏之下，必有勇夫！

现金5000块，也不算是个小数！

这些混混在外混迹多年，早都是不要命的亡命之徒，一听到有重赏，围攻赵少丰的人马早已有胆大抢功心切的人冲了上前，刀棍齐下，又展开了一场混战。

小凡四下快速地搜寻着，眼见有一条长长的电源线插座，是用来插老虎机接线电源的，心下大喜。他一开始就知道今天是绝难逃出这老虎机店的，所以，心下早就有擒贼先擒王的念头。本想悄声无息地溜到阿彪身后，以闪电手法击退他后面的两名打手。但以一对三，对手又是打斗经验极其丰富的实战高手，他心下还是没有把握的。

他在塑料厂修注塑机时偶尔被电一下，知道这电击的厉害！眼见这长长的电线插座上的红灯亮着，这线上有电！这下可有了主意。

手起刀落，挥刀快速地切断两边，稍分开一点，露出里面的铜线线头，左手持线，右手握刀，向阿彪身后靠近。

赵少丰、霸王三已撑不住了！

身上多处刀伤，满身是血！张志伟肩上被砍了一刀，左手已抬不起来。而李少华，刘强，阿牛、阿根也多处是伤！

围攻的人却越来越多！

“啊哟——”一不小心，张志伟又身中一刀。

情势已危在旦夕！

小凡悄无声息地移至阿彪不远处，眼见距离已在自己的计算之中，他大喝一声：“看刀——！”一晃身冲阿彪身后的人就是一刀！

小凡不忍下杀手，他用的是刀背！拍向那人的后脑！

小凡出手何等快捷，那人还没反应过来是怎么回事，已被刀背拍晕！“砰”地一下就倒了下去。

几乎在同时，他手上的电线已然出手了。甩向另一个人的脑后。

电线一回一旋，缠住了那人的脖子。电流当然是强大的，只听“咣当”一声，他手上的刀已落地。人也软软地倒了下去。

阿彪正得意之时，哪料到这等变生肘腋之事？

还没搞清楚是怎么回事，身后两个打手已然倒地。转身回头一看，不禁发出“嘎”的一声怪叫！

小凡的刀尖已闪电般地抵住了阿彪的咽喉！

小凡一闪手，电线飞了出去，击向阿彪！

阿彪就算战斗力再强，在电流面前，也不过是螳臂当车！只见全身不停地抖动了几下，就软软地倒在椅子上了。

而小凡生怕倒在地上的两人还有战斗力，这在录像片中他可是经常看到高手总被身后的人不小心捅了刀子。所以用电线很不放心地再次不停地击向倒下的两人。

那两人像安装了弹簧抖了抖，就不再动弹了。

这一切发生之快，几乎就是在电光石火之间。小凡再次将刀抵住软软瘫在椅子上的阿彪咽喉上，向场中大喝一声："谁他妈的都不许动！谁他妈再动我就杀了你们老大！"

在场的双方面对着这突如其来的变故，一个个都停下了打斗！

赵少丰见状大喜，忙招呼一下大家，到了小凡这边，冲阿彪踢了几脚，冲场下大骂："你们这帮兔崽子，你们老大在我手上，看你们还能逞强！"

小凡向场下喝道："你们快打开门，我就放了你们老大，不然，我他妈的现在就宰了他！"

众喽啰眼见这般情形，一个个都犹豫不决。

小凡手上的刀紧了一紧："你们究竟让不让？"

短刀锋利无比，这轻轻一紧，阿彪脖子上立马有血丝涌出！

阿彪只觉得脖子一痛，吓得魂飞魄散，不由得声嘶力竭大叫："快给他们开门！开门！你们都他妈的死了啊？"众手下无奈，只得打开卷闸门。

小凡招呼霸王三两人一左一右架起阿彪，逼着阿彪，让他手下让开一条路来，退出门外，上了车，阿根发动车子，霸王三一把从车上推下阿彪。迅速地逃走了。

二十五、英子失踪

赵少丰以少胜多，并在贵州帮的地盘上俘获了老大的消息，在当地混混之间迅速流传开来！而一个名不见经传的毛头小子，一瞬击败阿彪及他两名打手的传说令整个佛山黑道哗然！

小凡的名头几乎在一夜之间，震惊了整个佛山黑道的混混江湖！

这场大战让他们得到的成果是：贵州帮阿彪锐气大减，而他们除小凡外，身上几无例外的都是伤痕累累！

这天，赵少丰与小凡、霸王三、张志伟他们正在桌球台边喝着酒闲聊。阿根是东北人，个头挺高大的，也属于那种直爽，没有心机的人，他一拍小凡的肩：“小凡，我阿根服你！这可是我藏在箱子里好些年的我家乡里的老雪原酒，今儿个拿出来大家伙也尝尝，我敬你这样的英雄！”

说完，不由分说地倒满杯，这酒才倒入碗，果然是清香四溢，闻之心醉，阿根又给赵少丰等人满上，与小凡碰一下：“小凡、赵三哥，咱们喝！”

小凡素来知道东北汉子爽直、讲义气、重感情，这次也不推辞，“咕咕”地喝了一大口，果然是入口香醇,清香满嘴。忍不住又小尝了一口，脱口赞道：“果然好酒,难怪你小子视为珍宝了。”

赵少丰对小凡的表现是敬佩有加，从回来后，阿根、霸王三及一干众兄弟对他的态度，明显是由先前的轻视到敬畏，转了一个180°的大弯似的。

阿根走过来，向赵少丰轻声说：“三哥，吕哥说今儿个过来看我们。”

“哦，吕哥要来？！”赵少丰听得，神情一振，精神抖擞地挥舞着双手：“兄弟们，那好好准备一下。”

张志伟听说吕哥要来，更是欢悦沸腾，那种激动的心情像要把帆扯起来，势必要乘风破浪了，大家兴奋之情溢于言表：“喂，小凡，吕哥要来了，这可是咱们的超级偶像啊。”

“谢谢，是你的超级偶像。”小凡笑骂一声，“瞧你激动成这样子，你就这点出息，别说你小子还真要梦想成真了。”

话音刚落，一辆小车就停在了桌球店前面。司机下来替他打开车门，才见车上一个身穿风衣，戴着墨镜，西服笔挺，一双大头皮鞋擦得锃亮，气宇轩昂的人走了出来，黑社会老大描写的什么样，这人就打扮成什么样，绝对的猛、酷、冷、傲……

“吕哥来了。”赵少丰说着，紧走几步迎了上去，张志伟眼见自己的偶像就这样出现在自己的面前，还几乎以为是做梦一般。实在是难以控制，不由得激动地上前，大叫一声：“吕哥，你好。”说完，自个噼噼啪啪拍起掌来。

小凡心下暗赞一声：“好个吕小波，这与昔年在学校相比，精气神简直是换了一个人般。要不是今个亲眼所见，就算是他站在自己的面前，自己也绝认不出来这就是在学校像个小流氓样的吕小波！

吕哥扭头似乎是瞟了张志伟一眼，问赵少丰：“赵三，这位是？”

“我的同学，张志伟。”赵少丰赔着笑脸忙将张志伟拉过一边，“吕哥，里面坐。”

吕哥“哦”了一声，点了点头：“你们的伤都好了些吗？”

“没事，都是些皮肉伤，不碍事的。”

“这次，你们做得很好。一举击败了贵州帮的锐气！长了我们的威风。”吕哥满意地点了点头，嘴角略微上扬，像是在肯定这些兄弟的战果辉煌和光辉历史：“听说，你手里有一个猛将，单挑了阿彪三人？”

“哦，也是我同学，是小凡。”赵少丰一提到小凡，也顿时来精神了，向一边站着的小凡招呼，“小凡，你过来啊，吕哥都过来看咱们了。”

小凡走了过来，看了吕哥一眼，实在看不出有任何的心理活动，自然的不能再自然，微笑着点了点头：“吕哥好。”

“想不到，真想不到啊，你能一举击倒阿彪。一人独斗三人竟毫发不损，真是一个少见的高手！”吕哥上上下下打量了小凡一番，赞赏不绝，“现在在佛山，你的风头正劲，多少小弟都想来看看你。”

“吕哥过奖了，我们刚来佛山，以后还请吕哥多关照。”小凡不亢不卑地说。

“这样吧，赵三，以后小凡到我那边去，你看有没问题？”吕哥又将脸扭向赵少丰。

“吕哥既然中意了，我还有什么问题？”赵少丰呆了一呆，心下虽有些不舍，但还是立马答应了。

“那就好。”吕哥拍拍赵少丰的肩，从怀中拿出一个袋子来递给赵少丰，“这里面是兄弟们的伤病辛苦费用，一定要好好医治，你去安排一下。”

“多谢吕哥关心，我们没事的。”赵少丰感激万分地接过袋子。

“嗯，那你们安心养伤，等伤好了，就带小凡来我那边上班。我还有些事去处理，先走了。”吕哥说着，司机已快步过去，打开车门，吕哥钻入车内，向赵少丰挥了挥手就走了。

“好，那明天我就带小凡过来。”赵少丰毕恭毕敬地说着，目送吕哥上车。

“小凡，祝贺你啊，能跟着吕哥做事了。”待吕哥走后，赵少丰拍着小凡的肩，一脸的敬慕，“没想到，你这么走运，才来佛山这么短时间就被吕哥看中了。以后啊，老同学，你可要多多关照一下我了。”

“是啊，小凡，以后，你也得多多关照我们啊。”张志伟满脸的羡慕走过来说。

霸王三、阿根、阿牛等一干兄弟也纷纷投以羡慕的眼光，一个个都附和着马屁是大拍特拍。

“阿姨，我来了。”

英子风尘仆仆的赶到租住的房子，满心欢喜地向正在小院里水池旁边洗菜的房东打着招呼。

“是英子，你来了啊？”英子一向与房东关系不错的，平日里下班偶尔也会与她聊聊天拉拉家常什么的，英子为人好，房东对她印象自然是极好，当然就没有那么生分。

“嗯，是啊。”英子一边说着一边四下打量了一下，看到自己以前租住的房间竟然空空的，不由得惊问：“咦？以前和我同租在一起的方敏呢？她还住在这里吗？”

“方敏？早在春节后就搬了，听说找到了一个好的公司。”房东看着英子说，“她比小凡他们还先搬走，你那男朋友也走了。”

“走了？他跟方敏一起走的？”英子听得花容失色，失声惊问。

心下已跳出数个念头，方敏心机深沉，难道，方敏这丫头趁她不在，设局让小凡这个对情感半懂不懂的人与她一起远走高飞了？

不可能！小凡绝不是这种人。那小凡又是为了什么离开这里？

“这倒没有，前几天方敏还来找过他们。”房东眼见英子的神情有异，心底下也明白了八九分，知道英子是在担心什么，忙接着说，“听他们说是去了广东什么佛山，我开始还以为你去了广东，所以那个小凡才跟过去找你了。”

“哦，是这样。”英子紧绷的心这才舒缓过来，“他是去了广东佛山？他与张志伟吗？”

“嗯，好像是的。”房东点了点头。

“阿姨，你知道小凡为什么会离开福州吗？”英子试探着问。

“我听他们聊天时说，好像是被工厂开除了，现在很难找工作，他找了近一个月都没找到，所以，与那个姓张的一起去了佛山。”房东对英子很是喜欢，所以，看到英子焦急的样子，也不厌其烦的给她讲她所能了解的事情。

“被工厂开除了？”英子自言自语地说着，心下暗自想道：“小凡一向工作上比较循规蹈矩的，并且，厂子里的吴老板也算是她的朋友，不看僧面看佛面，如果不是重大事故，是不可能开除的。那又是为什么他会被开除呢？”

“听房东的说法，看来方敏还在福州，小林也可能还在福州。张志伟能离开福州？那骆玉红是他的女朋友，按常理也应该跟他一起走啊？难道，是他们三人一起去了佛山？”英子略一沉吟，心下暗想：“为什么小凡会离开工厂？这得去他厂子里问问吴老板才知道。”

“英子，看你这样子，好像有身孕了？”房东是过来人，自然一眼就能看出英子的气色与肚子微微隆起的变化。

“嗯，是啊，阿姨。是小凡的宝宝。”英子听得愣了一下，面上闪过一丝羞涩，忙转换话题：“阿姨，我先去小凡厂子里打听一下他为什么要走。”

说着，就匆匆地出了门。房东带她出了门，在那叹了一口气，那满脸的雀斑似乎又激活了，“唉，现在的年轻人，怎么就这么不负责任啊，都怀孕了，这小子居然去了广东。”

英子直接去了小凡以前的塑料厂。

吴老板不在，她就与旁边的工人东拉西扯起来，想从他们口中了解一下小凡为什么会被开除。但他们纷纷表示不知道这事的原因。小凡也没在工厂里犯什么事情，这令英子更是百思不得其解了。

维修工小张这时从里面出来，看到英子在那闲聊着，忙走过来打招呼：“英子，你什么时候过来的啊？”

“哦，就今天刚到。”这小张英子知道是吴老板的远亲，也是她的同乡，甚至在家里都还有交往的，所以，她想从他口中打听一下小凡的事情：“小张，你叔呢？”

“哦，叔出去了，到另一个工厂交货，听说还得陪客户吃饭，可能今天怕不会回来了。”小张愣了一下，眼珠儿滴溜溜转了一圈，笑着说。

“这样？那，你知道小凡为什么会好端端的离开厂子吗？”英子有些急切地问。

“哦，这个啊，我不是太清楚……”小张面上也是满脸的惋惜之色，“小凡在工作上一向挺好的，人好，心好，做事情干净利落，就是他性格直了一点，容易得罪人……要不，你进去坐一下，我替你泡杯茶喝？”

“哦，这样子，不用客气了，那明天我再来找吴老板。”英子摇了摇头，说着就走了出去。

“嗯，那好。我也先去忙工作了。”小张转身向里面走了几步，忽然又转身对已出门的英子问，“哦，对了，英子，你还是住原来那地方吗？”

英子呆了一呆：“是啊，你有什么事吗？”

“哦，没有，没什么事。”小张笑了笑，搓着手摇着，“我就是随便问问。”

“哦，那没什么事，我就先走了啊。”英子总觉得小张的表现有些不对劲，可是哪不对劲，她又说不上来，于是，苦笑了一下，暗想自己是不是这段时间搞晕头了。

这来到福州，又得去租房子的，自己已有身孕，行动以后会越来越不便利的。好在她与房东平日里多有照顾，有人租房什么的英子也会介绍，所以，仍旧租她那总比又去租另一家陌生的房东要好得多。

“小林没跟着去佛山，那小林应该还在他那个钟表厂上班，对，得先去找小林问清楚，他们兄弟情深，一定知道原委的。”英子心里盘算着，于是，又出了村口，坐了公交车去找小林。

等英子刚出厂门，小张就急忙跑到了办公室，拨通了吴老板的电话。

小林果然还在。

英子心急火燎地来到小林上班的厂子里，让门卫通知一下她要找周小林，果然没多长时间，门卫就带小林下来了。

“英子，你来了？”小林见着英子，老远就打着招呼。

“嗯，今天刚到，怎么小凡去佛山了？”英子急急忙忙地问。

“嗯，是的。”小林点了点头，“这事说来，话有些长。”

“是出了什么事儿吗？”英子急切地问道。

“倒不是什么大事，要不，这样，我看你这满脸疲倦的，脸色也很差，我把钥匙给你，你先到我那去休息一会儿，我也快下班了，我去请一下假，晚上不加班。回来再给你详细说一下。”小林安慰着英子，“没事儿的，如果小凡知道你来福州了，他一定会赶回来的。”

英子听得小林知道小凡的确切消息，心里稍稍放下心来：“那好，我等你下班。”

英子看看手腕上的那块石英表，还差10分小林才下班。

她觉得这时间真的是太难熬了。

明明说好的在福州不见不散，为什么小凡就这样匆匆地离开了福州？这一切，也只有小林才会知道缘由了。

时间一分一秒地过去，英子度时如年般，焦急地等待着小林下班。

果然，过了15分钟，小林就回来了。

“英子，看样子你还没吃饭吧。”小林进门就招呼着她。

“嗯，没事，你倒是快告诉我小凡是怎么回事。”英子见了小林就急急忙忙地说。

“那我们先到外面煮碗面，边吃边说。”小林看了英子一眼，满脸尽是憔悴与疲倦之色。看得出，她心中担心小凡，叫她休息她也是睡不着的。

英子想想也是有理。于是二人来到外面小吃店里，小林招呼着老板先煮两碗面条，这才将方敏找到了一份好工作，小凡被开除，骆玉红悄无声息地离开志伟，张志伟买鞋受辱，及他们一干人报复鞋店老板整个事情的原委原原本本的给英子讲了。

“是这样，方敏找到了更好的工作也出了钟表厂？小凡被吴老板莫名其妙地开除？骆玉红为了家，莫名其妙地离开？”英子也觉得实在有些不可思议，她捂着肚子，似乎感到有些不舒服：“明天，我得去问一下吴老板为什么要将小凡开除才行。”

“嗯，我就是有些不明白，为什么我们工厂本来是要招人的。但小凡来应聘老板却说不收了。这小凡本也与我们老板还是有些交情的啊。”小林看了英子一眼，但没看到英子的脸色有些异样，仍满脸疑惑地说：“骆玉红留下了信后离开志伟，以她的能力，又能找什么高工资的工作呢？”

二十六、替人出头

“骆玉红是为了家里没钱才离开你这个厂子的？”英子自言自语地说着，“以她的学历，找份工资高的工作肯定很难，而她又缺钱，你们厂子的工资也还可以，但仍满足不了她的需求，那就证明她在出厂子之前，已有一份好的工作安排好，不然，她也不敢贸然出厂，并且，她对张志伟感情很深的，这个我能看得出来，她究竟是找的什么工作，连张志伟也要瞒着？难道她是进了……”

“英子，你知道骆玉红找的工作？”小林听英子的话语似乎了解一些，忙问。

“哦，没有，我也只是瞎猜猜。”英子勉强地笑了笑。

“嗯，那今晚你就在我这边睡，我去同事家借宿一晚，小凡把你的衣服与其他的东西都收拾在箱子里，全放在我这儿了，明天，我帮你拿过去，安排好再上班。”

小林本性淳厚，素来不是多话的人，见英子不说，自也不会多问。

“小凡这么细心，把我的衣物都放你这了，那这样也好……”英子怔了一下，点了点头，还想说什么，忽然觉得胃里一阵翻腾，忙跑过去拿了一个垃圾桶来，向着里面哇哇地吐了起来。

“英子，你怎么了？”小林见状惊问。

“哦，没什么，没什么。可能是这一路坐车颠簸，有些晕车，所以会吐了。”英子摇了摇手。

“嗯，那可能是这样。今晚多休息一下就会没事了。”小林想想英子说的也是有理的，因为在坐火车汽车不时地有看人家晕车呕吐的事情发生。

“那你先好好休息，我去同事那边了。”小林说着，把钥匙交给英子就走了。

次日一早，小林把一大包英子的东西用自行车给英子拉走后，就匆匆忙忙又回到厂子里上班了。打工的日子就是这样，一切都得以上班为中心。请假、迟到、早退，都得扣钱的。一个月超过三次迟到早退还得扣奖金，更别说请假，那什么满勤奖自然也就没有了。

英子向房东问还有没有房屋出租，还好的是，这个房东家像那种打工的人的单间房还是挺多的，房子还是有，所以，这让英子也放心不少。交了房租，就开始整理起房间来。

以前所有的东西都被小凡装在纸箱里打包好了。还有两箱小林说等晚上有空再骑自行车运过去，因为白天请假不合算。

英子细细拆开箱子上的封条，心中不禁又思念起小凡来。

看得出，每一道封口条都是小凡自己封上去的。因为封条贴得特整齐。这是小凡的做法。

看着封条，想着小凡那样仔细地封条、打包的身影，英子不禁又悲从中来。

眼前，又出现小凡那阳光的笑容，与在车站分手的影像："小凡，我不会相信命的，你也不要，回家后，春节过完到福州来，我一定会到福州来的。你一定要等我。记住，一定要等我！你也一定要到福州来。"

"好的，咱们福州不见不散。"

"你可不许撒谎，我们还要办培训班，我们还要做装修公司的。"

"英子——我也爱你。"

他说着，再也顾不得站台上那些稀疏的人影，紧紧地抱着她，深深地吻了下去。

英子下意识地摸了摸自己的嘴唇，好似小凡的吻还留在她的唇边一样。良久，她才拭了拭自己不知何时已悄然流下的泪水，幽幽地叹了一口气，再下意识地摸了摸微微隆起的肚子，咬了咬牙，让思绪重归现实。

正思量间，忽然有敲门声传来。

心下想想可能是房东下来看看自己的房间，于是，说了声："等一下。"赶紧整理了一下情绪，又找纸巾擦了擦眼角，过去拉开了门。

门一开，她就觉得一股暗香扑面而来，眼前竟然是——

"志伟，今天咱们去一个厂子里，得整点儿钱出来。"赵少丰向张志伟打了一下招呼。

“哦？怎么个整法呀？”张志伟一听要出去收钱，来劲了。

“有个厂子里的组长给了我们1000块钱，让我们收拾小部门经理，就这么简单。这两边都能拿钱的事，咱们不就等着发这财吗？”赵少丰笑着，“以后啊，你跟着我们，多学着点。”

“行行行，这个没问题。”张志伟乐呵呵地笑着，屁颠屁颠的上了车。

阿根开车，一会儿就到了赵少丰所说的那个厂子。中午时分，工人们都下班出来吃饭了。这是一个工业区，里面厂子里的外来工是数以万计的。旁边是一溜食杂店、川菜店、小炒店、快餐店等各种营业性店面一字排开。

显然这家店主对赵少丰一行人有些敬畏，下车后，老早店主就点头哈腰的与赵少丰、阿根一行人打着招呼。张志伟跟着赵少丰走在一起，他感到自己特别的有面子，特别的扬眉吐气。

曾几何时，自己这么威风过？在福州，他可是对人家点头哈腰的。而在佛山，这角色立马转了一个180°的大转弯。人家都得对他毕恭毕敬的了，地位上来了，形象也高大了，只要跟着赵少丰那真是火车没灯——前途无量（亮）啊。

这样，他是想不得意都很难。

赵少丰一行人马选了一家正对着厂子大门的饭店，悠然自得地坐下，然后，点了些菜，等着目标出现。一边喝酒，一边叫过老板，从怀中摸出一张相片，扔在桌子上：“铁公鸡，你认识这个人吗？”

这铁老板拿起照片仔细看了一眼，讨好地向赵少丰笑着：“三哥，这是张子雄，在对面厂子做主管经理，天天在我们店里吃饭的，当然认识了。三哥，有啥事儿，你们要做可别砸了我这小店，手下留情啊。”

“那就好，没你的事儿了，放心，一边忙去吧你。”赵少丰一挥手，铁老板媚笑着就走开了去。

果然才一会儿，张志伟老远就看到那个照片上的人摇头晃脑地走进了店里。

穿着衬衫，还打着领带，戴着一副眼镜，举手投足之间还挺潇洒的，给人感觉有点心计的印象。

一进店，就旁若无人地冲铁老板大声说："老板，炒四个菜，一个汤，今天我有两个朋友，我请客。"

"好咧，就来。"铁老板在里面答应一声。扭头看了赵少丰这边一眼，心想："祖宗啊，你今天可来着了，就是一小铅笔头，挨削的货呀。"

赵少丰等吃得差不多了，才向阿根努了努嘴，阿根立即会意，走到那张子雄面前，拉过一张椅子坐了下来。斜着眼看着他："兄弟，前几天，你泡了我一个朋友弟弟的朋友的表哥的姐姐的妹妹，你说，这个账该怎么算呢？"

"你谁啊？我不认识你。"张子雄满不在乎地看了阿根一眼，冷笑一声。

阿根摆着一副吊儿郎当的样子说："不认识我没关系，主要是我想劫富济贫，替法定公民挽回点青春损失费。"

"我哪有什么泡什么妹妹的，你想干什么？"张子雄根本就不吃他这一套，还挺硬式地梗着脖子说。

"兄弟，不要火气大，我们只是公事公办。"张志伟一下冲过来，拍了拍张子雄的肩，"别激动，这个社会需要安定，一切都可以破财消灾！"

"你们，到底是谁？"张子雄旁边的两个朋友也站起身来，意识到今天是碰到硬茬子了，要想全身而退烧香拜佛是来不及了，只好硬着头皮喊了一句。

赵少丰此时一挥手，霸王三、阿牛已一下过来围住三人，大喝一声："各位，别伤了和气，不要乱动，我们只是来讨青春损失费的，不想动手动脚。"

说着，一使眼色，霸王三与阿牛过去按住张子雄旁边的二人，从二人身上搜出两把短刀："小子，知道我们是谁吗，你这地盘我们接管了，记住，他就是赵三哥，在这一带鼎鼎有名的赵三，你们都他妈的不知道，还混什么？"

"啊？你，你就是赵三哥。"三人听得，双脚一软，都瘫在了椅子上，连贵州帮老大他都敢碰的赵三，他们这些小虾米自然得认栽了，栽在赵少丰手里也不算太丢人，俯首称臣吧。最近赵少丰的名头是如日中天，他旁边的两人也是小混混出身，又怎么不知道赵少丰的大名?

“去吧，拿2000块钱，就可以挽回人家的青春损失了。多合算啊，我都想出5000块泡个妞了。”赵少丰看了张子雄一眼，面色狰狞，冷声说，“我等你10分钟，你这事交给你朋友去做。银行卡给他让他去取。”

张子雄心里知道这帮人是他搞不定的，只得乖乖地听话，取出银行卡给了他的一个朋友。

“做人呢，无论是你在厂里当什么屁经理，还是做什么老板，一定要记得，做人要低调，你得永远都不要忘记你的身份，永远都是一个打工仔。”赵少丰拍拍张子雄肩，又伸手在他脸上拍了拍：“记得，不要记仇，不要在厂子里耍大牌，不要以为自己混了个部门经理就给人家小鞋穿，懂了这些道理，你就会安宁很多，生活会过得愉快很多。”

说着，又学着那古惑仔的动作，手做成手枪状，对着张子雄的脑门：“如果不听话，不乖，就会得到报应。”说完，手指头弯了一下，“砰”嘴里发出一声枪响的声来。

张子雄隐约明白了今天为什么会遇上这事了，显然，对方是自己在厂子里得罪了同事，因不愤请来收拾自己的混混。

张志伟看着赵少丰那熟练的动作，“优雅”的谈吐，心里简直是佩服得五体投地了。

“三哥，来，抽烟。”张志伟从怀里掏出香烟先给了赵少丰，又给了霸王三等一干兄弟，讨好地给赵少丰点上。他觉得，叫一声三哥现在都很顺口，感觉全身心都温暖的热血沸腾了。

风驰电掣取钱的同伙回来了，交给了赵少丰，赵少丰把钱拿在手上甩了甩，点都没点一下，对张子雄说：“兄弟，你很上道。不然的话，今天会叫你躺下去就爬不起来。”

说完，在那肆无忌惮地哈哈大笑。

“方敏，你怎么来了？”英子愣了一愣，不由得惊喜地大叫：“看你的打扮，真的是找了份好工作了，这不，你这身打扮啊，我还差点没认出来呢。”

方敏还是那招牌式的一脸甜笑：“我这不刚好给小林打了个电话，得知你来了，我这下班就急急忙忙地赶过来看你了嘛。你这段时间没来啊，都想死我啦。”

“哦，这样啊，我也是昨天刚到的，我在想你是不是失踪了呢。”英子拉着方敏的手，亲昵地说，“你这下来了，我可放心了，你现在住哪啊？”

“哦，我现在住白湖亭那边。”方敏眼珠儿一转，“我知道你来了，都高兴死啦，专门请了半天假来看你呢。”方敏这撒谎的本事可是狗掀门帘，全凭这张嘴了。

“那真是太好了，我今天感到太累了，看着这么多东西还得收拾整理，我感到腰都酸死啦。”英子笑着，下意识地摸了摸肚子，“你来了，我正好请一个免费的保姆，帮我收拾收拾。”

方敏打量了一下英子，当目光落到英子微微隆起的腹部时，脸色变了一下，但旋即笑了：“好啊，我过来，就知道你没好事让我做，说说，你从家里带来了什么好东西给我吃？”

“好啦好啦，收拾好了少不了你的，等会儿做好饭，叫小林也过来一起吃吧。他一会儿还得把我的东西从那边给我拿过来。”英子吁出一口气，有人陪着她说说话也总是好的。

“嗯，那好，我就帮你收拾吧。”方敏说着，真就放下自己的精致小挎包，动起手来。不能光耍嘴皮子，实际行动还是要有的。

“好，那你帮我，我休息一会儿……”英子老觉得心里难受，恶心想吐，这时，再也忍不住，一下跑到水池旁边，哇哇地把早餐吃的又吐了出来。

方敏跟着跑了出去，惊异地问：“英子，你不会是……”

英子满脸通红，但显然已是无法隐瞒，只得羞涩地笑了，低下头：“是啊，方敏，我怀孕了，是小凡的宝宝。”

方敏听得怔了一怔，脸上各种表情一时找不到适当的归属，是哀伤、是悲痛、是不甘、是恨，还是……忍不住问：“这么快你就有小凡的宝宝了？”

“嗯，是的。是小凡的宝宝。”英子脸上洋溢着笑容，捅破了这层羞涩，她不再觉得难堪，掩不住心底快要当妈妈的愉悦之情。

“哦……”方敏忙扭头转身过去，“我，去给你拿毛巾擦嘴啊。”说完，就快步冲到了屋子里。

到了屋里，她终于忍不住，眼泪一下冒了出来。自己挖空心思、费尽心机也没有得到小凡的丁点爱意，哪怕是些许的暗示都不曾给过自己，可是英子，她还是有小凡的孩子了，这个孩子的爸爸，本来应该是她的男人。她不知道，为什么一提到小凡，她心里就有一股钻心地疼。那种难以割舍的爱慕已经达到了极限，几乎让她疯狂以至于不顾一切！

好一会儿，她稳定了自己的情绪，匆忙地拿了条毛巾，先擦了擦自己的眼泪，才走了出去递给英子。

英子接过毛巾，放在水龙头上将毛巾洗了下，擦着嘴唇，丝毫没有看出方敏眼中那哀伤的神情，以及更多的是一种要燃烧的烈火。

良久，方敏才说：“我知道张志伟的传呼号，我一会儿就出去帮你给他打个传呼，让小凡赶紧回福州。”

“嗯，那好，谢谢你啊。方敏。”英子感激地说着。方敏摇了摇头：“看你这样子以后行动会越来越不方便了。要不，我以后常过来照顾你。”

“不要了，你上班那么远。来来去去也挺累的，以后有小凡照顾我就行了。”英子笑着说。

善良的英子丝毫没有注意到方敏的一切心理活动，正沉浸在即将与小凡重逢的欢愉之中，殊不知，一场要置人于生不如死的感情纠葛，正在拉开帷幕。

二十七、锄强扶弱

晚上。小凡过来，找到张志伟与赵少丰。

“哟，老同学，你还真没把我们给忘了。跟吕哥混了都还记得来找我们。”赵少丰满脸笑容地说。

“你小子，尽说这种无聊的话。要不是你，我能有今天吗？”小凡笑着擂了赵少丰一拳。

“怎么样，在吕哥那边还习惯吧。”张志伟满脸羡慕地问。

“也就那样儿。”小凡笑笑，“少丰，这整天待在家里的，来佛山这么久了，这个工业区我都没有走过。咱们出去走走？”

“好好好，咱们这就出去逛逛。要开车出去吗？”现在赵少丰可是唯小凡马首是瞻了。

“行！”小凡略一沉吟，点了点头。

“那要叫上霸王三、阿根他们吗？”赵少丰犹豫了一下，又问。

“就咱们三个老同学聊聊天，出去转转，不用叫他们了。”小凡看了赵少丰一眼，“出去一大帮人马，你不觉得显眼？”

“嘿嘿，我是有些担心不安全。”赵少丰看了小凡一眼。干笑着说，“那咱们不要走太远。”

小凡愣了一下，笑道：“不安全？有什么不安全的？咱们走吧。”

“那好，我去开车。”赵少丰说着就出去开车了。

三人一行上车，赵少丰开车载两人来到工业区外一个夜市上。

这夜市比福州王庄的夜市可大多了，吃的、穿的、住的，大小商品一应俱全，小摊一个接一个的排开两边。

“这里夜市是那些厂妹及打工仔最喜欢来的地方。”赵少丰显得有些谨慎，“但这治安乱一些，打架，斗殴的事天天都有，不过，这里也算是我们自己的地盘，我很放心。”

“咱们一起吃点小吃，喝点酒吧。”小凡没有注意到赵少丰的措辞，笑着提议，赵少丰、张志伟自然没有异议。

三人来到外面一家露天的大排档，叫了酒菜，边吃边聊。

“来，少丰，我敬你。我与志伟来佛山可是多亏你这么照顾我们。”小凡举杯向赵少丰晃了晃。

“什么话，别整那些婆婆妈妈的东西，咱哥儿个用不着，再说了，你以后就是吕哥身边的红人了。我这边还得要你罩着呢，你要是喊一嗓子不知道要有多少人吓得尿裤子！”

赵少丰说着，也举起酒杯，一仰脖子就下了肚。

“小凡，我也敬你。以后，我也得多靠你提携一下。”张志伟也笑着向小凡敬酒。

“你尽说什么话呀，你该敬少丰。”小凡笑着，一使眼色。

张志伟愣了一下。虽不太明白小凡什么意思，但他心知小凡的酒量不好。所以，也不多说，仰起脖子就喝了。然后，又敬赵少丰。

赵少丰今晚心情奇好，所以，凡是敬酒，也都来者不拒。小凡见识过赵少丰的酒量，也是极为惊人的，知道自己不是对手，只得把张志伟推出去充当挡箭牌了。

三人正在这边吃边聊，其乐融融，忽然，旁边来了一大彪人马，围着不远处坐着正在吃宵夜的几个打工模样的年轻小伙与厂妹。

“兄弟，你敢碰我在印花厂里的朋友，就是不给我面子。该怎么说？”一个脸上有刀疤的男的冲桌上一个戴眼镜，看上去很是斯文的男子说。

“我哪有碰你什么朋友啊，你找错人了吧。”那斯文的男子下意识地解释着。

“少他妈废话，我找的就是你。”那刀疤脸恶狠狠地说着。

小凡看了赵少丰一眼，问：“这怎么回事？”

“这种小事，就是敲诈点钱用，我们也常用的手法。”赵少丰轻描淡写地笑着：“在佛山，这种事情每天晚上发生的不会少于10起。”

“都是敲诈这些打工仔打工妹的钱吗？”小凡沉默一会儿，问。

“这些人的钱是最好敲的，他们没什么背景，不能报复，又很单纯，在外都是拖家带口的，顾虑又多，一般不敢还手，因为怕查到他住哪里，有什么亲戚，会被报复，最主要的是他们绝大部分人都属那种老实巴交的打工的，胆子小，又怕事，所以，做这种业务非常安全。我们以前也常干的。”赵少丰说完得意地笑了。心中没有感到任何的羞耻，被铜臭泯灭的良心已经彻底的沉沦。

“哦，这样，那这些打工仔在这边过的确实不容易。”小凡喝了一口酒，用力地咽下去，隐忍的目光被锁紧的眉头掩盖着，白净的牙齿已经深陷在下唇上。

“当然了，所以，有些打工仔也就三五成群的组成一伙，慢慢地就形成了一股势力，也出去做这种赚钱的买卖，得手后，觉得这钱好赚，干脆就不上班了，专门做这行业，想当初，我们来这边也是一样的被人敲诈。”赵少丰笑着也仰脖子喝下肚，“这此一时，彼一时嘛，有能力的人，在这边很容易上道赚钱的。”

张志伟忙给赵少丰倒酒，口中不停地称赞：“那是那是，现在是翻身当家做主了。咱们在这做几年，回家也风风光光的扬眉吐气。”

“那你们想怎么样？”那斯文男子半晌才问。

“怎么样，花钱消灾呀。”刀疤脸与同伙一起哈哈大笑。

“我怎么就碰你什么朋友了，你说说看，是你什么朋友？”斯文男子眼见自己人被这伙看上去就是混混的人围着，心里当然是不甘心稀里糊涂的给钱了。

而同桌两名女孩吓得脸色都有些白了。

“切，看你龟儿子嘴还硬哦。”那刀疤男嘴里说着，就要动手。

斯文男子听得这刀疤脸的口音是四川的，忙说：“大哥，我也是四川的，都是老乡，好说话噻。”

“你少他妈的和我套近乎，我认识你老几啊，给500块精神损失费完事。”刀疤脸眼睛瞪得圆鼓鼓，脸上的疤痕更显狰狞。

“大哥，你这也太狠了吧，我们一个月工资累死累活才1200多元，你这一下就敲我近一半，这可是我的血汗钱啊。”那斯文男子哭丧着脸说着。

而同桌的另外两个年轻男子一看这阵势早就哆嗦了，小腿和心脏一块打战，更别说嘴巴了，根本就很难张合自如了，那两个女孩子，更是筛糠一般。

“你小子还在这里和我讨价还价，你以为菜市场呀，痛快点，你以为你是白萝卜扎刀子，不想出血啊。”刀疤脸的忍耐到了极限，下了最后通牒。

“我，我没这么多钱。”斯文男子显然不想惹事上身。想委曲求全，忍一忍就过去了。

“没钱你他妈的还出来装高尚吃宵夜？”刀疤脸一听没钱就急了，由于气愤得要命唾沫星子喷了一桌子。

“你到底是给还是不给，少他妈的废话。”刀疤脸旁边一个混混大喝着。

“真没钱，我真没那么多钱。”斯文男子带着哭腔急忙辩解。

“操，我叫你装蒜！”那男人说着就抓住斯文男子一个巴掌甩过去。

“啊！”旁边两个女孩吓得尖叫起来。而另外的两个年轻男同伴见此时要是再不帮忙整两句，战争是要一触即发了，忙过来劝架：“大哥，真没钱，咱们打工的，哪能把这么多钱放在身上啊。”这两句话也是使足了力气，提心吊胆说的肺腑之言了。

“没钱装什么高雅，不是说今天晚上你们发了工资吗？怎么会没钱？”刀疤脸恶狠狠地冲两人说：“你们不想死的他妈的给我滚开！”

“我他妈叫你装高雅，叫你装！”那混混左一巴掌又一巴掌地向那斯文男子甩过去。

斯文男子在四个朋友面前被人这样打，感到面子上实在挂不住，惹得火起，没考虑什么后果，也一拳击了过去。

“啊哟——！”混混猝不及防，竟然被斯文男子打中了。

“好啊，我操你妈，还敢还手？！”混混鼻子被打中，一下子被打得鲜血直流。

刀疤脸与其他混混一看同伙受伤了，这还了得，冲上去围着斯文男子拳脚相加，暴打起来。

而旁边的两个男同伴与女孩都吓得大气也不敢出，更别说出手相助了。

小凡看着赵少丰，喝了一口酒：“少丰，这是你的地盘吗？”

“嘿嘿，这个，算是。”赵少丰干笑着就像在欣赏一场刚拍完的电视剧。

“你不觉得他们这样是不是过分了点。”小凡望着赵少丰一字一顿地说。脸上出奇的平静，只在那深藏的眼神中看到了蔑视。

“小凡，这个，现在都是这样的。猫有猫道，鼠有鼠道。这种事咱们就别去管了。”赵少丰显得有些犹豫不决。他深知这个江湖的规矩与凶险，一副息事宁人的样子。

“你不觉得，你们当初来佛山，就是现在的那个戴眼镜的老乡？”小凡沉声说。

“这个，小凡，我知道你的做事作风，好打抱不平。”赵少丰沉默半晌，才说，“那几人是四川西充帮的，这里面的关系错综复杂，我们一向井水不犯河水，我们没必要去惹上一些不必要的麻烦。”

“是啊，小凡，咱们何必去惹什么事儿上身呢？”张志伟也在一旁劝说。

“嗯，你们说的我能明白。”小凡点了点头。端起酒杯，向二人说，“来，兄弟，咱们喝酒。”

张志伟与赵少丰对望一眼，似有些不明白小凡的意思，但见小凡举杯，也就一起仰脖子干了。

“今晚发生的事，你就当是我一个人做的，反正我来这不久，没什么人认识我，他们也怪不了你们。”小凡沉声说着，一拍桌子，已长身而起，手上的杯子一扬，闪电般地向刀疤脸飞了过去。

小凡出手的劲道、力度、手势都已恰到好处。

距离又近，只不过隔两三张桌子而已，这出手何等快速！

变生肘腋之间，刀疤脸哪能料到？“啪”的一声就被酒杯击中脑袋！发出“啊哟”一声尖叫，转头向四下看去，气得暴跳如雷，厉声喝道：“是谁？是哪一个王八蛋砸我的，有种站出来！”

小凡一闪身，手上已抓起一个酒瓶，根本就不让对方反应过来。飞身一脚就踹向刀疤脸的同伴，手上酒瓶反手就砸向刀疤脸头上！

这几个动作干净利落，手法极快，简直就是一气呵成。赵少丰眼见小凡一阵风似的就冲了过去。本想出声招呼小凡不可如此鲁莽，冲动之下与人家结下无谓的梁子。但嘴巴才张开一半，小凡已出手了。

那同伙吃了小凡一脚，被踹得踉跄着退后好几步方才站稳。

而与此同时，只听“砰”的一声，酒瓶砸在刀疤脸的头上。酒瓶破了，刀疤脸头上一下被砸得鲜血流了出来。

小凡一把抓过刀疤脸，手握着半截尖利的酒瓶横在刀疤脸脖子上，杀气腾腾地向呆立在一边的他的同伙们大喝一声：“你们都他妈的给我滚！”

那几个同伙看见小凡忽然从天而降般凶神恶煞地站在那里，一时之间好似还没反应过来，进退不得。

而周围吃宵夜的大批人一下都呼啦啦围过来看热闹了。

小凡冲那斯文男子及他同伴喝道：“你们都给我赶紧回去，没事就不要到这溜达了。”

那斯文男子见状，连声地向小凡说着谢谢，向他那几个同伴招着手，刚才还不听使唤的双腿，现在都有超常发挥，一溜烟就跑没影了。

小凡这才一把放下刀疤脸，厉声喝道：“都给我滚！”

刀疤脸这才回过神来，稍打量了小凡一眼，面前居然是一个貌不惊人的小子，心下轻敌之心大盛，根本没把小凡放在眼里，以为刚才只不过是自己大意之下被小凡拿住，现在眼见自己兄弟五六个，怎么也不能就这样屁滚尿流的败了，狞笑一声，向他的同伙们喝道：“兄弟们，给我上！”

张志伟眼见五六个人围着小凡要动手，心下大急，抽出身上的短刀就想冲过去，但赵少丰一把抓住他，示意他不要轻举妄动。

那些同伙眼见刀疤脸脱身了，这下可就大发神威了。一个个从身上拔出短刀铁棍，呼喝声中，挥刀舞棍冲小凡砍了过来。

小凡大喝一声，抄起一条凳子，就挡住来刀，一闪身，左手伸出就抓住冲在前面的一人的手腕，一反手，将那人手腕反拧向背后，右手一把就将刀夺了在手，又横在那人脖子上。

他与哥在家里练就的大擒拿法这时正好派上用场！

这几个动作一气呵成，可谓是电光石火，几乎就在眨眼之间完成。而刀疤脸还要冲上去时，小凡刀已夺在手上了。

“你们，真是不怕死？”小凡冷喝一声，他心想不动真格的这些亡命徒显然是不会收手的，心随意转，抓起那人的手，放在桌上，刀锋一闪，就削下了那混混的半截指尖。痛得那人杀猪般的哇哇大叫起来。鲜血一下就冒了出来：“我的妈啊，兄弟们，都不要动，都不要动！”

刀疤脸及其同伙也是一向能征善战的，但对方这手法实在是太快了。

快得让他们不敢想象。且对手显然也是心狠手辣之辈，眼都不眨地就把手指给剁了下来。

一时之间，又惊又怕，怔在当场。

“我数三声，给我滚！”小凡大喝一声，“不然，就休怪我不客气！”

说完，扔掉短刀，猛地一把将手上的那混混推了过去。

这几人哪见过这种一人独斗多人，这么快速的打法，一个个心知遇上了高手。相互对视下，在小凡数到二时，也都灰溜溜的往外神速地退开。

围观的人眼见小凡如此身手，一个个不禁高声喝起彩来。

“好，打得好，好身手……”

赵少丰看得小凡如此干净利落地就摆平了此事，拉起张志伟，悄无声息地就退到了旁边的面包车里。他在这地头上混了多年，自然，不想在这种情况下让人认出来，不想让人看到是他的朋友结了梁子。

二十八、陷阱

“我真没想到，你的功夫有这么好！”赵少丰待小凡上了车，连声称赞。

“是啊，这几个人都不敢动啊。真有你的。”张志伟也在旁边附和，更是赞不绝口。

“硬打肯定是要输的。”小凡淡淡地说着，“咱们是录像片中古惑仔看多了，就一个快狠就行了。”

“那家伙手指头被你砍断了？”张志伟无比佩服地说，“你小子下手真快。”

“没有，只削了一块肉。”小凡听得大笑，“就这样那小子就吓软了。”

正在这说着，忽然，张志伟的传呼机“嘀嘀嘀”的响了。

张志伟忙拿出来一看，脸色立马变得兴奋起来，不由得冲小凡大叫一声：“小凡，是英子，英子到福州了。”

“嗯？是吗？你小子可别骗我。”小凡听得愣了一下，似乎还没反应过来。

“我怎么会骗你呢，真的。”张志伟忙说着。小凡听得，一把夺过传呼机，果然，上面写着：“小凡，英子来福州了，快回来。方敏留言。”

“志伟，那我真得回福州了，你走不走？”小凡听到英子的消息，心里翻江倒海的那迫切的心早就飞走了，多在这里待一分钟对他来说都是煎熬。

“我不走了，我觉得这边挺适合我的。”张志伟坚决地说，“要不，你把英子也接到佛山来，以你现在在吕哥身边做事的身份，以后会有更大的发展的。”

“就是，还是志伟醒目（明白的意思），小凡，你何苦放弃在佛山发展的大好机会呢？要知道，吕哥身边不是每一个人都可以走近的。”赵少丰也在一旁劝说着。

“不，我得回福州，我本就答应过英子的，在福州，不见不散！”小凡说着，目光中透出一股无比坚毅的神色。

小凡回福州了，在张志伟、赵少丰为他送行的时候，趁赵少丰去回一个电话的工夫，小凡拉着张志伟到一边，轻声说："志伟，我前天晚上本想给你说的，可没时间说就发生了事情，所以我是劝你回福州，我觉得吕哥他们的生意有些危险。"

"嗯？有什么危险？"张志伟愣头愣脑地问。

"我告诉你，你千万不要告诉任何人，不然，你有杀身之祸的！"小凡看了一下赵少丰，他正在那边打电话，没注意这边，俯在他耳边低声说："我从他们的谈话中隐隐感觉到，吕哥好像做不干净的生意，但我不能确定。"

张志伟怔了一下，脸上有些不信。

"小凡，这可不是小事，你可别乱说？"

"我当然不会乱说，我只是给你提个醒，但我真的不喜欢这种工作，我觉得，咱们应该堂堂正正地去做一份干净的工作。"小凡瞧张志伟那神情，知道他心意已定，面色凝重地提醒，"我觉得，他们这种工作，迟早都会犯事儿。"

"现在哪有什么堂堂正正的工作，你不做这种工作，还有其他人做的。"张志伟毅然摇摇头，"我是觉得最适合我做了。除了这份工作，要想出人头地，咱们还能指望什么工作能给我们希望？回福州打工？做一辈子也做不出头的。"

小凡看着张志伟那决绝的神色，叹了一口气，正想说什么，但眼角的余光看到赵少丰这时候走了过来，忙装着毫不在意地拍拍张志伟的肩："记住我的话啊，以后你有机会，就回福州来找我。"

"嗯，小凡，我没打算回福州了，真的，我认为男人需要去搏一回！"张志伟握着小凡的手坚定地说，"我倒真觉得你放弃这个大好机会太可惜了。"

小凡看着张志伟，长长地叹了一口气，默默地点了点头："那你也要多保重！"说完，不再言语。

"英子，我回来了。"小凡背着个背包，提着箱子，一冲进院子里急匆匆大叫起来。

“小凡，我们在上面。”楼上的声音传来，好像是方敏的。

小凡也没多想，三步并作两步的跑了上去。果然，是方敏在家里。

“咦，方敏，你怎么在这？英子呢？”小凡一进门，还没放下东西就急急忙忙地问。

“瞧你，这心里可真记挂着她呀，她很好，有点事儿出去了，一会儿就回来，没看到我正在做饭给你们吃啊？”方敏笑意盈盈地迎上前，亲昵地拍拍小凡肩上的灰尘，替他拿下身上的挎包，像在迎接远出许久刚刚归家的丈夫一般：“你先坐一下，这么老远的回来也够累了吧，先坐下休息会儿，这不，你看，英子把衣物全都从小林那边拿过来了。”

小凡本来心下还有些怀疑，但看见英子的包啊、衣物等什么的都一应摆好，便点了点头：“是啊，坐大巴真的好累，我好想好好的睡一觉。”

“那你就去床上躺一会儿吧。我去给你泡点茶喝，能睡得更香。”方敏满脸尽是温柔的笑意，口中柔情地说着，已拿着茶杯转身就出门了。

一会儿，茶就泡好了，方敏笑着把茶杯递给疲倦已极的小凡：“喏，这个是我从公司专门拿出来的好茶，你可是最喜欢喝茶的。”

小凡接过，闻了一下，果然清香扑鼻，不由得赞道：“果然好茶，真香啊。”

说完，轻轻地吹了一口，细细地闻了一下，茶温刚刚好，咕咕地喝了一大口，感觉入口清香，舒爽可口，慢慢地喝个精光。

“嗯，方敏，这茶这么好，你是从哪拿的啊？”小凡笑着，“我还是第一次喝这么好的茶。”

“还喝吗？”方敏甜甜地笑着，柔声问。

“嗯，再去帮我泡杯吧。”小凡点了点头。

“这？真还想喝？”方敏似乎犹豫了一下，问。

“嗯，真的还想喝。”小凡笑吟吟地冲方敏调侃，“不会是好茶舍不得吧？”

“那好，我对你，哪有什么舍不得的？”方敏媚眼如丝，笑靥如花，瞟了小凡一眼。

小凡觉得方敏那眼神中有火在燃烧，四目相对，小凡脸色一红，忙转过身子，装着累了倒头过去。

一会儿，方敏又端了一杯茶过来递给小凡，小凡只感觉眼皮沉重万分，一路舟车劳顿，加上已确定英子到了福州，心中所有心思都已放下，他太需要休息了。但闻得茶香，方敏轻飘飘地走过来，扶着他，柔声说："小凡，茶来了，喝吧。"

"嗯，谢谢你啊，方敏。"小凡觉得眼皮异常的沉重，觉得眼睛都快睁不开了。方敏扶着他，把茶杯伸到他嘴边，他下意识地喝了下去。

才喝半杯，他实在忍不住那重重袭来的倦意，一歪身，倒在方敏怀中竟然睡了过去。

方敏伸手轻轻地摇了摇他："小凡，小凡，你怎么就睡着了？"

但此时小凡居然已沉睡不醒了。

方敏脸上浮起一丝得意的笑容。放下杯子，将小凡扶到床上，轻声地自语着："小凡，你是我的，永远都是我的人，任何人都不能把你从我身边抢走。"

说完，慢慢伸手解开小凡的上衣，也解开自己的衣衫。除去鞋袜，搂着小凡，翻身躺下，双手紧紧地搂着小凡的身子，亲吻着小凡。

小凡全身软得像一摊泥般，竟然沉沉酣睡过去，任由方敏的摆布。

英子心情愉快地从楼下上来了，她轻快地哼着小调，满脸尽是欢愉之色，因为，自己日思夜想的小凡今天就到福州了。他一定从那边带来好多好多小礼物给她。她知道，小凡是一个心细的男人。

上了楼，她走向自己租住的房间，隐隐听得有声音传了出来。

"小凡，你不要这样，不要啊，你有英子了，我们不能在一起啊。"她怔了一下，听得心头狂跳不已，她怀疑自己是不是听错了，或是自己走错了门，犹豫了一下，看了看房门，又没走错，而里面又传来了方敏低声呻吟的声音，似乎是在哀求，又似乎是在倾诉，她勉强定了定心神，颤抖着伸手轻轻推开了房门。

房里，不堪入目的一幕一下映入她的眼帘！

小凡光着身子压在同样是一丝不挂的方敏身上，方敏似乎在努力地推开小凡，但仍没有推开，只听方敏如诉如泣的声音传来："小凡，你有英子，可你这样对我，以后，英子怎么办啊，我知道你喜欢我，可是……”

英子看得眼前的这样一幕惊呆了。

她嘴角嚅动了半天，想骂人，可就是说不出一声话语来，手上提着的一袋水果“啪”一下滑落在地。人似被电击了般，全身震颤，眼泪忍不住一下就涌了出来。一转身没命似的跑了下楼，出了院子。

英子似在梦游般向前行着，她只觉得大脑里一片空白。

她甚怀疑，自己是不是看错了，是不是看花眼了，是不是自己在做梦。

可是，眼前她所看到的事实，是事实，一切都不是幻觉，是真实发生的事实，小凡，竟然与方敏一丝不挂的在床上。

她仿佛听到自己心碎了的声音，只觉得心中有针在一直刺那般的疼痛。

她出了街道，也不知道自己究竟该去哪好，只是知道，自己不能再在那个肮脏的小屋里待了，她再也不想见到小凡，她更不想再见到方敏，她还能去哪呢？

英子像从云端跌进了深渊之下，身体有些飘忽，心头是欲呕不止，手足都颤抖着，面色苍白得可怕，她不知道该怎么办才好，此时如浮萍似的无所依靠。

为什么？为什么会发生这样的事情？

小凡回来，是不是根本就不为她而回？而是为了方敏？

上天，你为什么要这样残忍地对我，千万百计好不容易的来到福州，可等来的却是小凡的无情背叛。你告诉我，我该怎么办，该怎么办？

那是她准备珍爱一生的人啊，她将她一生都交给了他，她如此执著的爱着他，愿意为他受尽委屈，可他却在她眼前做出那种令人不耻的事情，跟另一个女人赤身裸体躺在一起。

英子只觉得心里、脑里都是空空的，刚刚看到的一幕让她感到无助，让她感到茫然，更让她感到绝望！

她漫无目的就这样在外面走着。目光里，一切都没有了，只有可怕的空洞。

路上，车来车往，她如没有看见一般，呆呆地在车道上慢慢地走着。

后面的车一个急刹刹住，差点没撞上她，那司机眼见英子失魂落魄的样子，冲她大骂：“你不长眼啊，在车道上走，要找死也别找上我啊！”

英子依然如没听见一般，目光呆滞地向前望着，一步步地向前移动着。

她感觉四周是夜色寂寥，她的身体只有疲惫，她的脚下一片空虚，没有立足的地方，那风、云还有那没用的星星，都在瑟瑟发抖，也仿佛无助地等着听从命运的摆布。

方敏看着沉沉睡去的小凡，嘴角上浮起一丝诡异的笑容。

她整理好衣服，好整以暇地在镜子前照了照。又看了床上的小凡一眼，暗自想道：“会不会自己不小心药量加得太重了？睡了这么久还没醒来。”

她轻轻地拍了拍小凡的面颊，用手仔细地抚摩着他那精致的脸蛋，面上，又浮起了甜甜的笑容。

英子当然会看到她自导自演的那一出戏了。她听得英子在上楼梯口时的声音就做好了各种准备了。

英子是绝对不会再回这个小屋了。方敏是女人，她当然知道一个女人的想法。

最多回来胡乱收拾一下东西，肯定就得立马走人，至于她要走到什么地方去，这不是方敏要去考虑的问题。当然，最好是走得越远越好。走到小凡一辈子也看不到她的地方最好。

一切的一切，都已在她的掌握之中。

小凡，最终还是得回她的怀抱！

她在林总的公司，一切做得天衣无缝，除了林总、吴老板之外，没有人知道她与林总的关系。在公司里，她也只是一个尽职尽责，表现谦逊有礼，有很强学习能力，有上进心的一个普通行政文员。

有哪个男人想自己的二奶、情人，在公司里喧宾夺主，大肆张扬呢？

谁都不会喜欢。所以，方敏这个表现，让林总非常满意。

所以，方敏的行动超乎异常的自由！

方敏从不主动伸手向林总要钱，也从不主动向林总要这要那。她总是表现得那么的得体，那么的恰到好处。这更令林总对她是宠爱有加！

主动地拿给她钱花，给她买衣服，买各种奢侈品！林总甚至在安排：哪一天水到渠成时，他得一脚踢掉那个跟了自己二十几年的、已到了更年期的黄脸婆。娶方敏为妻!

成功的男人，谁都需要一个美丽动人、气质动心的靓丽美女相伴！这是中国典型的开放型社会潮流，如果没有，那出去应酬、谈判，就会显得没有档次、没有地位、没有身份!

林总现在是感到春风得意的。坐拥大好江山，怀抱如花美人，成功男人，该有的他都有了，他想不得意都很难。

这一点，方敏从他的言谈举止中一看即知。

只是，又有谁能知道方敏的心思呢？无人能知!

小凡躺在床上，迷迷糊糊地叫着："水，水，我要水……"

方敏忙收起思绪，过去倒了杯水，喂他喝下。柔声说："你怎么搞的啊，有这么累吗？一倒头就睡了这么大半天。"

小凡睁开酸涩的眼睛，四下里望望："方敏，怎么会是你在这？英子呢？"

"我也正在奇怪，英子不是说一会儿就回来吗？可是这三个小时过去了，还没回来。"方敏也愁着脸，轻声说，"我还正打算叫醒你，想一起去找找看，会不会出什么事儿。"

"你知道她出去做什么吗？"小凡翻身下床，揉着还有些干涩的眼，忙问。

"我是听她说，出去要问问什么事儿，可是，这出去也老半天了，怎么就没见回来呢？"方敏看着小凡，"要不，我们这就出去找找？"

"那好。先出去找找。"小凡听得心急如焚，稍整理一下，忽然抓起身上的衣服闻了闻："我衣服上怎么有香味儿？"

"你是不是去广东后变坏了，你回来后，我递给你茶杯时，你竟然抓住我不放手，一直亲我，还脱我的衣服，我想挣脱开，可你就是不放手，你力气好大，我挣脱不开，你看，我这肩膀都被你抓红了。"方敏低下头，用低如蚊蝇的声音说。

"不会吧？我怎么可能？"小凡听得大惊失色。差点跳了起来。

二十九、爱断情伤

“你——算了，可能是你太累了，咱们还是去找英子吧。”方敏幽怨地说完，轻咬着嘴唇不再说话。

小凡眼见方敏并没穷追不舍怪罪自己的意思，不由得松了一口气，忙掩饰着说：“咱们走吧，出去先找找。”

说着，就率先下了楼，方敏在后面追着喊：“喂，你跑这么快干吗，你等等我呀。”说完，赶紧锁门下楼去追小凡。

天边，乌云在开始聚集，远处雷声阵阵，眼见一场暴雨就要来临。两人心急火燎地到大街上，四处打听，可就是没有英子的消息。

没有传呼，没有电话，在偌大的一个福州城里，要想找一个人，那当然如大海捞针。

“这样，你从这边走，我从另一边走，分开找找试一下。”小凡想想两人一起找不是办法，得分头行动。方敏听完还没有来得及答应，小凡已经向另一个方向飞奔而去。

才没一会儿，乌云盖顶，狂风大作，倾盆大雨直泻而下。

小凡顶着雨，见着行人都过去问，有没有见着像英子那样的女孩。但路人皆纷纷摇头而过，有的甚至看也不看小凡一眼，就扬长而去。大雨足足下了半小时，而小凡生怕错过了英子，沿着街边店面一家一家地问过这条街，又去问另一条街。

他的眼睛焦灼而痛苦地搜寻着大街两边川流不息的人群，难道在成千上万的人群当中，连一个愿意听他讲话的人都找不到？人群匆匆地来去，没人理会他的苦恼，那苦恼是浩大的，无边无际，要是能把他的胸撕开，让苦恼滚滚流出来的话，那苦恼仿佛会湮灭世界。可话虽如此，那苦恼偏偏没人看见。

小凡全身都湿淋淋的像只落汤鸡般无助地站在雨中，心里，钻心般的疼痛隐隐传来。为了英子，他日思夜想的爱人，他心急火燎地赶回福州，可还未曾见面，一下子怎么就不见了？

菜市场找过了，没有，附近的店面问了，也没有。英子在福州一向没什么朋友的，这个小凡是知道的。她能上哪呢？难道，她是出了什么意外？

小凡呆呆地望着仍在斜飞细雨的天空，忽然，一把伞撑了过来，小凡转身一看，目光随后一亮：“方敏，你找到英子了吗？”

方敏心疼地看着小凡，大声地说：“你这是干什么呀，为什么这么折磨自己，为什么，就为了一个英子，你这样折磨自己值得吗？”

“方敏，告诉我，你找到英子了吗？”小凡焦急地望着方敏，不理会方敏的质问，紧紧地抓住她的手臂急切地问。

“没有，小凡，我没找到。”方敏眼中也蓄满了泪水，“你看看你，全身都淋成这样，周叔说过的，你有哮喘病，你不能淋雨的，你知道吗，你为什么为了一个英子要这样作践自己？”

小凡呆呆地望着方敏，不再言语，眼中，大颗的泪珠滴了下来。

“小凡，咱们回去吧，英子说不定现在正在家里等咱们呢？”方敏看着小凡那伤心欲绝的样子，她的心，也莫名其妙地感到一阵悸动，她柔声说着，然后拉着他向前走去。

“明天，我们得继续找英子，一定要找到她！”小凡说着，一下子连续打了几个喷嚏。

“小凡，你一路上走得这么急，又淋了这么久的雨，得赶紧换下衣服，这样会感冒的。”方敏心疼地说着，不由分说地拉着他向回家的路上走去。

阳光露脸了，照耀在身上暖暖的，让人感无比舒服。

一天就这样过去了，晨练的人们接踵而至，一位慈祥的阿姨发现了角落里孤苦无依的英子，昨夜肆虐的凉气侵袭了英子的整个身躯，她的心像被冰雹袭击了一样，伤痕累累，可英子那一双冰冷的手正覆盖在腹部，仿佛在为肚子里的宝宝遮挡着风雨。

阿姨蹲下身：“孩子你怎么了，生病了吗？怎么会在这里，你没有事吧？”

英子抬起空洞的眼睛无助地望着眼前陌生的面孔、陌生的世界，恍恍惚惚中小凡向远处飘去，她想张口喊住他，可是已经没有任何的声音出来，她又闭上了眼睛不愿再醒来。

阿姨拉起英子冰冷的手，“孩子，有什么委屈告诉阿姨，看看我能不能帮到你？”英子嘴角动了动，话没出口已经泪流满面。

“哭吧孩子，把所有的委屈都哭出来，别憋在心里，这样会生病的。”英子由默默地流泪到抽泣、直到放声大哭，把自己心中的爱恨情仇一股脑的泼洒出来，使天空瞬间呜咽……

好一会儿，老阿姨拽起来英子安慰着，“走吧孩子，先到我家去吃点东西吧。”此时，英子感到自己就像一叶孤苦无依的浮萍，她顺从地跟着到了阿姨的家里，吃了点稀饭，阿姨知她一夜没睡，让她休息一下，身心俱疲的英子再也支持不住了，迷糊着睡了。

一觉醒来后，精神好多了，她眼前又浮现出一进门所看到小凡与方敏那不堪的一幕，双眼，又忍不住泪如雨下，好半天，她才止住哭声，她经历过太多太多苦难了，自与小凡回家后，她就经历了这番生不如死的经历，好不容易说服父母，来到福州，却不承想，又遇上小凡的无情背叛，她也真的相信命运了。可是，自己还要生存啊？现在，她是有家也不能回了，如果回去，父母一定会加倍地责怪她的轻浮与处世的，可是在福州，在福州又有什么意思呢？想及此时，她万念俱灰。其他人有伤心痛苦之事，还可以找家里亲人倾诉，可她，竟然连一个可以倾诉的地方都没有，只有自己将满腔痛苦咽在心中，这份伤痛，谁能承受？

忽然之间，肚子里似乎蠕动了一下，啊？是不是宝宝已感应到妈妈的苦难了？英子想及于此，不禁轻轻地抽泣起来，如果没有了宝宝她会选择一死，这种感情的折磨实在是难以忍受，令她心碎无望。她呆呆地望着窗外想着心事。

现在有了宝宝，她得为宝宝考虑了，自己的那一点点钱是留着生孩子用的，不能坐以待毙，以现在这样的身体状况工厂是回不去了，家里更是不敢回，父母是不会让自己独自生下孩子的。孩子是无论如何要留下的，这是她和小凡爱情的见证，虽说不能在一起但这是她的至爱，无论有多难、多苦她都要让孩子来到人间，想到这里，英子咬咬牙，努力使自己充满力量，抬起头起身来到阿姨面前，阿姨热情地招呼着英子：“孩子好些了吧？我就说嘛没有过不去的坎儿。”

英子苍白的脸上露出一丝笑意，很轻、也很是凄美，“阿姨，我想求您件事，可不可以帮我租一间小房子，小一点破一点无所谓，只要便宜就好。”她下定决心，不能沉湎于过去的伤痛之中，残酷的现实让英子开始规划自己的生存问题。

阿姨爽快地答应着：“好好好，我去向左邻右舍的打听一下。”

房子租到了，阿姨帮助找了一张小床，又向其他邻居要了些锅碗瓢盆，一切都安顿好后，英子坐在床上，望着将要栖身的小家，胸中万般思绪似要破胸流淌出来，下意识地摸着腹部，宝宝突然又动了一下，英子惊呆了，泪水顿时倾泻而下，她喃喃低语：“宝宝，我亲爱的宝宝，妈妈对不起你，妈妈不能给你最好的生活，不能给你最好的营养，不能让你住得舒适宽敞，但是妈妈爱你，妈妈会永远陪着你，无论刮风下雨、长夜天明我都会守护着你。”清冷的泪水滑过嘴角，她笑了，是幸福，是安慰，是来自对宝宝的企盼……

夜晚，英子做了饭，虽说是没有胃口难以下咽，但是为了宝宝，英子艰难地咽着，为了多给宝宝一点营养，她逼迫自己吃点东西。

躺在床上，不争气的脑子又浮现出她与小凡相处的情形，英子用力晃着头将一切甩开，在揉皱的小床上终于睡去。

第二天，方敏与小凡又去找英子了，可偌大的福州，茫茫人海中，哪有英子的半点影子。在方敏最后出门的一刹那，故意没有按下门上的锁。她是女人，她当然知道英子心中的想法。

中午，两人拖着疲惫的身子又回到楼上。她掏出钥匙开门：

她打开门的一刹那，不由得发出一声惊呼：“咦？！”

“怎么了？英子回来过吗？”小凡听得她惊呼之声，精神一振，忙问。

“是回来过，可是，又走了。”方敏话没说完，小凡已一纵身就跨进了屋。

屋子里稍有些凌乱，所有英子的东西，都不在了。

“英子回来过，她为什么又走了？”小凡自言自语地说着。

“对了，你昨天说什么我喝了茶亲……亲你？”小凡说到这有些口吃起来，“难道，是英子刚巧回家看到了？”

“嗯，我，我想推开你，可是你好重，我，我推不动，我听见楼梯口好像是英子的脚步声传来，但你就是紧抱我不放。”方敏低声说着，“小凡，你是不是心里真正喜欢的人是我？”

小凡听得呆了，喃喃地说着：“这怎么可能？怎么可能呢？我只是做了个梦，梦见与英子在一起，怎么，怎么可能，搂抱着你，还……亲你。”

“你……你这样对我，我以后，还怎么做人？”方敏急得泪花一直在眼中打转。

“我……我可是，我真的有对你……这样做？”小凡有些语无伦次起来，“那，真对不起，方敏，我不知道，我真的不知道我做了些什么。”

“没什么，我知道，你心中想的全是英子。”方敏忽然淡淡地说着，转头过去，看到那小柜上有一张纸条被杯子压着，忙拿起来，扫了一眼，递给了小凡。

小凡接过看了一眼，心顿时沉了下去。

“小凡，我想了很久，你与方敏才是最适合的一对，你心里真正爱的是她。而你之所以爱上我，是因为我像姐姐一样的照顾你、关心你，才无奈地接受了我是吗？

也许一开始我们就是个错误，谈恋爱就像剥洋葱，总有一层会让人流泪。我一直压抑自己无视方敏的存在，一直在自己编织的梦中不愿醒来，但事实是我们有缘无分，失去你虽然令我心碎，但总不至于让你再活得那么累，你只有彻底放弃一些东西，才会腾出空间去容纳更多美好的东西，方敏爱你，但是我敢说没有人比我更爱你，因为放弃也是一种美，这种美尽管很残酷，但总胜过把你逼得心力交瘁。希望换回你们的幸福，我走了，祝福你们！”

小凡手不停地颤抖，他看着方敏，喃喃地问：“是这样的吗？你说，是这样的吗……”

说着，他身子一软，就倒了下去。方敏正得意间，忽见小凡有异，不由得大惊，忙扶起小凡，呼喊着：“小凡，你怎么了？怎么了……”她说着用手去探小凡额头，像火一般的滚烫。

英子默默地整理着刚刚从那边取过来的衣物，当从包里拿衣物时，英子看到她带过来的那张她与小凡的合影照，小凡那阳光般的笑容好像就在眼前一般的看着她，她心里一酸，轻轻地将相框抱在胸前，忍不住又掉下泪水来。

想到自己没了工作，没了归宿，前途一片灰暗，努力想捉住快乐的片段，刚想起又变成伤心的影子，她无助地仰躺着，勾起了对往事的怀想，与小凡在自己家乡种种亲密的一幕幕浮现在眼前。

“小凡，你等等我啊，别跑这么快。”英子在后面气喘吁吁冲小凡喊着。

“英子，我到了你们这边，就觉得像回到家乡一样了。”

“你啊，一点都不懂得怜香惜玉，我可是女孩家，你要照顾着我的。”

“我怎么了？我哪没照顾着你啊？”小凡傻傻地问。

“我是你女朋友，不是在学校运动会上你比赛的对手。你啊，什么都好，就是脑门里的感情没开窍，这个对我太不公平了。”

“你是说，我没等你啊，这有什么，你又不会丢掉的。”

“唉哟，我的妈啊，你怎么越来越不开窍了。”英子故作满脸痛苦地说着，“你看，你看，我刚才跑上来，这胸闷得好厉害，现在跟你一说话，好痛的。”

“啊？真的假的？”

“哎哟，好痛，当然是真的了。”英子说着捂着胸口做疼痛状。

“真的？”小凡满脸的不信。

“当然是真的了，你还不快给我揉揉？”英子满脸的痛苦之色。

“那，我给你揉揉吧。”

“嗯，嗯，就是这里了，再重一点点就好了。”脸上，满脸的都是笑意。

“嗯，好些了吗？英子。”

“嗯，好些了，但是还是有一点不舒服，你多给我揉揉就舒服了。”英子满脸的坏笑，这小子，简直就是太好骗了。她舒舒服服地靠在小凡身上。享受着这个脑袋还没开窍，可自己又偏偏喜欢的男人带给自己这偶尔的细心关切。满足地轻轻闭上了眼睛。

“爸爸说了，把你的生辰八字去给算一下，算好日子，咱们就可以找个良辰吉日，把亲事给订下来。”

“定亲？？”

“怎么了？这么大反应啊？是不是你不愿意啊？”

“我，我不是这个意思，我是想，你为什么当初来时就没给我提及定亲的事。我们还小，说真的我思想上一点准备都没有。”

“我当你是不愿意了。我当初也没想到要定亲，但爸爸妈妈说了，既然都同意，那就把亲事给订下来，以后出去打工，也可名正言顺一点。”

“可是，我们，我们真的还小啊。”

“我们农村，都是这样子的。再说，我们又不是结婚。只是说先订下来，家乡里的人就不会讲闲话了，这点人情世故你都不懂？”英子故作愠怒地说。

“这个……那，那就依你吧。”

“我也知道，事先没跟你讲好，是我的不对。”

“但爸妈讲的话也不是没有道理，你想想啊，我大老远的，把一个陌生的男孩给带到家乡里来，我们这是农村，左邻右舍的人当然就会认为我们是在谈恋爱了，如果没有一个什么交代，我爸妈的脸往哪搁呀，你说是不是？”

“再说了，我们是迟早都会在一起的。对不对？”

“我是一个姑娘家，干干净净的身子，都交给你了，你难道还要我嫁其他的人吗？”

“嗯，是的，我当然不会辜负你对我的一片情意。”

“嗯，你这个小冤家知道就好。”

“英子，你真好……”

想着两人登山时小凡对感情的木讷，那种一知半解的迷糊劲怎么看都感觉是那么可爱与纯真，为了得到小凡的一点爱抚，自己费尽心机地诱导着小凡，一开始小凡那笨拙的动作，但仍全神贯注为自己揉着胸部，丝毫没有怀疑到自己的别有用心，直到情不自禁那原始的饥渴与自己满腔的热情融为一体，那种满足，那种抛弃一切杂念的幸福，让英子留恋不已，直到现在小凡的每句话都言犹在耳，每个画面都记忆犹新！

“小凡，你不要这样，不要啊，你有英子了，我们不能在一起啊。”

英子的脑海里，又浮现出她回来时看到的不堪入目的一幕！

小凡光着身子压在同样是一丝不挂的方敏身上，方敏似乎在努力地推开小凡，但没有推开，当时的情景令英子心如刀割。

“小凡，小凡，为什么，为什么你要这样对我。”英子躺在床上，紧紧地捂着被子压住自己的嘴巴，不让自己哭出声来，可眼泪却如泉般涌了出来。

三十、办假证找工作

小凡病倒了，高烧不退，全身乏力。跑得一身大汗，被一场大雨整整的淋了半小时，心中又急又气。不病才是怪事。

这次，他病得很重，方敏眼见小凡就这样真的病倒了，到药店去给小凡买了些退烧的药，可一连两天，小凡的病似乎并没有什么好转，有时昏迷的时候，口中也一直迷迷糊糊地叫着英子的名字，这下方敏真慌了手脚，小林在另一边，离这边太远，是照顾不了他的，她请了两天假，白天照顾小凡，晚上，自然是得回到自己租住的房子里。

林老板对她没起疑心。所以，她非常的自由。

小林、郑大松、刘全海听说小凡回来了，且一回来就生了病，纷纷过来探望。

方敏这段时间里，无微不至地照顾着小凡。就这样两周过去了，小凡的病情才好转过来。

小凡住在英子所租的房子里，他还是抱着希望在等待，万一哪一天，英子回来了，她找不到自己怎么办？

这天，小凡对正在那边洗菜的方敏说："这段时间，真的是要感谢你这样的来伺候我，要不然，我还真得病死。"

"我乐意照顾你。"方敏笑笑，停下在洗菜的手，含情脉脉地说。

"你……"小凡想说什么，但话到嘴边又收了回去，看了她一眼，话锋一转："我病都好了，得去找工作了。"

"嗯，倒也是，要不，你去我公司上班？"方敏轻声说。

"你们公司，那里怎么样？"小凡疑惑地问。

"只是学历要求高一些。"方敏咬着嘴唇说，"要高中以上学历。"

"那，我哪行？"小凡一下泄了气。

"没关系，你现在电脑都玩得这么熟了。应该没问题吧。"

“既然指明要中专学历，没中专以上的毕业证肯定是不行的。”小凡摇了摇头。

“要不然，去办一个假的高中毕业证吧。”

“这样可以吗？”小凡显得有些底气不足。

“当然可以啦，现在很多人都是办的假证。反正去面试的时候一般也就是看一下就过了。不会有什么问题的。”方敏抿嘴笑了。

“唉，现在打工真的是太难了，出来打工，上车还得要户口所在地的外出务工证明才能买得了火车票、上得了车，到了福州，又要什么暂住证，才表示你合法在这里居住，进厂，就算你年龄小，身份证上明明只有18岁、20岁，但还得办一个未婚证，还得要毕业证、身份证、务工证，有些好一点的公司还得要健康证。”小凡又开始抱怨起来，“这些证，其实大部分公司都用不着，办来办去要跑多少路、花多少钱、费多少精力才能把所有的证都办齐。他们一句话，咱们就得跑断了腿。”

“可你不办还真出不了门，坐不了车，进不了厂。”方敏见小凡又开始发他的长篇演讲了，不禁乐了，“你发牢骚也没有用，还是去办个假的蒙混过关吧。”

“那这个假证在哪办啊？”小凡愣愣地问。

“满大街都是办假证的广告啊。随便打一个电话过去问一下不就行了？”方敏白了小凡一眼，娇声嗔怪地数落他。

“嗯，那好，我下午去试试。”小凡点了点头。

为了快点找到工作，小凡真就上了街，大大小小的那种办证广告确实是随处可见，小凡抱着试一下的心理，记下了几个不同的办证电话号码后，开始拨打电话。

果然，那边的电话接通了，小凡忙说：“喂，你好，我想要，办一个学历证。”

“你需要什么样的学历证？”

“高中毕业证。能办吗？”小凡问。

“能办啊。”

“那多少钱？”

“高中的要160元。初中的就80元。”

“我要高中的，能便宜一些吗？”

“真想办，少10元。”

小凡想想如果早一点有个证找工作确实要方便一些，他不是第一次找工作，他知道毕业证的重要性，于是也不再讨价还价：“那你们在什么地方啊？”

“在白湖亭，你到了白湖亭再打这个电话。”

小凡匆匆地就上了公交车，去了白湖亭。到了白湖亭，又拨通了那办假证的电话，那人通知他到白湖亭车站门口等，记得手上一定要拿一份报纸。

小凡只有依言行事了，心急火燎地等了约莫三十分钟后，他的面前站着一个黑瘦的中年男子，向他打量了一下，说：“小兄弟，你要办证是吗？”

“是我，你怎么这么久才来啊。”小凡一见他就抱怨着。

“你别委屈了，我其实15分钟前就来了，但我得观察一下，你是真办证还是什么来路的人啊。万一是来抓我们的怎么办？”那中年男子在确认小凡确实是来办证后，这才说道。

“你放心吧，我是需要才来找你办的。”小凡也仔细打量着来人，小心翼翼地问，“你们是怎么办的？”

“你跟我来。”那中年男子说着，就不管小凡了，径直向前面的一个小巷子拐了进去。

到了小巷深处，几乎没有行人，他才停下来：“你先交30块订金，写好你办证的学校名称、校长名字、什么时候毕业的一些相关资料就行了。”

“就这么简单吗？”

“对，就这么简单。”那中年男子看了小凡一眼，看出小凡的疑惑，“你放心，我们都办了不知道多少本了。大学的都能办到，何况这个高中的？”

小凡还是有些不相信，但想想，只交30元订金，要骗也不至于骗30块钱。于是，也就把钱交给了他：“那什么时候可以拿到这个证？”

“高中的，很简单，两天就可以了。”

“嗯，那我后天下午来拿可以吗？”

“行，这没问题。”那中年男人说完，就迅速从另一条小巷子走了出去。

两天后的下午，小凡再去白湖亭，仍是那个中年男子，一手交钱一手付证，果然很是顺利就拿到了所办的毕业证，这个毕业证的仿真度简直就是与真的一模一样，小凡拿在手上掂了掂，想想那些念了高中的人还是一样为找不到工作发愁，心里不禁有些偷笑，这上完高中只要考不上大学，也都得出来打工，很多人留在学校图的就是把年龄混大出来打工好找工作一些，要说学到什么知识，那是非常少人学到的，绝大部分都没学到什么，不过就是多了一个毕业证而已，但那个毕业证可金贵了，正规毕业的，前前后后算起来可得花几千块，如果未毕业，托些关系也是能在学校拿到证的，但那个证，花的可就不止150元了。少说也得花上千把块钱去托关系，做人情走后门。而在这办的假证，只要150元，算来算去，还是假的划算。

想到这里，他不禁叹了一口气，这出来打工就是做事而已，一个证书又能证明什么？普通的工作，能做事的，勤劳苦干的，不需要什么证仍是能做事的，小凡有过一位有证的工友，还是大专毕业的，在塑料厂也不过是一个普通员工，可吃不了那苦，嫌机台脏，没做多久，也就出了厂不干了，听说那人找了很久的工作都没找到。

中国是世界制造工厂，是不需要太多的高端人才的！只需要像牛一样干活的人就行了。

第二天一大早，他就匆匆地赶到方敏所说的公司去应聘，来到公司大门，他向门前保安说明了来意，保安让他稍等一下，然后，小凡目送他的身影消失在拐弯处后，就坐在外面等候。

福州的六月是一个少雨的季节，六月的太阳毒辣辣地灼烤着大地。

小凡顶着火辣辣的太阳在外面等了好一会儿，才见保安出来。

“兄弟，人事部说咱们工厂不招人了。”那保安看了小凡一眼，摇了摇头。

“哦……那，谢谢你了。”小凡的心情一下就跌到了谷底，沮丧万分地叹了一口气，只好又坐车垂头丧气地回来。

今年赶上金融危机，确实非常多的工厂业务都不景气，不招工也是理所当然，况且，现在确实过了大招工的季节，一般好的工厂都非常稳定，招工也都是内部介绍。

一个外地人，没有工作，就意味着吃穿住行都会成问题。

小凡沮丧地回到家里，一仰身倒在那张可以让他缓解压力的床上，呆呆地望着天花板出神。

英子还是没找到，她究竟是回家了还是在福州？

回家？这次她出来究竟是偷偷地溜出来的还是她爸爸妈妈让她出来的？

他以前曾打过电话去她家，听她爸爸的语气，是不会让他们再相见的，那么，偷偷溜出来的可能性居多。这样的话，她也不可能再回家里去了。

对，她一定还在福州！

小凡想到这里，不禁心神一振。只要在福州，他能找到她的机会肯定是大得多了。

当务之急是得先找份工作。

什么电脑培训班计划，什么雄心勃勃的装修公司计划，都统统让它们见鬼去吧。现在，能找一份工作，对小凡来说，都已是非常幸福了。

如果好一点的工厂找不到，或进不了，找一份混饭吃的工作，四五百块钱的那应该是没问题的。

这样，总比整天待在家里无所事事好，因为在外面打工，一切都得花钱，可不比在家里。家里至少吃的、住的不要钱。

先好好休息一天，到处逛逛，一是看看能不能找到英子，然后，边找英子边找工作吧。

小凡这样想着。

小凡一连又出去找了几天的工作，都没找到，方敏也显得无可奈何。这工作的事，可不是方敏能帮得了的。各方面的原因，让方敏心有余力不足，自然也不能帮他。

小凡也去过体育中心人才市场，可那场面，人山人海的，去应聘的都是些大中专毕业生，去问过几家，要的证件那是相当的多，有些直接说不收，有些就留下一个电话说考虑一下，然后，再回来就没有了回音。

小凡去了一次就再也没去过了，他知道，人才市场是需要人才的市场，没有他这个普通的打工的人需要的工作。

日子一天一天地过去了。工作还是没有着落。小凡每天都骑着自己买的一辆二手自行车，拿着自己在电脑上设计好的个人简历，在福州的大街小巷中来回穿梭。可就是没有一家工厂表示有聘用他的意思。现在，就连混碗饭吃的工作都不好找了。

一个月转眼就过去了。方敏时不时地来看看他，安慰着他不要着急找工作。每次来必然会提一大袋水果给他带来，而到了晚上，她则会骑着自行车回去。每当小凡提出要送她，都被她婉言谢绝了。

这天，方敏在家里看着闷闷不乐的小凡说："小凡，你不是说，你想要开一家电脑培训班吗？"

"是想啊，怎么了？"小凡仍在那里玩着他那台破电脑。

"我存了一笔钱，你拿去办电脑培训班可不可以？"方敏轻声说。

"你打工一个月能存多少钱啊，这个培训班要花好几万块的。"小凡摇了摇头。

"我这回家一次，一去一来，加上去广东这段时间来，也没赚到什么钱，回来这一个多月又没上班，坐吃山空的，以前存的几千块钱都用得快光了。"小凡在那没精打采地说，"本来还想，英子来了我们一起努力今年赚上一年，再去几个哥们和你这边借一点可能就差不多了，没想到发生这么多的事儿，哪还有钱开培训班啊。"

"你真要开，我找我爸把钱拿出来给你开。"方敏轻抿着嘴唇，低声说。

"这……这个，怎么行？"小凡呆了一下，望着方敏，眼见她也正抬头含情脉脉地看着自己，心下一慌，忙说："我们在外面打工还没给他们寄回去，却还要他们帮我们，那不行。"

"你倒是说说，真的需要多少钱才能办？"方敏睁着一双会说话的眼睛，满是柔情地看着他。

"方敏，我真的很感谢，你这样对我好，真的，我心里很感激，很感激，我也知道你对我好，但我心里，总放不下英子，我离不开她了。"小凡看着方敏，轻声说，"我爱她，我爱英子，我除了她，接受不了更多的爱了。"

方敏怔怔地望着小凡，眼中，一行清泪无声地流了出来。

三十一、智取机会

忽然，楼下响起郑大松大叫的声音："小凡，我表弟那个工厂在招工，你赶紧去面试一下。"

"真的吗？"小凡听得声音忙回答。

"当然是真的了，听说现在就在招工，你马上收拾一下我带你去。"郑大松在楼下高呼着。

小凡听得有工可做，匆匆忙忙地收拾一下，拿了简历、身份证等就冲下了楼。

方敏望着小凡远去的身影，良久，才倒在床上，嘤嘤地哭泣起来。

她所做的一切，都是为了小凡，可为什么，却得不到他半点的怜爱？

小凡跟着郑大松两人骑着自行车，匆匆地来到那个工厂，眼见工厂门前人山人海，起码有三百来人在此应聘。小凡看到这情形，不由得倒抽了一口凉气。

"小凡，这个工厂是台资企业，所以都不靠关系介绍，全靠自己的本事进去。我表弟知道今天会招工，所以就早早地打电话来给我讲了，但能不能进，就得靠你的运气了。"郑大松看到这么多的人来应聘，不由得也担心起来。他开始听表弟说，人不会太多，并且，还会招10个人，想想小凡去是可以的，现在没想到一下来了三百多人应聘，如果小凡应聘不上，白白地跑了一趟，他还真有些过意不去。

"嗯，这个厂我也听说过，待遇还是挺好的，从不轻易招工，而且招工严格，但我们来了，好歹也总得试一下。"小凡看了看周围黑压压的人群，看看他们渴求一份工作的眼神，就像在做一场战争预演一般。

小凡仔细观察着来应聘的大部分人，一个个都在那谈笑着，手上并没有什么证件之类的，想想自己还有一份正规的个人简历，心下还是觉得有份希望存在。

等了好一会儿，人群开始骚动起来，而那些身高力壮的人全都满满地排在了前面。后面小凡与郑大松在焦急地张望着。

“都在外面给我排好三列，等待面试。”里面传来一个女人的声音。

然后，就看到三个保安过来维持秩序。这些应聘的人在这种关键时刻，自然也不再有半分的调笑喧哗了。一个个像刚从部队里出来般一样，竟然很快就很自觉地排好了三列。

“没有身份证的，年龄不满十八岁的、超过了四十岁的、用假身份证的，因公司生产对身体要求也很严格，所以，身体素质不好的，都请自觉退出，免得浪费大家的时间。”那面试主管是一个女子，冰冷的声音不带任何感情。

排成三列的人中很多只是来看看的，他们也早都听到一些信息说过这公司挑选员工是极其严格的，听了女主管的话后，自知无望，就有些人退到了一边。

这呼啦啦的一退，三百来号人顿时就少了一半。

小凡看看这剩下的一百来号人，感觉希望又增加了不少。

前面开始面试，女主管从第一排开始挑选，让那些人站到一边，一排四五十人挑选下来，竟然只有四个留在了原地。其余的都被叫到了另一边。

“第一排站过去的，你们没被选上，都可以回家了。”那一排被剔除的人顿时又骚乱起来。有骂人的，有不满的，都是在发着牢骚。

小凡可是排在最后一排的。眼看着留下了四个，听说只选10人，一下就留下了四人，选到三排，希望就少了许多了。心里不禁有些急躁，他实在太需要一份工作了。但这些在场来应聘的人，又何尝不需要一份工作呢?

第二排又开始在挑选了，又挑了三个，其余的人都又散去。

小凡心里显得有些紧张，马上就轮到自己这一排了。那女主管用眼光向这一排扫了一下，挑出三个，向其余的人一挥手：“你们都可以走了，本次招工已结束了。”

小凡急了，忙一下走过去，他眼可尖了，看到女主管胸前戴着工作牌上人事部一栏写着邓玉兰的名字，向女主管大声说：“邓主管，我能耽误你一分钟，请你看一下我的个人简历吗。”

“哦？你怎么知道我姓邓？”那女主管转过身愣了一下，这才上下打量了小凡一遍，面上忽然露出一丝惊讶之色。但随后就面无表情地接过简历，认真地看一下，点了点头：“本来，人是招满了，我们也需要勤奋，有上进心的员工。你的电脑都学了些什么？”

“哦，你的工作牌上有你的名字。”小凡老实地说着，“办公自动化非常精通，CAD基本都会，电脑维修比较熟练。”

“嗯，很好，你破例过了我这关面试，第二关要到总经理那边填表面试，11人之中只收5人，就看你的造化了。”那女主管点了点头，“你可以随他们进去了。”

小凡感激地向她说了声：“邓主管，非常感谢你给我这次机会。”然后，就跟在后面进了大铁门。身后，大铁门缓缓关上，将还守候在外面，明知没有希望，但还是盼望出现奇迹的应聘者最后一丝残存的希望也无情地关上了。

第二轮面试其实也挺简单，就是去认真地填写一份个人简历的表格，而小凡写得一手漂亮，铁勾银画的好字，并且，他个人简历早就制作好了，所以，填起表格来得心应手。一会儿，就率先将表格填好交给了总经理。

那经理连他填的表格都没看一下，看了小凡那清瘦的身子一眼，皱了一下眉头；“你？你能吃苦吗？”

“能，我家是农村的。什么苦都能吃的。”小凡坚定地回答。

总经理点了点头，似乎犹豫了一下，那个邓主管在旁边，又递上了小凡交给她的简历，对总经理低声说了几句，总经理仔细看了一下他的简历与他所填的表格，这才展开眉头，面上露出些许赞叹之色：“恭喜你被录取了，如果方便的话，后天来正式上班。”

说完，向下面填表的10人看了一眼：“下一位！”

“谢谢总经理，谢谢邓主管。”小凡心中欣喜若狂，大声地说着谢谢。然后退出了厂门。

外面，郑大松一见小凡走出来就紧张地问：“兄弟，你进了吗？”

小凡抱着郑大松猛亲了一口：“大松，我运气太好了，进了！”说完，握紧拳头，用力一挥，向天空大声高喊一声，“哦耶！我终于有份工作啦！”

郑大松摸了摸被小凡亲过的脸，浑身上下打了一个激灵，大笑：“你小子也太兴奋了吧。”

小凡的工作其实很简单，但这个公司生产的那种塑料用品原材料，需要好几种桶装化学原料经过高温加热按比例合成。生产环境是很恶劣的。那种高温加工的原材料有着浓重的刺鼻的气味。

这样的化学原材料对身体有莫大的伤害，但小凡并不在意这个伤害了，虽然他清楚地知道这个伤害，因为，现在工作难找的现像已是普遍性，何况这家企业在整个行业中工资及待遇都算是较高的。他仍认为自己是非常幸运地进了这家公司。

因为，从一百多名应聘者中只收五个，这个机会是非常小的。但他能够幸运地挤进了这家公司。对找了几个月工作都没找到的他来说，就是一个莫大的幸福。所以，他自然在工作上表现得极为认真。

一个月后，小凡被邓主管叫到办公室，让他坐下。

“你表现得很好。以后，你会在公司里面有很好的发展的。”邓主管笑着说。

“谢谢邓主管，我会更努力的工作。”小凡点了点头，“多谢邓主管当初给我的这个机会。”

邓主管笑笑：“周小凡，你不觉得，你在哪见过我？”

小凡愣了一下，再仔细打量了一下邓主管，有些茫然地摇了摇头。

“你记不记得，在一年多前，你曾救过一个在马路上被车撞倒的老阿姨。”

“记得啊，当然记得。你怎么知道的？”小凡惊问。

“这下，你再看看我，你会不会对我有点印象了？”邓主管微微一笑，眼中满是善意。

小凡又从头到脚地将邓主管打量了一番，是好像似曾相识，但在哪见过，确实还是记不起来。

“看来，我不说破，你还真的记不起来了。”邓主管微笑着看着小凡，“我就是那个阿姨的女儿，我对我哥哥当初的莽撞表现向你道歉，确实我们错怪你了，这不，我在工厂的门口，接过你的资料看到你时，我就认出了你。我看得出，你很需要一份工作。看了你的个人简历，很真诚，很有上进心，所以，我破例把你收了进来，因为，说实在的，我们公司招收的人在体格上要强壮一些的，而你显得比较清瘦，这就当是我报答当年你救我妈妈的恩情吧。”

“哦，原来是这样啊。”小凡听得她说完，才恍然大悟，“难怪那天我去总经理那面试时，他开始好像还觉得有些不满意，后来，你递过了我的简历他看完，才录取了我的。”

“嗯，我叫你过来，就是要让你知道，这世界上好人好心，总会有好报的。”邓主管笑着说，“好了，你去好好上班吧，你的文化虽然不高，但却自学了这么多的东西，你的字也刻苦练过，很漂亮，在我们公司一定会有一个好发展的。”

“嗯，好的，那以后还请邓主管多多关照。”小凡点了点头，心里感到愉快极了，没想到，自己当年出手救人，现在，竟然又遇上了她帮助自己找到工作，看来，果然是好人好报，助人即是助己了，叹世界的事如此奇妙复杂，上天也总似有安排一般，心下感慨良多，喜滋滋带上门退了出去。

英子抚摩着隆起的肚子，6个月的胎儿明显地在肚子里面会动得频繁了。

她想去找一份工作的，哪怕是做保姆也好。但这工作确实难找，也出去问了几家，哪一家会找一个怀有6个月身孕的人去做保姆呢？

怀有6个月身孕的女子，这可是个高危人物，谁敢要，谁就是自找麻烦。

没有工作，以后这日子怎么过，小孩要是生下来，这肯定得要花一大笔钱的。在福州生个孩子，没有千把块钱肯定是拿不下来的。万一，不能顺产，要剖腹产呢？那听说最低也得要五六千块，如果不小心再出些什么无法预料的状况，那就不知道要花多少钱了。

英子将妈妈给她的一千元钱存到银行里，剩下的几百元攥在手心里准备做生活费用，她要活下去，她想过好多的工作都不适合自己了，想到自己这种身子本来是需要照顾的，可是现在却要为了生存去东奔西走，颠沛流离，这种反差英子已经不愿去想了。

最后，英子买了一辆自行车，又置办了一些炊具，开始在学校门口卖起了盒饭，因为英子做得一手好饭菜，在生死存亡时派上了用场。

每天，天刚蒙蒙亮，英子就推着车子去十几里外的菜市场批发蔬菜，就是为省几元的差价费，来回要一个多小时，回到家里将菜饭做好装上快餐盒，再用车子推到学校门前，等学生中午来消费。

“大姐姐，我要买一盒，姐姐，我也要一盒……”孩子天真、淳朴的笑脸与声音感染着英子，她微笑着，挺着个大肚子，不慌不忙地一个个收钱、找零。

她与小凡以前在一起摆地摊时积累的小经验，没想到现在却在这关头上也派上了用场。一想到小凡，她心里就有股钻心的疼痛，他现在，应该与方敏在一起亲亲热热地同进同出，恩恩爱爱的浓情蜜意吧。

卖盒饭虽然辛苦了些，但英子算着至少可以解决温饱住宿问题，这样可以坚持到生下孩子，一想到孩子，英子所有的委屈与付出都显得微不足道。

最难熬的就是漫漫长夜，夜晚是那样的可怕。睁大眼睛望着黑洞洞的屋顶，心情沉重的如坠千斤，迫使自己不去回忆那不堪回首的往事，可偏偏每晚都会准时出现，摧残着自己，直到精疲力竭才会慢慢睡去。

随着时间的推移，英子的身体越来越笨重，所付出的艰辛可想而知，每天吃力地推着车子蜗牛一样的前进，咬着牙替自己鼓着劲告诉自己要坚持，风雨无阻，无论什么样的天气。英子都会准时出现在学校的门前，而英子惊奇地发现，大多数购买自己盒饭的都是一些打工家庭的孩子，在那些揉皱的钞票上英子看到了孩子的真诚与善良。

三十二、孩子降临

时间过得很快，转眼间，两个多月就过去了。而英子的肚子越来越大，就快要生了，她本想不再去卖盒饭了，可想想万一生宝宝要花更多的钱，而且生活费用、房租等开销一样都不能省，她不得不咬紧牙关，还是坚持着每天把小盒饭车推到学校门口去卖。

由于英子做的盒饭量足味美，所以卖得特别的好，这引起了其他几个小商贩的嫉妒，这天英子拖着疲惫的身子刚把车子停稳，有两个人过来张口就说："来两盒盒饭。"

"好的，两盒六元钱。"英子把盒饭交到那人手上，

那人打开盒饭，胡乱地吃了一口，其中一人冲着英子大喝："呸，你这什么东西呀，毒药啊？"

英子眼见这二人不像善主，分明是来找碴儿的，心下不由大惊："怎么了？不好吃吗？那我把钱退你们吧。"

"想的倒是容易，你是想要人命啊？"一人说着，不容解释抬起脚就把英子的车子踹翻，盒饭撒了一地，然后大摇大摆地扬长而去。

英子不由得被眼前的变故吓呆了，哭喊着："你们干吗呀，不要动我的盒饭啊！"

可任她怎么哭喊却仍是于事无补，那两人又往车子上踹了几脚转身而去。

英子看着一地的盒饭七扭八歪地躺在那，连同自己命运同样在被人践踏，想想，要是小凡在身边，哪会轮到这两人撒野？一念及此，更觉得悲从中来。蹲下身子无助地失声痛哭起来。

这时学校的下课铃声响起，孩子们蜂拥而至，英子似乎与世隔绝了，什么都听不到看不到，仿佛没有了任何的意识，只有眼泪在肆意地流淌，却不知道人群已经把自己围在了中间，孩子们纷纷拣起盒饭，将钱塞在英子的手中，更有路人也拿起地上的快餐盒把三元钱放到英子的手中，转眼，地上一个快餐盒都没有了，只有一地的饭菜说明他们拿走的只是一个个没有饭菜的

盒子。大家拿钱买的是同情与怜悯，是对弱者的关爱与支持。

英子想站起身感谢这群可爱的孩子们，可是一阵钻心的疼痛让她难以忍受，豆大的汗珠在额头上渗出，她觉得下体有血液流了出来，知道可能是孩子快要出生了，艰难地抬起头四下搜寻着可以帮助她的人，哀求着四下的人们："我要生宝宝了，求求你们帮帮我吧，把我送到医院吧，好不好？求求你们，求你们救我，救救我的孩子。"泪水和着汗水在脸上奔流，那哀伤无助的眼神让人不忍多看，孩子们一个个都吓得傻眼了，都在那七嘴八舌地问："大姐姐，你怎么啦？你怎么了啊？……"

一个上了年纪的老人见了忙上前，开口张罗着四下的成年人："大家帮帮忙，把她送医院吧，这姑娘要生了，这样太危险了。"

有人拨打了救护电话120，很快就有救护车来了，护士下车将英子抬上了车，送到了医院。

产床上，英子痛苦的脸像一张白纸，没有一丝的血色，她强忍着阵阵疼痛，不让自己哭出声来。医生在她旁边却一直追问着："家属呢？叫你家属过来签字。"

英子有气无力地呻吟："我没有家属就一个人，你们替我接宝宝出来，我有钱，我有存折在身上，快帮我，帮我接宝宝吧，孩子生下来我就去取钱了。"

英子声泪俱下恳求着医生，让人为之动容，医生来不及多想，一个医生忙又出去请示了领导，在确认了英子存折上的存款与身份证后，这才同意了安置英子，英子看到他们一个个在忙活着请示这个领导那个领导，不由暗自心惊，要不是自己早就准备好了存折与身份证放在身上，今天，恐怕是进不了这个医院了。就算进了，也极可能因为没钱被赶出来的。

时间过得很快，英子显然是快生了，几个女医生七手八脚地在旁边忙活着，才不一会儿，伴随着撕心裂肺的疼痛，拼尽了全身的力气，孩子降生了，一声嘹亮的哭声，把英子从昏睡中唤醒，英子吃力地睁开双眼，看着护士抱着粉嘟嘟的宝宝由衷地赞叹着："恭喜你，是男孩，好漂亮的宝宝呀，他的爸爸也一定是很帅喽。"

英子微笑的脸瞬间笼罩上阴云："孩子的爸爸，他的爸爸在哪里？是和方敏在一起啊，小凡，我们的孩子来到世上了，你知道吗，你有感觉吗？别人的宝宝都有爸爸可我的宝宝却没有，别人的妻子都有丈夫在忙前忙后，可我床前空无一人。”

“我饿了，我想吃东西。”邻床产妇的丈夫爱抚地安慰着：“老婆你辛苦了。”

看到邻床黏黏的小米粥，英子干裂的嘴唇泛着血丝，吞咽下的是干涸的口水。她心里暗自想道：“我也辛苦了，我同样也是经历过生死把宝宝生下来的。”心里想到这里，百般滋味涌上心头。

泪水又不断地涌出，护士走过来：“不要流眼泪，你刚生产完，对眼睛不好知道吗？再有你的住院费什么时候交，上面在催呀。”

“嗯，我这就去。”英子说着想要坐起来，但是虚弱的身子连动一下都很困难，护士见了还算有人情味地说：“算了算了吧，把存折给我，我叫人去取吧。”

英子在医院躺了一夜，由于消耗了太多的体力，这一夜她睡得很沉，早上醒来时，她试着下了床，还好，可以走动，她慢慢地走过去抱起这个维系着自己生命的孩子，轻轻亲吻着他，泪水落在粉嫩的小脸上。

“孩子我们回家了，去属于我们的小家，那里虽然简陋，但同样会为你遮风挡雨，同样会让你感觉到妈妈的温暖。”英子心里默默地念着，宝宝在她怀中，小嘴动了一下，又酣然睡去。

英子在护士的再三劝阻下，还是推迟了三天出院，因为医生说刚生完小孩需要伤口痊愈，在她出院的时候，还再三叮嘱她回家要多吃一些有营养的蔬菜及水果，与肉类食品，只有保证充足的营养，才有足够的奶水给宝宝吃。

医生护士的态度英子还是比较满意，但去结账时才吃了一惊，在医院几天时间就花了2400多块。好在她早预算到自己得为生宝宝准备一些钱，所以，除掉在医院所花的费用，她卡里还有两千来块钱。这可是她几年的工资除了偶尔寄回家给爸妈外省下来的。

“小凡，今晚到我这来喝酒啊，我老婆把菜都买好了。”小凡才一回到家，就听刘全海在门口冲他大叫。

“你又有啥好事啊，这么喜洋洋地邀请我吃饭。”小凡笑着从楼上窗户里探出头来。

“嘿嘿，没什么事儿，就是好久都没有一起聊聊了。咱们哥们儿聚一聚。”刘全海笑道。

晚上，刘全海叫了小凡、郑大松一起过来。

四川人都好吃这一口，那川味的凉菜可是天下一绝，也是四川人最喜欢吃的家常小菜。

席间，几人推杯换盏，热闹异常。郑大松对刘全海的老婆的手艺赞不绝口：“这嫂子的手艺真好，做的菜太好吃了。

小凡连连举杯向郑大松敬酒：“兄弟，我进这个厂子，可真得感谢你，来，我敬你一杯。”

郑大松豪气地举杯调笑：“你小子是好不容易要敬人酒的，你敬的，我喝得心里爽。”说完，哈哈大笑，举杯仰着脖子猛喝。

“小军呢，最近在学校里表现怎么样？”小凡喝完，看着在电视机旁边打着游戏的小军，笑着问。

“周叔叔，我们学校门口有一个怀宝宝的年轻阿姨在卖快餐，炒的菜可好吃了。”小军吃了小凡给他买的糖果，心里自然是对小凡产生了亲近之感，他来到小凡身边说：“可是，前两天，她的小摊被两个男人给砸了。看着那阿姨哭得好可怜，我们都过去帮她捡饭盒，我还给了她三块钱，可她哭着哭着就倒在地上说要生孩子了，流了好多好多的血，我们都吓坏了。”

“是吗，那后来怎么样了？”小凡听得小军这样说，不由得有些紧张地追问道，一会儿，又笑着说：“真奇怪，我前天晚上，还梦见英子了，她说，她给我生了个孩子，我做爸爸了。”

“你啊，这是日有所思，夜有所梦。思念英子快成病了。”郑大松笑着说。

“后来，几个老人叫了辆救护车，送到医院了。”小军摇了摇头，“那哭声真的好可怜的。”

“哦，这样子？那还算好，总算有人帮助了。”小凡点点头，心里松了一口气，摸着小军的头，“你小子，在学校听不听老师的话啊？”

“唉，别提他这个小屁孩，很调皮，老师说不好管教。还给我打过一次电话说要家长配合老师好好教育。”刘全海一听小凡提到小孩的问题上来，就不由得长吁短叹了。

“我怎么调皮了，有些同学就是瞧不起我们，还要让我给他们写作业，还要欺负我、打我，我不过就是拿了铁棍也打了他们，就说我调皮了。”小军在那边不服气地大声说。

“你小子还嘴硬，打了人还有理？”刘全海说着瞪了他一眼，“万一打出个三长两短来，咱们是农村来的，没钱没势，你叫我怎么赔啊？不小心就又得东奔西跑的颠沛流离，你妈妈这么辛苦，既要带弟弟，还要照顾你，空闲时从工厂里拿手工活来赚钱养家，你这么大了都不懂得体谅一下你父母的辛苦，老子一天在工地上回来，累得都不想动了，还得为你们做饭做菜。你还不好好念书，将来没出息，你也就给老子一起上工地受一辈子苦了。”

刘小军倔犟地看着爸爸：“我就没错，他们能打我，我为什么不能打他们？”

“你你你，你这样下去是会吃大亏的，他们打你，你让一让不就得了？再说了，他们为什么要打你，这总有理由的。”刘全海气得有些说不出话来，“咱们农村来的到人家地头上打工、念书，你不忍让，你还能斗得过他们？到时候，吃亏的还不是咱们自己？”

“嗯，那倒也是。”小凡端起酒杯，“人在屋檐下，不得不低头。全海、大松，咱们喝。”

“他们敢再打我，我就拿刀捅他们。”小军狠狠地大声说，“我就是不让他们，我就不忍，我不怕他们！”说完，就飞快地跑出门外去了。

“你看你看，我这孩子，脾气真他妈的倔，被他爷爷婆婆给宠坏了。”刘全海苦笑着招呼小凡他们，“周兄弟、大松，咱们不管这些，咱们喝酒，喝个痛快。”

酒过三巡，刘全海这才说：“小凡，有件事我想请你再帮我问一下。”

“什么事，直接说吧，你小子就爱绕弯子。”小凡笑着说。“现在这里要求办一个什么计划生育证明。你说，有没有办法弄到手？”

“你是说，弄一个假的？”小凡惊问。

“嗯，我想办一个假的，反正也是应付来检查的人，要办真的，得回家去办。太麻烦了，一来一去的要花很多钱的。”刘全海苦笑着，“你知不知道哪能弄到手？”

“这个很简单，包在我身上。”小凡想起上次自己办假证很顺利就到了手，拍胸脯打着包票。

回到那个狭小的家，英子看着仍在熟睡的孩子。轻轻地抚摩着他可爱的脸蛋，这孩子，长得与小凡一模一样。她思索着，如何去为将来安排。这时帮她的那个阿姨进门来了："英子，你这孩子，要生了都不给阿姨说一声，说一声阿姨也可以帮帮你啊，你啊，性格真个要强。"

"阿姨，我都麻烦你够多的了，我不想给您添麻烦。"英子苦涩地说。

"你啊，这几天都不能动，也不能外出，不能吹风，不然，以后会得产后后遗症的，我天天也得出去买菜，你的菜我就帮你带回来。帮你做做饭。我啊，跟你的房东是好朋友，我交代一下她，有空也会照顾照顾你。"阿姨看着英子那有些凄苦的脸，走过来轻轻地抚摩着她的头，爱怜地说："孩子，阿姨我也是过来人啊，女人的苦，我怎么会不知道呢？"

"阿姨……你真好。"英子扑入阿姨的怀里，不禁动情地放声大哭起来。

"唉，女人呐，你小小年纪，就得受这般委屈。你为什么不去找孩子他爸呢？"良久，阿姨抱着英子，轻声说，"这个时候，女人最需要的就是自己的男人在身边照顾自己了，我也听你偶尔提及过，听你口气，他也并不是见异思迁、花心的男人，我觉得，你是不是误会了？"

"我没有误会，我是亲眼看到他们都赤身裸体的在床上的。"英子说着，泪水又涌出了眼眶。

"有时候，亲眼所见的也不一定是真实的。"阿姨爱怜地说着："你想想，他是为了你，才从广东回来的，为什么刚回来就会与一个女人赤身裸体地在一起？你不觉得，这其中肯定有什么不对劲吗？"

英子沉默不语。

"你说那个女孩是他家乡的，也是很喜欢他，一个女人，为了爱，是有可能做出一些不顾一切的极端举动的。我觉得会不会是那个女孩故意设的一个圈套让你往里面钻？"阿姨是经历了几十年社会阅历的过来人，自然，对人情世故是了若指掌，分析得也头头是道。

"我啊，建议你，等宝宝大一些后，你可以去一一的查个清楚。"阿姨慈爱地摸着英子的头说。

英子听完阿姨的分析，若有所思地点了点头，陷入沉思之中。

三十三、业务改变命运

时间匆匆的一年就过去了。小凡这一年里，从没有放弃找英子，可英子像忽然间在人间蒸发一样，不见踪影，方敏还是常来，她每次见到小凡都是满脸的忧伤与哀怨之色，但小凡心里完全被英子的影子占满了，所以，他虽知道方敏对他用情甚深，但也只有装着不知道这般打发过去。渐渐地，方敏到他这边来的次数也越来越少了。

小凡在这个厂子做了一年多，这个厂子的工资非常稳定，虽然说一天上班时间是12小时，但每个月收入都有1300块钱左右。除了生活、住宿，每个月都能剩800块左右的余钱。

但近来，他发现自己的呼吸好像越来越出问题了。每次上班时，他感到呼吸异常困难、沉重。总得觉上气不接下气。

他早在三岁时，是得过小儿哮喘病的，一直持续到五岁才好，以他看书读报得来的知识，他知道，这个公司的生产环境，可能引发了他的哮喘病。并且，这次很严重。

这天他在上班时，提着一大桶原料向机台上面添加时，忽然感到喉咙似被什么堵住一般，喘不上气来，全身无力，一下子人晕倒在车间。吓得工友们一个个手忙脚乱的，给他倒开水、掐人中，好一会儿才醒了过来。

这个哮喘病很奇怪，如果不复发，就与好人没什么区别，但一复发，就立马全身无力，呼吸困难。

公司得知他这种情况后，及时委婉地劝他出厂了，因为公司不可能做赔本的生意，万一病情更重了，那公司是很怕出现这种问题的，因为公司远比员工知道这个职业病的厉害。处理小凡这种情况，厂里有个很职业化的称呼，叫做“劝退”！

小凡心里有些不甘，但却对此无可奈何，他对职业病的相关鉴定赔偿等法律知识也是一知半解，后来也曾打过电话咨询了一些相关的职业病防治鉴定机构，知道得去职业病鉴定中心。

他等病稍好后，来到西湖职业病防治鉴定所。

“你好，我是外来打工的，在一个台资塑料厂上班一年后，由于塑料合成的剧大毒性，我怀疑我得上了这个职业病，请问你们能不能给我些什么帮助？”小凡见小小的厅子里面三五人在里面咨询着。也走到一个窗口前去问。

“你才工作一年，有什么职业病的？”窗口一个工作人员冷冷地看了小凡一眼，“人家工作几年生病了来鉴定都做不了，我看你还是回家吧。”

“这？你们这是什么说法啊？”小凡听得一呆，“这病还分几年、几月的啊？”

“小伙子，这个手续、时间，你们都耗不起，台资企业更是特别一些，还得公司出七七八八的证明，而公司都不会配合的，我是说真话，你养好病还是找一家好的工厂好好上班吧，你们掩不起。”

那工作人员说完再也不理小凡，自顾自在那整理着东西。

小凡听得心下火起，差点没冲那工作人员抡着拳头要干上去，但仔细想想，看着旁边几个人看似也是来做职业病鉴定的在那私语着满脸无奈的样子。想来这发火也是解决不了问题。也许那工作人员说的虽不好听，但真的是对的，还是好好回家养好病找一个没有毒害的工厂上班吧。想到这里，小凡不禁万念俱灰。

小凡从职业病防治鉴定所出来以后，他感到无比得绝望。靠不了天，也靠不了地，只有靠自己了。

从那时到2009年甚或至今，职业病鉴定依然是所有外来农民工得了职业病投诉无门的心头之痛。至2009年年末，河南农民工张海超为了证明自己得了职业病，在四处求证无果的情况下，做出了一个惊世骇俗的悲情决定——开胸验肺！这个举动，终于将职业病维权的艰难处境暴露于天下。这个传奇而真实故事在瞬间传遍了神州大地。

继张海超开职业病鉴定之先河后，深圳数十上百的农民工也要求开胸验肺，全国怀疑自己得了职业病的农民工在抗争无门的情况下，都欲做出这个无奈而痛苦的决定。

小凡知道自己的发病原因，一是自己确有过哮喘病史，这次是引发了；二是自己想多节省一点钱，为自己那个培训班的梦想尽快实现，所以，在生活上能省的就尽量省了，有时候早餐都没有吃，长久如此可能导致身体变差引发了病变。

哮喘虽不是什么绝症，但病情发作起来那个情景，却是非常可怕的，是一种让人生不如死的感觉。

万念俱灰，小凡决定要好好的先将身子调养好后再说。他到仓山肺科医院去做了一个详细的检查，但这个哮喘病在没发病时居然也没检查出什么原因，医生给他开了一大堆他不知道名称的药回来，叮嘱要按量按时服用。

人在生病时，那种一个人在外，没有亲人在床前身边嘘寒问暖，没人理会的孤独感，那种近乎绝望的恐惧感，那种与死亡很近，心灰意懒，万念俱灰的感觉，是他一生也不会忘记的！一切名利、一切的计划、一切的爱，都不过是过往烟云。这次病后，他得到最宝贵的一个道理就是：对于外来工，或者说对于所有的人，只要平安、健康地活着，比什么都好。

世界上只有想不通的人，没有走不通的路。当你一切都看透了后，你会对自己的所作所为去做一个完整的检视，而小凡在这生病的几个月内，他所获得的感想许是太多了。

人生就像一杯茶，不会苦一辈子，但总会苦一阵子。经过三四个月治疗调养休息后，他才感到这个病完全好了。病好了，自然又得去想办法找工作了。而一年来极尽所能省吃俭用存的钱又花得所剩无几了。

小林一直在那个钟表厂里做，他觉得稳定，很踏实，虽然累了些，但适应下来，他还是觉得挺满意的，这不，老板见他做事踏实，并由于公司新开了一条流水线，让他做了流水线线长，收入自然要高人一等了。这点，对他来说，已经是非常满意了。

张志伟曾打电话过来，听他的语气豪情满怀，看来，他在那边似乎跟赵少丰混上道了。他一再追问小凡要不要过去一起发展。但小凡对那个所谓的黑道行当实在没有兴趣。

虽说，现在不管红猫黑猫，抓到老鼠赚到金钱就是好猫这个观念在这片神奇的大地上愈演愈烈，但一个人的良知性情要去改变那确实非常困难。

小凡的目标是商人，不是黑道大哥。他不觉得这个所谓的黑道会给自己带来多少的荣誉，他只是觉得，那个行当是欺压百姓，欺压可怜的打工仔、打工妹所得的不义之财，这与他心中想当一个侠客的想法是相差太远了。

但张志伟不一样，他一心想改变自己的生活，改变自己的环境，而那边的路，好像是专门为他准备着的一条改变人生的星光大道。所以，他很容易就上道了。可他却不知道，这条道，也是一条不归之路。

为了方便联系，小凡买了一部话费相对移动来说实惠的小灵通，而以前风光流行的传呼机已在市场上逐渐销声匿迹了。毕竟，社会在有序地进步，物质丰富所带来的变化是显而易见的。从小凡以前来打工烧的煤油炉做饭，到煤气灶做饭，从自行车到电动车，从传呼机到想也不敢想的手机平民化，从电话费三块一分钟到八毛一分钟，从打扮穿着很乡土到时尚洋气大方流行，从住那种低矮潮湿沉闷、冬冷夏热不带卫生间的小出租屋到干净整洁带简易厨房卫生间的出租房，吃穿住行各方面的物质提升，这一切一切的实惠，都得益于改革开放。

福州这几年的城市化发展是非常快速的，一座座工业区的崛起，外商的引进与开发，这对农民工来说，可以说是最大的福音。

因为，现在再也没有以前那样几个月半年一年也找不到工作的现象了。随着工业区的兴起，招工的信息随处可见，工作是很容易找到的，可就是工资非常低。仍徘徊在700元到1000元，而这几年的物价猛涨，其实也就跟当初的四五百元差不了多少。除了生活费，你想存点钱改善自己家庭的这个远大理想或是愿望，仍然是显得任重而道远与遥遥无期。

小凡再也不想去工厂上班了，不是他这几个月玩得懒了，而是他在这生病期间真正的是彻底地想通了，在工厂打工，打一辈子工，也不会对前途有任何的帮助。并且，有的工作收入高些，但多数是对人体有伤害的，这对已生过一次大病的小凡来说，哪怕工资高得离谱，他也是万万不会去的，何况，工资也并不会高到离谱的地步。当然，他不去，还有很多的打工仔、打工妹会去的。明知道是死、是病，但他们多数人还是义无反顾地去挣那份工资。

普通工厂那点微薄的工资收入，除了生活住宿等开销，能余下来的钱真的是所剩无几。这还是得靠省吃俭用才行，稍大方一点，一个月下来就只够生活费。

他想改变命运的想法让他认识到在工厂里上班没有前途，于是天天看报纸上的招工启事。希望能从大把的招工启事中看到一个能改变命运的希望。

他每天买了报纸，挑选出自己认为可能适应的工作，按着上面的电话打了过去，并在等到通知后去应聘，但仍没有发现自己可以去做的工作。要么是他觉得不可靠，要么是公司不会录取他。

这天，他看到报纸上说招收投递员，一个月工资底薪有600元，还可以按业绩提成，一般能拿上1000来块，并且，时间又短，有时间还可以去做其他的工作，比如晚上去摆个小烧烤摊什么的。如果说有两份工作。那收入也是挺可观的，因为以前在塑料厂时边上班边摆摊这样虽然累一些，但确实收入不比工厂差，最主要的是自由。不会被拖欠工资，不会有工伤职业病什么的。

小凡当天就按报纸上的电话打了过去，几乎没什么面试，就讲了一下里面的规章制度后第二天就开始上班。

因为起初只是投递工作，所以时间上确实不长，一天只工作四五个小时，只是要起得早，早上三点多就要起床到投递站将报纸分类，然后挨家挨户的投递过去。

白天时间多了，他又花二百块钱去废品店里买回了一个铁皮烧烤车，有空他自己也出去吃人家的烧烤，回来后仔细琢磨其中的味道，然后上市场上批发了香料等一应调料，在家里自己练习好烧烤手艺后，做起了一个小小的烧烤摊。就这样，他白天上班，晚上就在一个相对偏僻的小区旁边搞起了烧烤。这几年好的是，随着经济的发展，城管工作水平的提高，赚钱方式的灵活多样，所以，在晚上，城管几乎不出动来到小区抓摆这种小摊的了。

由于多了一份工作，一天的时间就几乎忙得团团转了。而投递员这份工作，远没有小凡想象的那么简单，因为除了投递外，每个人还有规定的业绩，如果达不到业绩，或是投递稍有差错，没有投递到位，是会扣工资的。

如此一来，小凡累得身心疲惫不堪。

这天，他投递完报纸后，拿了一份以前的投递单，去核查以前投递员没有核查清楚的投递客户，有些客户订报期到了，但由于前任投递员没交代清楚，就会造成自己的重复投递，而发行部是要求现任投递员自己去一份一份来核查的。

小凡这次已是第四次去找这家订报客户了。

这家客户是一家华润油漆代理商行，今天他运气好，以前来过三次，店里的店长都说老板不在。但今天才一进门稍问一下就被店长带进去了。

老板是一个看上去挺和蔼可亲的中年人。当他了解了小凡的来意后，又详细地问了店长小凡来核查的过程。那个女店长笑着对老板说："这小伙子真的挺勤劳，又很执著，为了这件事，到我们店里一个月都来四次了。"

"小伙子，你这样认真勤劳地做事，一个月能拿多少啊？"老板笑着问他。

"如果一个月做得好，拿八九百左右吧。"小凡老老实实地回答，"这工作时间上短一些，一天只做5小时左右。"

"以你这么认真负责的工作态度，我看你这样的人才干那份工作是浪费，你到我店里来干吧，我们店里的工作也很轻松的，一天也就七八小时，基本工资第一个月500元，就是你没任何业绩只要你按时上班，都会有这份工资的，只要你肯干，工资一个月能拿到1500元以上的。"老板笑眯眯地看着他，让店长端来了茶水。

"是什么工作有这么高工资啊？"小凡听得心里不由吃了一惊，8小时工作1500元一个月，这是他打工这么多年来第一次听说的最高工资。

"如果你做得出色，收入还远远不止1500元的，我们店里的业务员大部分一个月都能拿二三千元的。"老板笑笑，一脸的淡定，语含深意地说，"我是看你工作态度好，又勤劳肯干，能吃苦，这正是我们业务员行业必须具备的基本素质。"

小凡都怀疑自己听错了。一个月工资二三千元，这在他心中是一个天文数字！

他甚至有点怀疑这个店是不是一个骗子店了。因为店面不大，也就两间门面而已，比起小凡在工厂里看到的那些气派豪华的装修与数量众多的工人，这个差距实在太大了。

小凡脑海中马上冒出了当初到那个骗人的职业介绍所去找工作的情景。

“那，你们这公司要不要交什么押金什么服装费用什么的？”小凡还是忍不住问了几句。

“放心吧，我们这边是什么费用也不用交的。就是要自备电话与自行车。”老板看出了小凡的疑虑，“没关系，你回去考虑一下，想好了就来我这边上班就是了，如果我不在，你就找我们公司的业务经理。他会安排好的。”

说完，就叫在一边的业务经理过来相互介绍认识。

“那好，谢谢老板了。我回去想好就告诉你。”小凡礼貌地点了点头。然后就出了这家油漆店。

于是，小凡在工作时间里继续边投递着报纸，边私下向投递的同事们打听这家油漆店的真假。但同事们也都不知道这工作。

既然不要押金，还有基本工资，自行车有，电话自己早就有了小灵通。这些都不用花钱买了。那自己好歹也得试一下。

大半个月后，小凡辞掉了投递员的工作，而在辞职时又遇上了中国打工者历来常见的辞职难与工资克扣，因为这家报社是本地大报，而下面投递站站长素质也是参差不齐，并不是说是报社就不会克扣工资的，但以小凡的能力，与一个报社对抗那是万万不可的，且克扣的工资也就一百多块，小凡想想如果上劳动局投诉追讨所花的时间折算成钱早就远远超过克扣的工资了，因为所扣不多，小凡就放弃了追讨，于是，安下心来到这家油漆商行上班了。小凡万万没有想到的是：就是这个业务员行业，是他打工生涯最最重要的人生转折点。

试用期是三个月，基本工资每个月500块，加提成，工作时间原则上是8小时，前半个月要培训，但是带薪培训的，跟老员工一起，老员工会教新员工怎么做的。当小凡问起他们老员工一个月的收入时，那个业务经理笑了，“做我们这个行业的，基本工资主要是给你一个生活保障，真正赚钱就要靠你的勤劳与能力了，这个能力，与学历没多大关系，但与你的做人、你的沟通能力有很大关系，我们公司普通员工收入一般都超过2000块了。做得好的员工，那一个月几千上万地也不是难事，但有一个前提，就是你一定得在你工作的时间里努力地去工作。”

小凡详细地了解了这些情况后。觉得这个工作确实适合自己的性格与特长，他认为这个比江明城的传销产品要可靠得多。

小凡就这样正式在华润上班了。培训期间所培训的内容很是到位，从该怎么入手去约见新客户与老客户等一系列模拟培训、心理知识与相关产品培训后，经理安排了一个叫张少青的老员工带小凡去新交房的小区正式做这个产品的业务了。他笑着说："小凡，这个少青可是咱们公司有名的一枝花，业务能力与外表都是一流的，安排你跟她学习，你可要好好珍惜这个机会啊。"

这个张少青虽说是老员工，但岁数却比小凡小两岁，她是一个很热情美丽的莆田姑娘。或许是小凡的俊雅外表与不耻下问的态度吸引着她，她对小凡很是关照。

两人来到那个新交房的小区叫滨江假日小区。

小区的保安一般是要拦住这些跑业务的人员的，但只要不过分，只要热情，只要微笑，这世界上很多人其实都是很好沟通的，张少青是老业务员了，自然有一套与保安交流的方法，她与小凡很快就搞定了保安，进入了小区。

这是跑业务的关键的第一步，进得了小区，才有机会跟业主沟通与交流。张少青详细地给小凡讲解一些业务知识。

所谓"男女搭配，干活不累"。跟了张少青几天，在张少青细致的言传身教下，小凡已自己能独立去一个小区跑这块业务了。先是扫楼，所谓的扫楼，就是自己带上笔记本，详细地从一号楼开始，每一层楼层都得从楼梯口上去，最好家家都要敲门，如果业主在那是最好，可以直接沟通，能留下业主电话那表示业主并不讨厌你这个业务员，接下来的工作就是一直跟踪这个客户与之交流，直到他认可你的人，再认可你的产品，直到最后决定购买，购买后还要提供售后服务这一系列运作，便是业务员必须做到的这个流程。

每一幢楼家家都要这样敲门，然后，记录下所见到的详细情况，比如，这家什么时候开始装修，什么时候做土工，什么时候做电工、做木工等一一的要记录详细，哪一天拜访的，这样有一个统一的记录后，你就会按时间大概算出工程的进度、所需要购买涂料的大概时间，这样，就能有

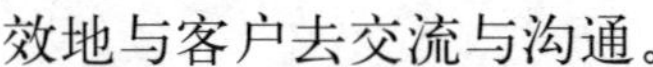

效地与客户去交流与沟通。

小凡白天就这样反复穿梭于新交房的小区之间，晚上，他仔细地阅读从夜市里买回的乔·吉拉德销售技巧的书，并一条一条的按照上面的销售技巧来模拟练习。

他站在那个一尺见方的镜子面前，练习最真诚动人的微笑，练习如何做出生动的面部表情，练习一些细节适度的肢体语言。并按一些心理学上的知识去学习、思考着怎么运用换位思考去说服客户购买产品。又将产品单拿出来反复地记忆里面的价格、产品特性、卖点。

他白天努力地收集到小区客户的资料，晚上再回家研究自己在白天所遇上的困难该怎么样去处理，如果有不懂的地方，他都一一的记录在笔记本中，等早上去公司开会时，请教业务经理与老员工，该怎么用最合适的方式去处理与客户关系的经验。

功夫不负有心人，这样除第一个月试用期他没有客户外，第二个月下来，居然合计成交了五万多元的单子。这个提成是按百分之六来提取的，第二个月，加上底薪，他就拿到了他生平最高的一笔工资——三千六百多块。

当小凡领工资时接过那一大沓现金的时候，心里不禁怦怦直跳，有些不敢相信自己的眼睛。

他出来打工五年多了，从来也不曾拿过月收入如此高的工资，一个月3600块啊，这在工厂要干近半年才能得到啊，因为就算是你半年收入六七千，但除去房租和日常生活开支，还得非常的节俭才看看能不能剩下三千块钱了。

这个工作实际上每天只做六七小时，没想到，收入却远远地高出在工厂的任何一个普通职业，这使小凡信心大增。

按这样的收入，他要办培训班，只需努力一年就可以轻易地办成了。因为，只要服务做得到位，他手上的老客户，会越来越多地主动给他介绍他的亲戚朋友来找他购买产品。

但跑业务也是很累的。这个累就是心理压力。总想多跑一些客户，并且，遇上一些客户粗鲁、不理解的，你去上门做推销时会直接将你轰出门外。但遇上这种情况你都必须得赔着笑脸，因为如果你与他一家争执，这必然就会影响你在这个小区所构建的良好业务员形象，其他人也都会跟风不买你的产品。

遇上这种情况后，小凡情绪低落时，通常就请假一天，不去上班，好好去调整一下情绪，发泄一番后，又整装上阵。这可是乔·吉拉德讲的要懂得休息、懂得放弃的250定律。

但业务员行业，确确实实地改变了小凡，改变了他对工作的看法，对人生的看法，对收入能力的看法，甚至改变了小凡的命运。

三十四、装修杀手

在跑业务的过程中，小凡遇上最让人感到心酸的事情就是农民工、油漆工对身体毫不在乎的问题。

有一个姓刘的油漆工有四十多岁，带着他的儿子一起在从事油漆工工作，为人非常好，没有其他油漆工那么高调，也因为是四川老乡的原因，所以，对小凡这位能看得起他这种油漆工身份的人很有好感，一来二去就混得熟悉了。他偶尔也会为小凡介绍一单业务，小凡也从公司拿一些小礼品给他们作为回报。

这天，小凡来到小区，父子二人正在新房里做收尾工程。小凡顺便带来了几瓶啤酒，一些凉菜。

敲门进去了，父子二人正在搞着墙体水泥漆粉水。见是小凡来了，忙停下工。

“刘师傅，多谢你上次介绍给我一单生意。今天我从公司带了几件衣服给你们做工穿。”小凡笑着说着把啤酒、凉菜也放到了外面阳台上。

“小周啊，你这人，嘿嘿，做人没得说。我做油漆工也快二十年了，也没遇上你这么厚道的小伙子。”刘师傅笑着说，“我这就去下面条，你今天就在我们这一起吃饭吧。”

“好好好，我这也带了点下酒凉菜，这大热天的，喝点冰啤心里舒服。”小凡乐呵呵地说着。很快，面条也就下好了。三人围着一个柜子当桌子，就这样在里面吃喝起来。

“刘师傅，你们为什么就住这里面？”小凡关切地说，“这里面的空气这么差，油漆味这么重，还有打磨的粉尘，哪能住人啊？”

刘师傅叹了一口气：“小周，住这里划算，福州现在房租也贵了，住在这里还可以省水电、煤气费，干活也方便。时间久了，也就习惯了。”

“你做油漆工这么多年总是这么住吗？”小凡问。

“是啊，我在福州基本上不掏房租，装修完一家就换到另一家住。”

刘师傅憨厚地笑着，黝黑的脸上道道皱纹显得饱经沧桑，“这样能省挺大一笔钱的。”

“可这里污染很厉害啊！油漆未干前一进来眼睛就痛，你们怎么住得下去？”小凡不无担心地说着。他进公司所培训的专业知识告诉他，油漆中含有苯、二甲苯、甲醛等，特别是有一种游离TDI的致癌物质与甲醛，如果没有时间凝固、稀释，那是不能住人的。这些有害物质一般要在三个月后才能基本挥发干净，在这种环境下工作，不要说十年二十年，就是三五年也会得上职业病的。所以，很多城市的业主一般都在整个家装修好后，采取各种手段检测、治理，开窗通风后三五个月才会住进去的。

“没问题，我身体好得很！”刘师傅不以为然地说。说完“咕咚咕咚”地喝了一大口酒。

“但这样会留下后遗症的。”小凡看他这毫不在意的神态，心下暗自吃惊，他们对这些化学物质的了解太少了，少得可以拿生命开玩笑，“你们这样，特别是小刘师傅，人还小，这么年轻，如果一直做这个行业，会很易得粉尘病的。对以后生孩子也会造成不好的影响。”

“没事的，我这么多年都这么过来了。”刘师傅仍是不相信。

“要是到你老了，发病了，你怎么办？”

“唉，那是以后的事了，现在哪管得上……我身体真的很好，你放心。”他拍着瘦瘦的胸脯保证说，唯恐小凡这番话传到房东的耳里，以“污染”的借口不让他住在装修房里。

小凡叹了一口气，城里人对装修污染畏之如虎，他们都接受过这样的知识普及：装修时，瓷砖、石膏，特别是放射性元素的石材易释放出氡，氡无色、无味，但对人体的影响却是终生的，是导致肺癌的第一杀手；多种人造板材、墙纸中都含有甲醛，甲醛被国际癌症研究机构确定为可疑致癌物质，而且还能致使胎儿畸形；苯主要来源于胶、漆、涂料和黏合剂中，人在短时间内吸入高浓度的苯，会出现中枢神经系统麻醉的症状，重者会昏迷乃至死亡……长期反复接触有毒有害物质可引起慢性中毒，其主要损害神经系统、造血系统。

油漆中的甲醛对人体皮肤和黏膜有强烈的刺激作用，可使细胞中的蛋白质凝固变性、抑制，由于甲醛在体内生成甲醇而对视网膜有较强的损害作用。甲醛对人体的影响主要表现在嗅觉异常、刺激、过敏、肺功能异常、肝功能异常、免疫功能异常等方面。当室内空气中甲醛浓度为0.1mg/m³时，会刺激眼睛流泪，当其浓度达到30mg/m³时，便能致人死亡。长期低剂量吸入，会引发慢性呼吸道疾病，还会使妇女月经紊乱，影响生育，并引起新生儿体质下降或染色体异变造成畸形。

装修民工的身体真的是“特殊材料”造成的吗？据新华社报道，北京、长沙等地出现多起民工装修中毒事件，还有民工产下畸形婴儿。

而就在几天前，报纸上报道莆田的一个油漆工师傅因为使用劣质油漆当场晕倒在装修房里，送到医院检查，结果是因长期从事油漆工作，导致白血病!

小凡见刘师傅那憨厚、老实的样子，又看了看他儿子闷着头，在那猛喝着啤酒，心下不由地感到有些心酸，他们没有接受过专业知识的培训，是不知道这“装修杀手”的厉害。良久，他才说：“刘师傅，过两天我去买几个好一点的口罩送给你们。算是你们给我介绍业务的小小回报吧。”

刘师傅很是感激地看着小凡：“小周，咱们来喝一口。”说着，举起酒瓶“咕咚咕咚”地猛喝了一大口。

起得比鸡还早，睡得比猫还晚，干得比驴还累，吃得比猪还差。这是形容中国民工生存状况的“经典”比喻，如今常常被一些“愤怒青年”引申开来自嘲，后面还得加上一句：“赚得比民工还少。”

在城市人身边，民工像空气一般重要的存在却往往为人所忽略，他们在建楼、修路、卖菜、送货、装修、清洁、做保姆、当保安……他们的恋爱结婚、生儿育女、有喜有怒、笑过哭过……但是这些并不为许多城市人所关注。

大多数装修民工为了省钱，就住在充满粉尘、噪声和有毒气体的装修房内——与污染同居、与污染同眠!

上海仁济医院呼吸科主任许以平教授接受记者采访时说，在多年门诊中，遇到过不少实在扛不住才来求医的民工，其中有一位油漆工的病例令他印象深刻：“他告诉我最近一直胸闷、气喘，检查发现，这位民工的肺已经有哮鸣杂音，日积月累的化学品给他的健康造成了很大影响，后来不得不中断工作、花大量的时间治疗。”

舆论对装修民工健康的冷漠更令人深思。登上Google，输入“装修污染”和“民工”两组关键词，找到数十万条相关新闻，但一条条阅读时发现，“装修污染”与“民工”均分属不同新闻，与“民工”相关的，都是指责装修民工不讲信用、偷工减料、野蛮无礼等，没有人想到在告诫城市居民注意装修污染的同时，提醒一下民工兄弟。

“吃得比猪还差”。中国人讲究“民以食为天”，但是对生活在物质条件丰厚的城市里的民工来说，一个“吃”字，充满了苦涩。

像张志伟以前所在建筑工地的集体食堂基本上都被承包，而承包者往往与大小老板有千丝万缕的关系，为了追逐利益最大化，在伙食上克扣民工已是公开的秘密，不少民工在城里，比在农村的老家吃得还差。

随处可见的建筑工地的民工食堂，看到的都是：餐桌黏糊糊的，可以刨得出一层黑泥来；灶台就搭在低矮的工棚内，苍蝇飞舞，偶尔还有老鼠光顾；大米装在一个脏乎乎的大麻袋里，上面扔着头盔、手套，厨房里没有任何防蟑螂防蝇措施和消毒设备，大锅旁边，有一碗灰色的粘连在一块的东西，仔细一看，原来是盐……

民工集体食物中毒，已不可避免地接二连三发生：去年上半年，中国十多个省市的粮油批发市场上，陆续出现了一种被称作“民工粮”的大米。它比一般大米便宜三分之一还多，而且非常抢手。

“民工粮”因大量销往工地而得名。从外表看，“民工粮”和其他的大米相比，颜色发黄，拿在手里闻闻，还有发霉的味道。

“民工粮”其实就是陈化粮，而陈化粮是指已经陈化或变质、不宜直接作为口粮的粮食。相当一部分陈化粮中，都含有大量的致癌物醛，以及黄曲霉毒素——目前发现的最强的化学致癌物。

不少粮油摊位都出售“民工粮”，但“民工粮”并不是摆在明面上，大多是藏在后库房的，不过也有明目张胆摆在外面的，销售呈公开化趋势，在天津，甚至还打出了广告，上面直接写“民工米”！

在缺乏行政部门监管，也缺乏舆论支持的情形下，民工餐桌上的食物质量越来越差。他们曾在乡村种过粮、养过猪，也许他们的妻子和父母现在还在乡下种粮、养猪，而如今他们却在城里吃着陈化粮、垃圾肉……

小凡几乎天天买报看，那些报道出来的民工的苦处，他都是经历过的。他们的目的很简单，中国的民工也最容易满足，就是为了改变自己家里那落后贫穷的面貌，可却有很多人，不仅没能改变这个贫穷的状态，反而是一场大病下来，使得整个家庭变得更加的贫困交加，无所依靠！

这天，小凡回到家，时间还早，楼上刘全海已大声叫起来了："小凡，周兄弟，你有没有在啊？"

"什么事啊？这么惊惊慌慌的？"小凡听得刘全海的口气不好，探出头来问。

"小凡，我们这次完蛋了。"郑大松在下面也哭丧着脸说，"这次真的没得救了。"

"什么事儿啊，你们都搞成这副表情了？"小凡看得郑大松也跟过来了，忙走下楼问。

"我在工地上听说，开发商资金什么链出了问题，不发工资了，都三个月没发了。"刘全海哭丧着脸说。

"是啊，这下我们该怎么办啊？"郑大松也急得抓耳挠腮。

"你们以前不是每个月按时发的吗？怎么又欠了三个月？"小凡感到事情太突兀了。

"是啊，所以，我们才相信他，说遇上了一点困难，一个月拖一个月，到今天听说是包工头卷钱逃走了，去公司要钱，公司就推到跑掉的包工头身上，就是不发给我们。"

刘全海愁着脸："这下我该怎么办啊，小军也过来念书，老婆收入又不高，一家人全靠着我吃饭啊。"

"报警有用吗？"小凡愣了愣说。

"这事报警有什么用啊，我们早报了，可那边说不是他们的受理范围！"郑大松一脸无奈地摇了摇头，"所以，我们都不知道该怎么办才好，今天下午大家全没有上工，全回来了。"

"那也是，得去找劳动部门，怎么也得给个说法啊。这么大一笔钱，你们得找劳动部门或政府部门来解决了。"小凡也从没遇上过这样的事，只有建议他们上劳动部门投诉了。

"嗯，那是，所以，我们就来找你问问了。"郑大松说。

“你们明天一早，叫上所有的没发工资的工人，一起到劳动局去，别去区劳动局，那个太黑了，得去市劳动局监察科，那边的人服务态度都非常好。”小凡思索着，“去找他们，估计会有办法的。”

“嗯，也只好这样了。”郑大松说着，“那我们先走，去联系一下其他的工友。”

说着，就拉起刘全海，两人又匆匆地出了小院。

民工生存的艰辛，实在是难以言述。他们是中国最容易满足的群体，多年的田地生活，他们已习惯把自己放在一个自闭的境地，他们已认命，自己是农村的人，来到城市能挣点小钱，补贴家用，改善生活环境，他们就满足了，他们有满足的心态，可在城市连这点小小的要求他们都得不到满足。

他们要求不多，只希望老老实实打工，拿到自己那点本就微薄的工资，但还得被工厂与企业以各种名目来克扣与拖欠。像建筑工地上，目前的工资可以说是最难拿到手的，全国拖欠建筑工资款项的事件是愈演愈烈。有数据表明：劳动保障部公布的数据显示，2000年至2003年7月底，全国累计解决拖欠农民工工资233.2亿元。这还仅是官方统计公布的数据。

小凡看着两人匆匆离去的身影，长长地叹了一口气。他心里暗想，这次工地上拖欠郑大松他们的工资这事，自己已没这个能力帮忙解决了。

三十五、被逼行动

下午，学生刚刚听到放学的铃声就冲出了教室。

“刘小军，你过来一下。”刘小军走在路上，被几个同学拦住了。

“你们又想干吗？”刘小军瞪起眼睛，毫不示弱地说。

“前天，叫你给我抄作业，你还不干，我们可是说好的，抄一周给你二块钱。”其中一个高个同学指着刘小军说。

“我不要钱了，我也不给你抄了。”刘小军警戒地看着对面的同学。

“那你昨天，趁我不在的时候，为什么要把吴波的书给撕了？”那高个同学又狠狠地说。

“谁叫他上课老用铅笔捅我的屁股。”刘小军退后两步，仍不甘示弱地说，“我书包里的虫子又是你们放的是吧？你们为什么老这样欺负我？”

“嘿嘿，我们就是要欺负你，你看看你，衣服多脏也没洗，你这样的形象，丢咱们脸了，乡巴佬！”那高个同学大笑，“我告诉你，你敢不照我的吩咐去做，我下次还叫他们丢青蛙、丢老鼠、丢蟑螂到你书包里。”

另一个同学哼了一声，傲慢地看着刘小军，居然摆出一副香港片中古惑仔的架势，指着刘小军说：“你知不知道吴波是我们的人，我们的人你还敢动，我看你是打不怕。”说完就上前几步，作势欲打。

“你们欺负我几年了，我告诉你，你如果再欺负我，我就杀了你们。别以为你们是城市人，我是农村人就好欺负！”刘小军狠狠地说着。再退后了两步，一双眼睛中充满了无比的恨意。

高个同学大笑，对着旁边的同学说：“你听听，你们听听，他这小子说要杀我们。”

一起的同学一个个哈哈大笑。其中一个同学冲上来，猛地推了小军一把：“刘小军，你还要杀我们，来呀，来呀，我看看你是怎么杀我们的，哈哈哈哈……”

“王毅，你别逼我，你们真的不要再逼我了！”刘小军发出一声大叫。

“我就逼你，我就逼你，怎么样？”那个叫王毅的同学毫不在意地大笑着，伸手一直猛推着他。

“你们都一起这样欺负我，我就真要杀了你们。”刘小军被王毅推得连连后退，不小心被一个冒出的尖尖的石头绊了一下。几个趔趄，差点被推倒在地。

“哈哈，你杀呀，你杀呀！你个乡巴佬，还要杀我。”王毅仍不知道性命危险已经来临，又伸手去猛推刘小军。

刘小军从书包里拿出早就准备好的尖刀，一下冲了上去，大叫一声：“我杀死你，我杀死你！”对准王毅心窝，一刀、两刀、三刀……

这个变化之快，实在出乎他们的意料，一时之间，他们一个个都待在当场，腿肚子打着哆嗦，想跑，好像又不听使唤似的。

“不好啦，刘小军杀人啦！”良久，他们看见王毅心窝上的鲜血像箭一般的喷了出来，一个个吓得都惊呆了。惊呼着、尖叫着。

刘小军仍然不管，冲上去对准一个吓待在那里的同学又是一阵猛捅，口里大叫着：“我叫你欺负我，我叫你欺负我！我要杀死你，杀死你们！！”

“刘小军杀人啦，杀人啦！”其余的同学见他又抱着一个同学猛冲上来用刀子猛捅，这才吓得一个个四下惊叫逃窜。

刘小军看看四下逃窜的同学，再看看自己满手、满身都是鲜血，又看看倒在血泊中的两个同学，也吓得“哇”的一声大哭起来，扔掉手上的尖刀，连书包也不要了，飞奔着跑了回去。

郑大松、刘全海，还有他三叔与一班工友，三十几号人浩浩荡荡地走进劳动局监察科。

可劳动局监察科说这件事不属于他们所能处理的范围，这个得找法院，要么是起诉，要么是找到公司的负责人。一听说找法院，大家心都冷了半截，对法院这两个字，民工是异常敏感与害怕的。好像一上法院就是自己在犯罪与违法一样。

失望之余，他们还是决定回工地上等老板出现，看看能不能拿到被拖欠的工钱，在建筑工地上的单位办公室里等着要钱，等了几天下来一分也没要到，工友们收入少，没什么余钱，像这样他们已被拖欠了几个月工资，一个个生活费都成问题，为了等工地老板出现，他们只好一个个轮班的守在那，生怕老板来了又溜了。

郑三叔因为是他们的小工头，发生了这件事后，被一些工友责难着，这时他在几间办公室里窜来窜去，扯着嗓门吼着工友们要一起等着大老板回来，十几个穿着泥底鞋、戴着破帽子的40岁上下的民工跟在他后面。每个人脸上挂满了忧愁和愤怒，或者是一种什么表情也没有的茫然。

现在活已干完了，可欠的工资一分也没拿到。来找了十几趟，每一趟都是失望。他们也没有签劳动合同。当时看公司蛮爽快的，并且前面工资也按时发放，所以，大家都没在意，谁知道发生现在这种事呢?

等了大半天，才看到大工头陈老板过来了，大家立马围了上去。

“大家不要急，质量上出了问题，上面说要整改，只要整改到位，我们会找法院追究跑走的工头，他那样是在犯罪。大家要相信我们，我们会处理好这件事的。”陈老板过来挥着手，对围着的工人说。

郑三叔很生气，这陈老板明明是睁着眼睛说瞎话，不由得大声说：“工程整个过程都由公司工程部一个负责人在监理，我也没有收到整改通知书，这纯粹是你们拖欠工资的一种计策，说通过律师和法律途径解决，对于我们来说现实吗？你们不给钱，我们就不走人！只有这个办法了！”郑三叔这么一说，其他工友又激动起来，大家的话语开始夹杂了不文明的字眼，骂娘的，哭爹的，“草泥马”的都来了。

上午10点多，大家一起跟陈老板到了公司办公室，公司方面的态度是，工程质量问题由律师来解决，民工工资他们正在登记，也在想办法调查解决。可郑三叔问什么时候会有结果？得到的是一阵沉默。

好不容易陈老板乘坐电梯正准备下楼。一直跟着他的郑三叔也一步跨进了电梯。眼疾手快地一下子倚在电梯门上，大声招呼着刘全海与郑大松一干民工们来：“你们给我看住人！”

陈老板见状，恼怒到极点，双目瞪得老大，凶狠地说：“你们到底放不放我？你们这是限制我人身自由！我他妈没见过你们这样要钱的！你们这样做是会付出代价的！”

陈老板只想到了他的人身自由被限制了，可他却一点儿也没想到自己、他手里捏着的几十个工人的血汗钱、救急钱！他这样就限制了几十个工人的权利与自由。限制了人家合理取得工资的自由！两个个头矮小的民工也钻进电梯内，其余的人也阻在了电梯门口，说什么也要把陈老板请下去。双方在电梯里经过十几分钟好几轮的争执，他语气凶狠，但面对眼前几十号民工，却只能色厉内荏，最终陈老板不得不妥协，只得跟着走出电梯。

工友们与陈老板一直在楼上僵持着，直到下午，郑三叔看等不到工钱，干脆打110报警。民警赶到后，公司方面的人说正在结算工资，不会有问题的，于是民警就走了。

民警走了没多久，陈老板又换成那副“冷面孔”，对于他们工资的事，公司里没有一个人愿意表态。

“小凡，你说我们该怎么办啊？我们都已经在这待了一周了，上面就是不管我们的工资。”郑大松拨通了小凡的小灵通后，知道小凡也在附近跑业务，忙急匆匆地跑过来跟他商量该怎么办。

“大松，说实话，你们被拖欠工资的事，说真的我帮不了什么忙。我真的没这个能力。”小凡有些歉意地说。

“那，难道这么多工友的工资都要不回来了？这可是咱们拼死累活几个月的血汗钱啊。”郑大松急了起来，“刘全海还等着工资交房租呢，他今天还向我借了，说拿到工资就还给我。如果再拿不到工资，咱们很多的工友都吃不起饭了。”

“我能理解你们的心情，我也同情你们这样的遭遇。可是，我真的帮不了什么忙啊。”小凡看着郑大松那愁眉苦脸的样子，忽然心生一计，“兄弟，有一个法子，可能能拿到工资。但这个可要胆大心细的。”

“你快说，有什么法子能拿到？”郑大松听得有办法，眉头立马舒展开来。

“你过来。”小凡说着，附在郑大松耳边悄声地说了几句。

“小凡，这样的做法真的能行吗？”郑大松有些狐疑。

“我没说一定行，但从报纸上报道的一些例子，我认为是可以的。”

小凡点了点头。

“那好，我回去与三叔他们商量一下，无论怎么样，也一定要试一试。”郑大松说完就又匆匆地走了。

“妈妈，我……我杀人了，我把我同学给杀了。”刘小军一进门，就哭着向正在屋里低头忙着手工活的小花哭喊着。

“什么？”小花以为听岔了耳，忙抬起头来，看到自己的儿子满身满脸都是鲜血，一脸惊惧地站在门口。

“小军，你这是怎么了？怎么搞成这样了？”小花看儿子这般样子，身子颤了颤，差点没吓得晕倒，“你，你刚才说什么？”

“妈妈，他们又打我，我就把他们给杀了。”刘小军一下哭着扑入妈妈的怀里。

“儿子啊，你怎么，怎么做出这种事儿来啊？”小花一下子吓得面容失色，又惊又怕之下，也哭了起来，“这，这怎么办，我该怎么办啊，天啊，我怎么这么命苦啊？”

“妈妈不怕，他们以后就再也不敢欺负我了。”刘小军见妈妈哭了起来，反而抬起手来替妈妈擦着她眼角的泪水。

“儿啊，你这样杀了人，是要坐牢的，是犯法的啊。”小花紧紧地搂着自己的孩子失声痛哭起来，“你怎么会做这样的事儿出来啊？你……你这是闯了大祸了啊。天啊，我，我该怎么办啊……”

“妈妈，他们这样欺负我几年了，为什么只允许他们欺负我，我就不能杀他们？”刘小军轻轻替妈妈拭擦着眼泪，“妈妈不哭，我不怕他们。”

小花听得小军这样幼稚的安慰，更是抱着他哭成一团。是啊，小花也不明白，为什么他们都可以这样欺负人，他就不能杀了他们？

屋子里，空气沉闷的可怕，郑三叔抽着闷烟，来回地走动。

其他几个他信得过的工友们也紧皱着眉头，在那一个个都抽着烟，整个屋子里显得乌烟瘴气。

“大松、马老根，你们认为这个方法真的能管用？”郑三叔问在座的几位。

“我也觉得要试试。反正事情不闹大，肯定是解决不了问题的。”马老根狠狠地抽了一口烟，低沉着说：“反正我们这样子总是受人欺负，事情闹大了，上面的大官惊动了，肯定好解决得多。”

“我今个是咋了，右眼老是跳得厉害，我说，咱们这事是不是不能这么干？”刘全海在外面等着他们商量的结果，显得有些心慌意乱的，“万一事情闹大了，会不会被抓起来坐牢啊？”

“如果不闹，我们这几十万块的血汗钱那肯定是拿不到了。”马老根瞪着一双充满血丝的大眼，大声说，“再说，我们的目的就是只要自己的工资。又没做其他什么事，怎么就犯法了？”

郑三叔正与工友们在那商量着，忽然，郑大松的手机响了，接听后听得小花的声音有些不对劲，忙把电话拿出来递给了在外面的刘全海：“全海，你老婆打来的电话。”

“我老婆这时候打来，会有什么事儿？”刘全海愣了一下，自言自语地说着，接过了郑大松的手机。

才匆匆的听了几句，刘全海脸色变得煞白，向郑三叔说了一句：“三叔，我有点急事，家里孩子出事了。我得先走。”说完，不等郑三叔等人有什么反应，就一下跑出了房门。

“大家都觉得这个方法可行吗？”郑三叔心急这几十号人的工资，也没在意刘全海的反应，随便点头应承了刘全海一声，又问里面的工友。

“好歹都成这样子了，咱们就试一试。”其他几个工友赞同，马老根也赞同。

“那好，既然大家都决定这么做，明天一早找好地方就开始行动！”郑三叔说完，狠狠地吸了最后一口烟，把烟头扔在地上，像发泄心中的恨意一般，使劲地踩灭那个小小的烟头！

三十六、以死讨薪

次日一早，郑三叔带着郑大松、马老根一队人马，又浩浩荡荡向市中心人流量最大的地方进发。这次，他是豁出去了。刘全海今天没有来，可他们因为心急着自己的血汗钱谁也没注意到他没有跟来。

福州的东街口是福州商业圈最古老、人流量也最大的地方。

车水马龙，川流不息的车流、人流过往喧嚣。谁也没注意到，为了不引起其他人的注意，郑三叔一行五人分成二批已从下面的楼梯口爬到一座16层高的商业大厦楼顶。

郑三叔与另九人一起，每人手上拿着一叠传单，有的站着，有的坐着，把右腿伸出天台外，从高高的楼顶上向下抛撒。

传单上写着的是：还我血汗钱，我要回家！

从天而降的传单飘飘洒洒地飞落到路上，立马有人发现并大声尖叫："大家快看啊，有几个人在楼顶上要跳楼了。"

这个呼声是何等了得，没有几分钟，那如龙穿梭的人流纷纷都停住脚步，抬头向上驻足观望。不一会儿，连天桥上都挤得满满的是停下来观望的人们。

传单仍在天空中漫天飞扬，而楼下的人一个个都心弦紧绷，生怕他们万一有什么闪失，会失足从高高的楼顶上掉下来。

"不还我们的血汗钱，我们就跳楼不活了。"郑三叔在那高高的天台上大声喊道。

早有头脑活络的人赶紧打110。而下面场地上、路上围观的人越来越多，连路面上的车有的都停下来了，一时间人的喧哗、喇叭声，此起彼伏，大家指手画脚，议论纷纷。场面一下显得混乱起来。

5分钟时间还不到，警笛大作，110的人来了，消防车也来了，警方迅速介入此事。接着，电视台、报社的记者也都闻讯赶了过来。

"你们千万不要做傻事！你们要让我们了解情况，不要用这种方式来解决问题。”公安局一名副局长赶到现场指挥，手上拿着一个高音喇叭，向天台上的郑三叔他们喊话。

“是啊，你们别犯傻啊，千万不要乱来啊。为了俩钱死了多可惜，钱是能要回来的，政府都来了‘大官’，你们别怕，快下来吧！”行人中有好心的人也在那边呼喊着。

“他们欠我们这么多钱，眼看要过春节了都不给我们，还我们的工钱是天经地义的事，我们找了劳动部门几十次，找单位几十次都解决不了。”郑三叔在楼上说着说着就哭了起来，“你们今天能主事儿的人一定要给我解决好，不解决好我们大家就从这跳下去死了干净。”

“对对，你们不解决我们的工资我们就跳下去。”后面跟着的八九个工友也一起大叫，有的人说着，在上面愤怒得又蹦又跳，在那高高的天台上，让人看了都心惊胆寒，捏一把汗。

“你们不要怕拿不到工资，我们得先了解详细情况，再安排看看。你们不用担心，是你们的钱就一定会发给你们。”那位副局长眼见这些人情绪激动，生怕他们一个不小心真给掉下来，拿着扩音器大声地喊话，“我能理解你们的心情，马上就要到春节了，没钱回家，但你们要寻求解决的方法，我们会联系你们的单位负责人来处理。”

于是，这时候，早有计划留在下面的民工上前，把他们单位负责人的电话递给了那些警察。

这集体跳楼，可是一件了不得的大事儿。

工地上那些平日里人五人六的头头们，自然不会想到这些平日里老实巴交的建筑工人会用这种极端的方式以死相胁来讨取自己的工资，而听说出动了大批的警察、消防，还惊动了当地各家著名的新闻媒体，这个事儿弄大了对开发商可是两头都吃力不讨好的事儿。

于是，很快工地那边的负责人就赶到了现场。

“你们别这样闹事儿了，明天上午公司方面就来结算你们的工资！”负责人陈老板在警方的强大压力下，终于当场接过副局长手中的扩音器做出了承诺。

“你说话一定要算数才行！”郑三叔还是不放心，因为前一次110来了工地上随便就答应了，警察一走，可态度又立马变了。

“我保证，如果他们不给你们合法应得的工钱，你们就直接找我。”公安局副局长用扩音器打着保票喊话，他倒是挺有人情味的，可能也是能体谅到农民工的辛苦，再则这里是他管辖的范围，如果真有人从这16层高的楼上跳下来，这对他也是一件棘手的事。

听了这些话，郑三叔及一干工友才平静了下来，他们慢慢地收回了身子。随后，早有冲上楼顶的公安民警将他们“搀扶”住，并马上带到楼下，进了警车，让他们到派出所“清醒”一下。

而这时，正与警察交涉的陈老板的电话突然又响了起来，他才接听几句脸色立马大变：“什么？刘全海杀人了？”来不及招呼，匆匆地又向他的助手交代了几句，很快坐上自己的轿车走了。

晚上6点多，郑三叔被一直等在派出所门外的工友们像迎接贵宾一般的从派出所接了出来，那些先前不明事理的工友为郑三叔的义气纷纷赞扬鼓掌，现在再也没有责难他的声音了。

郑三叔看着他们一个个都这样对待自己，心中有说不出的歉意：“咱们打工的难啊！手下有那么多的兄弟，一个人就是一个家庭的‘顶梁柱’，就靠我们挣点钱回家过年了。如果工资还要不到，那回家后该多么难过啊！我觉得对不起你们啊。对不起你们我们就只有用跳楼来讨还咱们的血汗钱了！”

一众工友纷纷感谢称是，郑大松在一旁，看着工友们一个个对三叔感恩戴德的样子，不禁偷偷地乐了。

警方很快就带走了刘小军与小花。等刘全海回到家里时听得一些左邻右舍告诉他情况时，他一下子懵了。自己的儿子杀人了？那么小，他能杀什么人？他怎么杀人？

他感到天都将要塌下来一般。自己的工资跑了无数次没拿到，这个月房租还是借的。生活费还没有着落，不想自己的儿子又出事了。

“不行，今天无论如何，一定得要到工资！”他得想办法拿到钱，这样才能救得了儿子，不知道小花与小军母子俩现在怎么样了，但一定得弄到钱。不然，是一定救不了自己的儿子的。

想到这里，刘全海心里一横，小军说的对：凭什么他们能欺负我们，能欠钱不给我，我们就不能欺负他们、打他们呢？

刘全海关上门，四下逛了大半夜，才回来，他决心明天一早就去工地上等陈老板要钱，因为以前也有一两个工人为了讨工资而遭到保安及工头的毒打的，为防万一，刘全海狠狠心，掏了十块钱，在夜市上买了把小短刀带在身上。天刚亮，就上工地找陈老板了。

工地上停工了，因为拖欠工资，工人们都不愿再来上班了。等了两小时，终于看到了另一个大工头来了，刘全海忙走了上去："郑主任，你们这钱什么时候给我们发啊？我家里真的是孩子也要钱，房租也早到期了，借了人家快一千块钱了。能不能先给点，我的大儿子昨天在学校出事了，我求求你，能不能先给一点。"

那郑主任冷眼看了刘全海一眼："现在公司经营都成问题，我们也没拿到工资，这个我管不了，你找其他人去办。"

"以前就是你负责工资发放的问题，现在，你，你怎么你又管不了了？"刘全海气得脸红脖子粗地问，说话都不利索了。

"我管不了就是管不了，你少在这啰唆，我们还要办公。"郑主任冷哼一声，连看也不看一眼刘全海那脸上透出一种绝望、无助的表情。

"我家真的出大事了，你能不能帮我个忙，就先给我一半，行不行？"刘全海跟着他进了办公室。苦苦地哀求着。

"这个是公司的事，我也没办法啊，你找我也没用，你跟着我别说一天，就是一年也没有用的。"郑主任厌恶地看了刘全海一眼，"你们这些农民工啊，就是不明事理，这么大一个公司，我一个人怎么能做得了主？我也想拿到钱啊。"

"以前就是你负责，现在你为什么推诿扯皮了？我真的有急事需要用钱，我真的求求你了。"刘全海满脸绝望地看着郑主任。希望自己的哀求能打动面前这位主任的铁石心肠。

"你再这样扰乱我办公，我就叫人把你给拖出去。"郑主任极端厌恶地看着刘全海大声呵斥着，"保安，来人，把这个人给我轰出去！"

刘全海绝望了，这次，他真的绝望了。

他没想到自己在工地上，起早贪黑，加班加点、累死累活所赚的这份血汗钱竟然还拿不到手，而现在可是急需用钱的时候，还是拖着不给。

“今天你不给我就不走了。”刘全海大声说着，一步就跨上前，冲郑主任大声喝道。

“你、你这是什么态度，保安，给我轰出去！”郑主任见刘全海这样，抬眼极度厌恶地看了刘全海一眼，气得浑身发抖大声呼喝。

刘全海彻底绝望了，他从身后摸出那把从夜市买回来以防万一保安要打他的小尖刀，对准郑主任没头没脑地就是一顿乱捅！

“我们的血汗钱你就是不还，你们欺人太甚，欺人太甚！”刘全海失去了理智，大叫着一刀又一刀地向郑主任身上乱捅。

惨叫声声，外面的保安闻讯都跑了过来，见了屋子里面的惨状，一个个都吓得不敢靠近，好一会儿才打110报警与通知工地上的负责人。

警笛呜咽，刘全海很快就被全副武装的警察押上了警车。

第二天一早，各大新闻媒体都纷纷报道了这起跳楼讨薪的引人注目的新闻事件。而有些不负责任的媒体却指责这些农民工以“跳楼秀”的名义来逼迫单位还钱的做法不可取，说这样做是扰乱了社会治安，浪费了社会公共资源，属于犯罪行为！

“小凡，你啊，真行，我真的就服了你！你这个主意太管用了。”中午，郑大松乐呵呵地向小凡讲述着那出跳楼大戏后，小凡一言不发地坐在那看着满脸春光的郑大松，半晌才叹了一口气：“大松，你看看这个报道吧。”说着扔给了他一份名为“农民工为讨工资上演跳楼秀”为题的报纸给了郑大松，然后陷入了沉思之中。

农民工兄弟生来就爱表演跳楼秀，难道他们的祖上都是耍杂技的？何况这样的作秀表演会有生命危险和被他人当做笑料的名誉损害，也是一件伤害自尊的事情，弄不好更会被公安部门以危害公共安全罪论处，这是何苦来着。实为无奈之下的次优选择。如果说他们投诉有门，老板们不恶意拖欠他们的血汗钱，打死他们也不愿意作这样的秀。

人都是有尊严的，农民工兄弟也不例外，饭香屁臭他们还是懂的。所以，说他们跳楼是在作秀的人真有点站着说话不腰痛。可以肯定地说，说农民工跳楼是在作秀的绝对是一些强势集团。用“子非鱼焉知鱼之乐”来形容最为贴切，他们有被欠薪的切肤之痛吗？可能有人会说还有其他更好的途径，但当正途都失聪失灵，农民工被一些权力部门当做皮球踢来踢去的时候，他们还能有更好的办法吗？上访会被说成精神病，弄不好还要进“学习班”学习，忍受人格与肉体的双重折磨。在这里，法律的无助才是导致他们跳楼的真正原因。

劳心劳力流汗挣钱，本来属于自己的薪酬却被拖延，被克扣，求助法律，不能立即见效，求助政府，经常遭遇推诿扯皮，这时候让他们保持足够理智，已只具理论意义，而爬上高楼主张自己的权益似乎也就成了一种屡试不爽的模式。一次次跳楼讨薪，无不反映出有关部门对欠薪重视不够，规章执行不力，监管机制失灵，投诉效率太低。

生命无价，不管那些跳楼者是不是在表演作秀，社会及媒体都有责任尊重生命，而让“跳楼秀”出现在新闻标题上，则显示了记者良心结茧和媒体责任缺失。

跳楼不是理性的讨薪方式，甚至还会受到处罚，但为了生存，他们可以不顾脸面、不顾尊严、不顾生命。由此看来，跳楼从来没有“秀”，有的只是尊严，只是呼喊，只是生命……

三十七、悲剧收场

刘全海被抓了。好好的一个家，就这样在一夜之间全毁了！

这整个事件的悲剧根源就在于，农民工的基本、正常的要求长期在从事这种卑微的工作中得不到满足。环境、生活、生存等压力各方面的原因导致他做出如此极端的举动！这不仅是刘全海的个人悲剧，更是整个社会体制的悲剧，在全国各地中，因为不满自己的工作、收入、得不到合理的报酬而做出极端举动的越来越多！

刘小军被抓了。他被抓的悲剧就是在于留守儿童养成的那种性格上的变化。由于缺乏来自父母的关爱与监管，一些留守儿童正在用无知和无畏冲击着法律的禁区，深深地刺痛着人们。一些“留守儿童”长期享受不到父母的关爱，遇到困难不能从父母那里找到感情的支撑，容易在人身安全、身体健康及心理健康等方面出问题。而就算像刘全海这样，把孩子接到身边，但也疏于管教，父母整天都是早出晚归，少有休息，工作时都累得爬不动了，回家都只想吃了饭就倒头便睡，哪还会去注意到自己孩子的生理、心理都在发生翻天覆地的变化？！

而城市或是整个自我感觉良好之阶层对农民工的歧视是相当的普遍与明显，这样的人的家庭环境顺理成章地就导致了自己的小孩从小就耳濡目染地接受了只觉得他们低贱而看不起农民工的心态，导致了两个阶层的无意对立，自然，这样的极端事件就会随着以后越来越明显的歧视越来越多。

有调查显示，农村“留守儿童”的爷爷奶奶等监护人有约七成表示“很少与孩子谈心”，“只照顾生活，别的很少管”。

“生活上缺人照应、行为上缺人管教、学习上缺人辅导”，亲情的缺失甚至使得一些留守儿童走上违法犯罪的道路。父母的疏于管教会让孩子渐渐变得不爱学习，成绩不断下降，产生厌学心理的有了辍学打工的想法。

有关专家指出，留守儿童群体的问题不解决好，不仅影响这些孩子的健康成长，还影响着这些家庭的幸福稳定，甚至关系着社会主义新农村建设和和谐社会的建设。

留守儿童问题是当今社会不得不重视的重要课题。很多留守儿童的父母是双双出外打工，孩子在情感上变成了“孤儿”。留守儿童正处于世界观形成的关键时期，得不到父母在思想认识及价值观念上的帮助，极易产生思想认识、价值观念上的偏离。现在的学生大多无人监管，农村留守儿童十之八九，家庭教育一片空白，再加上社会上的各种不良影响。出现这样的悲剧也就不足为怪了！恳请社会各界为孩子的健康成长创造出一片净土。

现在未成年人犯罪概率越来越大，大多是家庭父母关系不和，导致孩子情感教育的缺失，这些孩子容易过激。还有，现在的留守女孩子的现状也不容忽视，很多成为受性骚扰和侵害的对象。

可这一切又能怪谁呢？父母？社会？学校？老师？还是……

小凡满脸阴沉地将另一个版面的报纸扔给还在嬉笑的郑大松！

“怎么了？”郑大松感到小凡有些不对劲。

“你们昨天一早去讨薪时，刘全海的儿子杀了欺负他的同学，刘全海急需钱去救他的儿子，又去工地上找你们老板要钱，老板不给，他一怒之下，也杀人了。”小凡闷闷地说，“报纸都上头条了。”

“天啊，这算是咋回事啊？”郑大松怪叫一声，忙拿过报纸仔细看了起来。

小凡的业务越做越好，业绩在公司后来居上，在这个行业中，才是真正的付出与收获成正比的。所以，小凡感到这个行业简直就是为自己量身定做的。他每天都早出晚归，除了下雨外，基本都在小区里与各家业主联系沟通、熟络，以增加人缘与情感。

做业务这个平台与昔日在工厂里打苦工相比最大的好处就是：公司从老板，到经理与普通的业务员之间都很平等随和，不像在工厂里那样等级森严，多数人一旦获得机会做上什么小组长、流水线线长什么的一升职就会小人得志，拿着鸡毛当令箭，细细想来，小凡心里明白，那是因为工厂里接触的人，或是高层次的人太少，大家都在一个极小的圈子里做着各自低层次的岗位，当忽然之间到了比别人高一个层次时，自然就免不了有一种自我心理的优越感。这就导致了本身素质极差的小人得志而得意忘形。

但做业务不一样，你的每一笔所谈成的业务要经历从所谓出身高贵的老板、经理、官员或是下面的油漆工，你都得与他们打交道，从他们的谈吐学识与低调中，会学到人家的长处与处世哲学，见识多了，自然，心也就宽了，哪里还会像在工厂里坐井观天一般在那个小天地里自我感觉良好？

所以，小凡暗自庆幸自己这次的选择，遇上了这么一份适合自己的工作，更感激当初油漆店老板对自己的慧眼相识。

公司也有好几个女性业务员，一个个不仅年轻、漂亮，青春飞扬，还能说会道，业务能力极强，而小凡这些年的打工经历，让他日渐显示出他的成熟稳重与做事的魄力，这让公司上上下下对他的好感与日俱增。

张少青比小凡早到公司半年多，人长得很美，性格特别开朗、大方，为人又极热情，对小凡很有好感。

这天，两人在小区路口上不期而遇。

“小凡，你说，今天你该不该请我吃餐午饭啊？”张少青老远看见小凡出了小区门口，笑意盈盈地大声招呼。

“我为什么要请你，给个理由。”小凡调笑着走了出来。

“哪有这么多理由啊，如果说一定要给你一个理由，那我是美女，请美女吃个饭，应该是一个很好的理由吧。”张少青歪着脑袋，笑着说，“这个理由行吗？”

“哈哈，行。”小凡笑着说，“你想吃什么？”

“我想吃，肉丝米粉、青椒炒肉丝，还有鱼香茄子，再来一个黄瓜皮蛋汤……”张少青脸上显得神采飞扬，咯咯地笑个不停，“当然，如果不介意的话，我最想与你一起吃情侣套餐。”说着，意味深长地看着小凡。

“行，今个你请客，我付钱。说真的，我倒还真是想找机会请客的，没想到你自投罗网了，我刚进公司时，可亏你教我不少。”小凡知道这些跑业务的人一张嘴可会掰了，不在意地笑着问：“咋啦，这么开心，是不是又出大单了？”

“哦耶！”张少青打了一个漂亮的响指，“没有，刚到前面小区谈了两单，意向单啦，就这样。没想到出来就遇到你也在这里跑业务，就高兴呗。”

说着，指了指自己的电动车：“来，坐上来。”

小凡笑着摇了摇头：“我有车，你坐我的。”

“有车？你什么时候买车了？”张少青惊问。

“嘿，自行车！”小凡大笑，“坐不坐？”

“我坐。”张少青抿嘴甜甜地笑了，立马把车在门口锁好，等小凡推自行车出来，坐在了小凡的身后向餐馆进发。

小凡拿过菜单，递给少青：“点吧，想吃什么随便点，你知道我不会点菜的，你点，我请。”

“我就吃我刚才说的。”张少青听得眉飞色舞，说着就利落地把菜点好。

“我说，你呀，赚这么多钱干吗？都不改善改善出行方式？”张少青睁着一双水汪汪的大眼说，“这一部电驴，也不过三千来块钱，以你的工资，大半个月就够了。有车出行，方便很多，说不准，业务量也上来了，一举两得的事，多好。”

“没事，我是男人，骑自行车当锻炼身体好了。”小凡笑笑。

“做业务这行业的，一般都是做上几年就出去发展自己的事业了。你将来有什么打算？”张少青说着，满眼尽是柔情地看了他一眼。

“我在计划开个培训班，这想法都好几年了，呵呵，就是没钱，实现不了。现在收入高一些，慢慢存一些钱，就可以开了。”小凡笑着说出自己的想法，“现在开始着手了。”

“什么培训班啊？”张少青抬头望着小凡问。

“电脑培训。”

“哦，难怪了，公司的人说你在网络上做了很多客户，原来你对电脑精通的。”张少青惊呼一声，“你的业绩这么好，原来就是这样做出来的啊，改天，有空能教教我吗？”

“行，这个没问题。”小凡笑着答应。

“对了，问你个私人问题。”张少青面上好似有一种漫不经心的表情，停下吃菜的动作，嘴却不停，“你有女朋友了吗？”

说完，睁着一双迷人的眼睛看着小凡，又自言自语似的说：“像你这么俊雅、出色的男孩肯定有了是吧。”

“嘿嘿，哪有。”小凡有些不好意思，干笑着，随后他又沉默了，他的思绪似乎又飘向了远方：“我曾经有一个女朋友，我也不知道她现在在哪，我也几年没见了，我找了她很久、很久，可是都没有找到。也不知道，她现在过得怎么样了。”

“找了几年都没找到？那你们是什么原因分开的？”张少青一双大眼忽闪忽闪地看着他问。

“误会，她误会我跟别的女孩好了。”小凡沉默半晌，才吐出这几个字。

张少青展颜一笑，没有再追问下去，她懂得适可而止，做业务的人，说话、做事，都比较懂得分寸的，她拥有良好的业务能力，这点察言观色的能力，她自然是有的。

才过几天时间，张少青果然到了小凡住的地方。

今天是周六，天气阴沉，外面下着小雨，干小凡这个行业一般雨天是不会出门的，业务这个行业就是属于一个高度自由的行业，当然，也是一个高度自律的行业。

要想在这一行里赚到钱，几乎是全凭个人的业务能力，这比在工厂的发展潜力要大得多。工厂就是一个僵化的体制，它不需要多少人才，所以，很多中小型企业都是家族式企业，一个个稍上层的管理层都是一些错综复杂的亲戚关系，而员工，几乎是没有一个良好的职业上升通道，自然也就谈不上什么职业生涯规划了，更谈不上那种所谓的以厂为家的归属感了。工厂只需要机器与半机器，这个半机器就是人，日复一日的工人，只是用手操作机器的机器。

也只有下雨天，小凡才难得休息一下。

张少青提着一大袋水果让小凡下楼来接她，她提议在小凡家里做饭吃，并且，她来做。

小凡对家务活说真的，是深恶痛绝，他最不喜欢做的就是家务。现在张少青自告奋勇要做饭，他自然是没什么异议。

两人去市场买好菜，回到家，张少青缠着小凡开了电脑，说要学习一些电脑知识，小凡也没多想，就教她怎么打开、怎么输入、怎么注册之类的基本知识，张少青凝神细听，时不时地回头给小凡回报一个似感谢、似羞涩的柔情微笑。

小凡正聚精会神地教着张少青，忽然，看见门口站着一个杏眼圆睁的人，那眼中燃满的是熊熊的妒忌之火：“周小凡，你最近真个春风得意了啊！”

三十八、为爱坚守

英子单纯的世界里多了一个宝宝，让她有些手足无措，一天到晚忙得团团转，有时甚至连饭都吃不到嘴里去，对照顾婴儿她可是没有任何的经验，又苦于无人指点，孩子哭她也跟着哭，唯一能做的只是把孩子紧紧抱在怀里，紧贴在胸前，让孩子离自己更近一些，好在那位阿姨心疼她，不时过来教她很多相关的带小孩的常识，有时候还帮她带一会儿，英子才稍微走出困境，对孩子的哭闹有了一知半解。

孩子出生后的这一个月，中国人叫“坐月子”，生产的妇女是要靠人伺候的，可以说是很享受的一个月，可是英子只有一个人，她只能独自一人坚强地度过这一难熬的月子，她拖着虚弱的身子为孩子洗洗涮涮，承担着自己的一日三餐，宝宝有时哭闹，英子就会整夜不合眼，抱着宝宝摇着、晃着，哪怕为他减轻一点点的哭声，英子都会感到莫大的欣慰。

每到这时，英子就会拿出她与小凡合影的照片，仔细地看着，轻轻地抚摩着照片，看着小凡那清秀专注的面容，阳光般的笑容，她就会感到小凡也一定这样在想着她，在那远远地望着，望着这对在痛苦中挣扎的母子。她每想至此都默默地流泪。

无助的英子累得两只胳膊第二天都抬不起来，但还是一直坚持着，孩子一生下就没有爸爸的爱抚，她是不允许让孩子再受到半点委屈的，自己要咬紧牙关尽最大的努力让孩子幸福，这是英子给自己定下的不容更改的规定。

满月后，孩子长了好多，漆黑明亮的眼睛可以滴溜溜地转动着，到处搜寻着与自己朝夕相伴的妈妈，红嘟嘟的小嘴浮着浅浅的笑意，那是见到妈妈后莫大的满足。英子每当看到自己的小宝宝那有意无意地开心一笑，心里也满满的是甜蜜与幸福。

英子思前想后觉得还是卖盒饭不受上下班的限制，相对也自由些，只得重操旧业。每天早晨英子去买菜时孩子都还在睡梦中，一是不忍心吵醒他，二是孩子太小背在身上实在很遭罪，只得狠狠心把孩子锁在家中，自己飞奔上车，心里七上八下地没命地蹬着车子，争取早一分早一秒回到家中，早一分钟看到这个牵系着自己每根神经的小宝宝，有时宝宝会安然无恙地在睡梦中微笑，看到仍在酣睡的宝宝，这时英子会如释重负，心情随之放松；可是有时候不知是尿湿了床铺还是睡梦中惊醒，还没有开门就听到宝宝上气不接下气的哭声，由于哭的时间很长了，小脸被憋得通红，每当这时英子心如刀割，泪流满面："苍天呀，为什么这样残忍地对我，孩子是无辜的，他是没有错的，错的是我一个人，求您不要折磨我的孩子，我愿意承担一切苦难，我愿意付出一切换取孩子的平安快乐。"没有人能听到她的呼喊，命运更不会因为她的凄惨而放弃所有的蹂躏……

时间过得飞快，转眼孩子已经在嗖嗖地四处爬了，英子再也不敢把他一人锁在家里，怕摔下床铺摔破头。只得背起孩子与自己同甘共苦了，虽说这样孩子会风吹日晒，但英子会觉得心里特踏实，至少不用再担心孩子因为醒来无人照看而哭得一塌糊涂，不用担心孩子是不是摔在了地上，只有让孩子在自己的眼皮子底下，才是最放心的。但是这样英子一天下来，浑身像散了架似的，晚间往床上一躺再也懒得动一下，孩子到了这个时候可以交流了，黑亮的眼睛望着饱经风霜的妈妈，伸出肉嘟嘟的小手，似乎想要拭去妈妈眼角的泪花、轻轻刮去妈妈满脸的忧伤，为妈妈驱赶走周身的酸痛，去一点一点融化着妈妈心中那难言的痛楚……

学生放假了，闲下来的英子静下心来，细细地翻出从前的记忆，品味着阿姨对小凡的疑问，一向木讷的小凡的确是不应该在短时间里感情就发生如此大的变化的。英子心里，疑团顿生，决定前去一探究竟，一是对小凡的思念从未间断，二是确定一下阿姨的推断是否正确。

这天，她托阿姨照看一下宝宝，直奔自己从前的住处，她小心地看了看四下，房东阿姨也没在，于是躲在隐蔽的角落里，等待着日思夜想的小凡出现，她有许多话要说，那些话沉重地压在心头让她难以忍受。

她死死地盯着房间，恐怕眼光离开一会儿，一切就都消失得无影无踪，就会跟她隔绝，她感到极度的痛苦，真想扑到小凡的怀中大哭一场，但这里不允许她的声音出现，她的心跳得很快，随着心的跳动她感到自己的身体直往上升，仿佛要飘到空中，就要见到朝思暮想的小凡，她怕，也许是兴奋，想到小凡心中一热，可想到方敏，心中一冷，想到他们在一起浑身又起了一层鸡皮疙瘩，情感交错中，听得“咚咚”楼梯的响声，她日思夜想的小凡没有出现，倒是方敏出现了，手上拎着水果和蔬菜，嘴里哼着欢快的小曲儿，热情洋溢地进了屋子。

方敏关上门的同时，英子就感觉心啪嗒落下来了，砸在了冰冷的地面，不再跳动……

英子不知怎样回到家中，看到宝宝思绪又不住奔腾起来，两种相互矛盾的心理，在她心中痛苦地纠缠着。一会儿充满幸福，幸福的心向外膨胀，一会儿又充满恐惧，感到一切是那样可怕，往事又重现，她伏在宝宝身边抽泣着，肩膀在柔和的灯光下抖动着，希望与光明一时都塞绝，她不知道该怎样才好，心中全是空白，不再想什么，不再希望什么，将就着活下去才是必要的，什么都无须再想了……

英子将一切亲密的东西都变得无限疏远，把过去的一切都封存，她越过这无穷寂寞的边缘，她心情沉重，但不再去说出来。

对小凡的等待化为泡影，孤苦无依的英子强烈地想起了远在江西的家，想起了疼爱自己的父母，自己的固执，不惜伤害父女之间二十几年的亲情，而自己一意孤行又换回来了什么？还不是被人随手就遗弃在路边吗？想到此，家的温暖让英子归心似箭，恨不得立刻投入妈妈的怀抱，去倾诉自己的辛酸与委屈，只有家才是为自己遮风挡雨的港湾，只有父母才不会嫌弃自己孩子犯下的错。

终于，她实在忍不住拨通了家里的电话，当一听到是妈妈接电话的声音，她只觉鼻子一酸，嘴巴嚅动着，半晌才吐出几个字：“妈，我想你，我想回家……”

在艰难地说出这几个字后，她忍不住放声大哭起来。

泪水，汹涌地顺着脸颊滚滚而下。这一哭，泪水让她多年的委屈、忍耐都宣泄出来。

站在自己生活了近二十年的房前，英子悲喜交加，抱着与自己风餐露宿的宝宝潸然泪下：“妈妈，我回来了，我是你们的英子，是你们视为生命的英子，只有你们才是最疼爱我的，只有你们才不会伤害我，我已经走投无路了，我早已筋疲力尽了，小凡不要我了，我们母子无处容身了。”

就这样在门前不知站了多久，没有勇气去敲再熟悉不过的房门：“哎呀，这不是英子吗？英子回来了呀？”邻居大妈路过，惊喜地上前打着招呼。

“嗯，大妈是我，我回来了。”英子低着头，声音小得如蚊哼，不敢正眼看每一个人，因为她知道，在农村未婚先孕是大逆不道的，是会被众人痛斥唾骂的。英子恨不得找个地洞钻进去，窘得她只得把头埋在宝宝的被子里。

偏偏这大妈嗓门特洪亮，眼神更是挖心透骨：“天啊，英子你抱的谁的孩子啊？你什么时候结婚了啊？咱村里咋都不知道啊？孩子他爹呢？”这一串跟爆豆似的提问噼里啪啦地砸在英子身上，使得英子浑身如针芒在背，英子紧咬着嘴唇无言以对，只盼着妈妈能快一些从天而降别让自己再难堪下去。这大妈一见英子的窘迫样，早知一二，更是火上浇油地嚷嚷开了，七邻八舍的更怕错失好戏上演，争先恐后地瞬间就涌到了英子家门前。

孤立无援的英子就那样被人指点着、抨击着，似有几百张喷血的嘴，几十只怪眼睛排山倒海般向她扑过来，就像四面造了墙把自己围困在当中密不透风，宝宝在她怀中睁着惊恐的眼睛来回转动着，妈妈的泪水滴在他粉嫩的小脸上流到他的小嘴里，在这里两个人化作一种痛苦，两个人变成一种悲泣，他们现在不单是哭，而是一种恐惧在震慑他们。紧伏在妈妈怀中的宝宝像只惊吓的小鸟战战兢兢，憋着的小嘴想哭，可偷看到那似愤怒又似在嘲讽的人群，又赶快收回胆战的眼神求助似的看着同样需要解脱的妈妈。

泪水在心里翻滚，随即在脸上肆虐，这种等待的心情像夜晚的飞蛾追寻不到光亮一样，盲目而痛苦地在她心里颤抖。爸爸、妈妈终于被门外的讨伐声给引了出来，所有眼睛齐刷刷地盯在了这对老人的身上，一切的语言都在瞬间戛然而止，人墙面向一边闪开，刺眼的阳光透进来。

英子抬起头，望着朝思暮想的父母扑通一声跪在了父母面前，因为自己的无知莽撞，让父母在乡亲面前颜面尽失，声名扫地，被乡亲指指点点、冷言挖苦，英子此时才知道自己已经犯了不可饶恕的罪过，只盼爸妈可以原谅自己，顶住乡邻的压力，因为他们只有自己一个女儿，是不会把自己拒之门外让女儿流落街头的。

爸妈一看眼前的情景，心知肚明了，英子妈心疼地上前要拉起抱着宝宝的英子，可还没到跟前，就听爸爸大喝一声，用手指着英子，气得全身都在颤抖："你给我站住，这个不要脸的东西！让她给我滚，滚得越远越好，我们家还轮不到这伤风败俗的人进这个门！"

英子妈站住了，泪水哗哗地流着，望着自己的心头肉被人践踏，面对左邻右舍那些嘲笑的眼神与七嘴八舌的议论声，自己却无能为力，那种绝望的心情使她悲声连连："我的孩子啊，你这是怎么了啊，为什么孩子他爸没有陪你一起回来？他怎么能做出这种事情啊，你叫我们的老脸往哪放啊？我们还怎么出去见人啊？"

"妈，让我回家吧，我以后什么都听你的，听爸的，再也不惹你们生气了，求你们看在宝宝的份上，就让我留下吧，我知道错了，我改还不行吗？"

"你给我闭嘴，我们家没有你这种不要脸的东西！"爸爸声色俱厉地说着，强硬地打断了英子的哭诉。

"爸爸，求你原谅女儿，不能让宝宝和我流落街头的，孩子那么小，他没有错的，爸爸，你看，宝宝很乖、很可爱，求爸爸让我们回家吧。"英子跪着双膝挪到父亲身前，一只手抱着孩子，一只手抓住父亲的腿。

父亲嘴唇哆嗦着，也是老泪纵横，哪有父母不心疼自己的孩子的，虎毒不食子啊，看着可怜的女儿，和那紧紧蜷缩在女儿怀里的孩子，睁着那双惊恐的眼睛在躲避着一切，可是迫于农村那种旧观念的影响，只好忍痛割爱了，这是死要面子活受罪啊。

"孩子，你走吧，你不该回来啊，你知道你回来的后果吗？人言可畏，唾沫星子能淹死你啊，快走吧。哪一天，你能把孩子爸带着，一起回来，我就认你这个女儿，你如果带不回来，我就一辈子不认你！"父亲挥着手，颤颤巍巍地转身走回去，进门的那瞬间回头喊着老伴一同消失在众人的视线里。

英子傻呆呆地愣在那里，觉不出自己是在活着，只有脉搏跳动她听得出来，仿佛震得耳朵都在颤，因为四下已经空无一人，死一般寂静。

爸爸妈妈的决绝转身她始料不及，对自己疼爱有加的父母没有抵挡住社会舆论的压力，宁愿舍弃自己的女儿，给乡邻与社会一个满意的交代。那紧闭的大门毫无声息地宣布着这里不再欢迎她。

英子绝望了，那种类似被丢进冰窖中的冷，灌满整个细胞，她什么都不再说，久久之后才有一声凄厉的呜咽使她全身震颤，但是没有眼泪，就像没有声音的闪电，她颓然起身，怀抱着孤苦无依的孩子向前飘去……

大概那里有一个看不见的灵魂在向她招手，好像有个幻觉在吸引她，那里没有痛苦，没有挣扎，没有辛酸的往事，没有世人的践踏，那里充满着快乐祥和，她慢慢地走着，没有朝下看一眼，她一直朝前走，她每走一步离深渊就近一步，就在离她不远的地方。

河水漫过了她的小腿、膝盖、直至腰身，她还在木然地向着那灵魂的光亮走去，脸上一种近乎残酷的美是雕塑过的肃穆。

“哇……哇……”孩子的哭声，惊醒了灵魂已走出很远的英子，冰凉的河水浸到了孩子的身体，仿佛在警示着幼小的孩子，快去阻止自己绝望的妈妈吧，现在只有你才能帮助妈妈走出困境，只有你才能唤醒妈妈对生的希望：“妈妈，你不能这样啊，爸爸不要我们了，家里不要我们了，就算全世界都将我们遗弃，你还有我啊，妈妈我们永远在一起。”

英子木然地低头望着怀中的孩子，意识这才逐渐的复苏，我在做什么？我不能就这样扼杀我幼小的孩子，我怎么会这样的自私和残忍，为了解脱自己，不去顾及降临人世不久的孩子，他还没有喊过一声妈妈，没有体验人生的快乐与幸福，我就这样断送他的性命吗？不，我不能，为了孩子我要坚强，我已经失去了一切，我要勇敢地面对！

英子想到这里，用力地甩了甩头，紧紧拥着孩子，呵护着他，咬咬牙，她现在要做的是：尽快找一家旅馆，将孩子浸湿的衣服换下来，然后，回到福州。想到这里，快步上岸而去。

时间，似乎在弹指之间就过了三年，在这沉默忧伤的母亲身边是一个已经能够流利地背诵儿歌的小男孩，在这对形影不离的母子身上，那顽强执著的生命力在跳动，欢乐与悲哀充溢了他们的全身，但却丝毫掩盖不住孩子那黑漆的透着无邪与天真的眼神。

“妈妈，我为什么没有爸爸？”孩子在追问着一直困扰自己的问题，亮亮的眼睛直视着妈妈，再也不允许妈妈去搪塞，英子脸上掠过一丝忧伤，随之换上微笑：“爸爸在很远的地方看着我们呢。”

英子还没有说下句，孩子已着急地抢过话头：“是不是我要听妈妈的话，爸爸一高兴就会回来看我们了？可是妈妈，我很乖的，我很听话啊，我不惹妈妈生气，我会替妈妈捶腿、揉背啊，可是为什么爸爸都看不到呢？”

英子咬着嘴唇，含着眼泪将头低下，看到妈妈伤心，懂事的宝宝意识到自己说错了什么，慌忙跑到妈妈身前：“妈妈，我再也不问爸爸了，你不哭好不好，我听话，我不惹妈妈生气的。”

说着两只小手拽起妈妈那日渐粗糙的双手摇晃着、乞求着，英子将宝宝紧紧搂在怀里，如泣如诉地说：“宝宝不是你的错，是妈妈不好，是妈妈对不起你。”

英子不知是在敷衍孩子，还是在欺骗自己，那无望的等待就像挂在天际的烟花，不知是会魂飞魄灭还是会成为灿烂的永恒。

三十九、一吻断情

张少青不由得一惊，抬头一看，一个穿着打扮非常得体的漂亮女孩正望着自己。她再看看小凡，却见小凡淡然地笑了一声："方敏，今天什么风把你给吹到我这了？"

"没什么风吹我就不能来吗？"方敏重重地哼了一声，"我这还来得正好，再来晚点就迟了！你的动作倒很快啊，才大半年不见，你就又另结新欢了？"

"方敏，你这是说哪去了？这是我的同事，张少青，你们认识一下。"小凡起身招呼，"这是我的同学方敏，你在门口瞪着眼干吗？进来坐吧。"

"是吗？你的同事可真多哦。"方敏用挑衅的眼光看了张少青一眼。

"很高兴认识你。"张少青愣了一下，心里暗想，难道这就是小凡口中所说的失踪几年的恋人？可是听语气不像啊。她心里这样想着，手已伸了出来。

方敏稍犹豫了一下，但还是伸出手与张少青握了握，进了门。

她自个去水果篮里拿了几个苹果洗干净，整理了一下情绪，莞尔一笑，对张少青说："来，你也吃一个吧。"说完，递给张少青一个，又递给小凡一个，自己才咬一口，又看了张少青一眼，才低声说："小凡，我妈妈昨天打电话来，问我们的事儿怎么样了，我没敢跟她说，你说，这事儿是死是活也总得给他们一个交代是吧。"

"可是，我……方敏，我真的心里放不下英子。"小凡讷讷地说，"我总觉得英子就在福州。"

"是，英子是在福州。可是这几年了你找到了吗？几年间音信全无，说不定，她都早嫁人了。"方敏听小凡一提及英子就上火了，"我这几年来，苦苦等的就是你回心转意的那一天，你想过我的感受吗？"

"方敏，我真的不适合你，真的，我的心在英子身上，我不想你以后活得不快乐，那样不是会更伤害你吗？”小凡苦笑着，心中如芒在背的痛，“我们难道，就不能做好同学、好朋友？”

“你说得倒轻巧，好同学、好朋友？我几年如一日的等你，等到的就是一句好同学、好朋友就结束了？”方敏气得脸色苍白，“你，你不觉得，你过分了吗？”

“可是，方敏，我是对不起你的一番情意，可感情的事，真的勉强不了。”小凡眼神又开始显得空洞起来，“我也想，我也想过，我跟你在一起是最好的、最现实、最实际的一个家，可是，我一想到英子，我心里就痛，我不能忘记她在车站送我的那种伤心欲绝的表情，她说过了，要我在福州等她，只怪我自己一气之下离开了福州，不然，哪里有那么多的事儿出来？”

“你为什么就死着一根筋？”方敏眼中泪花直打转，“英子一辈子找不到，你就一辈子不结婚生子了吗？”

张少青在旁边，愣愣地看着二人，沉默不语，半晌，她勉强在脸上挤出一丝笑容，“小凡，你先忙着，我还有些事儿，我先走了，要不，改天，再来你这好好学一下。”

“嗯，那好，我送你下去。”小凡想想她待在这样的场合下也很尴尬，而此时方敏站在那当她是对手般看待，马上应声要送她下楼。

“不用了，我自己下去就是。”张少青说完出门，冲小凡扮了一个鬼脸，低声说：“你这个多情种子，现在的事儿你可得处理好。”说完，冲里面的方敏大声说，“方敏，我走啦，再见。”

“嗯，那你走路慢一点啊，雨天路滑的。”小凡冲着楼下的张少青喊着。

“没事儿，我会小心的，我走了啊，小凡。”张少青说完就出了院子。

“哟，一个关切，一个浓情的，都恶心死我了。”方敏冲小凡撇了一下嘴，“你口口声声说的是为了找英子，可这，嗖嗖三两下，又一个美女勾到手了吧。”

“方敏，你说到哪里去了，这是正常同事之间的关系，我刚进公司的时候，她帮过我不少，她来看我我很感激她，又怎么了？你扯这么远干什么？”小凡正色地说着。

“我是女孩，我比你懂，我当然能看出来这个张少青不怀好意，而你呢，就是道貌岸然，就是伪君子！！”方敏这张嘴可厉害了，出口像放机关枪似的，小凡还能说什么。

小凡苦笑着，不再言语。

“怎么啦？不说话了，沉默就是代表我说的对，代表你同意。”方敏冷哼一声，“我就不明白我哪里配不上你了，你就这么死心眼的想着英子？我是不是上辈子欠你的？”

“说完了吧，这么久你都没来过，你今天来一定有事儿。”小凡看着她，耸耸肩，无可奈何地摇了摇头。

方敏脸上马上有灿烂的笑容出现，“扑哧”一声乐了，刚才的火气一下全消了，声音也变得轻柔起来，真的是女人的心，秋天的云，这女人心思变化真的是太快了，“你还真知道我的心里怎么想的。”

“你不是一心想办培训班吗？”方敏咬着嘴唇，良久，才说出这句话，“我一直想支持你做自己想做的事儿。”

“是想啊，正在计划着，快了，我正在购置一些二手电脑。”小凡听她说到这，兴奋起来，“你过来，看看这个。”

说着，小凡坐到电脑跟前，打开电脑：“这一段时间来，我进了那家涂料公司做业务，收入高了些，所以，我换了台好电脑，拉上了网线，一来是在网络上做一些客户，二来我就是从网络上买一些二手电脑，这样，需要的资金就会少得多了。”

说完，输入网址，让方敏去看上面各种人家出售二手电脑的信息。

“没想到，网络上的二手电脑比电子城的电脑便宜很多，所以，我这样购置十台左右就可以先办起来，如果效果好，再添加一些电脑就行了。”

方敏乐呵呵地坐在小凡身边，漫不经心地看了一下，转过头来：“我存了一些钱，今天就是拿过来给你办培训班准备的。”

“这这这，你对我这么好，我都不知道怎么感谢你。”小凡听得心中感动万分，语言都变得有些迟钝起来。

“你不用感激我，我想要什么你知道。”方敏含情脉脉地看着小凡：“英子一去几年没有音信，她走时也留信给我们了，祝福我们能幸幸福福地在一起，我们在一起，也是她的心愿，你为什么就这么死心眼？我哪点比不上她了？”

“方敏，我心里是感激你，我是记着这样的情分，但我心里真的接受不了你。”小凡正色地说着，“我会把你当是亲妹妹一般的看待，我心里就是放不下英子。我还在想，等我培训班办好，效益如果好，我就去英子家，看一看，如果英子还没嫁，我就堂堂正正地把英子娶过门。”

方敏沉思良久，才问：“那如果，英子嫁了人呢？你怎么办？”

小凡抬头望着灰白的天花板，轻轻地摇了摇头：“我没有想过英子会嫁人，她也一定会等我的。”

方敏怔怔地看着小凡，幽幽地叹了一口气：“小凡，我真的没想到，你对英子用情这么深，看来，我们真的是没有缘分在一起了。”

“方敏，我对你，心中也总感到愧疚，但我就是爱不起来。”小凡满眼的又是那种可怕的空洞，“你知道，从来我都是一个固执的人，从英子走了后，我的心，总感到空空的，我除了拼命地上班想用累来忘记她，我也想过我们如果能在一起，是皆大欢喜。可是我的心告诉我，我不能没有英子，我不知道，失去一个心爱的人，原来，心也会跟着失去，人生也跟着失去了……”

小凡喃喃地，似自言自语地说着，一行清泪，从他眼中缓缓流出。

“我能理解，小凡，真的，我能理解你，我何尝不是一样，我喜欢你，我爱你，除了你，我的感情也放不到别人的身上。”方敏满眼也是溢满了泪水，“只要你答应我一个要求，我以后，不会再来烦你了，真的，不会再来烦你了。”

“什么要求？”

“你，能吻我一下吗？真的，我这一生，就是盼望着，你能真真心心地，心甘情愿地吻我一次。”方敏说完，泪眼凄迷地望着小凡。

小凡听得心神一震，望着满脸哀怨的方敏，心下莫名地顿生怜惜之心。

这个痴情的女子，为了自己，付出了太多太多，自己生病两次，她都那么无怨无悔地照顾自己，为自己端茶递水，为了自己的理想，她又把自己的积蓄拿出来支持自己，这份情，可谓感天动地，可自己为她又做了些什么？

小凡爱怜地看着方敏，方敏轻轻地闭上了眼睛。双目中，两行清泪滚滚而下。

“方敏，对不起……我辜负了你一片深情。”小凡说着，颤抖着伸出双手，轻轻拥着方敏，轻轻地俯下身，吻向方敏那红艳、丰满、诱人、性感的微微嚅动的双唇。

四片火热的嘴唇相碰，方敏全身不由得一阵轻颤，她也伸出双手，紧紧地拥着小凡，热烈地合拍着……

少顷，方敏才主动离开小凡的怀抱，柔声说着：“小凡，我没看错你，英子也没看错你，你是一个值得女人去爱、值得去信赖的男人，我不能与你在一起，只怪我自己没有这个福气。”

说完，她又忍不住轻声哭泣起来。

“方敏，别这样说，我对不起你，真的，对不起，我辜负了你的情意。”小凡望着方敏不停轻耸的双肩，轻声说。

“这里有二万块钱，你先拿去办你的培训班，如果不够，我会再帮你想办法。”方敏幽幽地看着小凡，轻声说，“我没有其他什么想法，我只是想你一定要成功，一定要对得起周叔叔，对得起你死去的妈妈。”

“嗯，我明白，方敏，真的谢谢你。”小凡满脸感激地说，“我的工资现在好得多了，我稍微能周转开来就会还给你的。”

“你别说这个，英子我想也是在福州，她父母既然反对你们在一起，肯定她是不能回去的。”方敏轻声说着，“我也会帮你去打听打听她的消息的。”

“嗯，那就太感谢你了。”

“我走了，这是我的电话号码，有什么需要，你一定要打我的电话。”方敏说着掏出手机，“把你的手机号码告诉给我。”

方敏记下小凡的电话号码就走了，小凡目送着她那娇好的身影直到消失，心中，莫名地升起一种惆怅的情绪来。这种情绪，让他也不知道是什么滋味，是感激？是感动？还是愧疚？他也说不清楚。

有方敏这二万块钱的相助，小凡当然就可以放开手脚去开他的培训班了。

小凡得益最大的就是他进了这个业务行业，工作时间太自由了，只要早上开了会就出去，只要有业绩，甚至早上不用到公司开会都可以。

所以，他一边尽心地跑着业务，一边去找适合开培训班的地点，还得利用一丁点的时间从网络上陆续购买了十台二手电脑，然后，又从网络上与二手市场上购买一些电脑桌椅等必备物件。

挑来挑去，他还是觉得金山那边挺好，主要是还没有人开办，没有竞争对手，所以，他决定在那边去租个店面先开起来试试。

因为网络上的二手电脑是东边有一人出手，西边有一人要卖的，所以，为了省钱，他舍不得打的，有时候只好骑着自行车到几十里外的地方去把电脑运回来，然后，调试、安装好。

一切都准备就绪，小凡多年的梦想终于实现了。一个小小的培训班就开张了。

他不敢一下辞去这份高收入的业务工作，他先请了也在福州打工，目前正没事做的表弟，就让他帮自己看店，而小凡白天上班，晚上，与表弟一起去到处张贴电脑培训的广告。

这广告一贴出去，不想还真有效果，才一周时间，就来了七八个咨询报名的。小凡心中盘算着，如果照这样发展下去，培训这个行业确实还是有利可图的。

而福州这个地方对外来打工者、创业者说实在的相对比其他城市宽容、包容许多，想要开个餐馆、食杂店什么的，都是先开店后办证。这比其他地方要先办齐所有证件再开店那样容易好多。

因为在中国现在是证件泛滥的时代，无论开个什么厂子、小店，那需要办的手续是非常多的。很多打工的人想开个什么店之类的，一想到手续的繁复都望而却步了。

就这样两个月下来，没想到学员就越来越多，小凡决定辞职不干了，因为跑业务虽说好赚钱，但确实心理压力是非常大的，而培训班目前看来确实很稳定，收入算下来，还可以，但好处就是几乎没什么心理压力。

在老板与经理惋惜的挽留中辞职后，他专心地经营起培训班来。

随着国家经济的高速发展，在民主的道路上中国也在缓慢地碎步向前。今年发生了一件令全国打工的人既震惊又痛心，但后来又为之感到欣慰的大事件。

这就是后来导致收容制度改革的孙志刚事件。2003年4月25日，《南方都市报》以《被收容者孙志刚之死》为题，首次详细披露了在广州打工的大学生孙志刚被非法收容殴打致死的事件。孙志刚事件在网络上引起了轩然大波，引起了社会各方的强烈关注。

2003年5月14日，北京大学许志永等三名法学博士联名上书全国人大常委会。要求对《收容遣送办法》进行违宪审查，废除收容遣送制度。三博士上书引发对孙志刚案更深层的讨论。

同年6月20日，温家宝总理发布国务院第381号令，《城市生活无着的流浪乞讨人员救助管理办法》自当年8月1日起施行，1982年5月国务院发布的《城市流浪乞讨人员收容遣送办法》同时废止。

一个公民之死，导致一部法规的废除，这在共和国的历史上还是第一次。

小凡在网上看到这个消息时，忍不住叹息连连，孙志刚的死，让千千万万的打工者、农民工记住了他，因为有他，那个连国家自己都解释不通的旧法终于废除了。死去的是一个英雄，换来的是天下打工者的幸福。这个死，重于泰山，死得其所！

小凡为了出行方便，也买了一部电动车，这天，方敏打电话让小凡去接她，她看到小凡终于坚持着，实现了他最初的梦想，她看着培训班里面坐着的满满的学生都在认真地学习着电脑，笑着说："你呀，就是有一种坚持的精神，这种精神在学校的时候，就感动着我，现在，你终于因为你这种精神实现你的梦想了。"

小凡笑笑："这还不多亏你的帮助。"

"我没帮到你什么，你不用感谢我，我知道，就算我不借你钱，你也会把培训班给开起来的。"方敏深邃的眼神看着小凡，轻声说，"小凡，我来是告诉你，我知道骆玉红在哪里上班了。"

"啊？玉红在哪里上班？"小凡急忙问："那你找到英子了吗？"

"看你急得这样子。"方敏幽幽地看了小凡一眼，把他拉了出门，"过来，我告诉你一件事儿。"

"什么事儿搞得这么神神秘秘的？"小凡满腹狐疑地跟着她来到外面一个不起眼的小角落。

“骆玉红在酒楼里上班，做陪酒小姐。英子我也问过了，我没找到她。”方敏低声说道。

“骆玉红在做陪酒小姐？！”小凡愣了一愣，自语着，“嗯，这就难怪了，这真难为了她，为了家，牺牲了自己一生的幸福。”

方敏沉默半晌，才轻声问：“那你说，要不要把骆玉红的消息告诉给志伟。”

“这个，我觉得，还是不要告诉他了吧。这么多年过去了，况且，玉红在那种地方上班，志伟还能接受她吗？”小凡思索着说。

“嗯，可是，我觉得，真正爱一个人时，不管他是做什么的，心底里的那份爱都不会改变。”方敏说着，深深地望着小凡，深邃的眼神里满满的柔情中夹杂着丝丝哀怨。

小凡看到她那有些哀怨的眼神，心神又有些游移，忙低头干咳一声，掩饰着自己：“那照你这样说，就是还是要告诉志伟？”

“嗯，有情人应该在一起的，你说是吗？”方敏轻声说，“何况现在张志伟也混得很不错了，他也有能力去帮她了。骆玉红是一个好女孩，除了志伟，还有谁能帮她脱离苦海呢？”

“嗯，那是，那我马上打电话给志伟。”小凡想想方敏说得极为有理，点了点头答应下来。

四十、爱相随

豪华气派的皇马夜总会。

明灭不定的灯光里充满着暧昧的味道，让人徜徉在其中不能自拔，大厅正中一幅硕大的壁画在那伫立，画中男女酣畅淋漓、如痴如狂的场面让人顿时热血沸腾，单就这幅画没有一定抵抗力的人看了身体的反应都会呼之欲出、转眼气绝身亡的，有了壁画的牵引，进入角色就不是难事了，哪怕你是个绝缘体，也会一触即发了。

“张总，看来老弟对这里是轻车熟路了，怎么样？里面的妞够味吗？”

“什么话，今晚伺候不好你，老哥要是有丝毫不爽，我爬出皇马。”

“哈哈哈，张总的绝活可是宝剑出鞘，锋芒毕露啊，我可望尘莫及啊。”

“打死儿子招女婿，不就是图个新鲜吗？”那些来放松的酒客在里面不再有平日的道貌岸然，露出了人性原始的丑恶嘴脸！里面全是一派乌烟瘴气，喧嚣、杂乱的场面。

张志伟嚣张得头顶冒烟，不说达到呼风唤雨的地步，也是跺一脚，地也得跟着颤几颤的主儿了，这几年来他在广东佛山也是混得人模人样，心狠手辣了，做了吕哥下面的一个小头目，自然是春风得意，意气风发。

冷黑色的西服，再配上狂傲的大墨镜，头顶抹得油光锃亮和脚上蹬的大皮鞋遥相呼应，歪到腮帮子的嘴叼着香烟，那黑老大的派头是让他发挥到极致了，紧跟着的几个随从也毫不逊色，卖足了劲地展示着自己的不可一世，真是强将手下无弱兵，兵熊熊一个，将熊熊一窝，张志伟在这点上做得是极为到位，就这几人无论到了哪里，都是戏台上的灯光——引人注目的。

张志伟率先登上夜总会的台阶，嘴里对手下几人喝着：“不知道这里都是些什么货色，不能让哥几个白来吧。”贴身的随从抢上几步打开了夜总会的房门，室内爆响的音乐顺着门缝就涌了出来，立刻让全身都为之一振，几人雄赳赳气昂昂地跨进了夜总会。

张志伟把烟一吐，带着一口唾沫狠狠地砸在了大红的地毯上，闲出来的嘴巴没经过任何的停顿大喊着："有他妈喘气的，出来！"被吐出去的烟卷不忍就此身亡继续发挥着余热乎乎的冒着余烟。

眼尖的妈咪早迎了上来，一看这阵势，心里咯噔一下，知道来者不善，定是些难缠的主儿，这些妈咪可是风花雪月场中的老手，啥场面没见过，一看就知道这是一群打砸抢的无恶不作之辈，顺了他们的心意还行，稍一个不注意那可是要招灾惹祸，他们会打你个没商量呀，虽说腿也打着哆嗦，但怕不是办法，也得硬着头皮上了，心理活动再大，脸上的笑容是一刻不能停顿的，不容多想，妈咪迅速地飘了过来，"几位大爷快里面请，里面最好的上间给您预备着呢。"

张志伟看都没看一眼："废话少说，今天我要点点花名册，让你们的小姐马上都到我这里点卯。"

"是是是，我马上叫她们都过来。"妈咪满脸的媚笑，头点得像鸡啄米似的。

志伟大摇大摆地向四下扫视一眼，棚顶的满天星光眨着眼，软包的墙壁是木质的原始颜色，与黑白相间的外国裸体画构成一种让人沉醉其中的意念，铿锵有力的音乐让心乱蹦，总想努力地搜寻着可以停靠的港湾，可以使自己着陆的那一刻。

张志伟的嘴角撇了一下，似乎对这里的环境还满意，几人鱼贯而入进入包房，这是一间可容纳二十几人的大包间，看来老板娘是不惜下了血本，要一次性让几人同时能得到满足。真皮的沙发泛着幽幽的光，在窥伺着猎物自投罗网，奶白色的茶几在灯光的闪烁下耀眼夺目，俯瞰着大理石地面的七彩转灯随着音乐有节奏地转动着，映射出变幻无穷的图案更添色彩。

小姐们蜂拥而至，张志伟此时仰躺在宽大的沙发上，将腿跷在了茶几上，墨镜不知道什么时候已经在上衣兜子里休息了。张志伟用眼角的余光向这依次排开的小姐们一扫，脸上没有任何的表情出现，可是脚下的茶几却飞了出去："整他妈这些球球蛋蛋的都过来找死呀，一个个长那熊样到这里来充当牡丹呀，我看都他妈的活腻了，都给我滚！"

有几个胆子小的下意识地妈呀地叫着，可一看到张志伟那比鬼都僵硬的表情，马上又把下一句号叫憋回去了，还是妈咪舍身忘死地冲上前：

“大爷您别生气，我马上把其他客人打发走，一个不留，今个咱这就伺候大爷您了，您稍等、稍等。”

说着倒退着出去了，小姐们更是一溜烟逃命去了。

工夫不大，又进来四五个，像是刚从战场上撤下的英勇战将，张志伟好像没了耐性再去挑肥拣瘦，将眼睛挪出一条缝：“我就知道你们这档次也高不到哪去，对付着用吧，过来、过来都过来。”

妈咪一看这次算是大功告成了，但在临出去的那一刹那没有忘记向各位姑娘们投去了严重警告的一瞥，姑娘们心领神会，不敢有丝毫的怠慢，争相过去端茶的、倒酒的、捶背的、揉腿的忙得不亦乐乎，张志伟似乎很享受很得意，全身心放松的同时嘴里还随着音乐哼起了小曲，眯着的眼睛也随着灯光四处溜达着，他想要的就是这种效果，前呼后拥唯我独尊的感觉的确很受用。突然眼光不转了，小曲也停了。

没等其他人有任何的反应，张志伟已经蹭地一下站起身来，由于劲头很大把蹲在身边的两个小姐也掀倒在了地上，他一个箭步蹿过去“啪”的一声响，一个大巴掌印就镶在了一个默默低着头，却一直坐在那里不动的小姐脸上：“愁着一张脸，哭丧啊？”

这一巴掌的响声盖过了空间的音乐，音乐此时都放低了音量，仿佛给了这巴掌一个特写，姑娘猝不及防，捂着脸抬起头，一双大大的眼睛里满是惊愕与痛楚，早已经蓄满的泪水经不起这一巴掌的震荡，噼里啪啦地滚落下来。

张志伟眼神也落到了她的脸上，突然间像见鬼了一般的显现出一种抽搐与惊愕，他张着嘴收不回来，冷酷的脸慢慢失去凌厉的色彩，最后变成痛苦的痉挛，他的睫毛一上一下的跳动，像是掉进了沙子，又像是太潮湿要有水珠滑下来，嘴唇开始微微颤抖，眼泪也开始从那凝滞的眼睛里大滴大滴的向下滚着，泪水丰饶地流过长时间僵硬的脸颊，残留在抽动的唇边……

“你是玉红，真的是你吗？”他嘴唇没有张合，但分明是在说着，“我，我得知你的消息后，可是找了好几家夜总会才找到你啊。”

张志伟颤抖地说着，把眼睛一闭，再刚强的男人，这会也压抑不住那激动、沉痛的感情了，就像闸门挡不住的洪水，那烫脸的热泪再次从眼中涌出来。

玉红在一进门时就认出了张志伟，她欣喜、她慌乱、她无奈、她进退维谷，既想多驻留一会儿，好好看看自己朝思暮想的男人，又怕他认出自己，自己无地自容，她无法逃避对张志伟的爱恋，巨大的爱和情欲在她内心激烈地搏斗，她只有坐在那里不敢动，就像被蛇咬住的青蛙。

两人的泪水都在肆虐地奔流，张志伟伸出双手抚摩着玉红逐渐红肿的脸，那是自己朝思暮想的脸，是自己认为最圣洁的脸，但现在被自己摧残了，被无情的社会践踏了，他双手胡乱地为玉红擦着泪水，但丝毫不起什么作用，玉红的脸始终是湿的，张志伟不去顾及他的努力是不是起了作用，继续着自己的动作，却毫不在意自己早就被泪水淹没的一切，他用力眨着眼睛，再睁眼的同时要确定眼前的人就是他的玉红，不知过了多久，两人的力气都耗在了泪水中，双腿开始打战，再也没有力气支撑，互相扑到对方的怀中紧紧地、紧紧地相拥着。

两人紧紧地拥抱，时间在一点点的淡化着两人之间的距离与隔阂，心灵的传递让彼此感到了温暖，更增添了无穷的力量，互相艰难地将彼此分开，张志伟细细地端详玉红那憔悴的脸，心中一股咸涩冲将上来，刚刚止住的眼泪顿时又迅速地占领了双眼，灯光的蒙胧让他无法真切地看到玉红的每一个眼神，他在痴痴地找，不断地搜寻着过去的痕迹，无奈眼睛的湿润加上昏暗的灯光根本无法让他去体验深情的相望，回过头向在那里一直发呆的姑娘们一挥手，“都给老子出去，把音乐关了！”

音乐停了，灯光显示了自己的原有光亮，一切都大白于天下了，房间里只剩下两个心灵从此不再孤独的人，可以听得见彼此有力的心跳，张志伟带着泪花笑了，那双显得笨拙的大手在玉红有些消瘦的脸上慢慢地来回抚摩着、爱惜着，他拉着玉红的手想坐下来，看看仰躺着的卧式沙发突然又觉得这里不是互相倾诉的地方，又望望玉红，玉红此时像只木偶一样呆呆地挺在那，只有那双泪眼一直跟着张志伟转着，玉红也被这突然的意外和惊喜冲昏了头脑，恍恍惚惚的意识中只知道站在面前的就是自己曾经那难以割舍的爱人。

张志伟拽起玉红的手不容置疑地说：“走，我们离开这里！”没容玉红反应过来已经拉起她的手大步向门外走去。

“志伟，我的东西还没有带呀，怎么也要和妈咪说一声吧！”玉红被

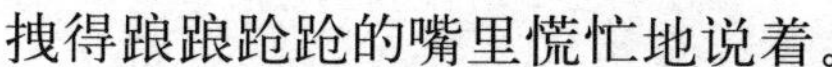

拽得踉踉跄跄的嘴里慌忙地说着。

“什么都不要了，只要你就行了。”张志伟丝毫没有停顿脚步，只是深情地望着玉红，让玉红那沉寂已久的心顿时似有无尽暖流注入。

“和妈咪说什么，她们是个屁呀！”那种嚣张猛然乍现，凌厉再次回归到他那端正的脸上。

张志伟和玉红几人回到住处，玉红此时已经恢复正常，坐在床沿上埋怨着志伟：“我的衣服都在那里了，一件都没有带出来，还有一些日常用品呢，你说你急什么呀？”虽说是埋怨但是声音却充满着一种想放纵的娇气。

“那些东西还要它干吗，你想穿什么、吃什么、用什么尽管说，马上叫兄弟们整回来，我现在有钱了，不再是以前的土鳖样了，你知道吗玉红，我扬眉吐气了，我翻身了，我能保护你了，你再也不用出去吃苦受罪了，你知道吗？”张志伟双手抓住玉红的肩膀，迫切地表白着、证明着自己的实力。

“志伟，你是怎么有的钱呀？你在做什么？你这几年又是在哪里呀？”玉红满脸的喜悦，显得又惊又喜，一张嘴都快合不拢了。

“哈哈哈，我在广州发展的，我从小凡方敏那得到消息，知道你在这边，我就来找你了，这次回来能找到你我就算不白来，真是老天有眼，玉红，看来我们是缘分未尽啊。”张志伟也是难掩内心的激动，那种由内而外的快乐是怎么也掩盖不住的。

“志伟，你想好了吗，你不嫌弃我吗？我可不是……”玉红还没有说完这句话，张志伟已经把她的话截了回去。

“以前的事情谁也不许再提了，以前的事情统统都一笔勾销！”说到这里张志伟还狠狠地甩了一下头，将眼睛一闭在警示自己忘掉这一切，说的是挺豪言壮语的，转而换了温柔的语气：“当时我们都没有能力挽回，让你独自一人受了很多委屈，我心里真的是不舒服，你不知道当时我是什么心情，我恨自己，恨我无能，恨我狗屁不是，但现在我行了，我能帮你了，没有人敢欺负你了！”张志伟越说越兴奋，声音也就越来越大，那种放荡不羁一览无余！

玉红沉浸在相逢的喜悦中，更陶醉在张志伟的豪言壮语之下，丝毫没有多余的脑细胞去想其他一切不愉快的事情了，一切都向着美好去畅游！

四十一、爱心回馈家乡

张志伟随后将骆玉红接到了广州。临走之前，小凡有些担忧地再次告诫张志伟，得意后就得收手，可现在的张志伟已今非昔比，他不以为然地摇了摇头，还说小凡不懂得把握机会！不懂得运用自己的长处去发展前程似锦的人生事业！

在小凡的心中，这年头，不是乱世才会出英雄的，和谐盛世，更是他大展身手的好时代！

时间过得飞快，似乎在弹指之间，两年多就过去了。这两年来，国家也出台了好多给农民工解除负担、增加收入的惠农政策与措施。

2005年12月29日，第十届全国人民代表大会常务委员会第十九次会议决定：第一届全国人民代表大会常务委员会第九十六次会议于1958年6月3日通过的《中华人民共和国农业税条例》自2006年1月1日起废止。农业税的取消，终结了中国历史上存在了两千多年的“皇粮国税”，给亿万农民带来了看得见的物质利益，极大地调动了农民积极性，又一次解放了农村生产力，必将带动农村生产关系和上层建筑某些环节的调整，推动农村经济的快速发展和农村社会的和谐进步。自2006年9月1日起，国家规定九年制义务教育全面免除相关学杂费用。农业税与学杂费的取消，标志着我国农村体制改革进入了一个新的阶段，这就是以乡镇机构、农村义务教育和县乡财政管理体制改革为主要内容的综合改革阶段。

这天，小凡正在网上与QQ群里聊着胡扯着，忽然弹出一个云南特困山区需要援助些衣物及学生学习用品的消息。仔细一看才知道是一个群友转发的。

接着，下面有一个链接，小凡打开链接看了一下，是贫困山区的照片，那一幅幅极度贫困的真实写照令他深深地震撼了。于是，拿起电话，拨通了QQ群里留下的那个云南山区的联系电话，想捐一些自己力所能及的衣物类物品。可是，那边的电话拨了好几次却一直没有拨通，可能，是哪一个网友胡搞来忽悠人的吧，因为网上忽悠人的事儿实在是太多了，数不胜数。

叹息中，小凡看着那些令人心酸的图片，想到自己小时候家乡的贫穷落后，想到自己随爸爸相亲时看到那一幕幕山里孩子那种贫穷落后的生存环境，与现代城市生活的对比，这实在是天壤之别，小凡忽然突发奇想：我现在生活能过得去，那我可以帮助他们去渡过生活、生存上的一些难关啊。

想到这，说干就干，他兴冲冲地登录到网上，在一个他常上的本市论坛上发了一个题目为：

"求助：为孩子们随缘捐赠！"的帖子。

当我看到下面这个链接后，我的心非常震撼，因为，这条链接上的画面让我想起我小时候那一模一样的光景，甚至还要凄惨。

我把想发起捐赠衣物的想法，写成帖子在群里发出后，受到明月、秋水伊人、叶子等群友的支持与鼓励，大家一致认为我们应该力所能及地为西部的穷苦孩子想点什么、做点什么……

一个人的能力毕竟是有限的，所以，就算我们想到了也有可能做不到。但人多就不一样了，可以聚沙成塔、点石成金。

基于这样的认识，我呼吁，尽我们自己的所能来个集体组织，统一捐赠一些我们平日放在家里不用但还是很好的衣物、鞋帽等农家用得上的生活物品，包括一些书籍与学习用品。

现在，我们该做的是以下几点：

1.凡是有此爱心的群友，请将这信息转发给自己在福州的朋友。

2.如果得到群中的朋友的积极响应，就在群里推出一个带头的人。当然，也可以与我联系。

3.我们以二十天为限，争取在今年春节前，把收到的捐赠衣物等物品送到（寄到）他们的手中。让我们帮助贫困的孩子们过个温暖快乐的好年。

4.要捐赠的群友，请把衣服洗干净，一定要晒干，用袋子装好。

我的固定电话：即捐赠热线：284829××(一定要在福州市的朋友)。

申明：我保证将收到的捐赠物品送给我四川家乡深山中的穷苦人家孩子，我相信，这批物品我们会寄到，或者说送到最最需要的人的手上，而不是那些贪官手中，如何运送这些物品视量的多少而定。我们坚决不接受捐钱，只收衣物等物品。

小凡是因为考虑到捐钱不好处理，如果处理得不当，就会被人怀疑、被人质疑，所以，他强调只接收好心人不再穿不再用的闲置的物品。帖子发完，也没有再去想了，反正天天待在培训班里，就是上上网，或是发一些以前公司的资料到网络上做一些客户，赚点外快。

没想到才过两天，他就陆续接到很多要捐赠衣物的电话与QQ留言。都是来咨询怎么捐赠自己家里那些放在那不穿，扔掉又可惜的好的衣物。

因为这个倡议明确强调不收现金，果然获得了大家的信任。现在网络上风传的各种骗钱信息已把心怀善心的人都给搞怕了，所以，当有一腔爱心又怕被骗的网友确认这是可以实实在在地做一件善事，一个个都踊跃捐赠，这可是小凡当初发起这个倡议时万万没有想到的一个局面。

几天之间，打小凡电话咨询捐赠的人源源不绝，有的人因为上班没有时间赶来，就问小凡可不可以上门去收货，小凡面对这么多好心的市民、好心的网友，自然不好意思回绝，于是，骑着电动车有空就把收回来的衣物一小袋一小袋的分门别类整理起来。有时候忙不过来，就让培训班的学生一起帮忙整理。忙了个不亦乐乎。

整个捐赠的事儿在福州便民论坛上引起了广大市民、网友的热烈讨论和积极支持，进而引起了便民论坛官方管理员香帅与居家先生的注意。

于是，便民网官方与小凡取得了联系，了解到小凡家乡的情况后，便民网决定利用这个时机，好好地办一个以捐赠西部贫困乡亲与孩子为主题的“爱心守护，情牵西部”的大型慈善活动。因为时间的紧迫性，所以，大家决定在春节之前一定要把捐赠的衣物发放到贫困山区乡亲的手上，让他们穿上温暖的衣物过一个好年。

由于便民网官方的策划与宣传，小凡只是在朋友中发起的捐赠活动，变成了一场声势浩大的慈善捐赠活动，而一些有良知的企业在咨询中得知是不收钱只收八成新的衣服，也为他们这群真正心怀善心来搞这个活动的团队感动了，有的企业也组织职工捐赠一些衣物或是学生用的学习用具，还有两家服装厂直接捐赠了一些库存的全新裤子、毛衣等。更有一家物流公司全程赞助了所有的物流费用。

在当今这个冷漠的社会，导致了人们互助心变成了戒备心，体现了人性本善的真实内心世界。这场特殊的捐赠活动，让大家憋在心中、久久不曾启动过的原始善心爆发了，展示出人性最为美好的、最真的一面。

有了便民网的参与，小凡他们决定在市区里组织十个捐赠点发布在论坛首页上，以方便捐赠的热心市民能就近捐赠。

轰轰烈烈的捐赠活动持续了二十来天，小凡与便民网友一道将十个捐赠点收到的衣物等用品集中在一起，与热心来参加整理衣物的网友一道，齐心协力地用了一天的时间才将堆积如山的衣物整理装箱完毕，然后，由小凡与刚好要回家的小林、表弟一起押送上火车，亲自送到四川老家去。

到了老家，下火车后的一件事，让小凡的心深深地刺痛了。

在福州火车站办托运时，因为是捐赠山区慈善活动的原因，火车站托运费用减半，而到老家下车时，不仅不到30米路程的火车站搬运费就收了80元，手续费还收了40元，在小凡与火车站托运处再三地说明这是一批远在千里之外福州热心市民与企业捐赠的衣物，是否可以考量能否减免一些费用时，托运处的办公人员仍无动于衷。按价照收不误，甚至还有一个办公人员在那讥笑："这些捐赠活动是国家才做的事，你个人与小团队在这做啥画蛇添足的事？"

小凡冷冷地看着那张丑恶的嘴脸，要不是在公共场合，他真想甩他一个巴掌。表弟看出小凡脸色不对，忙劝解着先把搬运费给付了。

三人又一起到市里找到一辆车，由于春节期间，这个运费也是奇高的。货车师傅开口就要200元，还是不二价，又是小凡在说明是捐赠给乡亲的衣物，并出示了便民网捐赠活动的电话与证明时，那师傅才软下心来："好吧，看你们这样辛苦地为家乡做好事，就当我也做一次好事，150元，再也没得讲价了。"

四川山区的冬天是异常寒冷的。而这个冬日里来连绵的阴雨天让小凡实在辛苦，大半车捐赠物品本想送到当地政府来处理这件事情，但小凡去联系后，他向民政局办事员提出了一个要求："乡政府发一个通知，让全乡贫困的人来统一的地点领衣物，衣物要现场开封，由小凡来全程监督发放。”

小凡这样做的目的是想杜绝那些办事私心重的人利用职务之便把好的衣物先给了自己的亲戚朋友，因为这里面有好几百件衣服是由服装厂捐赠的全新衣物。

果然如小凡所料，办事处的人员不知道是觉得由一个小老百姓来监督出于面子上过意不去还是怎么的，就直接地拒绝这个建议，并表示不愿经办这事。

小凡一气之下，决心自己来办，他在自己的家门口用大红纸写了一张可以免费领取衣物的通知，大人小孩不限，都可以根据自己的需要上门来挑选，并要求每一家贫困户领取了都要签字。并拍了照片保存下来，因为这样回到福州后可以给福州热心的市民一个圆满的交代。让他们亲眼看到自己的这份爱心是实实在在地落到了实处。

对这个慈善捐赠活动，小凡一家人都是很支持的。有些住在山上的，又一年出不得几趟门的老人家，小凡与爸爸只好徒步走过冰天雪地、崎岖的山路亲自送到他们家里去，敲开一家家门说明来意，送上衣服物品，看着乡亲们那满含感激惊喜万分，颤抖着双手接过去，连声说着感谢的那种神情，小凡觉得很开心、很欣慰，也很心酸，农村山区实在太贫穷落后了，能帮得了他们，小凡觉得一切辛苦都不值一提了。

心中有爱，是可以使人快乐的。小凡看到家乡经过七八年的发展，还是同以前一样的贫穷、落后，而城市七八年时间简直发生了翻天覆地的变化，这个对比，小凡除了叹息还能有什么？国家为城市发展提供了太多的机会、资金，可是农村呢？农民呢？为了钱，人们不顾一切地出去打工赚钱，农村唯有的精英全都跑到城市打工去了，农村，还有什么可以发展的？

贫穷落后的人实在太多了，小凡组织的捐赠，也只不过是九牛一毛，杯水车薪，解决不了农村贫困这个实际的大问题。也确如那火车站的办事员所说的：“这是国家的事儿，自己是不是在画蛇添足了？！”

几天时间小凡把那些捐赠的衣物几乎全送到每一户贫困家庭后，小凡心里才踏实下来，这样，他也总算没有辜负远在福州善心的人们一片殷切希望，再苦再累，也都值得了。

方敏的父母都到小凡家里来过，问及方敏，小凡都点头说好，但死活小凡就是不说他与方敏之间的关系，小凡爸也无可奈何。而方敏的父母也并没有一直追问下去，想必，是方敏早就给她父母打了电话说明了其中一切。这一点，小凡心中是很感激方敏的。

春节的假期异常得短暂，小凡心系培训班的事，自然也不敢在家里多待，而弟弟小峰早就不念书了，也一起与小凡到福州去打工了。

仍然得经历一番上车难黄牛票横行的过程，仍然要坐在那个过道上站的坐的，满满的一车厢的人的火车，仍然是满满的一车带着希望寻找机会的男女老少，携带着具有中国式民工特色的编织包，这就是背井离乡出川到沿海各大城市去做苦工、进厂，或是最终创业的中国最值得敬重的人们。

他们，每年都在重复着前面走过去再回来的人们的那条老路，几乎没有什么改变。但他们，却是为中国在经济腾飞，在城市化进程中作出贡献最大的一个群体。离开了这个庞大的群体，中国城市的一切经济发展都无从谈起。但人们似乎还都没有意识到这些卑微的民工的尊严与需求。

以至于后来，在这么劳动力过剩的国度里，反而上演了一出民工荒的传奇故事，这真是一个到处都充满了传奇的社会。

随着“民工荒”在全国的蔓延，存在已久的非公有制企业职工权益保护问题再次成为社会关注的焦点。一直以来，农民工基础劳动力价格都维持在很低的水平，且缺乏基本的劳动保障，劳动保障本应该算在劳动力成本中。这一问题不仅关乎职工自身的利益，也关乎一个地方的经济社会稳定持续发展，更关系到社会主义和谐社会的建设。

四十二、“80后”的思想

弟弟小峰的到来，在小凡心里引起不小的反响。有自己的前车之鉴，小凡对打工生涯早就是心有余悸了，最让小凡感到头痛的是，小峰个性张扬，那种放荡不羁的性格是很难驾驭的，这些“80后”的小青年，高不成低不就，对那些靠出苦力赚钱养家的民工几乎就是嗤之以鼻，总认为那是属于另一个年代的事情，和他们现在根本就不能够相提并论，他们现在生存的资本是知识、形象、智慧、才能。

小弟的性格与思想，爸爸大致向小凡说了一下，小弟的言谈举止，穿着打扮，以及他在家里那个破旧的小房间布置的那些崇拜得五体投地的明星画，小凡也是心知肚明，他与弟弟之间绝对是代表了两个时代的步伐，自己必须慎重考虑小峰第一步该怎么走，这将是他人生的第一个转折。

有手艺在，就比其他人多了一条生存之道。

这也是小凡为小弟想到的第一条方案，现在不同于自己刚出来打工时两眼一抹黑，毕竟在这里多年，而且自己有能力出资让小弟去进修。通过联系，小凡在一家有名的汽车维修公司为小弟找到一份学徒工，包吃住。如果悟性高做得好的话，可以发个二三百的零用钱。给钱多少倒不是问题，主要是小凡希望小弟从最底层做起，能够在学习中不断积累经验，再则心里还是想以他的性格，还是得先吃些苦头，为以后在社会上生存打好基础。

第一天上班，一大早小凡就在路上交代，像一个多嘴婆一样开始了叮嘱：“在外面不同于家里面对的都是乡亲，为人处世要懂得谦让，因为忍耐可以让你的身心成熟，千万不要为了一时的争强好胜而后悔莫及，要讲究韬光养晦知道吗？”小凡盯着小弟不断转动的双眼，苦口婆心地灌输着。

“哎呀，哥，你咋也这么啰唆呢？你就知道我一定会遇到这些倒霉事啊？照你说的我不得当哑巴了呀？”小凡话还没说完小峰嘴里的话就像机关枪一样冒了出来。

小凡看着小峰不耐烦的俊脸，闭紧了嘴不再啰唆了，小峰却哈哈大笑了起来，拍着比自己矮半头的哥哥的肩膀说：“哥，你就少操点心吧，天涯何处无芳草啊，我在哪里都不会饿死的，知道吗？”哥俩四目相对，那是一双狡黠的眼睛带着诙谐、带着机智、带着狂放还有干净的毫无瑕疵。

第一天小凡亲自把小峰送到汽车维修公司，看着小峰换上了公司发给的新工作服，小峰身材颀长，再经这一色到底的浅灰色工作服的衬托，可以说是玉树临风了，小凡望着青春潇洒，活力洋溢的小峰，心里幸福满满的。这再也不会像当年自己出来打工那样，为找工作发愁，为吃饭发愁了。

小峰第一天的任务是卸轮胎，本打算是让他学发动机维修，但是小峰文化程度不高，对一些电子知识很难攻克，而汽车喷漆干的时间长了又对身体有害，小凡几经斟酌最后定位让小峰学习钣金，平躺在被吊起的轿车下，开始了千篇一律的卸螺丝。小峰这边手上活动着，脑子里却不停跳跃着“我在遥望，月亮之上，有多少梦想在自由的飞翔”。这在车下一躺就是一个多小时，自己像是被人遗忘在遥远的地下城。第一次干这工作，那些工具在别人手里灵活的不费吹灰之力，可轮到自己这工具是咋都不听使唤了，像是专门跟自己作对，不光费了很大的力气，还把手指给夹紫了好几处，透亮的血泡仿佛吹弹即破，等到卸完轮胎出来，腰酸背痛的已经不会坐起来了，更别说站了，得骨碌着翻过身，在地上趴好几分钟才开始活动一下手脚，腿打着哆嗦手扶着墙算是恢复“完美形象”了。

到了下班时间，小峰没有回宿舍，直接坐上公交车，他也不管公交车上那满车人的一脸鄙夷的神情与唯恐避之不及的身影，回到了小凡的住处。

小凡一看小峰的“光辉形象”，心里凉了半截了，那平常一丝不苟的发型此时是有点怒发冲冠了，还灰蒙蒙的。一直为青春代言的面孔像是在野战军演习，画满了五彩油漆，再往下看双手都没来得及洗，黑糊糊地向两边摊着，唯恐蹭到自己的衣服上，小凡几步上前伸出双手想要抓住小峰黑糊糊的手先安慰他几句，小峰执拗地向后一退：“哥，我明天不去了，我不喜欢那工作，就是我学会了，我也不愿意天天钻到车底下，搞得人不人鬼不鬼的，你看看我这一身，哪还有人样啊？”

“小峰，你先洗洗手，吃了饭再说。”小凡转身出去为小峰端水端饭，小峰俯下身，仔细地一个手指一个手指地清洗着，唯恐哪个小细节洗不干净，影响了自己的光辉形象，小凡站在那里看着小峰精心的连洗个手都要精雕细琢，不知道该说点啥好了。

第一次为小峰设计失败，小凡从中悟出一些门道，小峰喜欢干净，对自己的形象好像时刻都要达标，那些死板的工作也不适合他那频率超快的思想，那些泥土瓦块的是甭想让他着边了，干净、形象这两个词一直萦绕在小凡的脑海。有了，小凡眼睛一亮，一个象征着高大正义的形象在他眼前升腾，保安的工作不正适合小峰的要求吗？小凡虽打心眼里瞧不起保安这份为人看门的工作，但想想这个保安的工作也分很多的种类，物业那种保安是绝不能进的，试试在酒店的保安好像应该不错。小峰英气逼人，无论身材相貌都堪称一流，想到此，小凡几步就蹿到小峰门前，推门入内。

小峰正站在镜子前弓着身子在摆弄着那头乌黑的亮发，由于个子较高，他只得委屈地毛着身子才可以确定哪个发型最靓，哪个发型更容易让旁观者过目不忘，发现哥哥进来，急忙送上一个热情的笑脸：“哥，看你小峰帅吧，是不是可以和罗志祥相媲美了？”一面说着，一面又摆了两个特酷造型，的确是英气逼人，人见人爱，花见花开了。

“小峰，我和你商量，保安的工作你喜欢吗？这工作干净整洁，而且不用出什么力气，虽说也是单调了一点，但总胜过那些脏兮兮的活吧？”小凡说着拉着小峰的手坐到床沿。

“哈哈哈，我说哥，你想的还真靠谱，你的智慧马上就要和我平起平坐了。”说到这，小峰还猛然站起身，向哥哥打了一个立正，神态更是标准的军人风姿，一个字“帅”！

看来小峰是接受了这个职业，于是，小凡又带着小峰满城跑找酒店方面保安的工作，但现实根本就没有想象的那么到位，由于错过招工季节，小凡熟悉的大酒店保安的职位已经招满，只有保洁员有空缺，但这个接待他们的主管一眼相中了小峰的精神面貌确实不可多得，是打着灯笼都难找的，两眼放光地盯着小峰执意留下他：“小伙子，你先干一个月的保洁员，第二个月我马上给你调动，行不行？”小峰刚想张口，被小凡一拉拽到身后急忙地应承着：“那好，就先干一个月保洁员，麻烦你了。”

回家的路上，小峰一边用白色的旅游鞋踢打着路边石子一边撅着嘴嘟囔着：“哥，保洁员的活是不是很脏呀，是不是还得刷厕所啊？”那一直朝气蓬勃的俊脸成了小蔫萝卜了。

“小峰，不就是一个月吗？怎么还混不下来呀，这出来打工，不是你想的那样简单，什么罪都得受的，你们现在出来比我们那时候好多了，我们一天不工作，就没饭吃的，在那时候你是没有资本去挑自己喜欢的工作的，容不得你去挑三拣四，只要是给钱，不拖欠工资，那就是打工者的福气了。”

“为什么不去选择自己喜欢的职业呢？你知道吗？哥，如果人在不适合自己的职位上发展，那是很悲哀的事情呢。”小峰似乎是漫不经心说出这句话，但小凡又一次被小峰内心的想法引起震撼，小峰的确不再是不谙世事的小孩子了，在他们两人间有不可逾越的代沟，那就是社会的进步与发展在突飞猛进，势不可当！

早晨阳光活蹦乱跳地照进房间，反复催促着小峰该起床了，饭菜已经摆在桌上多时了，睡眼惺忪的小峰倚在门框上眼皮还是要亲密接触，小凡急忙喊着：“小峰快点吃饭，要去上班的，别忘了呀，快快快点。一个月转瞬即逝的，第二个月你就威风了不是，到大酒店的人，都是有身份有地位的，那素质和修养老高了，你去了就知道了，不会很难做的，快，听话啊。”小凡连哄带骗地算是把小峰打发出门。

小峰的主要工作是负责打扫楼梯和洗手间的卫生，酒店装修考究，一尘不染，楼梯是铺的碎花图案的地毯，是要用吸尘器来处理的，小峰心思敏捷，使用吸尘器的要领是一看就会，洗手间一进门是整个的落地大镜，镜子的四周镶嵌墨绿色的大理石花边，让照镜的人会产生华贵的感觉，白瓷的洗漱盆泛着晶莹的光亮，证明着这里没有任何的污染，打开里面相隔的几个男女卫生间，也是一样，干净的可以用手去触摸。领班示意小峰，要时刻保持在这种水准，小峰点点头，算是接受。

连续两天相安无事，小峰每天就站在洗手间的门外，只要有客人进入，他就必须在客人出去后马上去恢复如新，连一个水珠都不许遗留下来，有些客人喝多了吐得到处都是，小峰闭着眼睛歪着脑袋用水猛冲，把地上的污秽处理了，再将坐便冲洗干净，坐到饭桌前是一点胃口都没了，一想卫生间就要吐，但这次不再敢和哥哥说不干了，也一直替自己打气，就一个月，忍吧。

这天，来了一桌达官贵人，在穿着与语气上就可见一斑，有些飞扬跋扈的，酒喝到半酣时，一人有些醉意步伐踉跄的找卫生间，进卫生间时，一个趔趄向前摔去，小峰眼明手快，伸手扶住了他，可这一扶事大了，这人通红的一张脸瞪着不丁点眼睛，扯着嗓门大喊："你小子要干吗？"

小峰语气也算温和地解释着："我是怕你摔倒了，扶你一下,这没错吧？"

那个大红脸低头看看小峰扶过他的地方，还有些没干的水印，破口大骂："你他妈是干吗的呀，浑身脏兮兮的过来摸我，你给我弄成这样你赔得起吗？"

听到吵闹声，房间里又蹿出来好几个盛气凌人的一齐将枪口对准了小峰："你他妈的什么身份不知道啊，这衣服多少钱知道吗？那是你能摸的嘛？"

小峰身边正放着一个擦厕所用的小水桶，里面装着半桶洗抹布用过的脏水，小峰只看见好几张嘴频率很快地活动着、指责着，听到此处他是忍无可忍，本来俊俏的面孔已是青筋暴起，那具有穿透力的双眼迸射出愤怒的火焰，顺手抄起小水桶哗啦一下，照着那个哇哇大叫的大红脸倾泻而下，大红脸登时成了落汤鸡，就像霜打的茄子，蔫了，其他人也被这突如其来的举动震慑住了，只听见小峰大骂着："什么他妈的破衣服我赔不起，你以为我是瘪三呀，你罩上那层皮人模狗样的，脱下来就是蠢猪一个，装什么牛逼呀，我他妈还不伺候你了呢！"

说完，一甩手冲了出去，剩下一大帮人傻愣在那。

最后经理出面算是制止了这场短兵相接，但批评处分还在继续，经理站在小峰面前张开嘴又闭上，在原地转了几圈，那是气的，一时半会儿找不到合适的词骂他，小峰低着头，拿眼睛偷窥着经理锃亮的大皮鞋走的还一点不顺拐："你说说你，顾客是上帝，知道吗？"经理搜肠刮肚地整了一句出来。

"知道,电视上早就演过了。"小峰很诚实。

"人家说你几句，你忍一忍不就过去了吗？至于那么大动肝火吗？"经理口才能力开始恢复正常了。

“他说我赔不起他的衣服，那是在侮辱我，什么衣服那么值钱啊？”小峰不再低头，以为他自己也很神圣。

“别说让你赔件衣服，有时候让你喝刷厕所的水，你都要喝，都要证明给客人看，我们的卫生是一流的！”经理轻蔑地瞪了小峰一眼，“打工的，要什么面子？要什么自尊？”

“放屁，你怎么不去喝呀，让我喝，你做梦吧你！”得。小峰这一句话，那这一段工作也就此拜拜了。

小峰大步流星走出酒店，出了门刚想起来，这往哪走呀，这让哥哥知道还不得气死啊，没出五天两个工作都结束了，这种辞工速度估计哥哥是挺不住的。

往大街溜达着走吧，四下张望着川流不息的车和路两旁色彩缤纷的门牌告示，猛然发现一游戏厅进进出出的都是和自己年龄相仿的少男少女，反正没事情做了，进去看看都在干些什么？

进了门，空气的混浊让小峰伸手捂住了鼻子，放眼望去，二十几台机子前站满了人，仔细看还有十一二岁的小孩子，都在酣畅淋漓地投入到“激烈的战斗”中，根本没人会注意谁在身边，在干什么，有的还趴在那里睡着了，看来是奋战了好几天的了，地上火腿皮子、方便面纸袋、矿泉水瓶子到处都是。没人理会这些，只有一双双血红的眼睛盯着屏幕，手脚忙活着。

精明的老板盯着门口的出入，见小峰在那四下张望着，忙热情地打着招呼：“小伙子，过来玩玩吧，很实惠的，包天二十元钱，比住旅店都划算的，还可以玩不是？”小峰一听，仔细想想，自己也不敢回家了，实在无处容身，那就在这里将就一夜，明天再说，于是交了钱来到一架机子跟前，也开始了日夜奋战！

家里，小凡见小峰一天也没个信，打电话过去问，才知道他又炒老板鱿鱼了，最要命的是这次没有主动回来，不由得心急如焚，这偌大一个福州城，到哪里去找啊，急得像热锅上的蚂蚁，一夜之间满嘴起泡了，心里祈祷着：“小峰千万不要有什么闪失就好，不喜欢这工作就不做，哥再不勉强你，你只要回来，哥啥都依你，小峰从小没有妈妈的疼爱，和爸爸一起在家里洗衣做饭的啥都要自己动手，看到家里井然有序，哥知道都是你的功劳，因为你天生就喜欢干净！你刚来了几天，可不能在我这里出差错啊，哥知道这次不怨你，你回来吧，我不会生你的气的。”小凡想到这里眼泪都快流下来了，一把抓起衣服快步出门，开始寻找小峰。

小凡见人就问；“您见过一个个子高高很帅气的男孩吗？穿着白色的旅游鞋，黑色短夹克，牛仔裤……”沿街一路问下去，但一个个都摇头表示不知道，不禁让他大失所望。

小峰身上没带多少钱，他又谁都不认识，会去哪呢？小凡冷静下来开始分析小峰的去向，旅店他是不会住的，因为他身上带钱不多，除去住店的吃饭的都不宽裕，车站他会觉得吵闹也不可能，那只有一个地方最有可能，就是网吧，因为这是时下最流行的、最有吸引力的场所。目标锁定了，小凡开始挨家挨户地排查小凡工作的酒店附近的网吧。

第三天的上午小凡终于在一家网吧找到了让自己日夜牵挂的小峰了，而小峰这时显然是熬得精疲力竭，连饿带困的接近崩溃了。小凡站在他的身后十几分钟，他都没有意识，小峰没有在玩游戏，也没在聊天，是趴在小桌子上，眼睛不再是神采奕奕，像一个无助的婴儿在可怜地等待，小凡泪水大颗大颗地滚落下来，上前抚摩着小峰光滑稚嫩的脸，轻声说着：“小峰，跟哥回家吧，哥再不勉强你做任何事情，是哥不好，你原谅我。”

小峰抬起头来，没有力气站起来，他实在太累了，三天没有吃东西，只喝了一瓶水，一见到自己的亲哥哥，由于激动一下子昏厥了过去，小凡急忙背起小峰向医院跑去，没有人注意到这里发生了什么，那些正在网吧里夜以继日的孩子们还在继续着他们的不朽传奇，那些翘首企盼的父母们正在等待孩子们的归来，那些黑心的网吧，不顾对青少年身心的严重伤害，就连几岁的孩子他们都不放过，有多少栋梁之才在这里毁于一旦，有多少莘莘学子在这里前功尽弃，多少幸福家庭半途夭折，有多少失学儿童步入歧途？！

四十三、真相大白

经此一事后，小凡再也不敢强迫小弟上班了，而这个任性的弟弟居然一改以前的任性，乖巧了许多。在半个月后，春节长假终于结束了，招工的厂子多了，现在的工业区也多了，找工作再也没有前几年那么困难了，只要不挑剔，工作确实是非常好找的，这得益于福州这几年来经济高速的发展。但就是工资仍然不高，一个月下来算上加班仍然就是个800元到1100元之间，并且，这种工资你在工厂就算做上几年，大多数人也没有增加的机会！再高的，就不叫普通工人了，那应该叫公务员吧。小弟就在小凡租房的附近找了一家工厂，安心地上起班来，这才让小凡松了一口气。

小凡还是在培训班里，先将在家里发放捐赠衣物的照片一一传到了网上，并把捐赠路上所遇到的困难与在家乡火车站的遭遇发到了论坛上，得到了众网友莫大的赞扬与支持，小凡看到论坛上网友对他的付出充满了赞扬和感激的留言，心里乐滋滋的。

做好事，虽不一定要得到赞扬，但人总是需要大家去理解与支持的。这表示小凡这样做并没把好事儿办坏。

培训班来学电脑的人依然还是保持着一个月十来人的样子，这令小凡感到比较满意。因为他为了自己的理想而努力终于达到了目标，来培训班里的多是四川江西湖南等地出来打工的农民工兄弟姐妹们。这是一个知识能改变命运，技能改变工作与收入的年代，没有一门技术与知识，那永远只能在工厂里打一辈子工，做最简单的工作，收入一直停滞1000块左右。即使工资略有上涨，也会被上涨的物价所抵消。这样下去，农民工兄弟姐妹根本就无从改变自己的生活条件。当小凡看着来学习电脑的那些年轻的小伙子小姑娘们掌握了电脑操作后，最终在工厂里做了文员，做了绘图员，或是做了设计的岗位。心里感到升起一股自豪感。

自己一直坚信的知识可以改变农民工的生活，在开电脑培训班的过程中，得到了证实，这比赚钱更令他有成就感。

他在培训费用上，比其他的培训班每一个科目上都少收50～100元，这样，会让更多的经济拮据但又想学习的农民工兄弟姐妹们能上得起学，最终靠自己的努力来改变自己的命运。而小凡自己也通过办培训班，收入增加了不少。有时他回想起以前在工厂那些苦累和委屈，那真的是一个在天堂，一个在地上的区别。

匆匆的时间又是大半年就过去了。

小凡曾在网络上发过找英子的信息，但信息发出后仍然是石沉大海，音信全无。

这天，小凡接到许久不曾联系的同事张少青的电话。

“帅哥，我想到你那学电脑，怎么样？”张少青调侃着，“费用怎么算啊？”

“行，你来的话，打八折。”小凡大笑，“如果给我做饭，再打两折。”

张少青果然来了，又提着一大袋水果来。

“喂，上次的事，你可别放在心上。”小凡想到上次少青来他家玩遇上的尴尬事儿，忙道歉。

“我要是放在心上，今个就不会来了。”张少青爽快地笑着，“喂，我们公司经理说你在网络上搞了个慈善活动，你现在变成爱心天使了，很有名气了哦。你现在是按你的理想坚持，终于出头了。”

“哪里，就是没事儿做瞎胡闹着玩儿的， 如果你为自己定的所有目标都已达到，那么说明你定的目标还不够远大。”小凡谦虚地笑着调侃，“所以，你准备也学学电脑上上网做做爱心不是？”

“我还真看不出，你这种人还有点小爱心。”张少青在那轻笑不已，“既然你这么固执的人都这么有爱心，我自然也想上网献份爱心了。”

张少青说着，又放低声音：“喂，你与方敏之间的事儿搞清楚了没有？”

“你咋就想到这事儿呢？”小凡看了她一眼，“现在形势一片大好了。”

“那，你那个初恋情人找到没有？”

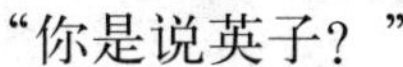

“你是说英子？”

“当然是了，不然，你还会有谁？”

“没有，我找了很久，都没找到。”小凡眼神随即暗淡了下来，摇了摇头，“我曾打电话到她家，用她同事的身份问起她爸妈英子有没有回去过，都说没有回去过，父母也很牵挂她，但她常打电话给父母，说与我在一起，过得很好，让家里不用担心。”

小凡长长地叹了一口气：“我知道她一直都在福州，或许一直也都在我的附近，但我就是找不到她，她心里在恨我、怨我，她误会我与方敏了。”

张少青听完，沉默半晌，看着小凡：“你确实是个好男人，有事业心，又用情专一，这我在公司的时候就能看出来，不瞒你说，我是对你有好感，也很欣赏你做事的能力与风格，也以为，你心中放下了英子。看来，你这份痴情还真不会改变的。”

小凡苦笑了一下：“爱是什么，情是什么，我不知道，我只知道，她走的这几年来，我的心就死了，我也不知道这是怎么回事，但我就是接受不了另一份感情。我其实与方敏才是适合的一对，她爱我，我们门当户对，她对我也是关怀备至。但我心里就是接受不了。我心里总觉着，英子就在我身边，我们是有约定的，总有一天，她会明白我，我真的没有做对不起她的事。”

张少青静静地听着他讲述着他与英子的故事，听完，也跟着一起沉默下来。

爱一个人的滋味，她并不是不清楚，但像小凡这般痴情的男人，确实少见。她也是一个敢爱敢恨的女子，但听得小凡这般的诉说，她仍不禁为之动容。

“我觉得，这件事，你得找方敏问问清楚。”半晌，张少青才说，“我觉得这件事情实在是太不可思议，里面的疑点太多了。”

“你的意思是？”小凡盯着张少青问。

“这里面，一定有问题。”张少青喝了一口茶，缓缓地说，“我是女人，能理解一个女人如果很爱一个男人，会做出一些极端的举动来，我怀疑，是不是这一切都是方敏设的一个局，故意气走英子，她才有机会走近你、得到你。”

“这不太可能吧，方敏怎么会做出这样的事儿来，不可能，这不可能。”小凡头摇得像拨浪鼓一样，“这事儿你说得像电视剧一样，你以为生活就是电视剧，可以编故事啊。”

“你这人啊，哪都好，就是对感情的事儿，一窍不通。”张少青笑了，“我在公司可是出名的一枝花，你都连正眼也不瞧上一眼，你说，你哪像个正常的男人。”

“嘿嘿，哪有，美女嘛，我对美女天生的就不来电。”小凡干笑着。

“难怪啊，你不知道我暗送了多少秋波，你都没反应，我都急死了。”张少青大笑，“能认识你这样的同事，也好，至少，我们可以成为朋友，可以为我今后的感情生活有一个良好的引导！”

小凡笑了笑，自言自语地说：“这么说，我还真得去问问方敏才行。”

小凡说着，陷入了沉思之中。

“方敏，今晚能过来一趟吗？我有点事找你。”小凡拨通了方敏的电话。

“嗯，好的，我一会儿就过来。”电话那头，是方敏显得惊喜的声音。

四月时分的江滨，初夜，正是散步乘凉好时节。

方敏坐着小凡的电动车来到江滨公园。

“今晚，你怎么想通了，能带我出来玩了？”方敏笑吟吟地说着，面上笑靥如花。这是小凡第一次主动约她出来玩，莫非，他的心思真的开窍，回心转意了？

“我一直都想得很通。”小凡面上看不出任何表情，主动拉着她的手慢慢地向前走着，“我也觉得，其实我们才是天生的一对。”

“今晚，你找我，不会就是为了说这个事吧。”方敏听得心里突突地跳。这她可是一点儿思想准备也没有的。

今晚小凡的表现简直是太超常了一点。主动拉着自己的小手，这可是破天荒也没有过的事儿。

“我们在一起，有很多好处，语言相通，风俗习惯，人情世故，门当户对。”小凡仍自顾说着，“我就不明白，我哪根筋出了问题，我就是忘不了英子。”

“你现在能明白，也不晚呀。”方敏听得心里甜滋滋的，终于，小凡看来是开窍了。

“晚了”小凡重重地说了一声，“我这一辈子，除了英子，我谁也爱不上了。”

他站在方敏面前，紧皱的眉头下面，眼睛里闪着可怕的光芒，两只强有力的臂膀抱在胸膛上，好像在竭尽全力抑制自己一样，他听到自己的心在胸中怦怦乱跳，血液在那里沸腾，脸上似被狂风鞭挞着一切，扫荡着一切，脸上还同时流露出打动她心的痛苦神情，他脸上的表情是严峻的、冷酷的！甚至显得有些可怕！

小凡说着，转过身，看着方敏的眼睛，一字一顿地说着：“我昨天去我们以前租房子的地方，问了房东了，方敏，英子有身孕的事，你从来就没有向我提及过，为什么要隐瞒我。我就想不通了，我练过内家吐纳功夫，我的精力一向很好，怎么坐一趟汽车从广州回来就能睡得跟猪似的？你说，当初那茶里你是不是做了手脚，英子看到我们在床上的一切，是不是你所设的一个局？！”

方敏看着小凡那双眼中布满血丝，听得他提及旧事，不禁花容失色：“你，你怎么会有这样想法？”

“你告诉我，你告诉我，现在英子究竟怎样了？现在英子在哪，你是不是把她给藏起来了？”小凡双手使劲抓住她的手臂，声音不大，但却句句像刀子一样捅向方敏。

“小凡，你弄痛我了。”方敏看着小凡那又气又急，又凶又恶的样子，吓得“哇”的一声哭了起来。

“方敏，我求求你，告诉我，告诉我，英子在哪里。”小凡说完，“扑通”一声，跪在了方敏的脚下，“我是对不起你，我承认我不好，我毁了我在学校对你的承诺，你可以惩罚我，可我就是忘不了英子，你告诉我吧，她在哪，她还怀有身孕，你为何要用这种手段对付她呢？”

“小凡，起来，你起来呀。”方敏奋力拉起小凡，扶着他坐下，“我才是对不起你，真的，我爱你，为了爱你，是我做错了事……”方敏眼见小凡那伤心欲绝的表情与这般举动，也不禁失声痛哭起来。

“你出厂子，是我利用了林总的关系叫吴老板开除你的，你到小林那边上班，也是我利用了关系让你不能上班，因为我以为你没有了工作，就会依靠我，我就可以全心全意地跟你在一起，可以天天照顾你，你去我公司应聘，我担心你知道我与林总的事，所以，我阻止了你进厂，你想开培训班，我可以帮你，这样就会对我有感情，可哪知道，你居然去了广东，英子来福州，我就抢先一步给你打传呼留言让你回来，刚巧那天英子出了门，我就在茶里放了安眠药，然后，故意让英子撞见我们躺在床上。对不起，我真的对不起，我做的一切，可都是为了爱你啊。”

方敏哭泣着说完整个事情的经过。

“小凡，都是我不好，真的，我对不起你，对不起英子。”说完，放声痛哭起来。

“姓林的这个畜牲，他敢对你这样，我要杀了他！”小凡听完起身，不禁发出一声怒喝。

“小凡，你别冲动了，我也没什么奢求，这人对我还算过得去，只要他对我好，我也就认了，这一切都是命啊。我打算，嫁给他。”方敏幽幽地叹了一口气，拉着小凡，“我真的不知道英子在哪，我也帮你找过了，我无意之中找到了骆玉红，可就是没有找到她的消息。”

小凡呆呆地望着方敏，好久，嘴角才动了动，喃喃自语地说：“难道，这一切，真的是上天安排好的命运？”

五月初。

“喂，你好，我是海都报的记者，我们在网上看到你的故事，你方便接受一下我们的采访吗？”小凡电话响了，里面传来了这段话。

“嗯，行，没问题。”小凡愣了一下，但还是机械地回答。

“那好，咱们约在明天下午，你时间上方便吗？”电话那头又说。

“方便，时间上没问题。”小凡说着，心里可纳闷了，这记者找我干什么呀？

第二天下午，果然，那边记者再联系上他确认后，来到了小凡的培训班里。

“我们报社向来关注社会外来务工人员，与福建省、福州市总工会联系后，决定联合举办一次优秀外来农民工的评选活动，多讲述一些你们农民工的故事，让更多的人了解你们，看到你们的努力。作为献给农民工朋友的一份节日礼物。”来的记者是一个胖乎乎的女孩，与一个高高瘦瘦的女孩，很可爱，很有亲和力。对着小凡娓娓而谈。

“你能讲讲你在福州打工生活所遇上的一些工作上的困难或是农民工对社会的一些看法吗？”

在她们引导性的提问下，小凡将自己从16岁就开始出来打工到现在所遇上的种种经历，求职难、黑中介、要工资难、职业病及刘全海一家的不幸遭遇等等一一说了一遍。

“那你想在福州安家吗？”那记者问。

“在福州工作的时间都快有我在家乡的时间长了，福州也算是我的第二故乡了，当然想在福州安家，可是现在的房价实在是高不可攀，哪能轻易地就能安家呢？”小凡苦笑一下，暗想现在这个房价，本地人都有多少买不起一套房子，就不用说外地的普通打工者了，“能混得体面一点就不错了。”

“嗯，那你对在福州生活有什么看法呢？”记者一边飞快地记录着，一边问。

“每一个在外打工的人都很艰辛，每个打工者背后都有很多故事，他们为城市建设作出了贡献，得却得不到城市人的同等对待与认同，他们付出太多，得到太少，他们为城市筑就了高楼大厦，甚少得到认同与平等的待遇，希望更多的人理解、关心这个群体。”

小凡沉默半晌，才缓缓说出这句话。

“那你，是怎么想到要在网上发动捐赠活动，帮助贫困山区的乡亲的？是什么样的念头促使你去行动的？”另一个记者问。

“这个就很简单了，想到那些乡亲现在过的日子还和十年前过的日子一样，那些家庭的贫困超乎任何一个城市人的想象，我觉得我现在生活上过得好些了，有责任去为他们做一点自己力所能及的事。”小凡笑容里没有一丝杂质，“家乡养了我，我尽自己的能力，回报一下家乡，也是应该的是吧？”

“嗯，那是，如果每个打工的人都有你这样的想法，想必，离我们国家建设和谐社会的理念就不远了。”两位记者点了点头。她们在与小凡的谈话中，不仅对外来打工的人多了一份认识，更多了一份敬重。

“我想，你们能帮我一个忙吗？”小凡忽然问。

“你说，我们能帮的，一定可以帮你。”两位记者听得一愣，齐声说。

“我想请你们帮我找一个人。我找了几年了，可就是没找到她。”小凡热切的眼神望着两位记者，“她真的是误会我了，现在方敏把一切都给我说清楚了，她离开我的时间都怀有宝宝了，我也不知道，她究竟有没有带上宝宝，如果有带上，现在都有 6 岁多了。你们能不能在报上给我报道出来，我想你们报纸的范围广，力量会大一些，一定有机会找到她的。”

小凡急切地把整个事情简单地说完后说：“你们可以帮这个忙吗？”

“有这样的事儿？”胖乎乎的那个记者还有些不信地问。

“是的，我现在非常想见到她，可是我就是找不到她。我也相信她一定还在福州。”小凡急急忙忙地说着，“能帮吗？”

“能帮，我们也一定帮！”两位记者显得有些震惊，点头肯定地表示。

“那就太好了，太感谢你们了。”小凡吐出一口气。有报纸媒体的帮助，寻找英子的机会自然是大多了。

四十四、民工诉求

果然，第二天，报上刊登了关于农民工现状的长篇报道，小凡的故事占了很大的比重。

但接下来的几天，小凡没有接到任何与英子相关的电话或是信息。

这天，海都报又来电话了，起初，小凡还以为是有英子的消息了。

“喂，你好，嗯，是有英子的消息了吗？”小凡一接起电话就急忙问道。

“没有，我们如果有英子的任何消息，都会通知你的。”那记者说，“今天打电话是通知你一下，希望你准备好一篇关于打工的生活，对工作、对你生活在城市的感受和看法的演讲稿，到时候会在会上发表演讲。”

小凡听得心里一动，这实在是一个表达农民工心声、诉求的好机会。他决心利用这个机会，好好的将这个演讲稿写出来，于是，他上百度搜索着一些相关的资料，与自己生活的各种感触，酝酿着演讲内容、等待着那天的到来。

5月8日。

在海都报与省总工会等单位组织的十佳农民工打工之星的活动大厅里，座无虚席，热闹非凡。坐在最前面的一排是11位评委，后面则是16位农民工十佳候选人。

当主持人进行简短讲话并宣布评选活动开始后，场面顿时沸腾起来。

一个个的农民工候选人在主持人的点名下，开始讲述着自己对打工生活感想的点点滴滴，展开了自己精彩的演讲，而有些农民工候选人明显不擅长演讲，简短的自我介绍了一下，就下台了。但场下的观众却没有吝啬自己的掌声，他们用掌声鼓励着这些务实的农民工，肯定着他们为整个城市化建设的付出，肯定着他们的成绩。掌声一浪高过一浪。

“下面，有请16号选手周小凡，上台给大家发表他的演讲。”台上主持人高声宣布。

小凡微笑着走上台，向台下行了一个礼，开始了他激情的演讲。

省、市总工会各位领导与在座的各位朋友们：

大家好！

我叫周小凡，来自四川达州的一个革命老区。很感谢省、市总工会与媒体联办的这次十佳农民工打工之星评选活动，让我有幸参与。

从1996年来福州到现在快11年了。这么长时间，说福州是我的第二家乡也毫不夸张，在这近11年里，我饱尝了打工生活的酸甜苦辣,也见证了福州的飞速发展和变化。我们找工作增加了更多的机会，最真切的感受，是找工作没那么困难了。

今天，既然有这么一个让我们农民工发言的机会，我还是想说说，我们农民工生活的艰辛处境，所受到不平等的待遇等一系列现实社会存在的问题。在今天的城市建设中，民工作为一支主力军，为城市文明和经济建设贡献了自己全部的心血，但是在城市人心中这些民工究竟是一个什么样的地位？

谈到农民工问题，让我们想到了什么？农民工究竟存在什么问题？是民工荒、是拖欠农民工工资、是农民工子女教育、是留守儿童问题，还是……这一切一切的问题的背后涵盖了一个共同的主题——农民工真的很辛苦！

农民的生活如此，农民工生活的艰辛可见一斑，也许有人说那农民工返乡不是更好吗？相信大家清楚农民工为什么像候鸟一样涌入城市，怀抱着理想来到我们陌生的地方，我们年复一年做的是苦、累、脏且生命最没有保障而收入又最微薄的工作，我们也想自己哪天能真正地住上自己建筑的房子……然而就在这憧憬中，城里有些人歧视、冷淡的眼光，让我们无情地回到现实！我们甘心吗？不甘心，但是我们无奈，所以沉默。

民工的工作和生活范围非常狭窄，我们接触的就是同一工厂的工人圈子或是老乡圈子，这样的生存状况使我们很难真正地融入到城市生活之中。农村人的没有文化，农村人的“愚昧”、“落后”、“土豹子”等代名词，在一些城市同胞眼中似乎已经成为一种定律，一种对我们“最合适不过”的评价。所以他们会把民工当做贼看，把民工当做城市中的另类看待。他们在处处控制着民工，处处防备着我们。甚至在城市教育中、家庭中把民工当做是一种下贱的职业来警告自己的孩子，这样的真正的愚昧行为，数不胜数。

而我们却始终如一地挥洒着血汗在这块并不善待自己的地方默默地忍受。在城市的霓虹灯开始闪烁时，当城市人开始坐在圆桌前一家人共进晚餐、共享天伦之乐时，我们还在强光下继续着一天的劳动。当工作结束后，身心疲惫的我们还要抽出时间去想念在遥远地方的老家，家中的亲人、田地、收成等。思想身心没有得到片刻的休息，而且得不到城市有些人任何的理解。

就是这样的生存状态，我们在今天许多的城市建设中付出并忍受着。我们的心在滴血，我们的工资被无数次地扣押、拒发。于是有了抱着刚出生不久的小孩爬上数层高的楼顶去讨工资的许多令人心酸的场面……

所以说，我们需要得到城市更多的理解、更多的包容。我们需要在工作的闲余时看不见唯恐避之不及的目光；希望得到的是对我们哪怕是一丁点的肯定，曾经有人在网上开玩笑地说，中国的农民工是世界上最听话的群体。这看似玩笑的话也正说明了很多时候农民过得都很隐忍。但是，一旦将农民工的善良当做愚昧落后甚至可怜可欺的话，那只能够说明这是时代的倒退。

可是，谁来维护民工的合法权益呢？

我们的自我保护意识还处于原始的阶段，我们善良的想法支撑着所有的渴望，我们相信只要辛勤劳动就会有钱可赚。在我们的意识中，城市在文明的感召下，会以一种更文明的方式来接纳我们。但是事实却跟我们开了一个很大的玩笑。没有人能够想到这样的理想一直以来在城市中只是一个美好的梦想。

究竟谁来维护我们的合法权益，我们的社会、我们的政府究竟能够为我们的农民工做些什么。在惊叹各种各样的社会现实之余，真正能够理解我们生活的人能有几个？民工作为社会上的一分子，应该得到最起码的尊重。可是，除了每月时不时还会找各种借口克扣所剩下的几张钞票外，为什么，连一个内心真正的微笑也不肯给予？

每当看到报纸上陆续登载着农民工为了讨薪而以死来相挟，看到农民工手里抱着孩子乞讨，城市人的心难道真的没有一点发颤吗？我们为城市人的城市建设做了那么多，而得到的又是什么呢？

我的生活见证着民工生活的艰辛，见证着那些与民工有着距离的城市人观念的鄙俗与浅陋。城市的文明也需要民工的介入，需要我们的付出、需要我们的努力。但是也请城市不要让我们为所生存的周围环境而流泪，城市不应该让我们有这样的泪痕，这是我们社会的悲哀，是我们城市建设的悲哀。当我们的眼泪流过后，能够留给城市些什么？

从我们进入城市的那一天起，就与这个城市产生了感情，每一天、每一小时，我们都在挥汗洒泪。我的身边随时都可以看到我的兄弟姐妹劳碌的身影，但是我们的某些城市同胞们却在躲避我们，就像在逃避愚昧落后的怪物一样。但是就是这些最熟悉的陌生人在一天天地改变着城市的环境，改变着城市的生活。而城市却似乎好像没有发现一样，其实是在心灵被世俗蒙蔽的阴霾下人性的无知与落后……

小凡动情地演说着，顿了一顿，四下响起了热烈的掌声，鼓励着他的激情：我想再谈谈我们民工中留守儿童的教育问题，美国民权运动领袖马丁·路德·金曾经说过："我有个梦想，不远的将来，在佐治亚的红山上，黑人的孩子能和白人的孩子坐在一起，共叙兄弟般的情谊。"

今天，我们也有个梦想，那就是民工的子弟能和城里的孩子坐在同一个宽敞明亮的教室里，共同接受高质量的现代教育。民工对当地城市的建设发展作出了重要贡献，我们一般从事繁重甚至危险的、城里人不愿干的工作，但收入微薄，我们在农村缴纳了教育附加费，在城市也缴纳了工商税等费用。我们负担了城乡双重费用，我们的子女却不能享受义务教育的权利，这是极不公正的。

如果今天的民工子弟仍不能接受良好的、高质量的现代教育，那么，民工的子弟明天很可能还将是民工，我们仍然会生存在城市的边缘，继续成为烈日下被晒得皮肤黝黑，严冬里蜷缩于工棚内的民工，我们依然难以享受城市中的物质文明和精神文明。只有当这些"如果"都不复存在的时候，今日的民工子弟才能跨过城市与农村的鸿沟，成为城市中不可缺少的一员。实现平等，应从消除歧视做起。让每一个民工子弟都能享受到城里孩子的待遇。

看到这些，谁不心颤，谁会对此漠然？谁能够体会我们的忧伤？城市农民工子女同样有其接受义务教育的权利和其重要性！然而如何解决这些问题？我相信每个关心农民工的人都会去寻找一个答案。

我常常对自己说：善心，凝聚天下，成就幸福。我希望我们民工不仅为建设美丽福州添砖加瓦，作出贡献。能更好地生活在福州，活得更加精彩、更加自信！也希望民工有生活环境上的改善，有发展的机遇，及相关的帮助与支持，也能更好地、更容易地拿到自己的工资或应得的报酬。

我非常幸运，能有这个机会参加这次活动，有这个机会说出我们农民工的心里话，我爱生我养我的这块土地。我希望农民工也能同享蓝天下的阳光。我要为我们摇旗呐喊，我也相信在我们以及各界人士的努力下，人们都会听得到我们的呼声!

由此,我想提一个小小建议，希望省、市总工会与海都报借这一契机，能持续不断地举办相关类似的活动，让我们民工有一个表达自己心声、倾诉自己感受的地方。

最后，再次感谢省、市总工会各位领导及主办方对我们外来群体的生活、生存环境的关注与支持；谢谢!

当小凡讲完后，会场上忽然出现了一种可怕的沉默，少顷，雷鸣般的掌声响起，经久不息。

场下，开始紧张的投票活动，几经角逐，终于敲定了包括小凡在内的十名十佳外来打工之星，大家都一一上台领取奖状等，合影留念。

下台后，有华艺广播电台等多家媒体开始了对小凡等十佳之星的采访与追踪报道。由于媒体对这次活动的详细报道，引起了广大市民高度的关注与支持，在全社会引起强烈反响。后来，海都报几乎每两年就会举办一次优秀外来农民工评选活动。

四十五、不是结局的结局

几天后，小凡的培训班里。

“老师，你都上报了耶，都成明星了，你要请客。”培训班的学生不知道谁买了一份报纸，当看到有小凡的相片上报后，都纷纷大叫着，要小凡请客。小凡笑着买来了好些水果、糖等，请学生一起共享。

正在那欢笑着，小凡忽然感觉有人影站在门口，一动不动在凝视着他。不由得抬起头来，才看一眼，他感觉全身都似僵硬了一般，嘴巴张的老大，可就是发不出声来。

话说不出来，可眼中，眼泪再也抑制不住，顺着脸颊汹涌向下流了出来。

他们的眼光相遇了，他微笑了，他那笑容是幸福欢喜的时刻，两人就这样，泪眼相望，对视着，一时之间，空气仿佛凝固了一般。时间也似乎停止了转动。

门口，英子手上牵着一个有些羞涩的，躲在她身后，露出半个脑袋的小孩。

英子平常苍白的脸，这时变得鲜艳，容光焕发，这个饱经摧残的女人，此时确实激动着，她的眼里闪着奇特的光芒，犹如天边的曙光，那是一种灿烂的东西在觉醒，这种光是从蒙眬的可爱的黑夜中显现出来的，是一种在期待中流露出的柔情。

半晌，小凡才一下跑过来，紧紧地抱住英子：“英子，你告诉我，这些年，你都上哪了，我找你，找得好苦啊。”

“小凡……”英子也紧紧地抱着小凡，在他怀中放声大哭起来。

“这些年来，委屈你了，委屈你了。”小凡紧紧地抱着她，生怕她会一转身就又不见了一般，“我对不起你，对不起你，让你受苦了。”

泪水在两人眼中肆意流淌，两人紧紧相拥在一起。良久，英子才向抓住她衣角的孩子说：“英杰，来，快叫爸爸，你不是一直在找你的爸爸吗？”英子俯下身，激动地说着，眼中满含的泪水还是忍不住的笑意，“这就是你的爸爸，你的爸爸啊。”

小凡望着面前这个小孩，呆了一呆，激动地说：“英子，你是说，是我的……儿子？”

英子眼中泪花包不住笑容，娇嗔着说：“你看那样儿，与你一个模子刻出来的，不是你的儿子还是谁的啊？”

小凡激动得情不自禁地伸手去拉他。

可他却一下躲到了英子的怀中，有些胆怯地看着小凡。

“英杰，快叫呀。”英子柔声说，“你不是问妈妈，爸爸到哪去了吗？爸爸现在回来了，再也不会走了。”

“爸爸——”英杰怯怯地看着他，终于轻轻地叫了一声。

小凡已是再度泪流满面，过去将他与英子紧紧地抱着：“好孩子，爸爸对不起你们，让你们受了这么多年的委屈……”

“老师，祝福你，苦尽甘来，终于等到你的幸福了。”培训班的学生，看着这感人的一幕，不由得一个个都纷纷鼓起掌来。

是夜，江滨，如画夜景里，清幽的夜空，圆月那银盘似的脸，流露着柔和的笑容。深情地凝视着大地，静静地吐洒着她皎洁的光辉。

小凡紧紧挽着英子的手，拉着自己的儿子，漫步在江滨的碎石小道上。

儿子英杰东跑西跳，早就嬉笑着跑到了前面。

“英子，你是怎么找到我的？”小凡轻声问，“我可是找了你几年都没找到的。”

“我来找过你，可是我看到方敏在你的房间，我以为你们结婚了，这次你在报上找我的消息是我房东告诉我的，她家订了海都报，那天，看到你在报纸上找我的消息，她开始不确定是你找我，过了好几天才告诉我，我这才知道，是我误会你与方敏了，你并没有与方敏结婚。”英子甜甜地笑着，脸上的幸福像花儿一般绽放开来，深情地望着他，“我也才知道，原来你一直在找我，一直在等我。”

“你啊，就是不相信我。”小凡笑着，把英子的手握得更紧些，“我们不是说过吗？在福州，不见不散的。”

“我妈妈找算命先生说，我们得分开六年不能见面，才会有在一起夫妻的缘分，看来，天命果然如此。”英子轻轻地叹息一声，“只要能与你厮守一生，别说六年，就是十年，我也愿意。”

小凡不再说话，深情地凝视着英子，拥着英子柔软的身子，慢慢地向着前面走着、走着……远处，是儿子英杰开心的呼喊声传来：“爸爸，妈妈，你们看，今晚的月亮，好大，好圆，好圆呀……”